AtV

Helmut Sakowski wurde 1924 in Jüterbog geboren. Nach Kriegsende Besuch der Fachschule für Forstwirtschaft. Neben seiner Tätigkeit als Revierförster begann er zu schreiben und wurde vor allem als Verfasser von Fernsehromanen, Hörspielen und Bühnenstücken bekannt. Lebt in Pälitzhof in Mecklenburg.

Werke: Fernsehromane: Wege übers Land (1968); Daniel Druskat (1976). Romane: Verflucht und geliebt (1981); Wie ein Vogel im Schwarm (1984); Die Schwäne von Klevenow (1993); Schwarze Hochzeit auf Klevenow (1994); Wendenburg (1996); Die Erben von Klevenow (2000). Daneben zahlreiche Kinder- und Jugendbücher sowie Hörspiele.

Nach der Wende wird Daniel Druskat als Funktionär angegriffen, und außerdem erinnert man sich an eine dunkle Nachkriegsgeschichte, in die er verwickelt gewesen sein soll. Ähnliches widerfährt Max Stephan, der LPG-Vorsitzender war. Die früheren Rivalen versuchen nun gemeinsam, den Herzog in Wendenburg, der Restitutionsansprüche auf Ländereien von Stephans Genossenschaft geltend macht, davon abzuhalten, dort einen Ferienpark der Nobelklasse einzurichten.

Von Manfred Krug bestärkt, sollte aus dem Stoff dieses Romans eine Fortsetzung des erfolgreichen Fernsehfilms »Daniel Druskat« mit den damaligen Darstellern entstehen. Ein Briefwechsel dokumentiert den vergeblichen Versuch, die Fernsehanstalten für das Projekt zu interessieren.

»Genaues Beobachten gesellschaftlicher Realität – das ist Helmut Sakowskis Metier, dem er bis heute treu geblieben ist. Er denkt über das Funktionieren gesellschaftlicher Zusammenhänge nach, die in Menschenschicksale eingreifen.«

Neues Deutschland

Helmut Sakowski

Ein Herzog in Wendenburg

Roman

Mit einem Briefwechsel
zwischen Manfred Krug und
Helmut Sakowski

Aufbau Taschenbuch Verlag

Mit 10 Fotos aus dem Fernsehfilm »Daniel Druskat«
Alle Fotos: Gerd Platow. Archiv von Helga Korff-Edel

ISBN 3-7466-1367-1

1. Auflage 2000

Umschlaggestaltung Torsten Lemme
unter Verwendung eines Fotos von Ute Henkel
Druck Elsnerdruck GmbH, Berlin
Printed in Germany

www.aufbau-taschenbuch.de

1
Ein Mann hat Angst

Berstendes Glas, widerlich schrilles Geräusch, dumpfer Aufschlag. Der Stein rollte Druskat bis vor die Füße. Er starrte auf den faustgroßen Brocken im Flur des Hauses, dann hob er langsam den Kopf. Da sah er die Leute draußen am Zaun. Zwei Dutzend junger Männer, auch einige Erwachsene. Ein paar von ihnen kannte er. Sie waren aus Altenstein gekommen oder aus Wendenburg sogar, um sich vor seinem Hause zusammenzurotten. Warum?

Sie ließen eine Flasche kreisen und tranken sich Mut an, und ihre Gesichter verrieten, daß sie ihm feind waren. So viele Menschen. Was hatte er ihnen getan?

Druskat war älter als die meisten da draußen vor dem Haus. Ende Fünfzig, ein erfahrener Mann. Das Leben hatte ihn von klein an so gnadenlos gebeutelt, daß er meinte, seine Seele wäre abgehärtet oder gehörnt wie mit Drachenblut, in dem Siegfried gebadet und sich gepanzert hatte, bis auf jene winzige verletzbare Stelle, so daß er am Ende doch hinterrücks hatte getroffen werden können.

Plötzlich verspürte er Angst, ein feines Ziehen im Leib, das ihn frieren machte. Wie damals, vor langer Zeit, als er zu seinem Entsetzen hatte mit ansehen müssen, daß die Russen Vater und Mutter vor der Scheunenwand des Gehöftes erschossen.

Angst. Die schwarzen Härchen über der Handwurzel sträubten sich, er konnte es fühlen.

Daniel Druskat war allein im Hause. Er dachte an das Telefon, daß er die Polizei benachrichtigen sollte, verwarf den Gedanken aber im Augenblick. Vermutlich würde es die

Volkspolizisten nur erheitern, daß er, über Jahre Sekretär für Landwirtschaft der Kreisleitung der SED, sich vor der Wut der eigenen Leute fürchtete. Er faßte sich, zog die Jacke über und trat den Stein beiseite. Könnte ja sein, die da draußen waren selber ängstlich und in Sorge, sie kämen zu spät bei dem Sprung auf die richtige Seite. Sie hatten staunend vor den Fernsehapparaten gesessen und zugesehen, wie sich in Leipzig oder anderswo Hunderttausende auf den Plätzen drängten, um die Herrschenden das Fürchten zu lehren, indem sie Freiheit und Freizügigkeit forderten und immer wieder rhythmisch schrien, das Volk seien sie. Keiner von den Altensteinern war auf die Dorfstraße gegangen. Wozu auch? Sie hingen an ihren Häusern und Gärten, am Acker, der sie ernährte. Sie wollten das Land nicht verlassen. Und der Weg in die Kirche von Wendenburg, in der sich Sonntag für Sonntag die Leute versammelten, um sich nach dem Gebet ihren Unmut von der Seele zu reden, wird vielen zu weit erschienen sein.

Aber nun kamen sie, sozusagen in letzter Minute, zu Druskats Haus vor dem Dorf, um wenigstens einen Stein auf den Roten geworfen, ein Zeichen der Ablehnung gesetzt zu haben.

Druskat dachte an das Kind, das auf ihn wartete. Was geschieht mit dem Mädchen, wenn die da draußen ihn festhalten?

Sein Zorn war stärker als seine Angst. Er stieß den Stein im Flur des Hauses noch weiter beiseite, riß die Tür auf und trat auf die Schwelle.

Gelächter, das kreischend anstieg. Irgend jemand hatte einen Farbbeutel geworfen. Es tropfte rot von der Wand des Hauses. Druskats Jackenärmel war wie blutgetränkt.

Er war gezeichnet. Und nun schrie auch noch einer aus der

Menge, gellend, als wollte er eine Meute scharfer Hunde hetzen:

Das ist er!

Druskat zog ein Schnupftuch aus der Hosentasche und versuchte, die rote Farbe abzuwischen. Vergeblich.

Er fragte: Was wollt ihr? und ging rasch auf das Gartentor zu.

Keine Antwort.

Aber die Menschentraube teilte sich, als er näher kam. Die Leute bildeten eine Gasse. Druskat mußte hindurch, hinüber zum Auto. Das Mädchen erwartete ihn. Er wagte den Spießrutenlauf, vorsichtig einen Fuß vor den anderen setzend, und starrte in die Gesichter der Menschen, die ihn bedrohten.

Manche, hämisch einen Gummi kauend, hielten seinen Blicken stand, andere senkten die Lider oder wendeten sich ab.

Dich kenn ich nicht und dich ebensowenig. Ich bin euch niemals im Leben begegnet. Aber du, mein Alter, hast ein paarmal vor meinem Schreibtisch gesessen und trägst es mir also nach, daß ich dir nicht zu einer besseren Wohnung verhelfen konnte. Und den dort hinten habe ich rausschmeißen müssen, als ich noch Vorsitzender in Altenstein war, weil er, statt seiner Arbeit nachzugehen, stockbesoffen im Stall herumgelegen hatte. Willst du mir's heute heimzahlen? Du, faß mich nicht an! Ich bin stark, und du bist, wie es aussieht, wieder einmal voll bis obenhin.

Druskat hatte die Gasse fast durchschritten, da stellte sich der Melker tatsächlich quer, reckte das Stoppelkinn und ballte die Fäuste.

Druskat wehrte sich so wütend, daß der Angreifer längelang zu Boden schlug.

Empörter Aufschrei der Menge. Da war Druskat schon mit

ein paar Sätzen auf der gegenüberliegenden Seite der Straße. Der Wartburg stand unter der Kastanie. Druskat nahm nicht wahr, daß der Rückspiegel abgebrochen, der Kotflügel zerbeult war, er schwang sich auf den Sitz und fuhr davon. Im Innenspiegel sah er erhobene Fäuste.

Er war in der Zeit, als er vor dem Kindergarten hielt. Jedenfalls stand das vierjährige Mädchen, seine Enkeltochter Ina, mutterseelenallein hinter dem Zaun und hielt sich mit klammen Fingern an den Eisenstäben fest. Es war ja schon spät im Jahr und manchmal bitterkalt. Armes Würmchen. Wenn sich die Erzieherinnen noch im Hause aufhielten, saßen sie gewiß am warmen Ofen beim Kaffee, um mit hochroten Ohren die Ereignisse zu besprechen.

Er hob das Mädchen vorsichtig über den Zaun und küßte es.

Wir können jetzt nicht nach Hause, Ina. Wir fahren zu Hilde Stephan nach Horbeck.

2
In Horbeck ist der Teufel los

Horbeck, etwa zwei bis drei Kilometer von Wendenburg entfernt, unterschied sich kaum von anderen mecklenburgischen Gutsdörfern, Katenzeilen rechts und links der Straße, und das sogenannte Oberdorf.

Dort standen zwei Gehöfte, die alle anderen überragten. Das eine, geschmückt mit zwei artig gestutzten Rotdornbäumchen neben dem beinahe herrschaftlichen Eingang, war Hilde Stephans Eigentum, und das andere, noch stattlicher, umgeben von Stallungen aus Feldstein und Ziegeln, die das Anwesen wie Burgmauern zur Straße hin abschirmten, war über Jahrzehnte Hauptsitz und Verwaltung der Genossenschaft »Frohe Zukunft« gewesen, nachdem es Ende der fünfziger Jahre von der Familie des Großbauern Christian Berger verlassen worden war. Jetzt hatte der Erbe, der wie sein Vater und Großvater Christian mit Vornamen hieß, die Horbecker wissen lassen, daß er zurückkehren wolle.

Das Stephansche Wohngebäude, gut gehalten und beinahe so groß wie ein Herrenhaus, flankiert von Ställen und Scheunen, erhob sich im Hintergrund des gepflasterten Hofes. Das schmiedeeiserne Tor an der Straßenseite war weit geöffnet.

Druskat fuhr vor. Er hatte dem Kind kaum aus dem Auto herausgeholfen, da erschien Hilde Stephan auf dem Haustritt, eine immer noch hübsche Frau, über die Fünfzig längst hinaus und gut bei Leibe.

Sie verschränkte die Arme über der stattlichen Brust und

starrte aus halb geschlossenen Lidern verwundert auf den Mann, der am Fuße der kleinen Freitreppe stand, das Kind neben sich und in der Haltung eines Bittstellers, mit vorgestreckten, offenen Händen. Mein Gott, was ist passiert, Daniel?

Ein kleiner Unfall.

Hilde, noch immer blinzelnd in ihrer Kurzsichtigkeit, ließ den Blick nicht von der rot verschmierten Jacke. Wenn du zu Max willst, er ist nicht daheim. Der Vorstand tagt in Idas Kneipe. Ich mach mir Sorgen. Bei uns in Horbeck ist der Teufel los.

In Altenstein auch.

Die Frau sagte mit viel zu hoher Stimme und ängstlich wie ein Kind: Mein Gott, Daniel, was sind das für Zeiten.

Hilde, die Herrin des Hauses, stand immer noch vor der Tür und auf der Höhe der Stufen.

Druskat, nur mittelgroß, mußte zu ihr hochblicken.

Er sagte: Um die Kleine mach ich mir Sorgen. Meine Tochter, du weißt doch, ist mit einem Kerl auf und davon. Und bei mir ist das Kind nicht mehr sicher, Hilde. Kann es für ein paar Tage bei euch bleiben?

Die Frau entschied nur noch ungern, ohne ihren Mann zu fragen. Dennoch wollte sie Druskat die Bitte nicht geradeheraus abschlagen und redete ausweichend von der großen Verantwortung, die man auf sich nähme.

Der kleinen Ina gefiel aber die propre Person auf den Stufen. Sie versicherte mit piepsiger Stimme, daß sie sich nützlich machen und sogar schon Kaffee kochen könne, nämlich das Wasser einkippen bis dahin, wo der Strich an der Kaffeemaschine unter der sechs ist, und dann sechs Löffel Kaffeepulver.

Nun war Hilde doch gerührt. Sie kam herunter von dem

Podest, auf dem sie so lange gestanden hatte, und beugte sich vor, um dem Kind die Wangen zu streicheln.

Übermorgen, meine Hübsche. Heute und morgen geht's nämlich nicht.

Jetzt erst, als sie sich gegenüberstanden, reichten sich Hilde und Druskat die Hand, und die Frau kicherte albern wie ein Backfisch, als sie erzählte: Wir sind mit ein paar anderen Leuten verabredet und wollen morgen nach Berlin, im Konvoi. Wir werden doch das Begrüßungsgeld nicht sausen lassen. Zweihundert Mark West. Na, und dann wollen wir mal sehen, was es auf sich hat mit diesem Kurfürstendamm und dem KaDeWe. Bist du schon drüben gewesen?

Nein.

Druskat faßte nach der Hand des Kindes und wendete sich um.

Hilde rief ihm nach: Idas Kneipe.

Das Gasthaus Preibisch lag ausgangs des Dorfes, ein Fachwerkbau, ansehnlich und von beträchtlichem Alter. Die rostzerfressene Eiseninschrift am Giebel der Ausspanne nannte die Jahreszahl 1904, und den Leuten in Horbeck wird die Wirtin kaum jünger erschienen sein.

Anna Preibisch war noch mit achtzig eine gebieterische Erscheinung gewesen und niemals anders als in schwarzes Tuch gekleidet. Ihre Witwenschaft begann am Tage ihrer Hochzeit, irgendwann nach dem Ersten Weltkrieg war der furchtbare Unfall passiert. Diese Anna Preibisch hatte die Wirtschaft mit Hilfe von Fräulein Ida, einer jüngeren Schwester, geführt, stets von ihrer »kleinen« Schwester gesprochen und keine Gelegenheit ausgelassen, deren Unerfahrenheit und Unselbständigkeit zu beklagen. Die wäre zu nichts zu gebrauchen, hatte Anna manchmal geseufzt und boshaft zischelnd hinzugesetzt, was könne man denn von einem verschrobenen Weibsbild erwarten, das noch mit siebzig stolz sei auf seine Jungfernschaft.

Nun war aber vor einigen Monaten die alte Anna nach kurzer, schwerer Krankheit und sehr gegen ihren Willen vor Ida abberufen worden. Bei der Gelegenheit stellte sich heraus, daß das alte Fräulein längst nicht so am Schürzenzipfel der großen Schwester gehangen hatte, wie alle dachten. Jedenfalls richtete Ida eine würdige Trauerfeier aus, bestellte einen weltlichen Redner, weil der, wie sie meinte, viel netter an der offenen Grube von einem Toten erzählen dürfte, als es die christliche Liturgie gestattete. Sehr viele Menschen waren zu Annas Beerdigung erschienen, unter ihnen Daniel Druskat und Max Stephan mit einem Dutzend seiner trinkfesten Genossenschaftsbauern, und keiner von ihnen hatte sich durstig und hungrig auf den Heimweg machen müssen. Der Leichenschmaus an den festlich eingedeckten Tafeln des Saales war so reichhaltig wie anderswo ein Hochzeitsmahl.

Als Druskat dem Gasthaus entgegenfuhr, ging ihm durch den Kopf, welch merkwürdige Rolle dieses Haus für ihn gespielt hatte und was er den beiden alten Frauen verdankte. Er sah das lächelnde Gesicht des Kindes im Rückspiegel, das die Autofahrt im klapprigen Wartburg genoß. Er konnte ihm nicht erzählen, was ihn bedrängte, denn das war lange her und zu schrecklich für Kinderohren.

Hab ich es wirklich umsonst gelebt, dieses Leben, das mir Anna und Ida gerettet hatten? Ist alles vergeblich gewesen, da wir sie nicht aus der Welt schaffen konnten, die Angst? Muß sie sich immer wiederholen, die Geschichte?

Als ich bei Ende des Krieges nach Horbeck kam mit einem Flüchtlingstreck der Wolhynier, hatte ich Angst, Angst vor der Rache, Angst vor den Russen. Meine Leute zogen am nächsten Tage davon. Irgendwo bei Schwerin sollte ein Durchschlupf in Richtung Westen offen sein. Ich blieb vor Erschöpfung. Die Russen waren noch weit. Die SS kampierte noch im Schloß. Beinahe wäre es das Ende gewesen, denn ich geriet in Verdacht, sie hielten mich für einen anderen. Sie schlugen mich. Sie hätten mich totgeschlagen, wäre nicht Ida dazwischengegangen. Ich wäre an meinen Verletzungen verreckt, hätte mich Anna nicht gesund gepflegt.

Da war die Kneipe. Er sah Fahrräder gegen die Hauswand geworfen. Auf dem Parkplatz standen mehrere Traktoren, mit denen die Bauern von der Feldarbeit gekommen waren, zwischen ihnen auch ein paar Autos, darunter Max Stephans feldgrauer Trabant, wie ein Minilandrower anzusehen. Es wurde erzählt, Stephan, der Vorsitzende der LPG Frohe Zukunft, hätte den Kübelwagen bei einem nicht ganz korrekten Geschäft von einer Militäreinheit aus Neubrandenburg erworben, und er lobte das Gefährt über den grünen Klee, weil es geländegängig war und deshalb nicht nur zu Inspektionsfahrten über die Felder, sondern auch bei der Jagd zu gebrauchen war.

Wir sind da, mein Schatz. Druskat hob die Enkeltochter aus dem Auto und wandte den Kopf.

Drin im großen Zimmer schien es hoch herzugehen. Das Geschrei war bis auf die Straße zu hören.

Sie riefen: Schande, immer wieder: Schande!

Seit nahezu zwanzig Jahren war dieser Max Stephan beinahe eine Legende, jedenfalls ein Mann von unangefochtener

Autorität gewesen. Ein Boß. Und tatsächlich hatte er sich von seinen Leuten viel lieber mit diesem Wort anreden lassen als mit Genosse Stephan und dem vertraulichen Du. Schließlich leitete er die Geschicke einer Vorzeige-LPG, die weitberühmt war wegen ihrer Erfolge. Fachleute, große Herren oder Damen aus aller Welt, hatten sich die Klinke in die Hand gegeben, ein Landwirtschaftsminister aus Bayern und sogar die Gräfin von der »Zeit«. In ihrem renommierten Blatte war zu lesen, sollte sie sich jemals gezwungen sehen, in einer Genossenschaft zu arbeiten, so müsse es die von Max Stephan sein. Das Dorf konnte sich sehen lassen. Die Horbecker lebten besser als die Leute anderswo. Sogar einige der Feldarbeiter waren zu Besitzern reetgedeckter Bootshäuser an der nahegelegenen Boblitz geworden und hatten dies letzthin ihrem Boß zu danken.

Wagten sie dennoch den Aufstand?

Sollte es in diesen wilden Tagen dem Max Stephan nicht anders ergehen als ihm, dem Druskat? Wollten auch die Horbecker Steine werfen?

Jedenfalls riefen sie: Schande!

Sie hatten schon eine Weile im völlig verqualmten Vereinszimmer gesessen, etwa zwei Dutzend Männer, halb über den Tisch geworfen, wie zum Absprung bereit, und ihren Unmut herausgebrüllt. Und Max Stephan, der erstaunlich gelassen an der Stirnseite des Tisches präsidierte, hatte ihnen zugenickt, als ob er ja, ja sagen wollte, und dann die Hände mit abgespreizten Fingern erhoben, als könnte er sich so der Wut seiner Leute entgegenstemmen.

Selbst Wünscher, der Buchhalter, ein stiller Mensch, der über Jahre ein ausgeglichenes Zahlenwerk der Genossenschaftsbilanzen nachgewiesen und sich als ein Mitstreiter Stephans gefühlt hatte, rief laut und anklägerisch, als trüge der Vorsitzende ganz persönlich die Schuld: Sie hat auf das Volk eingeprügelt, die Volkspolizei. Auf die eigenen Leute. Weil die die Schnauze voll hatten und rauswollten. Mal die Schnauze voll haben dürfen, ist das nicht Menschenrecht?

Ja, ja, sagte Stephan beschwichtigend, selbstverständlich.

Und dann wurde die verdammte Partei angeklagt. Man habe sie seit vierzig Jahren beschissen und belogen, behaupteten sogar diejenigen, die kaum dreißig waren, und warfen ihre Mitgliedsbücher, da sie nichts mehr nützten, in den Papierkorb, der neben Stephans Schreibtisch stand. Und mancher rief, daß er am liebsten die Flebben dazuwerfen und die Genossenschaft verlassen wolle.

Im gleichen Atemzug wurde Stephan beschuldigt, auch er sei ein Betrüger, jedenfalls aber ein Privilegierter.

Der Angriff kam von Wutzke, dem Leiter des Fuhrparkes, einem Mann um die Sechzig, aus Sachsen stammend, der, weil beinamputiert, der Ansicht war, das Leben habe ihn ungerechterweise benachteiligt. Er hatte sich oft mit Stephan herumgezankt und behauptet, er werde nicht seiner Leistung entsprechend und so schlecht bezahlt, daß er auf Nebenerwerb angewiesen sei. Tatsächlich schrieb er in seiner Freizeit Kriminalromane, von denen kein einziger veröffentlicht worden war, und auch das lastete er der Tücke der Genossenschaft an.

Wutzke erhob sich, schritt an der Längsseite des Tisches entlang, in der Absicht, sein Parteibuch höchstpersönlich zu übergeben.

Stephan weigerte sich. Was soll ich damit?

Den Arsch wischen, sagte Wutzke, und hatte die Lacher auf seiner Seite.

Er stützte sich auf den Krückstock mit dem Gummiknauf und sagte:

Jetzt kann ich endlich euch allen sagen, wer dieser Max Stephan ist. Ein Nutznießer des verrotteten Systems. Beinahe eine Gallionsfigur. Alle naselang in der Zeitung. Jedes Jahr einen Orden.

Mensch, wandte Stephan ein, du hast doch auch nicht schlecht gelebt.

Wutzke empörte sich. Ich? Auf meinen Krücken? Und immer benachteiligt. Es war mein Pech, daß ich zur Waffen-SS eingezogen worden bin. Das war ein Makel in diesem Staat. Und ich hab was verloren im Krieg gegen Rußland, meine Gesundheit, ein Bein. Vierzig Jahre lang hat sich kein Schwein dafür interessiert. Du hast immer gewonnen, weil du unversehrt warst, rücksichtslos, fett und fit, ein Privilegierter.

Das war selbst dem aufgebrachten Buchhalter Wünscher zu viel.

Hör auf zu stänkern, Mensch.

Wutzke sagte: Abrechnen müssen wir. Ich frage – er sagte ich frache –, wie ist Max Stephan zu seinem komfortablen Jagdsitz gekommen? Ich frage: Sind Mittel der Genossenschaft auf sein privates Konto geflossen?

Wünscher schüttelte den Kopf.

Da hob Wutzke ein Zeitungsblatt. Die Staatsanwaltschaft will ermitteln. Hier steht es.

Und wieder riefen einige: Schande!

Max ließ sie schreien und saß da, unter blauem Tabaksgewölk, mit verschränkten Armen wie Meister Propper anzusehen, die Andeutung eines winzigen Lächelns hob seine Mundwinkel. Nach einer ganzen Weile sprang er hoch, riß die Fenster auf, um frische Luft hereinzulassen, drehte sich um und fragte, auf der Fensterbank hockend: Darf ich jetzt mal?

Selbstverständlich ließen sie ihn reden.

Er sagte: Ihr habt ja recht mit eurer Unzufriedenheit. Beinahe alles liegt im argen, ist erstarrt oder muß in Frage gestellt werden. Aber es macht keinen Sinn, alles und jedes in einen Topf zu schmeißen. Wir müssen ein bißchen sortieren. Punkt eins.

Er sprang vom Fensterbrett, behende trotz seines Fettes, griff sich den Papierkorb und stürzte ihn, wie einen übergroßen Würfelbecher, auf den Vorstandstisch.

Es gehört sich nicht, daß ihr eure Dokumente in meinen Abfallkübel schmeißt. Ich bin dafür nicht zuständig. Tragt sie mal hübsch zu Ira hin.

Ira war eine alte, pensionierte Russischlehrerin, aus dem Baltikum stammend, der Krieg hatte sie nach Horbeck verschlagen, jetzt war sie weit über siebzig, von allen geschätzt und die Parteisekretärin des Ortes.

Habt gefälligst den Mut, der alten Genossin ins Gesicht zu sagen, warum ihr austreten wollt. Ich bitte um einen reinen Tisch!

Tatsächlich, sie nahmen mit spitzen Fingern die roten Büchlein wieder an sich, um sie in der Gesäßtasche zu vergraben, und Ältere erinnerten sich, daß man sie in früheren Zeit angehalten hatte, das Dokument wie ein Amulett auf der Brust zu tragen.

Punkt zwei: Zu meiner Jagdhütte bin ich gekommen wie ihr zu euern Häusern. Jeder von euch hat mal einen Bagger ausgeliehen, einen Hänger, einen Trecker, nur fürs Dankeschön. Und das Material, Steine, Zement, Bretter, das ganze Zeug, für das man eine beschissene Kennziffer brauchte, habe ich nicht vom großen Haufen geklaut, sondern ordentlich beschafft …

Ja, ja, unterbrach ihn der alte Herbert Probst, ein Mann mit pfeifendem Atem, der vor Jahrzehnten aus einem Uranschacht des Erzgebirges aufgestiegen war, weil er die Nase voll hatte von Dreck und Staub, die Lunge wohl auch, und gierig war nach reiner Atemluft, an der es in Mecklenburg nicht mangelte. Er war der Regenmeister der Genossenschaft und lange unentbehrlich, weil ohne den Probstschen Erfindungsreichtum manche Maschine im Schrott gelandet wäre. Ja, ja, sagte der Alte grinsend, man weiß ja, daß jeden Mai der Spargel zentnerweise nach Hohenzedlitz und sogar bis Berlin gefahren wurde, um die leckrigen Damen in den Verwaltungen freundlich zu stimmen.

Gelächter.

Stephan hielt die Augen für eine Weile geschlossen, bis er sie wieder öffnete, um die Lider überm Unschuldsauge flattern zu lassen. Ordentlich beschafft, wiederholte er, und ordentlich bezahlt.

Jetzt warf er ein Bündel mit Schriftstücken auf den Tisch, die korrekt geordnet waren.

Da! Bitte einzusehen, und er setzte mit gewisser Schärfe hinzu: Ich will doch hoffen, auch eure Unterlagen halten einer Prüfung stand.

Nun zu Punkt drei: Die Genossenschaft war unsere Sache und unsere Sorge. War sie nicht manchmal auch unser Stolz? Manches ist nicht so gelaufen, wie wir es gewünscht hätten. Was wir versaubeutelt haben, können wir nicht der Regierung ankreiden, selbst wenn dort oben Blödmänner herumgesessen haben. Wer austreten will, mag das tun, aber ich verbitte mir, daß er die Flebben in den Papierkorb schmeißt. Wir haben

Verträge miteinander. Wer geht, will ausgezahlt werden, denke ich. Was ihr eure Flebben nennt, ist bares Geld wert, ihr Fischköppe. Also, wer die Genossenschaft verlassen will, muß das hier vor dem Vorstand begründen und vertreten.

Der alte Probst rief: Max, wir wissen doch gar nicht, wie es weitergeht. Ich sage dir, die Genossenschaften werden platt gemacht wie die Industriebetriebe.

Max Stephan sagte: Ich schlage vor, wir stellen uns ein bißchen dumm. Wir verhalten uns, als könnten wir weitermachen.

Was soll das heißen? riefen viele.

Wir bestellen die Felder. Wir pflügen und säen wie jedes Jahr um diese Zeit.

Stephan sagte das in befehlerischem Ton, wie immer, wenn er nach langer Debatte hatte entscheiden müssen: So wird es gemacht.

Und auch diesmal hoben die meisten Vorstandsmitglieder zustimmend ihre Hand, wie Wutzke unmutig bemerkte.

Stephan hatte eine kleine Schlacht gewonnen.

Ida, rief er erleichtert, wo bleibt das Bier!

Sie erschien augenblicklich mit trippelnden Schritten, trotz gerüschter Servierschürze anzusehen wie eine Pastorenfrau vom Lande. Immer noch glatt das Gesicht trotz ihrer siebzig, das weiße Haar brav in der Mitte gescheitelt und zu einem ordentlichen Knoten aufgesteckt. Das übervolle Tablett mit den schaumgekrönten Bierseideln trug sie feierlich wie eine Monstranz vor sich her, vielleicht auch mit einer gewissen Ängstlichkeit. Es war ab und an vorgekommen, daß sie sich vertreten und das gefüllte Tablett fallen gelassen hatte. Stephan sprang ihr bei. Er half beim Verteilen der Gläser, und Ida wollte gerade davon, als sie den Druskat erblickte, wie er aus der Schankstube herüberkam. Und nun warf sie wenigstens das leere Blechtablett zu Boden, denn der Mann war schrecklich anzusehen. Sein Jackett, so glaubte sie, triefte von Blut.

Das Blech lärmte beträchtlich auf der Diele, und dann, als auch die übrigen den Druskat erblickten, war es so still, als hielten die Leute den Atem an wegen einer Geistererscheinung.

Wutzke faßte sich als erster. Er schob sein Bierglas zurück und fragte: Der traut sich hierher?

Druskat bückte sich nach dem Tablett. Er reichte es wortlos Ida, die sagte: Er kann kommen und gehen, wann er will. Das ist mein Haus, Herr Wutzke.

Da riß Tobias Wagenknecht, der jüngste der Traktoristen, seinen Stuhl zurück, trat ein paar Schritte vor und spuckte dem Druskat vor die Füße.

Ida faltete die Hände vorm Gesicht.

Womöglich würden sich die Männer prügeln und in ihrer Gereiztheit das Mobiliar zerschlagen. Es war ja alles schon vorgekommen. Die Abneigung zwischen den Horbeckern und Altensteinern war beinahe sprichwörtlich, und kein Mensch hatte verhindern können, daß sich dann und wann der Haß austobte in wilden Schlägereien. Die Altensteiner waren seit je ärmere Bauern gewesen als die saturierten Horbecker und hatten gemeint, der Reichtum sei allzu ungerecht verteilt, und diese wieder hatten behauptet, ihre Faulheit sei am Unglück der Altensteiner schuld.

Eingeweihte wußten, daß auch Stephan und Druskat vor langer Zeit Rivalen bei der Werbung um die schöne Hilde gewesen waren, später verfeindete Genossenschaftsbauern, und sich bis aufs Blut geprügelt hatten. Sollte sich das heute wiederholen?

Fräulein Ida blickte ängstlich auf Stephan.

Der ging langsamen Schrittes auf Tobias zu. Er packte den Jungen gewaltsam an den Revers, als wollte er ihn augenblicklich hochstemmen und zum Gespött der Bauern an Idas schmiedeeisernem Kronleuchter zappeln lassen. Stark genug war er ja, er stieß aber den Mann nur unsanft gegen das Paneel und ließ ihn wieder los.

Tobias verteidigte sich heulend vor Wut und zeigte anklagend auf Druskat: Der war in der Kreisleitung der SED. Der ist schuld an den Ungerechtigkeiten. Das ist einer von denen, die uns das Wagenknecht-Haus abgegaunert haben.

Und Wutzke machte das Maß voll, indem er rief: Das ist ein Mörder!

Die Anschuldigung war ungeheuerlich.

Die Männer erinnerten sich plötzlich der Aufregung in den Dörfern, als vor mehr als zwanzig Jahren beim Bau einer Straße, die Horbeck und Altenstein miteinander verbinden sollte, zwei Skelette gefunden worden waren. Nur eines von ihnen war zu identifizieren gewesen, das mit dem zertrümmerten Schädel. Der Gerichtsmediziner ordnete es dem ehemaligen Gutsinspektor Dobbin zu.

Seit dem Einzug der Russen hatte dieser Mann als vermißt gegolten, nun brachte das Gerücht mit einemmal Druskat in Verbindung mit dem gewaltsamen Tod des Inspektors. Genaues war niemals an die Öffentlichkeit gedrungen, Fakt war allerdings, daß Druskat bald nach dem Leichenfunde als Vorsitzender der Genossenschaft abgelöst worden war, aber erstaunlicherweise zu einem Sekretär der Kreisleitung der SED avancierte. Womöglich hatten also Partei und Staatssicherheit eine Untat vertuscht.

Keinen der Männer hielt es auf den Stühlen.

Sie traten, einer nach dem anderen, näher und bildeten einen undurchdringlichen Halbkreis, in welchem drei Menschen gefangen waren, nämlich Druskat, Stephan und Fräulein Ida. Sie standen mit dem Rücken an der Wand.

Druskat fragte mit heiserer Stimme: Braucht ihr einen, den ihr hängen könnt?

Keine Antwort.

Da sagte Stephan, ohne jede Erregung: Hört mal zu. Was bei Kriegsende in Horbeck passiert ist, das haben die Gerichte untersucht, und keiner von euch hat ein Recht, den Druskat wieder anzuklagen, schon gar nicht der SS-Mann Wutzke.

Der Fuhrparkleiter stieß wütend den Krückstock auf die Dielen.

Stephan legte einen Arm um Druskats Schulter und sagte: Daniel und ich, wir kennen uns seit einer Ewigkeit. Wir waren Freunde und Feinde. Wir haben so manches Glas miteinander geleert, und wir hatten oft genug Streit, wegen Weibern, wegen der Politik. Was heißt Streit? Wir haben uns sogar in die Fresse gehauen. Aber eines Tages hatten wir uns verbrüdert. Da drüben an der Theke. Weißt du es noch, Ida?

Das alte Fräulein nickte heftig und mußte sich mit den Fingerspitzen die Tränen von den Wangen wischen.

Stephan fuhr fort: Wir hatten uns geschworen, wenn es für einen von uns bitterernst werden sollte, steht einer für den anderen ein. Und wenn's heute auch aussieht, als taugten Ideale einen Dreck: ich stehe zu meinem Wort, ich verbürge mich. Was gegen Druskat geht, geht gegen mich. Habt ihr das verstanden?

Der letzte Satz seiner Rede war wie eine Frage formuliert, aber mit der Schärfe eines Befehls ausgesprochen, und die Männer hoben die Schultern oder schüttelten die Köpfe, aber sie rückten von Wutzke ab und traten zurück. Der Halbkreis öffnete sich.

Fräulein Ida war gerührt. Sie sagte: Die Treue ist doch kein leerer Wahn, und eine Wende kann Gott sei Dank nicht alles wenden. Ich höre ja auch immer, wir machen eine schöne Revolution. Also benehmt euch danach, oder sucht euch ein anderes Lokal.

3
Ein Herzog klopft an

Für viele Menschen in den Dörfern sollte dieser eine merkwürdige Tag, an dem Steine geworfen worden waren, Folgen haben:

Fräulein Ida begegnete einem ungewöhnlichen Herrn, an den sie ihr altes Herz hängen sollte. Frau Christa Wagenknecht traf einen Mercedes-Fahrer und erfuhr von ihm, noch während Martin und Tobias in der Kneipe saßen, daß sie ihre Wohnung würden räumen müssen. Hilde Stephan wartete vergeblich auf ihren Mann und vermutete, daß er sich in einem fremden Bette wälzte, womit sie gar nicht irrte, obwohl ihr lieber Max in dieser Nacht bei keinem Weibe lag.

Aber wir wollen der Reihe nach erzählen.

Stephan und Druskat waren die letzten Gäste in Idas Kneipe. Sie hatten sich eine Weile nicht gesehen, und es war viel zu besprechen an diesem Wintertag. Und die kleine Ina, obwohl sie zu dieser Stunde längst im Bette hätte liegen müssen, stand auf einem Stuhl am Tresen, hatte sich ein Handtuch um den Bauch wickeln lassen und genoß es, im Wasser herumzuspritzen, unter dem Vorwand, sie müsse die Biergläser spülen. Denn Ida war verhindert. Sie hatte versprochen, den hungrigen Männern eine Mahlzeit zuzubereiten. Sie verstand sich vorzüglich auf die Zubereitung von Bratkartoffeln aus rohen Knollen, die sie schnitzelte, mit vielen Kräutern würzte und mit reichlich Speck in einer Eisenpfanne röstete. Sie hantierte hochroten Kopfes am Küchenherd.

Stephan blickte zu Ina hinüber. Was ist mit dem Kind?

Meine Tochter kommt mit dem Leben nicht zurecht, sagte Druskat zögernd. Ich bin allein. Ich hatte ja auch kein Glück in der Liebe.

Stephan tröstete den Freund. Du hast meine Hilde nicht gekriegt. Mensch, sei nicht traurig. Sie hat inzwischen so einen Hintern, er deutete eine meterbreite Spanne zwischen den Handflächen an, kaum noch zu bewegen. Aber, Daniel, ein Küßchen auf Ida, das alte Fräulein war immer scharf auf dich, und sie rückt zur Seite im Bett. Sie vermacht dir die Kneipe, und du bist aus dem Schneider.

Druskat hob erschrocken die Hände. Gottes willen.

Da erschien Ida schon, stellte die Teller zurecht und servierte ihre vielgerühmten Kartoffeln.

Die Männer dankten und aßen gierig.

Nach einer Weile, immer noch kauend, fragte Druskat: Und du? Du willst nicht aufgeben? Du willst weitermachen mit der Genossenschaft?

Hör mal, meinte Stephan, ich hab in über zwanzig Jahren einen Betrieb aufgebaut, der es mit jedem westdeutschen Rittergut aufnehmen kann. Ein Lebenswerk. Das laß ich mir nicht zerschlagen.

Aber wie willst du's retten?

Stephan wischte mit dem Handrücken das Fett aus den Mundwinkeln und beugte sich vor. Warst du bei der Hitlerjugend?

Druskat schüttelte den Kopf.

Aber ich. 45, als die Russen kamen, haben wir trainiert, wie man sich vom Feind einfach überrollen lassen kann.

Druskat nickte. Wenn's Zeit ist, erhebst du dich, klopfst den Dreck aus den Kleidern und erzählst, daß du ein Opfer warst. Einer wie du wird durchkommen. Mich haben sie am Arsch.

Warum hast du dich auch von der Partei anstellen lassen? Sekretär für Landwirtschaft.

Du weißt, warum, sagte Druskat. Dir und deiner Arbeit hat es jedenfalls genutzt. Ich hab mich an unsern Schwur gehalten. Jede Denunziation, jeder Bericht über deine Eskapaden ist auf meinem Tisch liegengeblieben und nicht bei der Stasi gelandet.

Eskapaden? Stephan war neugierig geworden und Druskat zitierte aus der Erinnerung: ... trat der Genosse Stephan um Mitternacht schwankend aus dem Gästehaus der SED, stellte sich vor den Dienstwagen der Ministerin für Volksbildung und pinkelte denselben im hohen Bogen an.

Stephan lachte. Das hört sich heute gar nicht schlecht an. Wer war denn der Berichterstatter?

Hinkebein Wutzke war einer von ihnen.

Hast du noch mehr? wollte Stephan wissen.

Max, sagte Druskat, du hast dich mit diesem Mann vom Theater angelegt, mit Hirschwein.

Max Stephan erinnerte sich. Der sollte unsere Kulturgruppe anleiten, für 'ne Menge Geld, und hat das nicht gekonnt.

Du hast ihn einen Arsch genannt, sogar schriftlich.

Er war einer.

Ja, meinte Druskat. Aber dieser Mann wird unser neuer Landrat sein.

Die beiden Männer hatten sich so ins Gespräch vertieft, daß ihnen entgangen war, wie Fräulein Ida auf das wacklige Ledersofa stieg, um das Wandbild, einen röhrenden Hirsch, abzuhängen. Es war halsbrecherisch. Max Stephan und Daniel Druskat wurden es erst gewahr, als sie da oben auch noch eine Rede hielt.

Andre Zeiten, andre Bilder. Zuerst hat hier über dem Sofa der eiserne Kanzler Bismarck gehangen. Mein Vater selig war ein Verehrer von ihm. Dann mußten wir den mit dem Bürstenbärtchen aufhängen und später, das wißt ihr doch, den mit dem Spitzbart. Ich hab ihn gegen einen röhrenden Hirsch ausgewechselt. Jetzt kommt eine Frau nach meinem Herzen an die Wand. Max, reich mir doch bitte das Bild hoch. Das ist die gute Königin Luise. Eine Landsmännin von uns, eine geborene Prinzessin von Wendenburg-Zedlitz. Und meine Kneipe will ich umbenennen in »Luisenruh«.

Jahrzehntelang hatte Fräulein Ida in der Öffentlichkeit ihre schwärmerische Verehrung für den europäischen Hochadel unterdrücken müssen. Sie interessierte sich für die Geschichte und die Geschicke der Herrscherhäuser, deren Nachfahren sich oft genug durch allerlei Affären ins Gerede brachten, und hatte in der Vergangenheit, sehr zum Ärger ihrer großen Schwester, immer wieder Wege gefunden, ihre Nachttischschublade mit Exemplaren der Regenbogenpresse vollzustopfen und seien diese noch so alt und zerfleddert gewesen. Ida war auf dem laufenden, und sie teilte die Sorgen ihrer Majestät der Queen, deren Schwiegertochter sich bei weitem nicht so königlich aufführte, wie es sich für die Anwärterin auf eine Krone gebührt hätte. Da war die preußische Luise von anderem Zuschnitt gewesen.

Diese hatte zwar als Kronprinzessin bei Hofe auch allerlei Schelte wegen ihrer unkonventionellen Umgangsformen hinnehmen müssen, sich aber später, als gekrönte Herrscherin, zu Memel dem Usurpator Napoleon mutig, wenn auch leider erfolglos, entgegengestellt und sich wenige Jahre danach, womöglich aus vaterländischem Gram, kaum über dreißig, davonmachen müssen. Übrigens war sie auf einem Schlosse ganz in der Nähe von Wendenburg gestorben.

Jetzt hatte Ida endlich die Gelegenheit, das Bildnis der Königin vom Dachboden zu holen, von den Spinnweben zu befreien und es frank und frei in ihrer Gaststube auszustellen. Nun turnte sie auf dem Ledersofa herum und war während ihrer Ansprache in gewisse patriotische Erregung geraten. Die beiden Kavaliere hatten zupacken müssen, um ihr nach der Rede herunterzuhelfen, und gerade in diesem Augenblick betrat ein Fremder in abgetragenem Cordanzug, einen Lodenmantel überm Arm, die Gaststube. Der Herr war gewiß schon über siebzig, aber eine stattliche Erscheinung. Er wünschte einen guten Abend.

Ida dankte ihren beiden Rittern mit einem Kopfnicken. Ihr Gesicht war gerötet von der Anstrengung wie von der Weihe des Augenblicks, und es verdroß sie, daß ausgerechnet jetzt ein Gast empfangen werden mußte.

Sie verlautete ungnädig, die Küche sei geschlossen.

Der Mann verlangte nur ein bescheidenes Quartier.

Eine Nacht?

Vielleicht für länger, sagte er. Vorausgesetzt, der Preis ist nicht zu hoch.

Dreißig Mark, beschied Ida, immer noch verstimmt. WC und Gemeinschaftsbad auf dem Flur.

Der Mann war einverstanden, und der Wirtin blieb nichts übrig, als dem späten Gast den obligaten Anmeldungszettel über den Tresen zuzuschieben.

Bitte eintragen.

Muß das sein?

Allerdings. Da könnte ja jeder kommen.

Stephan und Druskat hatten sich inzwischen in der Stammtischecke niedergelassen und von dort den Wortwechsel zwischen dem unlustigen Fräulein und dem Fremdling verfolgt.

Einer von diesen verdammten Vertretern. Sie klingeln jetzt an jeder Tür.

Da sahen sie, daß Ida auf den Zettel starrte, dann auf den alten Mann im Cordanzug, plötzlich mit einer Hand seitlich die Röcke raffte, mit der anderen eine ausschweifende Bewegung beschrieb und ächzend in die Hocke ging.

Sie seufzte: Hoheit. Mein Gott! und herrschte, kaum daß es ihr gelungen war, sich aus ihrer eigenartigen Stellung zu erheben, die beiden Freunde an, sie sollten auf der Stelle das Gepäck von Seiner Hoheit herbeischaffen.

Der alte Mann lächelte. Nicht nötig. Ich hab nur diese eine Tasche.

Dann folgte er der Wirtin.

Max Stephan war mit ein paar Schritten am Tresen, um das Anmeldeformular zu studieren.

Karl-Ludwig, rief er dem Druskat zu, Karl-Ludwig, Herzog in Wendenburg. Glaubst du das?

Druskat antwortete: Nach der Wende halte ich alles für möglich, Max.

4
Gerechte und Ungerechte

Die beiden Männer standen noch eine Weile vor Idas Kneipe. Daniel trug seine Enkeltochter auf dem Arm. Sie schlief an seinem Halse. Es war ja schon tief in der Nacht.

Aber Stephan konnte sich nicht trennen. Er schlug sich mit hundert Fragen herum, auf die er keine Antwort wußte. Vielleicht würde es im Gespräch mit Druskat gelingen, den Dingen näher auf den Grund zu kommen. Selbstverständlich redeten sie auch über den Herzog Karl-Ludwig, der offenbar wirklich dem Hochadel zugerechnet werden mußte. Jedenfalls hatte ihnen Ida, als sie die Gastwirtschaft verschloß, durch den Türspalt zugezischelt: Russische Linie der Wendenburger.

Stephan sagte: Man hat uns eingeredet, das berühmte Rad der Geschichte könnte nicht zurückgedreht werden. Auch nur eine Phrase.

Druskat nickte.

Alle werden zurückkommen, alle, Gerechte wie Ungerechte, Gauner und Herzöge. Und alle werden angetrieben von der Hoffnung auf Reichtum und Landbesitz im Osten.

Die Kleine verlangte plötzlich nach ihrem Bett. Stephan nahm Ina ihrem Großvater ab, damit der die Wartburgtür öffnen konnte. Er brachte das Mädchen behutsam auf dem Rücksitz unter, und es verblüffte den Druskat, als Stephan sich neben ihm niederließ.

Ich komme mit, wenn's dir recht ist.

Nach einer Viertelstunde waren sie am Ziel. Über dem Dach von Druskats Haus stand groß und kalt der Mond, und das

Mädchen fürchtete sich. Es saß jetzt auf Stephans Arm, der es tröstete: Max ist doch da. Max ist da.

Druskat trat ein paar Glasscherben auf dem Haustritt zur Seite, dann schloß er die Haustür auf. Er sagte: Ich rechne dir hoch an, daß du uns begleitest.

Stephan winkte ab. Er untersuchte vorsichtig den Schaden, den der Steinwurf verursacht hatte.

Halb so schlimm.

Er küßte das Kind auf die Wange, um es dann vorsichtig abzusetzen, und Druskat bemerkte, wie zärtlich der bärenhafte Mensch mit der Enkeltochter umging. Vielleicht dachte er, daß Max Stephan das Zeug zu einem Großvater hätte und seine Stelle einnehmen könnte, falls er, Druskat, verhindert wäre, wenn sie ihn doch wieder holten. Das ist ein Mörder, hatte Wutzke gerufen, der Fuhrparkleiter. Bei Stephan wäre das Kind in guten Händen. Druskat sah ihm mit gewisser Bewunderung zu. Er werkelte längst nicht so akkurat, wie Druskat das getan hätte, dafür war es ihm aber im Handumdrehen gelungen, die beschädigte Haustür mit Hilfe von ein paar Pappscheiben und Holzleisten zu flicken.

Stephan fragte: Warum verhalten sich die Leute so? Gestern sind sie uns noch in den Arsch gekrochen.

Es ist die Angst. Die vielen Mitläufer fühlen sich auf eine dumpfe Weise mitschuldig. Sie brauchen andere, denen sie die eigene Schuld aufladen können. Max, das ist eine uralte Sache; einer muß immer ans Kreuz geschlagen werden.

Stephan trieb den letzten Nagel ins Holz, dann beugte er sich zu Ina hinunter, die ihm gewissenhaft die Nägel zugereicht hatte, und fragte: Weißt du, wo Daniel das Bier versteckt?

Sie wußte es.

Dann hol uns ’ne Flasche. Und dem Druskat sagte er: Du, einen Schluck Wodka könnte ich auch vertragen.

Nun war die Kleine längst zu Bett gebracht, die Wodka-Flasche fast geleert, und sie hockten sich immer noch am Küchentisch gegenüber, um leise in der Nacht hin und her zu reden.

Druskat, schon ein bißchen unsicher in seinen Bewegungen, wollte dem Stephan eine neue Bierflasche reichen und stieß an den grünen Blechschirm der niedrig hängenden Küchenlampe. Sie pendelte, und der kalte Schein riß abwechselnd die Gesichter der beiden Männer aus der Dunkelheit.

Stephan fragte: Wir sind schmählich gescheitert mit der Sache, für die wir uns herumgeschlagen haben. Du bist nicht bloß ein Mitläufer gewesen, Daniel Druskat, ebensowenig wie ich. Fühlst du dich schuldig?

Druskat sagte, nach einigem Zögern: Wer hätte nicht mal die Augen gesenkt, sich weggedreht, weil er nicht wahrhaben wollte, was los war? Wer kann von sich sagen, er hätte immer die Wahrheit geredet?

Nun mußt du mir nur noch mit unserem lieben Herrn Jesus kommen ... der werfe den ersten Stein.

Er ist ja geflogen, sagte Druskat mit einiger Heftigkeit und deutete mit dem Kopf gegen die Tür. Und dann war es, als redete er mit sich selber, so leise, daß Stephan manchmal Mühe hatte, ihn zu verstehen.

Alle Kinder sind in eine Klasse gegangen, dort in meiner Heimat in Wolhynien. Wir haben russisch, polnisch, jiddisch und deutsch geredet. Wir haben uns gut verstanden. Mit dem Krieg kam der Haß. Wir waren Kinder und haben mit angesehen, wie Leute aus unserem Dorf, auch Schulkameraden von uns, an die Wand gestellt und erschossen wurden, bloß weil sie jüdisch waren. Als mit dem Krieg die Russen zurückkamen, sind meine Eltern erschossen worden, bloß weil sie deutsch waren. Ich bin bis Horbeck getreckt in meiner Angst und hab wieder mit ansehen müssen, wie einer erschossen wurde, bloß weil er polnisch gesprochen hat. Solange ich jung war, habe ich in der Angst leben müssen vor einer fremden, unheimlichen Gewalt, die man das Schicksal nannte und erdulden mußte. Bis ich auf Leute traf wie den alten Gomolla. Der hat gesagt: Komm zu uns. Wir wollen die Angst aus der Welt schaffen.

Aber was ist daraus gewordnen, Daniel? rief Stephan. Du hast dich als Angstmacher mißbrauchen lassen. Auch mir gegenüber.

Beide erinnerten sich an den Tag im Frühjahr 1960, als in allen Dörfern des Landes die Kollektivierung durchgesetzt werden sollte. Druskat war zur Kreisleitung geladen worden.

Gomolla, Kreissekretär der SED, schon ein alter Mann, der mit dem Jahrhundert ging, erhob sich und trat vor die Karte, sie bedeckte die Rückwand des Zimmers hinter seinem Schreibtisch.

Schau mal her, Daniel, sagte er. So ist die Lage. Fast alle Dörfer sind vollgenossenschaftlich, da und dort wird noch agitiert, sitzt noch einer, der seinen Hof verbarrikadiert hat, sich dem Fortschritt entgegenstemmt, alles Kleinigkeiten, aber hier – ja, schau genau hin, Horbeck, dein Dorf, ein regelrechtes Widerstandsnest. Jetzt will ich wissen, warum das so ist. Du brauchst mir nicht zu erzählen, die Lage sei kompliziert in Horbeck, das weiß ich allein, die LPG kämpft mit Schwierigkeiten, mußte devastierte Höfe übernehmen, die Besitzer hatten sie regelrecht ausgeplündert, ehe sie nach dem Westen türmten, jedes verkommene Feldstück wurde der Genossenschaft aufgehalst. Die Arbeit ist schwer, der Verdienst niedrig, kein Anreiz für den Eintritt.

Das weiß ich alles. Aber der Hase liegt woanders im Pfeffer. Los, Junge, red schon!

Druskat sagte: Der beste Bauer in Horbeck ist Max Stephan. Anerkannte Herdbuchherde, 'ne Menge Diplome, Meisterbauer. Er hat Autorität. Wenn der unterschreibt, dann treten auch die anderen ein.

Na, dann aber nichts wie drauf, rief Gomolla. Er blickte den Daniel an.

Druskat sagte: Ich hatte einen einzigen Freund, Max Stephan. Wir sind zusammen jung gewesen. Wir haben alles geteilt, bis auf das Mädchen, weißt du …

Ja und? Ja und? Gomolla wurde ungeduldig.

Druskat sagte: Es fällt mir schwer, gegen Stephan mit Gewalt vorzugehen, verstehst du? Ihn womöglich vom Dorfpolizisten vorführen zu lassen. Ich bring das nicht fertig.

Mir bricht das Herz, sagte Gomolla. Das ist aber ein Konflikt.

Ja, das ist ein Konflikt, und du schaffst ihn nicht aus der Welt, wenn du mich zusammendrischst.

Ich werde dir helfen. Ich werde nach Horbeck kommen und dem einen oder anderen Strolch die SA-Hosen wieder anziehen vor der Öffentlichkeit. Leider muß ich heute zur Berichterstattung fahren und kann erst morgen kommen. Also sage nicht, ich hätte dir keine Chance gegeben. Du hast noch vierundzwanzig Stunden Zeit, die Bauern nach deiner Methode zu überzeugen. Morgen mittag, Punkt zwölf, meldest du: Horbeck ist vollgenossenschaftlich.

Ja, so war es gewesen. Druskat erinnerte sich, und auch Stephan hatte nicht vergessen, was am Tag darauf geschehen war.

Es fehlten nur wenige Minuten an zwölf, und die Lautsprecher des Agitationsautos, es war in der Nähe des Dorftümpels auf-

gefahren, verkündeten noch einmal, daß die Stunde der Entscheidung angebrochen sei, dann ertönte kreischige Walzermusik. Nach einer Weile winkte Daniel dem Fahrer des Agitationswagens, das Musikgeheul verstummte auf einen Schlag. Nun war's totenstill. Der Dorfplatz lag vor den Männern, sonnenüberglänzt an diesem Frühlingstag, dennoch war es Gomolla, als beträte er einen unheimlichen, gespenstischen Ort. Die anderen werden auch so empfunden haben, das Dorf wirkte wie ausgestorben, kein Fenster, das freundlich in der Sonne blinkte, die Läden zugeklappt, an jedem Haus die Tore verschlossen, kein Huhn, das im Vorgarten kratzte, keine Ente, die auf dem Teich gründelte, kein Hund, der bellte, kein Windhauch, kein Laut.

Es war so still, daß die flüsternden Stimmen der Männer über den Platz zu hallen schienen, und der Kies knirschte bei jedem ihrer Schritte.

Es war kurz vor zwölf. Die fünf Bauern vom Komitee, Gomolla und Druskat, standen, Hände in den Hosentaschen, wartend, mitten auf dem Platz, sie kamen sich vor, als stünden sie auf dem Marktplatz einer völlig unbekannten, verlassenen Stadt, als existierten außer ihnen keine Lebewesen mehr auf diesem Gestirn. Sie sahen sich um, sahen sich an, hoben die Schultern.

Sollten die Verweigerer etwa abgehauen sein vor Tau und Tag? War man aufs leere Nest gekommen?

Daniel hob die Hände, er hielt sie, wie zu einem Trichter geformt, vor den Mund und rief: He, Stephan, mach auf!

Es war, als riefe er, winzig klein, inmitten eines ungeheuren Felsengebirges nach einem Verschollenen.

Keine Antwort, nur seine eigene Stimme hallte von den Häuserwänden wider.

Jetzt trat der Polizist an Druskats Seite, die Frist war abgelaufen, aber Daniel gebot dem Uniformierten mit einer Handbewegung: Halt!

Er ging allein auf das Haus von Stephan zu, langsam, Schritt für Schritt setzend, es waren keine dreißig Meter, die Druskat zurücklegen mußte, aber es schien, als wollte der Weg über den leeren Platz kein Ende nehmen.

Er war fast schon vor dem Hoftor angelangt, als er plötzlich zusammenfuhr, denn nun begannen unversehens die Kirchenglocken von Horbeck zu erdröhnen. Jeder der Männer schrak zusammen, kehrte sich auf dem Absatz herum, starrte zum Kirchturm hinauf. Es war nichts Absonderliches geschehen, zwölf Uhr mittags, der Küster läutete den Tag des Herrn ein, wie jeden Sonnabend um diese Zeit.

Aber nun, die Glocke wird das Signal gewesen sein – öffneten sich knarrend die Torflügel von Stephans Gehöft, und die Männer kehrten sich wie auf einen Ruck nach der Häuserzeile um – was geschah dort? – das konnte nicht wahr sein! Gomolla meinte, er habe einen Albtraum am hellichten Tag.

Die geöffneten Tore gaben den Blick frei auf einen starr stehenden Menschenhaufen, steife Zylinder ragten über den bulligen Köpfen der Männer auf, schwarze Tücher umhüllten die Gesichter der Frauen, sogar schwarze Schleier wehten. Es mögen an die dreißig Menschen in Trauerkleidung gewesen sein, die schweigend auf Stephans Hof standen, bewegungslos, als sollte im Augenblick ein Gruppenbild gemacht werden, als hätte der Fotograf grade die Hand erhoben und gerufen: Pose bitte! und keine Bewegung, wenn ich bitten darf.

Das Schlimmste war, niemand würde beweisen können, es handle sich – was es nach Gomollas Ansicht zweifellos war – um eine konterrevolutionäre Zusammenrottung.

Und jetzt, unfaßbar, nachdem die Kirchenglocken endlich ver-

stummt waren, ertönte mit einem Mal der wehmütig zitternde Klang einer Ziehharmonika, erklang der Choral: Jesus, geh voran, und auf den Platz traten, hinter dem Harmonikaspieler, feierlich gemessenen Schrittes Stephan und Hilde, und hinter denen wieder, jeweils zwei und zwei, die übrigen Unterschriftsverweigerer, allesamt in schwarzem Tuch und Kränze tragend, deren weiße Schärpen den Staub der Straße fegten.

Daniel sprang mit einem Satz nach vorn, stieß den Harmonikaspieler beiseite, der Choral endete in schrillem Mißklang, der Trauerzug stockte, denn Daniel hatte sich mit ausgebreiteten Armen der Gemeinde entgegengestellt. Es sah aus, als wollte er mit einer priesterlich beschwörenden Geste dem Teufelsspuk ein Ende machen, und er brüllte: Was soll der Quatsch? Max, du mußt unterschreiben!

Aber Stephan zuckte nur ein wenig mit den Wangenmuskeln nach Druskats wütendem Ausbruch und wischte mit den Fingerspitzen fort, was ihn von Daniels sprühendem Zorn getroffen hatte. Er machte sein Schafsgesicht und sagte mit mildem Blick und belegter Stimme: Wir müssen den Toten Ehre erweisen. Wir gehn zur Beerdigung über Land.

Nun starrte Daniel Hilde ins Gesicht. Sie hatte Mühe, diesem Blick standzuhalten. Daniel sagte: Daß du mir das antun konntest. Sie senkte die Lider wie in tiefer Scham.

Der Harmonikaspieler entlockte seinem Instrument eine jammernde Weise, der Zug faßte wieder Tritt, und ehe sich einer versah, waren die Trauernden, je zwei und zwei, gesenkten Hauptes an den verblüfften Revolutionären vorübergeschritten und aus dem Dorf entschwunden.

Stephan und Druskat hatten am Küchentisch gehockt. Ellenbogen aufgestützt, die Hände zu Fäusten geballt, Kinn auf den Daumen, Auge in Auge, und das Licht der Glühbirne unter dem grünen Blechschirm leuchte ihnen so kalt wie die Lampe im Zimmer eines Untersuchungsbeamten. Und manchmal, im Erinnern, war ihnen, als empfänden sie die Schärfe der Konfrontation von damals ganz gegenwärtig, als müßten sie augenblicklich zupacken, versuchen, sich gegenseitig über den Tisch zu ziehen und einander zu schlagen wie in diesem Frühjahr 1960.

Mensch, sagte Stephan endlich, habt ihr euch blamiert.

Und du hast trotzdem klein beigeben müssen, meinte der andere. Noch am selben Abend. Schlag mich tot, aber es tut mir bis heute nicht leid, daß ich dich zum Eintritt in die LPG genötigt habe. Du mußtest runter vom hohen Roß, aber ihr habt das Haus behalten. Ihr seid im Besitz der Ländereien geblieben. Natürlich war's ein Zwang, daß du in einer Gemeinschaft arbeiten solltest, aber nicht lange, da hattest du dich zum Boß aufgeschwungen und mich zur Seite gedrängt, weil mich dein Schwiegervater erpressen konnte. Er hat mir Angst gemacht mit der Sache, die am Ende des Krieges in Horbeck passiert ist.

Meinetwegen, sagte Stephan. Lassen wir die alten Geschichten aus dem Spiel. Schließlich ist ja zu meinem Nutzen ausgeschlagen, was mir am Anfang wie ein Opfergang erschienen war.

Die Männer teilten den letzten Schluck aus der Wodka-Flasche, und dann hatten sie zu tun, sich gegenseitig die schmale und steile Stiege zu den Schlafzimmern hinaufzuhieven.

Als am nächsten Morgen der Wecker schrillte, waren es drei Menschen, die sich erschrocken in den Ehebetten aufrichteten, nämlich Druskat, der auf die Uhr einschlug, die nicht aufhören wollte zu lärmen, in der Mitte das Kind und neben ihm Max Stephan, der mit einiger Überraschung feststellte, daß er auf völlig unbekannten Kissen ruhte.

Daniel, hatte ich mich etwa besoffen?

Ach was, nur ein paar Doppelte zu viel für die Heimfahrt.

Ina küßte jeden der Männer auf die Stachelwange, dann sprang sie aus dem Bett.

Ich mach den Kaffee.

5
Ein jegliches hat seine Zeit

Trotz brütender Sommerglut war der alte Mann korrekt gekleidet, dunkelgrauer Anzug, weißes Hemd, auf dem Kopf trug er eine Schiffermütze, groß und hager stand er da, krummrückig schon, mit beiden Händen auf einen Krückstock gestützt, und schaute sich um. Seit Jahren war er nicht in der Stadt gewesen, fand aber alles am Platz.

Da war der kopfsteingepflasterte Markt mit der Bauminsel in der Mitte. Acht Linden standen im Kreis, sie sollten die Gerechten symbolisieren, so hieß es, die Ratsherren der Stadt. Wie Wächter umgaben sie einen Findlingsblock, auf dessen Spitze sich ein eherner Adler erhob, um das Kriegerdenkmal zu krönen. Es erinnerte an den deutschen Sieg über das französische Kaiserreich, an die glorreiche Schlacht von Sedan im Jahre 1870, aber auch an das Dutzend Wendenburger Söhne, die damals ins Feld gezogen und niemals heimgekehrt waren. Die Inschrift lautete: Welche Wende durch Gottes Fügung.

Der Alte grinste. Er wußte, daß nach 45 mancher zugereiste Hitzkopf oder Parteimensch Anstoß genommen an dem Stein und dessen Entfernung verlangt hatte. Die Leute von Wendenburg waren in der Mehrzahl eingesessene Mecklenburger, also nicht aufbrausend, vielmehr bedächtig im Denken wie im Handeln, sie ließen sich selten fortreißen, schon gar nicht zu Bilderstürmerei. Viele der eingemeißelten Namen deuteten auf niederdeutsche Herkunft, wie Kehnscherper, Schomaker oder Babendiek, während Zander, Hecht oder Barschel darauf schließen ließen, daß sich die Vorfahren als

Fischer einen Namen gemacht hatten. Das Städtchen lag an einem großen See, die Boblitz genannt.

Warum ehrliche Bürger kränken, indem man die Namen ihrer Urgroßväter oder -onkel tilgte wie das Andenken an eine Zeit, in der sie als Helden gegolten hatten?

Der alte Mann hieß Hecht. Während der ersten, wilden Nachkriegsjahre war er zum Landrat bestellt worden und hatte, als der Abriß des martialischen Denkmals zur Debatte stand, empfohlen, zusätzlich, aber ohne Aufsehen, die Schicksalszahl 1813 in den Granit meißeln zu lassen. Sie würde an die Völkerschlacht gemahnen, in der Russen und Deutsche gemeinsam den Aggressor Napoleon in die Knie gezwungen hatten, und tatsächlich fand der Stein auf solche Weise Gnade vor den Augen des sowjetischen Kommandanten. Er stand immer noch.

Der Alte grinste also und entschloß sich weiterzugehen. Er war durch ein altersbedingtes Hüftleiden behindert und hinkte, bis ihm nach und nach gelang, sich einzulaufen.

Er ließ die Apotheke, einen frisch gekalkten Fachwerkbau, rechts liegen und bog in die Hohe Straße ein. Dort ragte, wie eh und je, das mittelalterliche Gotteshaus, Backstein hoch aufgetürmt, davor die siebenhundertjährige Linde, mächtig im Umfang, aber von den Stürmen der Zeit gerupft und gezaust und ausgehöhlt wie ein fauliger Korbweidenstamm. Sie stand immer noch aufrecht am Platz, während viele Wendenburger Generationen hatten dahinsinken müssen. Die Linde lebte, sie blühte auch in diesem Juli, der Alte sog genießerisch ihren Duft ein und hielt die Hand hinters Ohr, denn Schwerhörigkeit machte ihm längst zu schaffen. Das Summen der abertausend Bienen im Gezweig konnte er gerade noch vernehmen. Er dachte, wenn es Gott den Herrn gäbe, säße der womöglich im Baum und brummte vor Vergnügen, weil ihn die bescheidenen Insekten weit mehr erfreuten als das Menschengeschlecht, das sich anmaßte, an die Schöpfung zu rühren, und wahrhaftig schon ein gewaltiges Ozonloch in den Himmel gerissen hatte. Könnte sein, der Herr würde eines Tages den Bienen sagen: Füllet die Erde und macht sie euch untertan und herrscht anstelle der dünkelhaften und dummen Menschen, die ich werde aussterben lassen wie einstmals die maßlosen, verfressenen Saurier.

Die Häuser, rechts und links des Stolperpflasters, waren ihm beinahe alle bekannt. Sie beherbergten, was ein Gemeinwesen zum Wohlergehen seiner Bürger bereithalten muß, die Schule, die Schmiede, die Schlosserei, die Schenke und den Friseur und schließlich, dem Pfarrhaus gegenüber, die Bäckerei Rabenhorst mit einer Kaffeestube. Wenn die Kirche unbestritten als das älteste Gebäude von Wendenburg galt, war Café Rabenhorst das jüngste. Es prahlte mit heller Fassade, die breiten, leicht getönten Scheiben des Ladens wie des Restaurants blitzten in der Sonne und machten, daß die Pfarre auf der anderen Straßenseite, ein kasernenartiger rötlicher Ziegelbau, um so schäbiger wirkte.

Der alte Mann war bis zum Tor des Pfarrhauses gelangt, jetzt suchte er nach dem Etui in der Seitentasche des Jacketts, hängte die Brillenbügel an den Ohren ein und beugte sich vor, um die Nachrichten im Schaukasten zu studieren. Geistliche Abendmusik dann und dann, auch ein Konzert des Heimatchors Wendenburg wurde angekündigt, Madrigale, Choräle und solche Sachen. Die Pflege des gemeinsamen Gesanges hatte Tradition im Städtchen. Der Alte erinnerte sich an eine Feier zum Jubiläum der Staatsgründung, vor vielen Jahren, da hatten sie sich auch die Seele aus dem Leib gesungen, schrille Soprane, nasale Tenöre, dröhnende Bässe. Der hymnische Text wie die jubelnde Melodie waren ihm bis heute im Ohr: Thälmann, Thälmann vor allem. Nun dienen sie sich gewendet der neuen Macht an, mit nämlicher Inbrunst und frommem Eifer. Warum sollen die Leute von der Kunst mehr Charakter besitzen als andere?

Er wollte klingeln, als hinter seinem Rücken eine Autotür zugeschlagen und Hallöchen! gerufen wurde. Der Alte wandte sich um und sah, daß der neckische Gruß nicht ihm gegolten hatte. Eine Frau von imponierender Erscheinung stieg die marmorierten Kunststeinstufen zum Café Rabenhorst empor, rundes, rosiges Gesicht, das Blondhaar gekräuselt wie bei einem Rauschgoldengel. Sie trug eines jener lockeren Gewänder, die in Mode sind und von üppigen Frauen bevorzugt werden, weil sie übermäßige Rundungen verhüllen und dennoch nicht verbergen, was ein männliches Auge erfreut. Von der ausladenden Wölbung des Busens wallten die Bahnen abwärts, seidig glänzend, zartes Grün. Diese Frau war Greta Keferlein-Tesch, eine Altistin vom Stadttheater Hohenzedlitz, die abgewickelt worden war und sich seitdem des Heimatchores angenommen hatte. Heute sollte bei Rabenhorst eine der turnusmäßigen Leitungssitzungen stattfinden.

Frau Greta stieg also die Stufen empor und wurde auf dem Podest von einer appetitlichen Naturblondine erwartet, der Frau Rabenhorst persönlich, einer tüchtigen Person, die nicht nur die Buchhaltung des Geschäfts führte, sondern auch im Laden bediente, wenn Not am Manne oder auch an der Frau war wie heute. Deshalb war sie, wie auch das Personal, in rotweiß gestreifte ländliche Tracht gekleidet und sehr hübsch anzusehen. Frau Rabenhorst mochte an die Vierzig sein, der älteste Sohn hatte jedenfalls Abitur gemacht, sie wirkte aber neben der ausladenden Chorleiterin geradezu mädchenhaft.

Hallöchen!

Zuerst hatte Greta Keferlein-Tesch die fünf Finger ein wenig in der Luft bewegt, jetzt hielt sie der Frau Bäckermeister beide Hände hin, ließ sich fassen und die letzte Stufe gewissermaßen hinaufziehen, um etwas atemlos zu wiederholen: Hallöchen!

Der Auftritt war bühnenreif. Wer wie Greta Keferlein-Tesch auf den Brettern gestanden hatte, die die Welt bedeuten, ist ein Leben lang süchtig nach Publikum. Sie blickte unauffällig straßauf, straßab, aber da war niemand, der sie hätte wahrnehmen und bewundern können. Die Julihitze hielt die Leute in den Häusern, bis auf den alten Mann gegenüber. Er starrte sie an. Guter Kopf, kantig, er kam ihr bekannt vor, und er lächelte, er kennt sie also, wahrscheinlich von der Bühne her. Greta Keferlein-Tesch neigte sich grüßend mit so gemessener Würde, wie sie das getan hatte, wenn sie nach der Vorstellung vor den Vorhang gerufen worden war, um sich dem heftig applaudierenden Publikum zu zeigen.

Ihr letzter Auftritt lag übrigens noch gar nicht so lange Zeit zurück. Sie hatte vor wenigen Jahren in letzter Minute für einen erkrankten Mezzosopran einspringen müssen und nicht gezögert, die Partie der Carmen zu übernehmen und mit solcher Verve zu singen, daß sich niemand dem Bann ihrer sonoren Stimme entziehen konnte. Leider hatten sich in den neuen Ländern zur Wendezeit viele Blätter einen geradezu rüpelhaft polemischen Ton angewöhnt und auch die Leute von der Kunst nicht geschont, und so schrieb ein Kritiker des Mecklenburg-Hohenzedlitzer Anzeigers: Diese Carmen muß man genießen wie sehr alten Burgunder – mit geschlossenen

Augen. Hab ich das nötig? hatte Greta Keferlein-Tesch im Freundeskreis mit erhobenen Brauen gefragt und nie wieder die Bühne betreten.

Jetzt neigte sie sich also grüßend, Frau Gerlinde Rabenhorst tat es auch, und es hatte schon Art, wie der alte Herr den Damen dankte. Gut zu wissen, daß es in einem so verschlafenen Nest wie Wendenburg noch Kavaliere der alten Schule gab.

Der Alte dachte, es macht mir immer noch Spaß, nach hübschen Frauen zu sehen, wie den beiden Blondinen gegenüber auf den Stufen, die eine zu üppig, die andere rundlich gerade dort, wo ich es mag. Sie lächeln, sie grüßen, da muß ich die Mütze ziehen und mich, so gut es noch geht, vor so schöner Weiblichkeit verneigen, da wünschte ich, mein Baum würde noch in der Blüte stehen wie die uralte Linde. Er grinste wieder und schüttelte den Kopf, nicht aus Alterszittrigkeit, sondern weil er sich über sich selber wunderte.

Die Frau des Bäckermeisters hatte Greta Keferlein-Tesch bis ins Café geleitet, dort wartete schon Lilli Schlicht, die Apothekerin, die zum Vorstand des Heimatchors zählte, eine sympathische Frau um die Fünfzig, das ergraute Haar trug sie kurz geschnitten wie ein Junge.

Hallöchen, Lilli!

Hallöchen, Greta!

Die Apothekerin hatte vom Fenster des Cafés aus beobachtet, mit welch angestrengter Höflichkeit sich der hagere Mann vor den Damen verneigt hatte. Sie fragte: Wer ist der Alte?

Wahrscheinlich ein Verehrer von mir, meinte Greta Keferlein-Tesch, indem sie Platz nahm und die Stoffülle über ihren Schenkeln ordnete.

Die Rabenhorst sagte: Mir ist, als hätte ich sein Bild in der Zeitung gesehen, aber das muß lange vor der Wende gewesen sein. Fragt mich bitte nicht nach dem Namen.

Der Alte nannte ihn, als er endlich dem Pfarrer gegenüberstand.

Hecht. Gustav Hecht.

Dem jungen Pastor bedeutete der Name nichts. Er stand in knappen, kurzen Hosen und mit offenem verschwitztem Hemd vor dem gut gekleideten alten Herrn, und nur der Dreitagebart ließ darauf schließen, daß er nicht mehr zur Schule ging.

Man sei erst vor kurzem mit den Möbeln aus Bayern gekommen, weder ordentlich eingerichtet noch in der Lage, Besuch zu empfangen. Leider! Er breitete bedauernd die Arme.

Der Alte kam also ungelegen. Er hatte die Schiffermütze abgenommen und wischte das Schweißband trocken. Er hätte sich gerne gesetzt.

Da tritt die Frau des Pastors heran, noch jünger als ihr Mann, keine dreißig, hochgewölbter Bauch unter der Schürze, fleckiges Gesicht, mitleidige Augen. Sie bittet den Alten herein und deutet zu einer Umzugskiste hinüber, auf der er sich dankbar niederläßt.

Die junge Frau plaudert unbefangen, die Pfarrei sei leider wochenlang unbesetzt gewesen. Viele ostdeutsche Amtskollegen sind in die Politik abgewandert, sie haben den Talar mit dem Beamtensessel vertauscht. Andere wieder haben sich durch Nähe zum vorangegangenen Staatswesen verdächtig gemacht. Kein Wunder, daß da und dort ein seelsorgerisches Vakuum entstehen mußte. Sie beide, der junge Mann wie die

Frau, stammen aus Bayern. Eine Pfarre in der Nähe von München war ihnen sicher, als die Berufung in den deutschen Osten kam. Sie sind ihr gefolgt, als Pioniere sozusagen.

Der Alte nickte. Als Heidentäufer, sagte er boshaft.

Der junge Pastor fragte erstaunt: Was wollen Sie eigentlich von mir?

Ein Grab!

Ein Grab? Die junge Frau lächelte. Er sei doch rüstig, wie's scheine.

Der Alte hatte die Mütze neben sich gelegt, sein Haar war voll und von gelblichem Weiß. Er saß auf der Umzugskiste, zwischen den gespreizten Beinen hielt er den Stock, auf den er sich stützte.

Nach einer Weile sagte er: Sie wissen doch, ein jegliches hat seine Zeit, und alles Vorhaben unter dem Himmel hat seine Stunde. Geborenwerden hat seine Zeit und Sterben hat seine Zeit. Ich bin neunzig, ich lebe zu lange, meine Stunde ist nahe.

Die jungen Leute sahen einander an, dann den Alten, seine Bibelfestigkeit verblüffte sie, womöglich hatte der Besucher im Dienst der Kirche gestanden, als Kantor oder Katechet. Die junge Frau fragte danach.

Nein, nein. Der Alte winkte ab. Im Gegenteil. Er sei Atheist, schätze aber die Bibel als ein wundervolles Geschichtenbuch. Drückt es nicht jahrtausendealte Sehnsucht der Menschen nach Gerechtigkeit aus?

Die jungen Leute nicken, und dann erfährt Hecht, daß er sich wegen einer Grabstelle an die städtische Behörde wenden muß, sie verwaltet den Friedhof.

Da hat man ihn abgewiesen. Er braucht einen Fürsprecher, ein Pfarrer wäre der rechte Mann.

Der knabenhafte Pastor wundert sich. Auf dem Friedhof von Wendenburg wären so viele Grabstellen unbelegt, daß er unter ihnen wählen könnte. Er brauche sich wirklich nur an den Friedhofsgärtner zu wenden, der regele die Angelegenheit mit der Kämmerei.

Und dann bückt sich der junge Mann, um ein paar Bücher aus der Kiste zu kramen, die ordnet er nachdrücklich in ein Regal, zum Zeichen, daß er arbeiten muß. Alte Menschen sind oftmals verwirrt, einen so deutlichen Wink muß aber jeder verstehen.

Der Alte sitzt, wo er sitzt, Stock zwischen den gespreizten Beinen.

Wissen Sie was, meint die schwangere Frau, wir treffen uns morgen vormittag auf dem Friedhof, und ich helfe Ihnen bei der Suche nach einem Begräbnisplatz. Sie redet mit ihm, wie man mit einem störrischen Kind spricht, und fragt am Ende: Wollen wir es so machen?

Ich hab ja ein Grab, sagt der Alte.

Den Pfarrersleuten wird immer unverständlicher, worum es geht. Der Mann muß sich erklären.

Ich bin in Wendenburg geboren, die Eltern waren arme Büdnersleute, hier sind sie gestorben. Mein Gott, wie lange ist das her. Nach dem Krieg hab ich das Elterngrab gekauft und wieder gekauft, sobald die Frist abgelaufen war. Es ist mir bis ins nächste Jahrtausend sicher. Ich hab mir nun mal in den Kopf gesetzt, an nämlicher Stelle in die Erde gesenkt zu werden, wo meine Leute begraben sind. Das wird mir verweigert.

Warum?

Ich hab eine rote Vergangenheit. Ich war es, Herr Pastor, der hierzulande die Bodenreform durchgesetzt hat, und die

Adelsherren, die Großgrundbesitzer, nötigen mußte, ihre Schlösser unverzüglich zu verlassen. Viele kommen zurück, und die neuen Herren der Stadt wünschen auf dem Friedhof keinen Stein, der meinen Namen trägt.

Kann ich mir nicht denken, sagt der Pastor und ist entschlossen, der Sache auf den Grund zu gehen.

Seine Frau schleppt trotz ihrer Schwerleibigkeit einen Stuhl heran, damit der merkwürdige Gast bequemer sitze, dann sucht sie nach einem Tauchsieder.

Ich mach einen Kaffee.

Dazu kam sie aber nicht. Eine Zugmaschine ratterte lärmend die Hohe Straße herauf, ziegelrot lackiertes Fahrerhaus, Reifen, so groß wie kleine Mühlräder. Sie schleppte einen blau gespritzten Hänger, und diesem folgte ein postgelber Kranwagen, neueste Modelle, wie aus der frischen Farbigkeit zu schließen war.

Die Fahrer suchten offenbar nach einer Möglichkeit, vor dem Pfarrhaus zu parken, dort standen aber, Wagen hinter Wagen, die Autos der Gäste, die sich im Café Rabenhorst auf ein Stündchen niedergelassen hatten oder nach Brötchen anstanden. Der Hänger war mit Fracht bestückt, die für den Pfarrer bestimmt war, aber die Fahrzeuge an der Bordsteinkante behinderten die Entladung. Nun schwangen sich die Fahrer aus den Kabinen, sprangen ab und gestikulierten ein Weilchen, bis sie die Stufen zum Café Rabenhorst emporsprangen.

Es waren Vater und Sohn Wagenknecht, fast hätte man sie für Brüder halten können, denn der Senior war noch nicht fünfzig, ein schlanker, jugendlich wirkender Mann mit glatt rasiertem

Gesicht und dunklen, gekräuselten Haaren, wegen der Julihitze trug er nur eine verschlissene Turnhose. Der Sohn Tobias, Anfang Zwanzig vielleicht, war kräftiger, auch ein wenig größer als der Vater, ein hübscher Junge mit sonnen- und schweißgebleichtem Haar, das in merkwürdigem Kontrast zum beinahe schwarzen Schnauzer stand. Der junge Mann hatte sich in abgewetzte Jeans gezwängt, kein Hemd auf dem Leibe, und so wurde offenbar, daß er die Genüsse des Lebens schätzte, einen guten Happen, einen kräftigen Schluck Bier. Ein leichter Bauchansatz war nicht zu übersehen, auch wenn Tobias jetzt den Hosenbund mit beiden Fäusten in die Höhe zerrte und dann die Andeutung einer Kniebeuge machte, irgendwas hatte sich im Schritt verklemmt, keine vornehme Geste, wahrhaftig, und man kann auch nicht sagen, daß die beiden Wagenknechts angemessen gekleidet waren, als sie in die Konditorei eindrangen.

Dort hatte es nach feinem Kuchengewürz geduftet, Vanille, Zimt und solchen Sachen, nach frisch gemahlenem Kaffee von bester Qualität, nun roch es animalisch nach Männerschweiß und Wagenschmiere. Dennoch lächelten die jungen Verkäuferinnen mit den Spitzenhäubchen auf der Lockenpracht mehr amüsiert als irritiert und hatten noch gar nicht nach dem »Was darf es sein?« fragen können, als auch schon Gerlinde Rabenhorst herankam, eiligen Schrittes, wippenden Busens. Kann ich helfen, meine Herren?

Welcher Mann würde sich nicht beistehen lassen von einer Frau, die so bezaubernd lächelt? Also bleckte der Senior in der Turnhose die Zähne und legte sein Gesicht in hundert freundliche Falten.

Folgendes, Frau …, er machte den fragenden Blick.

Rabenhorst.

Ach, die Frau Chefin persönlich.

Sie sagen es.

Das Café war beinahe bis auf den letzten Platz gefüllt, als die halbnackten Männer hereinstürmten. Das angeregte Gesprächssummen versiegte, das Klappern der Kuchengabeln, das Porzellangeklirr verstummten. Tobias Wagenknecht sah sich von weiblichen Augenpaaren auf eine Weise angestarrt, daß er unwillkürlich den Bauch einzog und die Muskeln spannte, wobei ihm die Hose ins Rutschen geriet, wieder war es nötig, sie am Bund in die Höhe zu zerren.

Greta Keferlein-Tesch beobachtete den Vorgang mit gewissem Interesse. Sie dachte, daß dieser Naturbursche nicht nur kräftig gebaut war, sondern womöglich auch bei Stimme, und an gut singenden wie auch gut aussehenden Männern mangelte es dem Heimatchor. Sie erhob sich und trat mit wallendem Gewand der Frau Rabenhorst zur Seite, als benötigte diese Unterstützung oder einen Dolmetscher vielleicht. Die Keferlein-Tesch war nämlich des Plattdeutschen mächtig, während die Frau des Bäckermeisters aus Sachsen stammte, und diese beiden wilden Kerle sahen nicht nur nach tiefstem Mecklenburg und nach Landwirtschaft aus, das war auch zu riechen.

Also, wat gift?

Die Autos an der Straßenseite, wenn man so freundlich wäre und zur Seite fahren wolle, für ein Weilchen.

Wenn es denn sein muß.

Schon rückten Damen und Herren die Stühle und erhoben sich. Auch Frau Greta suchte in den Tiefen ihrer Handtasche nach dem Autoschlüssel, den hielt sie zwischen Daumen und Zeigefinger wie einen Leckerbissen in die Höhe, nach dem das Hündchen springen und schnappen sollte, und sprach mit volltönendem Alt: Können Sie einen Golf fahren, junger Mann?

Tobias grinste. Wenn's weiter nichts ist. Er fing den Schlüssel, verschloß ihn in der Faust, und dann verließen die Männer das Café Rabenhorst unter starker Anteilnahme von Gästen und Personal.

Wer keinen Platz an Fenstern oder Scheiben fand, trat vor das Eingangsportal, um dem Umzug beizuwohnen. Schon bog die kleine Autokolonne in die Seitenstraße, Tobias im weißen Golf hatte sie angeführt, und bald hielten Zugmaschine wie Kran vor der Gartenmauer des Pfarrhauses.

Mein Gott, was machen die da?

Wendenburger Kinder, die in der Nähe gespielt hatten, sprangen von den Fahrrädern, andere schoben ihre Puppenwagen heran. Ein technisches Manöver interessiert jedermann, es muß ja nicht immer eine Turmspitze in unerhörte Höhen gehievt werden wie auf die Kirche von Pasewalk, ein Findlingsbrocken, wie ihn Martin Wagenknecht jetzt am Greifer des Kranes hängen läßt, ist auch nicht ohne.

Der junge Pfarrer aus Bayern stürzte, gefolgt von der hochschwangeren Frau, auf die Straße. Hinter den Pfarrersleuten, auf seinen Stock gestützt, ging der Alte.

Schon hing der Stein über dem bröckligen Gartengemäuer, es würde womöglich einstürzen, dazu bedurfte es nicht einmal des berühmten Trompetenstoßes wie seinerzeit zu Jericho, das Vibrieren der Maschinen schien auszureichen.

Der Pastor schrie: Zum Teufel, was soll das?

Martin Wagenknecht hatte den Kranwagen bis auf Zentimeter an die Gartenmauer heranmanövriert. Er lehnte sich aus dem Fenster des Fahrerhauses und brüllte: Es ist das zweitemal, daß ich den verdammten Findling zum Friedhof schleppe. Ich will nicht noch einmal damit zum Steinmetz zurück. Ich habe die Schnauze voll und sage, der Stein bleibt in Wendenburg. Wenn er nicht auf den Friedhof darf, muß er im Pfarrgarten stehen. Hast du es dem Pastor nicht beigebracht, Staaf?

Der Alte schien bei dem Motorenlärm kein Wort zu verstehen. Er hob die Schultern, dann die Arme, und da er den Krückstock in der Hand behielt, war es anzusehen wie eine große Gebärde der Ratlosigkeit. Oder war das Theater und womöglich zwischen Wagenknecht und dem Alten abgesprochen?

Kein Mensch wußte, wieso plötzlich ein Reporter der Mecklenburgisch-Hohenzedlitzer Zeitung auf der Szene erschien.

Tobias Wagenknecht fragte den Zeitungsmann: Warum kann der Grabstein nicht im Pfarrgarten stehen, bis wir wissen, wohin mit ihm? Oder sollen wir ihn vor dem Kriegerdenkmal niederlassen?

Nun hielt der Reporter dem jungen Pfarrer das Mikro antwortheischend unter die Nase. Der Gottesmann wich zurück, als verbreitete das Gerät üblen Geruch.

Da hatte Wagenknecht senior, ehe sich der Pastor aus seiner Unentschlossenheit reißen konnte, den Findlingsbrocken schon über die Mauer gehievt, so kunstvoll, daß keine einzige Klamotte beschädigt wurde. Das war eine technische Meisterleistung, und die Zuschauer honorierten sie, indem sie Beifall klatschten. Das Blitzlicht blitzte, und am anderen Tag konnte man im Blatte lesen: Großherziger Wendenburger Pfarrer gewährt Asyl für unerwünschten Grabstein.

Der alte Mann zog die Mütze, verbeugte sich vor den überrumpelten Pfarrersleuten und verabschiedete sich mit den

Worten, die man für solche oder ähnliche Fällen bereithält: Nichts für ungut.

Martin Wagenknecht ließ die ineinander verbissenen Baggerschaufeln über die Gartenmauer schweben und führte sie so elegant auf die Plattform des Wagens, daß man meinen konnte, ein Storch lege den langen Hals ins Gefieder zurück, um laut zu klappern.

Die Leute applaudierten immer noch, als Tobias Wagenknecht dem Alten auf die Sitzbank des Kranwagens half. Der setzte sich tuckernd in Bewegung, und bald war der Greis aus dem Blickfeld der Zuschauer auf ähnlich phantastische Weise verschwunden wie das Sandmännchen, wenn es sich allabendlich von den Kindern im Osten verabschiedet.

Tobias mußte noch ein Weilchen am Ort bleiben, um den Golf an jene Stelle zu rücken, die er vor den Ereignissen eingenommen hatte.

Er sagte, als er den Schlüssel zurückgab: Toller Wagen. Würde ich gerne mal ausfahren.

Greta Keferlein-Tesch hatte Gelegenheit, Wagenknecht-Junior aus nächster Nähe zu betrachten. Der junge Mann gefiel ihr. Sie antwortete lächelnd: Nächstens muß ich zur Regierung nach Schwerin. Sie könnten mich chauffieren, falls Sie Lust und Zeit haben.

Tobias war neugierig geworden.

Kennen Sie etwa einen Minister? Wir haben nämlich Ärger wegen eines Rückführungsantrages.

Ich kenne unseren neuen Landrat, sagte die Dame. Aber von Ihnen weiß ich nicht einmal den Namen.

Ich bin Tobias Wagenknecht.

Und ich bin Greta Keferlein-Tesch.

Was? Die große Sängerin? Tobias staunte.

Jetzt Leiterin des Heimatchores, erklärte die Diva. Es fehlt uns an gutaussehenden Männern, die gut bei Stimme sind. Ich vermute, Sie haben einen starken Baß.

Denke schon, sagte Tobias und grinste dümmlich.

Dann kommen Sie doch mal zum Vorsingen, Seestraße, die kleine Eckvilla, meinte Greta Keferlein-Tesch und blickte dem jungen Wagenknecht vielsagend in die Augen.

Tobias versprach, auf jeden Fall vorbeizukommen. Wer weiß, wie lange er noch Arbeit bei der Genossenschaft hatte. Die Dame suchte vielleicht einen Chauffeur oder etwas Ähnliches.

Greta Keferlein-Tesch lebte seit etwa fünfzehn Jahren in Wendenburg. Sie hatte den Zahnarzt Doktor Tesch, einen damals bereits betagten Herrn, geheiratet, der war seit einer Reihe von Jahren unter der Erde und hatte seiner Frau ein schuldenfreies Haus hinterlassen und nach der Wende den Anspruch auf eine stattliche Rente. Zurückgezogenheit war nicht ihre Sache, sie zeigte sich gerne vor. In Wendenburg hatte sie seit je für Aufsehen gesorgt, ihre Erscheinung zwang jedermann, den Blick zu heben, sobald er in ihre Nähe geriet. Männer taten es mit einer Mischung aus Bewunderung und Lüsternheit, weil ihre ausladenden Formen die Phantasie anregten und den Hormonspiegel steigen ließen. Die Frauen begegneten ihr mit unverhohlenem Neid, denn selbst in den grauesten Tagen war sie wie ein bunter Vogel gewandet, was darauf schließen ließ, daß sie Westverwandtschaft hatte oder das Geld, sich in überteuerten Exquisit-Geschäften bedienen zu lassen. Die Aura des Außerordentlichen umgab diese stattliche Frau, die im kleinen Wendenburg als Vertreterin der sogenannten besseren Kreise galt. Keiner hatte wie sie von Berufs wegen Beziehungen zu den Stars von Bühne und Film gepflegt oder war mit Hanfried Pott auf du und du, mit Hanne also, jenem in Deutschland weit berühmten Komödianten, dessen Konterfei selbst Schulkindern vertrauter war als das ihres Kanzlers.

Greta Keferlein-Tesch erzählte jedem, der es hören wollte, wie oft sie mit Hanne vor der Kamera gestanden und es sich nicht hatte nehmen lassen, den großen Star, der als sparsam galt, mit Kaffee und anderen Erfrischungen zu versorgen, aus der eigenen Börse selbstverständlich. Kein Wunder, daß Hanne und sie bald ein Herz und eine Seele geworden waren, was das bedeutete, konnte sich jeder denken. Greta Keferlein-Tesch schloß die Augen, wenn sie den Zuhörern delikate Einzelheiten verriet, Körpermaße und dergleichen.

Tatsächlich hatte sie in einem vor fünfundzwanzig Jahren gedrehten Fernsehfilm anstelle einer Diva, die nicht bei Stimme war, fünf oder sechs Takte einer Opernarie gesungen und war wirklich auch dem Schauspieler Hanfried Pott im Synchronstudio begegnet. Der hatte aber gar nicht in den Bann ihrer Persönlichkeit geraten können, weil es dort stockdunkel gewesen war.

Wenn man schwatzend beieinandersaß, nach der Chorprobe oder während eines Geburtstagskaffees, wozu die singenden Damen reihum einluden, hatte Frau Greta manchmal scherzhaft behauptet, mit dem Intimleben der Stars könne sie gut und gerne eine wöchentliche Kolumne bestreiten, unter der Überschrift »Zwischen Bett und Rampe« etwa.

Die Schlagzeile war niemals im Blatt erschienen. Zum einen verstand der Feuilletonchef des Nordboten keinen Spaß, und zum anderen genügte es der Keferlein-Tesch, Nachrichten an der eigenen Börse umzuschlagen. Sie verriet, was sie aus der skandalumwitterten Künstlerszene wußte oder erfand, und handelte dafür Wendenburger Neuigkeiten ein. Jedenfalls war keiner in der Stadt oder der näheren Umgebung besser vertraut mit Land und Leuten, wie man so sagt, und konnte mit Geschichten aufwarten, die der Chronist anständigerweise verschweigt.

Als sich der alte Mann vor ihren Augen auf unpassende Weise aus Wendenburg entfernt hatte, nämlich in der Führerkabine eines Kranwagens hockend, dämmerte ihr: Da war was, da war was. Sie grübelte noch, als sie wieder am Kaffeetisch bei Rabenhorst Platz genommen hatte.

Mit einem Mal fiel es ihr ein. Es war der tolle Hecht, der erste rote Landrat von Wendenburg und ein ganz schlimmer Finger.

Hecht, flüsterte sie. Daß er es wagt, die Stadt zu betreten.

6
Alte Bekannte und neuer Glanz

Das Städtchen Wendenburg ist dem Leser beschrieben worden, er wird sich an den Marktplatz erinnern, die Kirche, die Linde, ein paar Häuser der Hohen Straße.

Bei dieser Gelegenheit müssen wir die Burg vorstellen, wenigstens das, was von ihr übriggeblieben ist, den Bergfried, einen klobigen Turmstumpf auf dem Hügel. Zu ihrer Blütezeit, während des frühen Mittelalters, soll sie eine Trutze der Fürsten von Werle gewesen sein und zuweilen einen Dichter von Rang beherbergt haben, den Minnesänger Frauenlob.

Frauenlob in Wendenburg. Den Kunstsinnigen in der Stadt, und ein, zwei Lehrern, war der Fakt bekannt gewesen. Nach der Wende spielte er in den Überlegungen der Geschäftswelt eine Rolle. Man hoffte, der Name würde den Marktwert von Produkten steigern wie der anderer Persönlichkeiten von historischem Rang. Jedermann kannte die Schillerlocke oder den Bismarckhering. Warum sollte man mit dem berühmten Namen nicht auf Wendenburg aufmerksam machen, auf die heruntergekommene Burg, die kaum jemand kannte? Vielleicht würde sich das Staatssäckel gewinnbringend anstechen lassen, zum Ruhme Frauenlobs wie zum Wohle seiner Stadt. Der Name pries das weibliche Geschlecht und war Goldes wert. Sogar die große schwarze Partei kam ohne gewisse Rücksichtnahme auf eine Frauenquote nicht mehr aus. Auf solche Weise war eine ehemalige Schönheitskönigin und Nacktdarstellerin sogar in den Bundestag eingezogen. Warum sollten sich die Fischer von Wendenburg nicht auf dem Markt behaupten können mit einem lecker geräucherten Aal der Extraklasse Frauenlob?

Der Wendenburger Bürgermeister, ein netter, zum Ausgleich neigender Liberaler, hielt mehr auf Napoleonschnitten und solche Sachen und bat den Konditormeister Rabenhorst, der schon ein sehr beliebtes Gebäck des Namens Boblitzfrosch erfunden hatte, über Minnekugeln nachzudenken, vielleicht im handlichen Zweierpack.

Die Kreisstadt von Wendenburg wie von Horbeck war Hohenzedlitz, eine Stadtgründung aus dem Barock. Sie hatte bis 1918 als Metropole des kleinsten Großherzogtums in deutschen Landen fungiert und gelegentlich von sich reden gemacht, weil nämlich zwei Prinzessinnen aus dem Hause Mecklenburg-Hohenzedlitz zu Königinnen aufgestiegen waren. Die ältere, eine gewisse Sophie Charlotte, hatte es bis zur Queen gebracht, Luise aber, ihre Großnichte, war unvergessen als Landesmutter von Preußen.

Das ist schon bemerkenswert, dennoch ist Hohenzedlitz für unsere Geschichte nicht von Belang. Wir schenken uns die Beschreibung der Residenz, zumal das Landratsamt mehr am Stadtrand gelegen ist, ein ausladender, aber wenig ansehnlicher Bau im Stil der Gründerjahre, mit bröckelnder Fassade. Die Stadt ist als Handlungsort für uns nur interessant, weil sie das Grundbuchamt in ihren Mauern beherbergt, eine Institution, die für viele Menschen niemals so wichtig gewesen ist wie in der Nachwendezeit. Das wird auch durch einen Ausspruch des Landrats Harry Hirschwein belegt. Er war während der Norddeutschen Literaturtage nach dem Stellenwert von Büchern im Zeitalter der elektronischen Medien befragt worden und hatte launig erklärt, seine Zeit erlaube leider die Lektüre weitschweifiger Romane nicht, im übrigen glaubte er, daß noch größere Wertigkeit als dem Lesen von Spar- oder Parteibuch dem Grundbuch zugebilligt werden müsse. Das hatte der Landrat selbstverständlich nur so ironisch dahingesagt, Lockerheit ist wichtig für das Image eines Politikers, aber der Nordbote hatte die Bemerkung leider als Spruch der Woche auf der ersten Innenseite kolportiert und Hirschwein Ärger eingebracht, denn wenn der Kalauer vielleicht sogar Zeitgeist spiegelte, er hörte sich ungeistig an. Als junger Ostpolitiker mußte Harry Hirschwein lernen, nicht vor jedem Mikrophon auszuplaudern, was er wirklich dachte.

Übrigens sah der Mann blendend aus. Er konnte sich auf dem Parkett wie in der Öffentlichkeit bewegen und knapp sitzende Anzüge mit der tigerhaften Geschmeidigkeit eines Dressmans tragen. Das hatte er auf der Bühne gelernt. Hirschwein war als Chorsänger mit Soloverpflichtung am Landestheater Hohenzedlitz engagiert gewesen und hatte darunter gelitten, daß ihn Kritik wie Öffentlichkeit kaum beachteten, weil man ihn immer nur in der zweiten Reihe stehen ließ. Das sollte sich bald wenden, wenn auch nicht im Sinne einer Bühnenlaufbahn.

Er wurde Mitglied einer großen Partei, auf die viele in den neuen Ländern ihre Hoffnungen setzten. Daß er gut aussah, begünstigte die politische Karriere, und als der Mann erst, rehäugig und mit fein gestutztem Bärtchen über der sinnlich geschwungenen Oberlippe, von den Plakaten lächelte und die Damen schwach zu machen schien, wurde den Wahlstrategen anderer Parteien klar, daß sie mit ihren rübezahlbärtigen oder kahlköpfigen Protagonisten in Hohenzedlitz keinen Blumentopf gewinnen konnten. Der neue Landrat hieß Harry Hirschwein.

Dienstags hielt er Sprechtag, und es war an einem Dienstag im Juli, heiß schon am Vormittag, als Greta Keferlein-Tesch die Treppen zum Landratsamt hinaufstieg und wieder einmal für

Aufsehen sorgte, obwohl Hohenzedlitz volkreicher als das schlichte Wendenburg ist und zur Saison von ungezählten Gästen aufgesucht wird, die aus aller Herren Länder kommen und folglich was gesehen haben müssen.

Greta Keferlein-Tesch genoß, daß Leute stehenblieben. Sie war umwallt von flattrigem Leinen, ganz in pink, hatte eine beinahe gleichfarbige Handtasche in der Armbeuge gehenkelt und trug einen passenden Hut, der jenen Kopfbedeckungen ähnelte, wie sie von den Damen des Hauses Windsor beim Rennen in Ascott bevorzugt werden.

Die Sekretärin blickte überrascht von der Schreibmaschine auf.

Sie wünschen?

Die majestätische Leiterin des Heimatchores sah sich im Vorzimmer um. Sie bemerkte ein älteres Paar auf den Besucherstühlen, der Mann in reichlich abgewetztem Cord, die Frau in einem Lodenkostüm mit Jägerhütchen, und es verstimmte die Sängerin, daß ihr keine Sitzgelegenheit angeboten wurde.

Melden Sie bitte Greta Keferlein-Tesch.

Keferlein-Keferlein, stammelte die Vorzimmerdame irritiert.

Tesch, belehrte Frau Greta mit leichtem Unwillen, Keferlein-Tesch. Es ist mein Künstlername. Ich bin, sagen wir, eine sehr gute Bekannte des Herrn Landrats. Wir haben jahrelang gemeinsam auf der Bühne gestanden. Und nun wünsche ich, vorgelassen zu werden.

Unmöglich. Der Herr Landrat erwartet hohen Besuch.

Sie blinzelte hinüber zu den beiden Alten in der jägergrünen Kluft.

Frau Greta würde sich gedulden. Schon streifte sie die

Stoffülle über ihrem Gesäß glatt, um sich auf dem nächsten Stuhl zu plazieren, da sagte die Sekretärin: Bitte warten Sie draußen.

Obwohl die Keferlein-Tesch das als Brüskierung empfand, reagierte sie beherrscht, hob nur die Brauen und senkte die Lider, ehe sie mit den Worten: Wie Sie meinen, die Szene verließ.

Harry Hirschwein, der Landrat, war aufgeregt. Er stand im Seitenkabinett vor dem Spiegel und zog seinen Scheitel nach, denn vor kaum zwei Minuten hatte die Sekretärin die Flügeltür zu seinem Arbeitszimmer aufgerissen und augenblicklich hinter sich geschlossen, um ihm flüsternd mitzuteilen: Er ist da. Sie werden's nicht für möglich halten, Karl-Ludwig, Herzog in Wendenburg, Prinz von Mirow. Mit Gemahlin. Ich hab gehört, sie soll eine Bourbonin sein.

Hirschwein hatte es von seinem Sessel gerissen. Gottes willen! Verbinden Sie mich mit dem Herrn Ministerpräsidenten persönlich.

Nun stand er also vor dem Spiegel, um sich schön zu machen, und wartete auf das Gespräch. Endlich läutete das Telefon. Der Landrat eilte zum Apparat.

Guten Tag, Herr Ministerpräsident, Hirschwein hier. Der Herzog, denken Sie, steht draußen vor der Tür.

Ja, ja, ich verstehe. Die herzlichsten Grüße und eine Einladung in das Schloß von Schwerin für die große Gala. Und dann? Verstehe! Nicht zu viel versprechen. Quartier von mittlerem Standard. Problem erkannt.

Wenn eine Frage erlaubt ist: Der Mann ist doch echt?

Ja, ja, das habe ich auch gehört. Vermählt mit einer Prinzessin aus dem Hause Bourbon. Dann ist er ja mit dem König von Spanien verwandt.

Ja, ja, ich berichte.

Er legte auf, um gleich danach der Sekretärin zu klingeln, er rückte den Binder zurecht, fuhr sich noch einmal glättend über das Haar, und dann führte er vor, was er am Theater gelernt hatte.

Er verneigte sich vollendet, als die Herrschaften ins Zimmer traten.

Willkommen in der alten Heimat, Königliche Hoheit.

Hoheit genügt, oder ganz einfach Herzog.

Hirschwein küßte Fräulein Ida die Hand. Mecklenburg liebt Sie, Herzogin.

Die Wirtin korrigierte mit geschmeicheltem Lächeln: Leider nur Preibisch von Idas Kneipe in Horbeck. Jetzt hab ich sie umbenannt in »Luisenruh«. Die Königin war nämlich die Ur-ur-ur-ur ... vier Uren, nicht wahr, Hoheit? -tante von unserem Herzog Karl-Ludwig.

Man nahm in den Sesseln Platz. Eine herzliche Empfehlung vom Herrn Ministerpräsidenten, sagte der Landrat artig.

Der Herzog nickte dankend, und Hirschwein fuhr fort: Vorläufige Residenz für Ihre Hoheit im Pfarrhaus von Wendenburg.

Ida protestierte. Keine gute Adresse. Sehr altes Gemäuer, ich habe mich umgesehn. Babygeschrei, Windeln, Hausschwamm. Ziemlich übler Geruch.

Der Herzog sagte: Ich habe in Fräulein Ida eine freundliche Wirtin gefunden für die Zeit, in der ich mich umsehen muß wegen der Restitutionsansprüche und so weiter. Ich hoffe, Sie verstehen was von Juristerei, Herr Hirschwein?

Der Landrat war in Verlegenheit. Er sagte: Ursprünglich

hatte ich Kirchenmusik studiert, bin aber dann durch politischen Druck auf das Theater abgedrängt worden, in den Operngesang.

Die Amerikaner hatten ja sogar einen Präsidenten, der Filmschauspieler gewesen ist, kein übler Mann, tröstete ihn der Herzog. Aber die Wege zum Grundbuchamt, zum Amt für offene Vermögensfragen würde er ihm doch ebnen können?

Das war keine Frage.

Am Ende des schönen Gesprächs, wie Hirschwein später das Hin und Her von ein paar Sätzen bezeichnen wird, hatte der Herzog gesagt: Übrigens ist es mein Wunsch, die alte Wendenburg, den Stammsitz meiner Familie, zu besuchen. Es wäre nett, wenn Sie die Bürgerschaft rechtzeitig informieren würden. Ich will niemanden erschrecken.

Hirschwein bat um ein paar Tage Zeit. Das müsse man gründlich vorbereiten. Dazu brauche man die Öffentlichkeit, die Presse, das Fernsehen und so weiter.

Endlich erhoben sich die Herrschaften abschiednehmend, und Hirschwein schlug die Hacken wie ein Gardeleutnant in der Operette gegeneinander, um sich zu verneigen.

Der Landrat hatte kaum Zeit, erschöpft ein wenig aufzuatmen, als er sich schon wieder straffen mußte, denn die Sekretärin meldete Frau Greta Keferlein-Tesch.

Und nun der Auftritt, als hätte ein Regisseur gerufen:

Erste Szene, zweite Klappe, Kamera läuft, action!

Hirschwein erwartet die Sängerin vor dem Schreibtisch, lächelnd, mit ausgebreiteten Armen.

Und sie, wie sie es hundertmal auf der Bühne getan, reckt die Arme, legt den Kopf in den Nacken, ein wenig durch den

Hut behindert, und ihr ist beinah, als walle sie in Zeitlupe auf ihn zu.

Harry, alter Junge.

Greta. Ist's die Möglichkeit.

Die Sekretärin schließt sehr langsam die Tür, um das schöne Bild zu genießen.

Küßchen rechts, Küßchen links, sie halten sich bei den Händen, mit leichter Distanz, wie sie auch auf der Szene geboten ist, aber dennoch mit gewisser Vertraulichkeit, etwa wie ein Mann und eine Frau, die in erster Ehe verheiratet waren und im guten auseinandergegangen sind.

Du bist ein großer Mann geworden, Harry. Ich habe immer an dich geglaubt.

Er führte sie zum Sessel. Eine Tasse Kaffee?

Gerne.

Drei Stückchen Zucker?

Daß du es noch weißt.

Man plauderte über alte Zeiten, bis der Landrat fragte: Was kann ich für dich tun?

Sie bat um finanzielle Unterstützung durch die Behörde. Der Heimatchor Wendenburg, dessen Leiterin, wenn man so will, auch Managerin sie ist, soll spätestens bis zur Tausendjahrfeier von Mecklenburg in Frauenlob-Chor umbenannt werden.

Großartige Idee.

Natürlich müßten neue Kostüme her, angelehnt an solche aus der Zeit, geschnitten nach Burgfrauenart.

Puffärmel, der Landrat grinste.

Die Herren in Strumpfhosen. Harry, deine Waden. Du müßtest zur Eröffnung ein Solo singen. Warum denn nicht, ich bitte dich. Der Altbundeskanzler hat in aller Öffentlichkeit

Klavier gespielt, Gott, und erinnere dich an diesen Bundespräsidenten, der sogar im Fernsehen sang: Hoch auf dem gelben Wagen.

Die Keferlein-Tesch war in ihrem Element. Wir sollten einen Frauenlob-Text vertonen lassen, vielleicht für mittelalterliche Instrumente gesetzt. Bedenke den erzieherischen Wert eines solchen Projekts. Dreißigtausend Mark müßten doch aufzutreiben sein.

Greta, der Landrat seufzte. Ich nehme an, du verfolgst die Presse und kennst das Desaster am Landestheater Hohenzedlitz. Die drei Sparten sind nicht mehr zu halten, auch das Orchester rechnet sich nicht. Die Gesetze der Marktwirtschaft wirken grausam. Volles Haus oder Exitus. Selbstverständlich müssen wir uns den Herausforderungen stellen. Ein spannender Prozeß findet statt, aber manchmal werde ich den Verdacht nicht los, daß die Politiker in Schwerin, wenn sie von der notwendigen Reform unseres Theaters sprechen, dessen Abschaffung meinen.

Aber du bist doch selber in der Politik.

Und Zwängen unterworfen, wie eh und je. Der Wind bläst den Leuten von der Kunst eiskalt ins Gesicht. Greta, sei froh, daß du im Vorruhestand bist.

Sie hörte das Wort nicht gern, sie bewegte leidend die Brauen. Tesch hat mir einiges hinterlassen, eine anständige Rente leider nicht. Ich kann mich nicht zur Ruhe setzen. Ich bin voll da, wenn du weißt, was ich meine. Ich bin ... sie zögerte ein Weilchen, ehe sie nach einem Augenaufschlag das Wort fallenließ ... unausgefüllt. Dann setzte sie dramatisch hinzu: Total.

Hirschwein erschrak. Eine Zeitlang war er ihr Liebhaber gewesen. Er räusperte sich.

Unausgefüllt, wiederholte die Keferlein-Tesch. Ich brauche eine Aufgabe. Und selbstverständlich weiß ich Bescheid über die Schwierigkeiten am Theater.

Hirschwein hatte eine Idee.

Greta, hast du die Herrschaften bemerkt, die ich vor dir empfangen habe?

Frau Greta lächelte. Den alten Zausel und diese Vogelscheuche?

Hirschwein hob warnend eine Hand. Seine Hoheit Karl-Ludwig in Wendenburg mit Dame. Er will seinen Stammsitz, die Wendenburg, besuchen. Kannst du ein Programm zusammenbasteln? Heil sei dem Tag, an welchem du bei uns erschienen ... oder was Ähnliches.

Dideldum, dideldum, dideldum, rief die Keferlein-Tesch übermütig.

Und dann der Abschied, Küßchen rechts, Küßchen links.

Du benutzt noch das gleiche Parfüm wie in alten Zeiten.

Antilope, raunte er an ihrem Ohr.

Mein Hirsch, hauchte sie.

Dann lachten beide, schallend und genauso albern, als hätten sie sich auf der Probebühne bei einem Versprecher ertappt.

7
Max Stephan bleibt der alte

Jahrzehntelang hatte der ehemalige Berger-Hof in Horbeck als Haupt- und Verwaltungssitz der Genossenschaft »Frohe Zukunft« gedient. Vor einiger Zeit war das Firmenschild an der Hauswand durch ein neues ersetzt worden, auf dem Pflanzenbau Horbeck e. G. zu lesen war. Die Buchstaben mit dem nachgesetzten Punkt bedeuteten, daß es sich um eine eingetragene Genossenschaft handelte, an deren Existenzberechtigung selbst der cleverste Jurist aus den alten Ländern nichts deuteln konnte. Auf der Reklametafel neben dem Eingang erfuhr man, welche Lohnarbeiten der Horbecker Pflanzenbau zu leisten imstande war, nämlich Mähdrusch, Pflanzenschutz, Körnermaisernte und Düngung aller Art. Selbst zur Entleerung der häuslichen Fäkaliengruben, dort, wo es den Dörfern immer noch an der Kanalisation mangelte, zeigte man sich bereit, und das zu kulanten Preisen, weshalb die Rede war, die Horbecker brächten es fertig, selbst aus dem Scheißdreck noch blanke Münze zu schlagen. Jedenfalls hatte sich die einstmals berühmte LPG unter anderer Firmierung und bei reduziertem Personalbestand über die Wende gerettet, und die Geschäfte gingen, wie die Raiffeisenbank bestätigen mußte.

Der Vorstandsvorsitzende Max Stephan saß seit über zwanzig Jahren im selben Haus, am selben Tisch, im selben Zimmer. Lediglich einige Bilder hatten von den Wänden genommen werden müssen, zum Beispiel das Konterfei des ehemaligen Staatsratsvorsitzenden, ein geschöntes Farbfoto mit himmelblauem Hintergrund, sowie das Gastgeschenk eines volkseigenen Textilunternehmens, ein Wandteppich mit gewirktem Thälmann-Porträt in zarten Brauntönen. Häßliche Flecken an der Wand waren die Folge. Das Zimmer mußte neu tapeziert werden, aber das Mobiliar hatte sich als zweckmäßig erwiesen und war das alte geblieben. Als Wandschmuck dienten nun großflächige Kalender wie jener der Deutschen Bank, eines Unternehmens, das zwar im Zinssatz das Konkrete schätzt, aber die gegenstandslose Kunst privilegiert, auf die sich kein Mensch einen Reim machen konnte, immerhin glichen die Farben denen der Natur. Andere Zeiten, andere Bilder.

Max Stephan allerdings sah aus wie eh und je, eine Persönlichkeit von Gewicht und beträchtlichem Leibesumfang, fast kahlköpfig, dicknasig und mit unschuldsvollen blauen Augen, die ihm erlaubten, schafsgesichtig zu blicken, wenn es angebracht schien. Freilich ließen sich nur Außenstehende täuschen, Max war als Schlitzohr bekannt. Mag sein, daß er den Ausdruck hilfsloser Harmlosigkeit für ganz persönlichen Charme hielt, jedenfalls setzte er ihn im Umgang mit interessanten Frauen ein. Manche Schönheit war ihm auf den Leim gegangen und nicht auf dem Hochsitz im Revier gelandet, wohin man in aller Unschuld aufgebrochen war, ein scheues Reh zu beobachten, sondern unversehens auf der Couch in der Jagdhütte. Jedenfalls wurden ihm ungezählte Liebesabenteuer nachgesagt, und Stephans Frau erregte sich längst nicht mehr, wenn es Max versäumte, das Ehebett aufzusuchen. Sie war nun auch schon über fünfzig, und eines Nachts hatte sie dem Gatten, der nicht recht bei der Sache gewesen war, erklärt, er brauche sich nicht unnötig zu echauffieren, sie sei das Gemache, wie sie es nannte, leid und ziehe in ihrem Alter vor, sich im Bett einzurollen, anstatt eine angestrengte oder unbequeme Lage einzunehmen.

In der Jugend war Hilde Stephan, geborene Krüger, eine Bauerntochter aus Horbeck, eine bildhübsche, blonde Frau gewesen. Dreißig Jahre an der Seite von Max hatten sie ein wenig müde gemacht. Das hinderte sie nicht, immer noch stolz auf ihren weitberühmten Mann zu sein. Damals, als sie Hochzeit machten, während der wilden Nachkriegsjahre, hatte nur die Liebe gezählt und die Schönheit eines Mädchens als Mitgift genügt. Daß Hilde den elterlichen Hof mit in die Ehe brachte, ein stattliches Haus und nicht wenig an Ländereien, war eher eine Sorge gewesen, denn von Staats wegen wurde Besitz geringgeschätzt, Zeitungen, wie die Werber, trommelten, man solle sich zusammentun und zusammenwerfen wegen der rentableren Bewirtschaftung der Felder. Max Stephan hatte sich vehement gegen die Genossenschaft gestemmt und Hildes Hof wie eine Festung verteidigt, am Ende hatte er doch klein beigeben müssen. Er hatte aber einen kräftigen Charakter und konnte nicht ertragen, ein Irgendwer zu sein, ein Gesichts- oder Namenloser in der Masse, nur ein Vogel im Schwarm der Genossenschaftsbauern. Es war ihm nicht möglich, mit sich geschehen zu lassen, was andere bestimmten.

Eines Tages hatte er zu seiner Frau gesagt: Hildchen, wir haben es verpaßt, nach dem Westen abzuhauen. Du hast ja auch nicht gewollt.

Tatsächlich hatte sie sich gegen eine Flucht gewehrt. Das käme nicht in Frage, sie würde nicht alles im Stich lassen, den alten Vater, das schöne Haus, in dem sie geboren wäre, das Grab der Mutter auf dem Friedhof in Horbeck. Dort, wo ihre Toten ruhten, sei ihre mecklenburgische Heimat und so fort.

Ist ja gut, Hildchen, ist ja gut. Er hatte versucht, sie zu beschwichtigen, zuerst auf seine schlitzohrige Weise. Er sei also in der Genossenschaft gelandet wegen ihrer Toten auf dem Friedhof und müsse nun an den Folgen von Heimatliebe leiden. Aber nun mal im Ernst, Hildchen. Dauernd gegen den Strom zu schwimmen hat keinen Zweck, es macht mich fix und fertig. Mit dem Strom zu schwimmen, irgendwo im Mittelfeld, oder nur mit den Wölfen zu heulen, verbietet mein Charakter. Logo, so hatte er der verblüfften Hilde erklärt, bliebe nur eins, er müsse sich an die Spitze setzen, selber ein Befehliger werden. Er könne sich nun einmal nicht dem Diktat der Dummköpfe unterwerfen.

Hilde hatte daraufhin ihren Mann sehr lange und schweigend von der Seite angesehen, und er hatte nur ein wenig die Augenlider flattern lassen, was auf Verlegenheit schließen ließ oder auf Dreistigkeit.

Eines Tages wurde er tatsächlich zum Vorsitzenden der Genossenschaft gewählt. Auf diesem Posten hatte er also die Zeitenwende überdauert. Das sei ja nichts Außergewöhnliches, hatte er am Stammtisch erklärt, man denke an Bismarck, der zwei oder drei Kaisern unentbehrlich gewesen sei, jedenfalls bis ins hohe Alter, und als Dankeschön ein Rittergut sowie den ganzen Sachsenwald geschenkt bekommen habe.

Hilde hatte sich daran gewöhnt, den Mann gewähren zu lassen, und nur einmal, einige Zeit nach der Wende, versucht, das Ruder herumzureißen, als ihr klargeworden war, daß sich der Anschluß für sie nicht als nachteilig erwies. Zwar hatte sich nach der Währungsumstellung ihr Kontostand um die Hälfte verringert, dafür sah sie sich aber plötzlich im Besitz einer Immobilie.

Max, rief sie eines Abends emphatisch, das Haus und der Hof, die Ländereien, alles zusammen ist das ein Millionending. Jetzt pfeifen wir auf die verdammte Genossenschaft und machen uns privat.

Max hatte die Brille abgenommen, die Zeitung sinken lassen und sein Schafsgesicht gemacht. Hildes später und leidenschaftlich vorgetragene Ausbruch von Geschäftssinn verblüffte ihn. Jetzt sah er sie von der Seite an, ehe er sich in einer Art von Zeichensprache zu vergewissern suchte. Du – er richtete seinen Zeigefinger gegen Hilde und zeigte dann auf die eigene Brust, du verlangst, daß ich wieder den Paßlack spiele?

Laß den Quatsch, rief Hilde wütend. Du weißt genau, daß die Wiedereinrichter privilegiert werden, Steuervergünstigungen noch und noch. Aber kein Mensch in Bonn kann die Genossenschaften leiden, es geht ihnen an den Kragen.

Ich staune, sagte er. Du begreifst was von der Politik. Wie alt bist du jetzt?

Als ob du es nicht wüßtest, fünfundfünfzig.

Und nun willst du dich wieder als Bäuerin versuchen? Raus aus den Federn früh um fünf, misten, füttern, melken und dann kochen – es gibt keine LPG-Küche mehr –, während ich meinen Arsch auf einen winzigen Treckersitz quetsche und Furchen ziehe, feldauf, feldab, von Sonnenaufgang bis in die Nacht.

Es könnte nichts schaden, sagte sie und hatte plötzlich Lust, ihn zu kränken, wenn du deinen Hintern ein bißchen bewegen würdest. Du bist fett geworden.

Oh!

Sie hätte wissen müssen, daß er aus grobem Holz geschnitzt war.

Er fragte: Hildchen, hattest du jemals den Mut, dich mit der Rückfront zum Spiegel zu stellen und dir über die Schulter zu schauen, kleiderlos? Du kannst auf keinem Melkschemel Platz nehmen.

Ha, rief sie höhnisch. Ich steig ja sogar noch auf das Fahrrad.

Leider, sagte er, denn du weißt nicht, wie furchtbar das anzusehen ist, von hinten.

Wer was besitzen will, braucht einen breiten Hintern.

Hilde fuhr schweres Geschütz auf, während sie hinterhältig lächelte. Mir gehören Haus, Hof und Ländereien. Wahrscheinlich bin ich eine Millionärin. Wer bist du?

Immer noch Max Stephan, immer noch der alte. Schau mich an. Er stellte sich in Positur und breitete die Arme aus, um sich anzupreisen, aber die Frau zeigte sich nicht so beeindruckt, wie er's gewünscht hätte.

Sie sagte: Früher bist du ein großer Mann gewesen, beinahe ein Held, aber nun stellt sich heraus, du hast auf das falsche Pferd gesetzt wie viele. Max, du müßtest mir auf Knien danken, wenn ich dich zum Verwalter meiner Ländereien mache.

Er lachte frech. Nach einer Weile näherte er sich seiner Frau, hob ihr Kinn, das sie im Ärger gegen den Hals gepreßt hatte, dann beugte er sich, um Hilde einen feuchten Kuß auf die Nasenspitze zu schmatzen. Nun sah er die Tränen in ihren Augenwinkeln, er wischte sie mit dem Zeigefinger fort. Seit je hatte dieser Mann eine Begabung für das Komödiantische, er ließ sich leise ächzend vor seiner Frau auf die Knie.

Übernimm dich nicht. Es war nicht nur Spott in Hildes Stimme, ein bißchen Rührung wohl auch. Sie konnte sich dieses Mannes selten sicher sein. Vielleicht posierte er tatsächlich in einer Demutsgeste, jedenfalls blickte er zu ihr auf. Er sagte: Was mich am meisten in diesen Zeiten enttäuscht, ist der Verlust von Solidarität. Jeder steht für sich allein, jeder ist auf sich selber zurückgeworfen und versucht verzweifelt, sich zu behaupten. Was uns was wert war, soll nichts mehr bedeuten. Gelebtes Leben, deins und meins, soll umsonst gewesen sein.

Kein Wunder, daß wir beide herumblödeln oder uns attackieren, um unsere Ängste zu verbergen.

Es ergriff sie, daß der starke Max von Ängsten redete, und früher hätte sie ihm wohl in einer solchen Stunde tröstend übers Haar gestrichen, da war aber nichts, deshalb kraulte sie ihn an den Ohren, manchmal hatte er sich so verführen lassen.

Er faßte nach ihren groben Händen und küßte eine nach der anderen. Lieb von dir, Hilde. Er versuchte, möglichst sportlich auf die Beine zu kommen, was nur unvollkommen gelang.

Die Frau leistete Hilfestellung.

Lieb von dir, wiederholte er, und schön, daß wir uns aufeinander verlassen können. Dein Angebot ist gut gemeint, ich glaub aber, es ist gescheiter, wir lassen die Dinge, wie sie sind. Wir machen Vertrag, die Genossenschaft und du, ich zahl dir 'ne anständige Pacht für deine Ländereien. Das wäre vorteilhaft für uns beide.

Falls sie dich auf deinem Posten lassen.

Weißt du einen besseren Chef als mich?

Du warst in der Partei.

Ich bin es noch.

Aus purer Sturheit. Das ist nicht opportun, Max, wo zwei Millionen hingeschmissen haben.

Ich häng den Mantel nicht in jeden Wind.

Aber du wirst mit den Wölfen heulen müssen.

Leider wahr.

Du hast Feinde.

Viel Feind, viel Ehr.

Max Stephan war schlecht gelaunt. Es war längst nach Feierabend, aber immer noch drückend heiß. Er saß bei offenem

Fenster hinter dem Schreibtisch, schlug ab und an unbeherrscht nach den Fliegen oder Mücken, die ihn belästigten, und schwitzte. Hilde hatte ihm geraten, sich statt der Jeansklamotten, für die er nach Ansicht seiner Frau zu alt und zu dick war, eine Art von Jagdanzug zuzulegen, wie er in Spezialgeschäften zu erwerben, aber nicht billig zu haben war. Er trug Stiefel von bestem Leder, eine olivfarbene Hose und ein lindgrünes Shirt mit kurzen Ärmeln, dessen Brusttasche mit einem bunten Fasan bestickt war. Er besaß auch noch andere, die mit einem Rotfuchs oder einem Hirschgeweih geschmückt waren. So glich er im Habitus kaum noch einem Genossenschaftsmenschen, sondern vielmehr einem Gutsinspektor. Und eben das sei ganz in Ordnung, meinte seine Frau, die immer auf gewisse Reputation gehalten hatte.

Da saß er also, wischte mit einem großen Schnupftuch über Glatze und Genick, lüpfte die Kurzärmel, denn das Hemd war schweißnaß unter der Achsel und dunkel verfärbt. Ihn hatte nicht nur der schwüle Abend in Hitze gebracht, sondern auch die Wagenknechts, Vater und Sohn, die auf zwei Stühlen vor dem Schreibtisch hockten und so unvollständig gekleidet waren, wie Stephan sie, aus dem Fenster brüllend, von den Maschinen herunter beordert hatte.

Er musterte die Männer ohne Freude.

Tobias, ich weiß, daß dich die Weiber für einen schönen Kerl halten. Deshalb brauchst du nicht nackt bis zum Nabel in meiner Bude zu erscheinen.

Tobias sprang beleidigt auf. Er wollte das Büro verlassen.

Stephan schrie: Bleib!

Und dann schwenkte er ein Zeitungsblatt.

Zwei Bauern vom Pflanzenbau Horbeck überrumpeln Pfarrer von Wendenburg.

Ich will euch bloß eins sagen, was ihr mit dem Grabstein vom alten Hecht veranstaltet habt, wird nicht bloß euch Ärger machen. Auch die Genossenschaft ist wieder in die Schlagzeilen gekommen. Und das ist das Letzte, was wir gebrauchen können.

Schrei wie du willst, sagte Tobias. Wir haben die längste Zeit in deinem Saftladen gearbeitet.

Was soll das heißen?

Wir wollen es als Wiedereinrichter versuchen, erklärte der ältere Wagenknecht. Der Rückführungsantrag auf das Bodenreformhaus in Mankmoos ist gestellt.

Stephan schüttelte den Kopf. Mein Gott, Martin. Weißt du, was du riskierst?

Wagenknecht schaute seinen Boß verständnislos an. Was redete der von einem Risiko. Hatte er dem Stephan nicht erzählt, was ihnen widerfahren war? Hatte ihm das Christa, Martins Frau, nicht oft genug geklagt?

Die Parterreräume des ehemaligen Berger-Hofes wurden seit Jahrzehnten von der LPG genutzt, jetzt auch von deren Nachfolgerin, der Pflanzenbau e. G. Und seit über zwanzig Jahren, nämlich seit Martins Hochzeit mit der hübschen Christa, wohnten die Wagenknechts im Obergeschoß des Hauses, erst in der Gemeinschaft mit anderen Familien, das war oft genug unzumutbar. Ein Wasserkran auf dem Flur, ein Klosett für so viele Leute. Jetzt haben die Wagenknechts die Etage für sich. Drei Söhne waren im Haus geboren worden, inzwischen alle um die zwanzig, paar Jahre älter, paar Jahre jünger. Alle drei wohlgeraten, alle drei blondschöpfig und mit schwarzen Schnauzern, an denen sie bei Verlegenheit kauten. Die Welt war in Ordnung für die Wagenknechts, bis zu jenem

Sonntag vor ein paar Wochen, an dem ein Mercedes vorgefahren war, genau zu der Zeit, als Christa den Haustritt fegte.

Sie hatte des warmen Tages wegen nur eine Nylon-Kittelschürze über der Unterwäsche getragen, ein Vorwendestück, zu knapp geschnitten, aber hübsch anzusehen. Und der Fremde hatte einen Fotoapparat gezückt und drauflos geknipst, bis Christa fragte: Soll ich etwa in die Zeitung?

Das ist mein Elternhaus, hatte der Fremde gesagt. Hier hab ich gelebt, bis wir fortmußten. Jetzt hol ich mir den Hof zurück.

Ja geht denn das so einfach, Herr ...?

Der Fremde hatte sich zwangsläufig vorstellen müssen: Berger. Christian Berger.

Da dämmerte es der Christa endlich. Die Bergers, so habe sie gehört, seien mal die reichsten Bauern im Dorf gewesen.

Aber die Wagenknechts, ehe sie aus Schlesien vertrieben wurden, hatten auch etwas vorzuweisen. Vierzig Hektar Feld und Wald. Und die Schwiegermutter ist vierspännig nach Breslau zum Einkauf gefahren.

Ach Gottchen, hatte der Berger gemeint und zum Obergeschoß gezeigt. Wer wohnt dort?

Wir, die Wagenknechts. Mein Mann und die Söhne arbeiten in der Genossenschaft.

Na dann, hatte der Mann zum Abschied gerufen, sehen Sie sich mal rasch nach 'ner anderen Wohnung um.

Das alles ging dem Martin Wagenknecht durch den Kopf, als er sagte: Wir wollen nichts riskieren, Max. Wir brauchen eine Bleibe. Und da ist der Wagenknecht-Hof in Mankmoos. Die Behörde hat ihn meinem Vater für viertausend DDR-Mark abgeschwatzt. Ein Betrug. Außerdem ist das Häuschen unbewohnt, deshalb haben wir einen Rückführungsantrag gestellt. Wir könnten in Mankmoos eine Existenz begründen.

Der alte Hecht hat damals, in der Bodenreform, das Haus und die Ländereien den Wagenknechts zugeteilt. Mit Brief und Siegel. Er wird unser Zeuge sein. Als Dankeschön haben wir seinen Grabstein transportiert. Auch du könntest uns helfen, Max. Wir brauchen ganz dringend ein bißchen Geld. Zahl unsere Anteile aus.

Stephan seufzte. Faß einem nackten Mann in die Tasche. Du weißt doch, daß wir mal eine Straße gebaut hatten, zwischen Horbeck und Altenstein. Sie wird bis heute von aller Welt frequentiert. Aber uns rechnet man die Sache als Altschulden an. Uns schiebt man den Schwarzen Peter zu. Wir stehen mit anderthalb Millionen in der Kreide.

Max Stephan wischte sich die Stirn, als die Wagenknechts gegangen waren. Natürlich wußte er von der Drohnung des Christian Berger. Ihn selber betraf sie auch. Er glaubte nicht, daß Berger jemals wieder als Landwirt arbeiten wollte.

Christian und er waren zusammen zur Schule gegangen. Vielleicht würde der Mann mit sich reden lassen, ihm seine Äcker zur Nutzung, aber auch das Haus zur Miete überlassen. Wenn nicht, wohin mit der Agrargenossenschaft? Wo die Verwaltung unterbringen? Wo die Maschinen und das viele Gerät?

Max Stephan hatte Sorgen, und er hatte keine Ahnung an diesem schwülen Tag, daß sich neue Schwierigkeiten auftürmten wie dunkle Gewitterwolken hinter dem Wald von Horbeck.

Die Gefahr kam von Wutzke, und dabei hatte Max Stephan gedacht, den hätte er sich vom Halse geschafft.

8
Wutzke macht eine Anzeige

Günter Wutzke hatte sich in vaterländischer Verblendung, ein Halbwüchsiger noch, wenige Monate vor Kriegsende freiwillig zur Waffen-SS gemeldet und bald darauf an der Front das rechte Bein verloren. Seit damals mußte er als Oberschenkel-Amputierter am Krückstock durchs Leben hinken, und jene bittere Redensart, die in den Lazaretten kursierte, hatte sich als wahr erwiesen: Der Dank des Vaterlandes ist euch gewiß. Er wird euch ewig nachlaufen und euch niemals erreichen. Kein Mensch wollte an seinem Schicksal Anteil nehmen, bis auf Friedegard, eine mütterliche Krankenschwester, die seine Ehefrau wurde.

Dieser Wutzke war kein unbegabter Mann, sogar ein guter Formulierer, ein wenig gehindert nur durch das sächsische Idiom, in dem er sich äußerte, wortreich und laut übrigens. Er überspielte seine Komplexe mit Dreistigkeit, kleidete sich in der auffälligen Art der Künstler und hatte sich in diesem und jenem Beruf versucht, aber jeder Aufstieg in eine höhere Position mißlang. Er führte das auf die leidige SS-Vergangenheit zurück.

Zuletzt mußte er sich mit der Funktion des Fuhrparkleiters bei Max Stephan begnügen, aber der Neid auf die erfolgreichen Männer in seiner Umgebung fraß an ihm, und er empfand es als eine gewisse Befriedigung, daß er sich eines Tages der Staatssicherheit andienen konnte. Auf solche Weise war es ihm möglich, auf Übergriffe oder Übertretungen hinzuweisen, die sich viele Prominente seiner Meinung nach zuschulden kommen ließen. Sein Deckname war Denker.

Erstaunlich, daß dieser gescheite Mann seine Arbeit für die Staatssicherheit überhaupt nicht als Verstrickung begriff, sondern glaubte, nun endlich, in der Wende, habe für ihn die Schicksalsstunde geschlagen. Er schlüpfte in die Rolle des Rufers und Rächers, war stets unter den unruhigen Menschen zu finden, die sich in der Kirche zu Wendenburg drängten. Der alte Pastor Salzmann hatte ihnen Gelegenheit gegeben, von dem zu reden, was sie bedrückte, und viele taten das mit einem Mal ohne Angst. Manche waren gekommen, um eine Kerze anzuzünden und Freisprechung zu erlangen, andere klagten an. Sie schrien Namen aus. Auch Max Stephan wurde damals ein Bösewicht und Bereicherer genannt, und Wutzke erregte Aufsehen, als er auf der Lokalseite des Nordboten philosophieren durfte. Das Volk ist immer unschuldig, so lautete die Kolumne. Und mancher schlichte Leser atmete auf. Nichts durfte dem einfachen DDR-Bürger angelastet werden. Verbrecher aber waren alle, die sich von der Masse abgehoben hatten und als Privilegierte zu Wohlstand gekommen waren wie Max Stephan.

Unbegreiflich für Wutzke, daß dieser Mensch nicht bestraft worden war, sondern immer noch dreist auf seinem Chefsessel saß.

Er wollte sich beschweren.

Eines Tages gewährte ihm Landrat Hirschwein eine Audienz.

Wutzke kam sofort zur Sache.

Man darf nicht zulassen, Herr Landrat, daß sich die alten Seilschaften in aller Offenheit wieder formieren. Diesem Stephan ist es aber gelungen, einen cleveren westdeutschen Anwalt auf seine Seite zu ziehen. So ..., er rieb Daumen und

Zeigefinger gegeneinander. Da hat dieser Mann auf der Vollversammlung erzählt, was das Schlitzohr Stephan hören wollte: Die Bauern würden im Falle der Liquidation der Genossenschaft ihre Anteile verlieren und müßten folglich bei der Stange bleiben.

So ist das wohl, meinte Hirschwein.

Wutzke empörte sich. Wissen Sie, was er dem Anwalt rübergeschoben hat, für Schützenhilfe bei der Eröffnungsbilanz und eine kleine Stunde Vortrag? 50000 DM.

Die Honorare bewegen sich in dieser Höhe. Hirschwein hob die Schultern.

Aber es kann doch nicht angehen, daß ein westdeutscher Jurist einem belasteten Ossi die Steigbügel hält und daran auch noch verdient.

Geschäfte orientieren sich nicht an der Moral, sagte Hirschwein.

Wutzke war bitter enttäuscht, und es dauerte ein Weilchen, bis er sich gefaßt hatte. Er sagte: Ich hab Ihr Bild auf den Wahlplakaten gesehen, Herr Landrat, und gedacht, der Mann ist sympathisch. Ich hab Sie gewählt. Er machte eine Pause, um den letzten Satz wirken zu lassen, dann fuhr er fort. Mir war aus dem Herzen gesprochen, was Sie auf einer Wahlversammlung vorgetragen haben: Man sollte die roten Socken mit dem Flammenwerfer ausrotten. Sie erinnern sich doch?

Nein, an diese Formulierung dachte Hirschwein nicht gern zurück. Sie hatte ihm Ärger gemacht. Er sagte zurückhaltend: Ich habe Vorbehalte gegen Max Stephan, aber Sie hassen ihn. Warum?

Stephan hat gegenüber der Vollversammlung argumentiert, daß der Personalbestand reduziert werden müßte.

Das ist logisch, meinte Hirschwein.

Wutzke rief: Wissen Sie, wer zuerst gefeuert worden ist? Ich. Ich bin schon wieder ein Opfer.

Hirschwein lehnte sich im Schreibtischsessel zurück.

Waren Sie nicht auch in der SED?

Wutzke wand sich. Gezwungenermaßen. Wir haben fünf Kinder. Aber meine Frau ist immer in der CDU gewesen. Wenigstens einer mußte ja durchkommen. Jetzt bin ich endlich in die große Volkspartei aufgenommen worden. Wir sind von gleicher Couleur, Herr Landrat, und ich wäre Ihnen sehr dankbar, wenn Sie mit dem Personalrat über die freie Stelle im Archiv reden könnten. Ich würde mich vorzugsweise auf die Restitutionsansprüche Seiner Hoheit, des Herzogs Karl-Ludwig, konzentrieren. Vielleicht findet sich doch ein Beleg. Jedenfalls soll die Familie von Hoheit bis ins Dritte Reich im Besitz großer Teile der Horbecker Domäne gewesen sein. Ließe sich das nachweisen, hätten Stephan und seine Genossenschaft keine Chance mehr. Es kann Hoheit nicht gefallen, daß sich auf seinem angestammten Territorium eine rote Seilschaft verschanzt. Der tolle Hecht hat 45 die Enteignung des Großgrundbesitzes auf besonders rücksichtslose Weise betrieben. Haben Sie denn gehört, daß er sich selber ein Denkmal setzen wollte?

Das haben wir verhindert, sagte Hirschwein lächelnd und erhob sich, um anzudeuten, daß die Audienz beendet sei.

Wutzke verstand. Er sagte, schon im Gehen: Bestimmt steckt Stephan hinter dieser Provokation, und der Dritte im Bunde ist Druskat. An der Tür blieb Wutzke stehen, wendete sich noch einmal dem Landrat zu und sagte mit Nachdruck: Der Mann soll 45 den Gutsinspektor von Horbeck erschossen haben. Das Verbrechen ist ungesühnt bis heute.

9
Daniel Druskat verweigert sich

Druskat war mit Max Stephan gleichaltrig, also weit über die Fünfzig hinaus, aber noch immer jugendlich von Erscheinung, wenn auch längst mit ergrautem Bart und Haupthaar. Er hatte dunkle Augen, die schwarz aufglänzten, sobald er sich aus Ärger oder Lust erregte, und ein fremdländisch geschnittenes Gesicht. Er sollte ja auch weit hinten im Osten geboren sein, in irgendeiner Wallachei, so hieß es, wo neben Deutschen auch andere Völkerschaften gesiedelt hatten.

Irene, Druskats Frau, war ihm jung an einer schrecklichen Krankheit gestorben, mancher erinnerte sich noch an die Beerdigung, wie er damals an der offenen Grube gestanden hatte, kalt und tränenlos, die kleine Tochter an der Hand, die mußte heute an die dreißig sein. Mein Gott, wie die Zeit verrinnt.

Er hatte das Mädchen Anja allein großgezogen, beinahe bis zu deren Volljährigkeit. Die Leute konnten das nicht verstehen, denn er war ein hübscher Mann, und im Dorf lebte manch ansehnliche Frau, die ihm im Haus und bei der Pflege des Kindes zur Hand gehen wollte, vielleicht auch gern bei ihm gelegen hätte, aber mit einem Kopfschütteln, wenn es hochkam, mit einem Dankeschön, waren alle abgewiesen worden. Ein komischer Heiliger, sagten die Leute, weil er oftmals nicht handelte, wie man das normalerweise erwarten kann.

Daniel Druskat galt als unzugänglich und eigenbrötlerisch und hatte dennoch oft genug für Aufsehen in den Dörfern gesorgt. Da war die wüste Auseinandersetzung während des »sozialistischen Frühlings«, die erbitterte Schlägerei mit Stephan, von der man erzählte und über die lange gerätselt wurde, weil sich Druskat gegenüber Max Stephan durchgesetzt hatte und trotzdem das Dorf Horbeck verlassen mußte. Er war mit der todkranken Frau und dem kleinen Kind ins unwirtliche Altenstein gezogen. Ganz offensichtlich eine Flucht.

Später hatte er sich ins Gerede gebracht mit einer hemmungslosen Liebesbeziehung zu der jungen Rosemarie Sacher, mit der er Nacht für Nacht schlief, obwohl seine arme Frau noch gar nicht unter der Erde lag.

Und da war seine Verhaftung Ende der siebziger Jahre im Zusammenhang mit den Wirren bei Kriegsende, wo es auch in Horbeck zu Mord und Totschlag gekommen war. Druskat hatte wochenlang im Gefängnis gesessen, war aber merkwürdigerweise nicht angeklagt worden, sondern nach seiner Entlassung die Leiter nach oben gefallen. Die SED stellte ihn als Sekretär für Landwirtschaft im Kreise Wendenburg-Hohenzedlitz an. Ein guter Fachmann war er ja und profitierte obendrein von den Erfolgen Max Stephans, der eine Muster-LPG leitete, die man mit Recht zu den zehn besten Genossenschaften des Landes zählte. Sogar das Westfernsehen brachte seinerzeit schwärmerische Berichte. Und ein wenig vom Horbecker Ruhm war auch auf den Landwirtschaftssekretär Daniel Druskat gefallen.

Dennoch geriet der Mann nach und nach in Konflikt mit der Parteizentrale in Berlin. Er war immer weniger bereit, Beschlüsse, die ihm borniert erschienen, durchzusetzen, und machte sich unbeliebt, als er öffentlich gesagt hatte, er könne nur tun, was vernünftig sei, und er wolle nicht predigen, der Sozialismus sei schön, solange häßliche Dörfer existierten wie in seinem Beritt. Diese Haltung hatte ihn schließlich sogar in die Nähe der Bürgerbewegung gebracht.

Tatsächlich stand er im November 89 neben dem Pastor und einigen Leuten vom Neuen Forum vor Hunderten von aufgebrachten Demonstranten und gestand ein, der bislang praktizierte und sogenannte reale Sozialismus verdiene diesen Namen nicht. Radikale Reformen auf allen Gebieten der Gesellschaft seien überfällig. Nur eines dürfe nicht beschädigt werden: der antifaschistische Charakter des Staates. Das sei man den fünfzig Millionen Toten des Zweiten Weltkrieges, den sechs Millionen vergaster Juden schuldig. Unbegreiflicherweise hatte aber die aufgebrachte Menge diese Forderung nicht hören wollen und den Druskat so lange niedergeschrien, bis er von der Tribüne verschwand. Als er sich wenig später um Arbeit bemühte, wollte ihn seines Alters und seines Rufes wegen niemand einstellen. Am Ende gelang es ihm, bei der Müllabfuhr in Wendenburg unterzukommen. Der Zufall hatte nämlich gewollt, daß einer seiner Bekannten, der Buchhalter Wünscher, zum Chef des Wendenburger Regiehofes aufgestiegen war, der wußte, daß Druskat außer seiner Parteifunktion nichts auf dem Kerbholz hatte.

Auf seinen Fahrten traf Druskat viele Menschen, die ihn von früher kannten. Darunter waren einige, die über seine Tätigkeit den Kopf schüttelten oder sogar die Nase rümpften. Denen begegnete er mit der uralten Redensart, Arbeit schände nicht, außerdem brauche er Geld. Mancher wußte ja auch, daß er wie ein Vater für seine Enkeltochter Ina sorgte.

Wie lange würde er es noch tun können? Das war eine Frage, die Druskat bedrückte. In einsamen Stunden litt er darunter, daß er vor der Öffentlichkeit wieder etwas verbarg. Seine Tochter Anja war nämlich schon bald nach der Wende ums Leben gekommen. Beim Durcheinander des Ämterwechsels und Mitarbeiter-Austauschs war das von der zuständigen

Behörde offenbar nicht registriert worden, und gegenüber dem Jugendamt hatte sich Druskat still verhalten, auch keinerlei Unterstützung gefordert, aus Furcht, sie würden ihm, einem alten Mann, der als belastet galt, das Enkelkind fortnehmen, um es in ein Heim zu stecken. Machte es dann noch einen Sinn zu leben und zu kämpfen?

Ab und an, wenn Druskat in seiner Einsamkeit einen Schluck zu viel getrunken hatte, träumte er sich in die Rolle Valjeans, jenes ewig verfolgten ehemaligen Banjo-Sträflings aus Victor Hugos großartigem Roman »Die Elenden«, den er alle paar Jahre von neuem las. Wie der Romanheld die kleine Cosette, würde Druskat Ina listig durch die Wirren der Zeit führen und behüten, bis ein vertrauenswürdiger junger Mann erschien, dem er die Enkelin an die Hand geben könnte.

Eines Abends suchte Max Stephan auf dem sogenannten Wendenburger Regiehof, einem Geviert, an allen Seiten von unansehnlichen Gebäuden umgeben und vollgestellt mit Müll- und Jauchefahrzeugen, nach einem Parkplatz.

Daniel Druskat, der gerade von der Arbeit zurückgekommen war, sprang vom Fahrzeug ab. Er war wie alle anderen in die orangefarbene Uniform der Müllkutscher gekleidet, müde, schmutzig und erschöpft, und er wunderte sich, als er auf Max Stephan traf, der stolz auf ein nagelneues Auto deutete, einen weinroten Golf der Sonderklasse.

Ich lad dich zur Probefahrt ein.

Druskat sagte: Du, ich muß raus aus den Klamotten, duschen.

Das könnte mir auch nichts schaden.

Minuten später standen sie schon unter der dampfenden Brause, stöhnten und reckten sich.

Stephan bückte sich nach Bürste und Seife, und schrubbte den haarigen Rücken des Freundes mit Inbrunst. Der genoß es und rief: Einer ist gut zu mir. Mensch, das gefällt mir.

Ja, ich mag dich, Daniel. Stephan kicherte. Warum sollte ich nicht zärtlich zu dir sein?

Später warf Druskat dem Stephan ein Handtuch zu. Sie trockneten sich ab, ihre Blicke trafen sich im Spiegel.

Stephan fragte: Wie gefällt dir der dreckige Job?

Ich verdiene nicht schlecht, antwortete Druskat ausweichend, und Stephan spöttelte:

Orange steht dir gut. Auch der Silberstreifen paßt zu dir, eine Art Heiligenschein. Ich hab einen besseren Job für dich.

Welchen?

Zeig ich dir.

Während der Fahrt führte Max Stephan mit kindlichem Besitzerstolz vor, was der neue Wagen auf glatter Straße hergab und daß er sich auch auf den Holperpfaden bewährte. Keine Viertelstunde, und sie hatten das Wolfsluch erreicht, kletterten auf die Krone des Deiches, der den See von den Wiesen trennte.

Druskat fragte verwundert, was sie hier wollten.

Stephan deutete mit großer Gebärde auf das Weideland. Ich zeig sie dir vor zu deiner Belehrung, Müllkutscher, deine Schöpfung. Ein Sumpf, der jahrhundertelang zu nichts nutze war, verwandelt in blühende Landschaft.

Ja, ja, Druskat nickte. Das Wolfsluch, das war mal was.

Ist, Daniel, ist. Fast könnte man sagen, ein Werk von Faustschem Zuschnitt. Und was hatte dich damals angetrieben, Bruder? Der pure Neid.

Selbstverständlich konnte sich Druskat erinnern. Ich hab

nicht ertragen können, daß du Horbeck reich gemacht hattest, eine Handvoll Leute, während wir in Altenstein vor Hunger kaum in den Schlaf gekommen sind. Wir mußten raus aus der Armut, raus aus dem Dreck, aus der ewigen Sorge um Futter. Wir mußten Land gewinnen, Max, und hatten tatsächlich davon geträumt, nach der Entwässerung könnten wir hier im Luch viermal im Jahr Heu ernten wie am Nil.

Stephan nickte. Wir sind Rivalen gewesen. Wir mußten uns messen. Und das Ergebnis, Daniel? Wir haben nachgewiesen, mitten im finstersten Sozialismus, daß die Kräfte der Konkurrenz schöpferische Impulse auslösen. Ich hab dir immer gesagt: Von Max mußt du lernen, nicht von Marx. Die Ergebnisse bestätigen mich. Ich hab mein kleines Herzogtum aufgebaut, und du hast Land gewonnen, beinahe sechstausend Morgen Land. Daniel, das muß dauern.

Wie kannst du von Dauer reden, nach dieser Wende?

Stephan sagte: Mein kleines Herzogtum existiert, dein Deich steht, deine Wiese blüht. Daniel, du siehst es, du kannst es riechen.

Wie lange noch, fragte Druskat.

Stephan ärgerte sich. Er rief: Manchmal ist mir, als wäre ich von lauter Verbitterten oder Schlappschwänzen umgeben. Viele sind von der Wende enttäuscht, sie hatten auf das große Glück gehofft und mußten lernen, sich in die Schlangen vor den Arbeitsämtern einzureihen. Wir beide sind stark. Wir haben ein Leben lang im Clinch gelegen um die besseren Lösungen. Heute kommt es mir vor, als hätten wir beide jahrzehntelang trainiert, damit wir uns in dieser gnadenlosen Welt behaupten können. Behaupten, Daniel, nicht auf die Schnauze fallen wie viele.

Druskat sprang auf und klopfte ein paar Halme von den Hosenbeinen. Was willst du von mir?

Ich will nicht umsonst gelebt haben, sagte der andere, also muß ich Horbeck erhalten. Ich muß. Auch wegen der vielen Leute, die bei einer Pleite um alles gebracht wären, die Wagenknechts, der alte Probst. Alleine schaff ich das nicht, und deshalb habe ich dich eigenhändig eingeseift, deshalb umwerbe ich dich häßlichen alten Vogel wie eine schöne Braut. Ich will das Luch pachten. Verwalt es für mich, bring es wieder in Schuß.

Druskat ging durch den Kopf, was er in letzter Zeit gehört oder sich angelesen hatte über die Bedeutung der Moore in der Kulturlandschaft, wie wesentlich sie für die Erhaltung lebendiger Pflanzen- und Tiergemeinschaften wären, für den Wasserhaushalt der Region.

Er sagte: Max, dieses Moor hat sich durch Raubbau selber aufgezehrt. Das ist beinahe eine Metapher für unsere DDR-Misere. In diesem abgesunkenen Moor tickt eine ökologische Zeitbombe.

Stephan hielt die Hand hinters Ohr. Ich hör nur den Wind im Schilf, und ich weiß, daß die Regierung vierhundert Mark an Fördermitteln ausspuckt für jeden Hektar genutzen Niedermoors. Versteh mal, Bruder, was die Binsen rauschen. Das Wolfsluch bringt uns jährlich 'ne halbe Million. Das Futter gar nicht gerechnet. Wir wären für lange Zeit aus dem Schneider. Daniel, schlag ein!

Druskat schüttelte den Kopf. Das Moor liegt jetzt schon einen Meter unter dem Wasserspiegel der Boblitz. Ein paar Spatenstiche an der richtigen Stelle, und alles wird von der Flut verschlungen. Die Natur holt sich zurück, was sich der Mensch angeeignet hat in seiner Gier, immer mehr zu besitzen, immer mehr.

Stephan konnte es nicht fassen, daß ihn Druskat nicht begreifen wollte. Was geht vor hinter einer so finsteren Stirn?

Druskat sagte: Ich habe die Wende gewollt, genauso wie du. Ich bin mit den Demonstranten gezogen, einer von der Partei, der den Aufbruch wollte. Ich hab vor allem Volke eingestanden, was mir die Schamröte ins Gesicht getrieben hatte. Ich mußte am Pranger stehen. Deine Leute haben vor mir ausgespuckt. Du warst doch dabei. Und das alles, mein lieber Max, will ich nicht umsonst ausgestanden haben. Ich kann nicht ertragen, daß es so weitergehen soll wie früher mit der Augenauswischerei, mit den verdammten Lügen, mit der Unvernunft. Was du vorhast im Luch, ist weiterer Raubbau. Ich verweigere mich.

Stephan starrte den anderen ein Weilchen an, dann stürzte er den Deich hinunter. Am Auto stehend, schrie er: Dann bleib doch ein Müllkutscher, du Arsch!

Er brauste davon, obwohl er sah, daß es zu regnen begann, und wußte, der andere würde einen weiten Fußmarsch vor sich haben.

10
Heimkehr im Mercedes

Der Morgen graute über dem Ruhrgebiet, als die Frau das Siedlungshäuschen verschloß. Vom Haustritt führten ein paar Kunststeinstufen zur Einfahrt hinab. Der Wagen stand abfahrbereit, das Garagentor war schon verriegelt.

Der Mann saß bei geöffneter Autotür auf dem Fahrersitz und wischte mit einem weichen Tuch über das Armaturenbrett. Er war hager und hängeschultrig, aber es weitete ihm die Brust, daß er im Mercedes würde reisen können, den er erst seit wenigen Tagen besaß. Ein Gelegenheitskauf, ein gepflegter Wagen, dem das Alter kaum anzusehen war, distinguiert wirkend, dunkelgrau, eine Farbe, wie sie Diplomaten bevorzugen, Ministerialbeamte und solche Leute. Kein Kratzer auf dem Lack, und der Fahrer duldete kein Stäubchen im Cockpit.

Er neigte sich ein wenig, um durch das Seitenfenster nach oben zu spähen, und sah die Frau, wie sie besorgt auf die prachtvoll erblühten Hängegeranien schaute, einen rosaroten Blütenschwall, der halbmetertief über die Kästen schäumte. Vermutlich sorgte sie sich, daß die Schönheit der Blumen bei der Rückkehr gelitten haben würde.

Die Frau hatte die Fünfzig überschritten und war gut beisammen, ohne dick zu wirken, eine sportliche Erscheinung mit einer Vorliebe für legere Kleidung, wie zu sehen war, weiße Söckchen, Anoraks und solche Sachen, und jener Gattung von Damen zuzuordnen, die keine hochhackigen Pumps, sondern wegen kräftig ausschreitender Gangart derbes Schuhwerk tragen. Frauen von solcher Wadenkraft würden jeden Stöckelabsatz zu Kleinholz treten. Diese fesch und robust wirkende

Frau war Marianne Berger, eine geborene Mangold, aus dem Ruhrgebiet stammend. So redete sie auch.

Der Tag versprach, heiß zu werden. Als sich Frau Marianne entschloß, die Geranien vorsichtshalber noch einmal zu wässern, bediente der Mann den elektrischen Scheibenheber, um das Seitenfenster herunterzufahren.

Ich warte.

Du siehst doch, rief die Frau, daß ich die Blumen grad am Gießen bin.

Es ist drei Uhr achtundfünfzig, und um vier Uhr war die Abfahrt angesagt.

Ist ja gut.

Sie stellte die Kanne beiseite und eilte die Treppe hinab. Zwei, drei der Kunststeinstufen ruhten nicht mehr sicher in der Verankerung und polterten gefährlich unter Frau Mariannes Wanderschuhen.

Der Mann lenkte den Wagen rückwärts auf die Straße und wartete geduldig, bis es der Frau endlich gelungen war, die Toreinfahrt zu verriegeln. Nach einem letzten Blick auf das kleine, schmucke Anwesen ließ sie sich auf den Beifahrersitz plumpsen. Tür zu, angeschnallt, ab ging die Fahrt, vier Uhr fünfundvierzig Sekunden. Herrlicher Wagen.

Er rollte nahezu geräuschlos durch die Straßen der verschlafenen Siedlungen, wo Häuschen neben Häuschen stand, Gärtchen neben Gärtchen, die einander ähnelten wie das berühmte Ei dem anderen. Die große Industriestadt lärmte noch nicht und versuchte nicht, sie festzuhalten, ein Stau war wegen der frühen Morgenstunden nicht zu erwarten. Tatsächlich erreichten sie zu einer guten Zeit die Autobahnauffahrt Richtung Norden.

Leichter Druck aufs Gaspedal, der Mercedes war im Nu auf

hundertfünfzig. Frau Marianne lehnte sich zurück. Es war ausgemacht, daß sie erst einmal schlafen oder ruhen durfte, bis sie später dann, nach einhundert oder zweihundert Kilometern und einer Rast auf dem Parkplatz, den Mann am Lenkrad ablösen würde. Über dem Hügel, am Horizont, stieg triumphierend die Sonne auf, was Mariannes Gefühle nicht bewegte, auch wenn die Frau zur Zeit saß, gewöhnlicherweise stand sie mit beiden großen Füßen auf der Erde, und ihre Gedanken verirrten sich selten ins Abstrakte.

Sie dachte, im Eindösen, an den Picknickkorb, den sie vorsorglich gepackt hatte. Kaffee gebrüht, zwei Löffel Pulver mehr genommen wegen der Strapazen. Ich werd in Zukunft nicht mehr bohnenfrisch mahlen lassen, bei diesen unverschämten Preisen, sondern den Vakuumverpackten bei Aldi kaufen, spar ich beinahe zwei Mark am Pfund. Brötchen geschmiert und belegt. Gott, was die Sonne bloß am frühen Morgen schon am Blenden ist. Ich hätte Edamer nehmen sollen, er stinkt nicht so.

Nachdem sie den ersten Schnarcher getan hatte, schreckte sie noch einmal auf, um lächelnd nach dem Mann zu blinzeln. Dann schlief sie und konnte also nicht reden.

Der Mann hatte Gelegenheit, vor sich hin zu denken.

Wo das Gemeindebüro in Horbeck untergebracht war, weiß ich nicht mehr, wahrscheinlich auch an der Bauernstraße. Am Ende lag unser Hof, alles beherrschend, wie eine Burg hochgeklotzt. Keine Ahnung, wer der Bürgermeister gewesen ist, jedenfalls keiner aus den eingesessenen Familien, dafür hätte sich niemand hergegeben, sondern wahrscheinlich ein Vertriebener. Bald hab ich selber gewußt, was das heißt, ohne Heimat zu sein und ein Habenichts. Die Gemeindesekretärin seh ich vor mir. Hab mal gelesen, ein Mann vergißt nicht die

Frau, mit der er zum ersten Mal geschlafen hat. War ein Zigeunertyp, die wilde Lisa, schwarzhaarig, Funkelaugen, Knackarsch, unwahrscheinliche Titten. Die hatte immer Lust. FDJ-Abend, irgendein Gequatsche über deutsche Schuld. Warum ist der alte Oberförster dabeigewesen? Ein Beutedeutscher, 'ne Zeitlang reiste er als Antifaschist, bis er sich am Diensttelefon aus Versehen mit Heil Hitler! meldete. Der war dabei. Die schwarze Lisa saß mir gegenüber und hat mich aus so feuchten Augen angesehen, daß mir die Geilheit mit einem Ruck in die Hose fuhr. Ich mußte raus auf den Hof, sie hinterher, kleiner Kuß an der Stallmauer, schon ging's zur Sache.

Die Bergers hatten den größten Hof im Dorf, an die vierhundert Morgen, Acker und Weideland, Wald. Eine Kuhherde, eine Schafherde, halbes Dutzend Gäule, drei Gespannführer im Dienst. Der Erbe bin ich. Die wilde Lisa war als die Dorfhure verschrien. Niemals wieder hab ich's einer zweimal machen können, ohne mich zurückzuziehen.

Als Bäuerin kam sie nicht in Frage, war ja auch beinahe fünf Jahre älter als ich, mindestens. Vielleicht hat sie ein anständiges Quartier gesucht, die Vertriebenen hockten ja übereinander in ihren Buden, und der Bergerhof war geräumig. Manchmal hat sie am Hoftor gestanden, manchmal bin ich mit ihr gegangen. Als sie von Eiern mitbringen redete, von einem Stück Butter und so weiter, habe ich Schluß gemacht.

Dann kam der Brief vom Bürgermeister, Strafandrohung, wir hätten die Saisonarbeiter nicht ordentlich versteuert. Vater war der einzige Bauer, der in dieser schlimmen Zeit eine Schafherde hielt, er hätte einen Orden verdient, aber sie kriegten ihn am Arsch wegen ein paar Pfund Wolle, die am Ablieferungssoll fehlten. Als Selbstversorger bekamen wir keine Lebensmittelkarten. Wir durften nicht schlachten, wir durften nicht buttern. Schikane, Schikane wegen mangelnder Sollerfüllung. Aber Mutter sollte viele Mäuler stopfen, die Gespannführer satt machen, die Mägde, die Knechte, den Schäfer, den Melker. Womit? Ich hab die Taubennester geplündert, die Vögel wurden gerupft und gekocht, durch den Wolf gedreht und mit viel Majoran zu einer Art Wurst verarbeitet. Das Gesinde machte lange Zähne, und Vater sah mich manchmal an, als wollte er sagen: Wir sind in Not, weil du dich mit der Gemeindesekretärin herumgetrieben und dir das Hurenstück zum Feind gemacht hast.

Dann kam der Brief vom Landratsamt, letzte Frist und so weiter, es folgte die Vorladung zur Polizei. Den Abend vergeß ich nicht. Wir saßen in der Wohnstube, alles schien wie eh und je, das Bild mit dem röhrenden Hirsch hing überm Sofa, die Uhr tickte wie immer, und Vater stellte sich mit dem Rücken zum Ofen, als fröre ihn.

Die Bergers haben seit Generationen auf diesem Hof gesessen. Ich hab alles getan, damit wir bleiben können, auf dem Land, das mir gehört, das meinem Vater gehört hat, meinem Großvater. Jede Demütigung hätte ich auf mich genommen, jede Arbeit gemacht, wie ein Knecht geschuftet, aber Gottes Gerechtigkeit gilt nicht mehr für Leute wie uns. Wir haben einen Geruch, vielleicht werden wir bald einen gelben Fleck tragen müssen. Sie wollen uns Großbauern nicht auf den angestammten Höfen lassen, deshalb verweigern sie uns den Beitritt zu der verdammten Genossenschaft. Hier ist die Vorladung zum Gericht. Alles hätte ich getan, um auf dem Hof zu bleiben, ins Gefängnis gehe ich nicht. Also müssen wir fort, diese Nacht noch, in aller Heimlichkeit. Wir werden tun, als gingen wir irgendwohin zu Besuch. Wir nehmen nichts mit uns außer den Papieren, mit denen wir nachweisen können, daß wir den Bergerhof besitzen.

Mutter hat mit steinernem Gesicht dagesessen, tränenlos und beinahe tonlos gesagt: Ein bißchen Wäsche habe ich für jeden eingepackt.

Das war vor über vierzig Jahren, als wir wie Diebe davonschleichen mußten. Vater ist längst tot, Mutter ist längst tot. Heut kehr ich im Mercedes heim nach Horbeck.

Seit einem Weilchen war Marianne wach. Sie blickte mit einem kleinen Lächeln auf den Mann.

Fein hat er sich gemacht, der Christian, dicke haben wir's nicht, und er ist nun mal ein Knauser wie sein Vater, der alte Christian, einer gewesen ist. Der hat den Anzug, auch die Joppe, sogar die Mütze, der hat die Ostklamotten, mit denen er flüchten mußte, noch zwanzig Jahre bis zu seinem Tod getragen. Erst mal die Schulden tilgen, Marianne, erst mal das Siedlungshäuschen abzahlen. Das mit diesem Lastenausgleich ist ja wohl auch nicht die Welt gewesen. Ich hab den Alten geschätzt, war mal der größte Bauer in Horbeck, auch schon an die sechzig, und hat keine Angst gehabt, sich beim Malochen dreckig zu machen. Heizer ist er gewesen, solange sie die Fabriken noch nicht, wie heißt das, am Automatisieren gewesen waren und es für einen Heizer noch was zu heizen gab, Kohle nämlich, gammelt jetzt auf Halde. Wir haben ja auch auf Gas umgestellt.

Und die Schwiegermutter, eine feine Frau, muß ich schon sagen, vornehm, gebildet direkt. Soll ja in einem Pensionat erzogen worden sein. Marianne, hat sie gesagt, wir sind aus dem Paradies vertrieben und müssen arbeiten im Schweiße des Angesichts. Sie ist putzen gegangen, ohne je zu murren. Alles für das Häuschen, für den jungen Christian, daß er's mal sollte ein bißchen besser haben.

Hat er ja auch, Fahrdienstleiter ist er geworden bei der städtischen Straßenbahn, das wird nicht jeder. Obwohl, bezahlen tun sie ihn auch nicht wie einen Beamten. Hat sich trotzdem neu eingekleidet für die Fahrt, Leinenhose, Leinenhemd, Leinenhütchen. Das sieht nach was aus. Bißchen spack ist er ja, bißchen schwach auf der Brust, kräftig gerade nicht, aber das Haar hübsch kurz geschnitten, beinah noch blond. Gut macht er sich in der neuen Kluft, fehlt bloß das Lederköfferchen, und er sieht aus wie der Versicherungskaufmann in der Fernsehwerbung, wie der sehr feine Mensch von der Stuttgart-Mannheimer, wo die Leute immer aufkreischen, wenn er rein zufällig am Aufkreuzen ist: Hallo, Herr Kaiser!

Mein Christian sieht nicht wie ein Bauer aus und will auch keiner wieder werden. Ein paar Jahre vor der Rente und alles hinschmeißen wegen der Rückübertragung, das wär ja verrückt. Aber was ich bin, ich bin ja nun jünger, ich könnt mich schon reindenken in eine so vornehme Frau, wie dem Christian seine Mutter eine gewesen ist, eine Großbäuerin. Ich hab lange am Band gesessen, kleine Fabrik in Wuppertal, weil wir jeden Groschen haben umdrehen müssen wegen dem Siedlungshäuschen, dann bin ich putzen gegangen zu den Leuten, ist ja nix Schlechtes dabei, und ich bin immer mit dem Auto vorgefahren. Ist mal ein Glück, daß der Christian so ein geschickter Mechaniker ist und hat es nicht mal gelernt. Der hat aus dem billigsten Gebrauchtwagen was zurechtzaubern können, was nicht mehr billig anzusehen war.

Ich mein, ich hab so lange bei Leuten geputzt, daß ich mir vorstellen könnte, ich hätte selber Personal, und hätt ich Personal, dem würde ich nix durchgehen lassen, und eine Türkin nähme ich nicht, obwohl die am preiswertesten ist. Aber weiß man denn, ob die sich die Hände waschen, wo sie doch aufgewachsen sind mit der Wasserknappheit in Anatolien. Ich kenn mich aus, wir waren einmal auf Billigurlaub in der Türkei, nie wieder.

Endlich kam das Schild in Sicht: Parkplatz.

Christian, sagte sie, jetzt muß ich aber dringend.

Später lösten sie einander am Lenkrad ab, während sich der eine auf die Autobahn konzentrierte, konnte der andere ungeniert die Gedanken schweifen lassen, am Ende hatten beide den Eindruck, die Reise sei kurzweilig gewesen. Da war schon das Hinweisschild, auf das sie lange gewartet hatten: Abfahrt Röbel.

Tritt auf das Bremspedal, gemächliches Tempo. Und jetzt erst, jenseits der großen Straßen, auf der Fahrt durch flaches Land, konnte sich Marianne durch Augenschein versichern, in welch schroffem Gegensatz sich der Aufschwung Ost vollzog, von dem gesagt wurde, daß er endlich am Greifen war. Je schneller man sich den heimatlichen Gefilden näherte, desto schweigsamer wurde Christian, desto grimmiger verbiß er die Lippen, desto fester umkrallte er das Lenkrad.

Marianne kommentierte, was sie sah: Schön grün, das alles, na ja. Da mal ein paar Kühe und da mal ein paar Kühe. Schönes Vieh, haben sie bestimmt von uns gekriegt. Die LPG hat nix als Dreck hinterlassen. Schau bloß mal die Feldscheune, halb zusammengesunken, die Balken spießen sich durch das Strohdach, als hätte sich ein riesiges Pferdegerippe unter 'ne löchrige Decke zum Sterben hingelegt. Ich mein das symbolisch.

Na gut, die Häuschen, nicht schlecht gehalten, aber kaum eins so adrett wie unseres. Aber wir haben ja nun Monat für Monat getan und gemacht und selber zum Pinsel gegriffen und die Fenster lackiert und die Zäune gestrichen, während die Menschen hier immer warten mußten, bis einer kommandierte: Mache dies und mach das. Und dann hatten sie nicht mal Farbe. Ich hab mir den Spruch gemerkt: Die Leute hier in der Zone hatten kein eigenes Leben, die Menschen wurden gelebt. Hab ich gelesen.

Du, da steht es, 10 km bis Horbeck.

Christian Berger blickte auf. Ordentlich bestellte Felder, erntereif, starres fahlbraunes Gelb, ein Weizenplan kaum übersehbar.

Das ist Siebenruten, alles Bergersches Eigentum, von der Straße bis an den Horizont. Bester Weizenboden.

Kurz vor dem Schild Horbeck, Kreis Hohenzedlitz, hielt Christian an, weil die Aufregung auf die Blase drückte. Er mußte sich kurz in die Büsche schlagen.

Marianne malte sich vor dem Klappspiegelchen die Lippen. Sie zupfte mit spitzen Fingern an der toupierten Frisur, aus Sparsamkeitsgründen keine Blautönung, schlichtes Matronengrau, wenn man so sagen darf, das nicht mal übel mit ihrer grünen Bluse kontrastierte.

Christian sagte: Bringen wir's hinter uns.

Einfahrt ins Dorf, Schrittempo. Da und dort treten die Leute vor die Haustür, entweder hat es sich herumgesprochen, daß er heimkehrt, der Erbe des größten Bauernhofes von Horbeck, oder die kriegen nicht alle Tage einen so großen Mercedes zu sehen.

Christian half Marianne ritterlich aus dem Wagen. Sie war ergriffen. Also das ist Christian sein Elternhaus. Hab ich immer nur auf 'nem Foto gesehen. In Wirklichkeit imponierend, aber leider schon ganz schön alt. Und wer sind die beiden, die dort stehen?

Auf dem Haustritt, selbstbewußt in all seiner Massigkeit, Max Stephan, geradeso, als wäre er der Besitzer von Haus und Hof, und neben ihm Hildchen im Geblümten. Ihre Beine können sich sehen lassen, an den Füßen ungewohnte, helle hochhackige Pumps, zu ihrer Sicherheit hatte sich die Frau ein bißchen breitbeinig aufgestellt. Ihre Faust umkrallte einen Blumenstrauß, so fest, als fände sie daran Halt. Hilde ist nicht wohl, sie ist eine Bauerntochter und weiß, es geziemt sich nicht, daß sie sich wie die Herrin plaziert, aber Max hat darauf bestanden. Er gibt sich, als gelte es, einen Gast zu empfangen.

Mein Gott, sie sind aus aller Herren Länder angereist, aus der Sowjetunion, Japan oder Amerika, um die Errungenschaften der Genossenschaft zu besichtigen. Wahrhaftig, wir nannten es eine Errungenschaft, daß jeder für ein paar Groschen am Mittagstisch sitzen konnte, in einem anständigen Speisesaal, um seine Suppe zu löffeln, daß er 'ne sichre Arbeit hatte, 'ne bezahlbare Wohnung, Urlaub für ein paar Mark. Sogar der Chef des westdeutschen Bauernverbandes, der Reichsfreiherr von Frauemann und Zedlitz, hat mich besucht, feiner Mensch, ein großer Jäger wie ich, ein Liberaler, denke ich mir, der hat in Horbeck geweilt. Ich weiß, wie man Gäste empfängt.

Ich hab vor dem auf der anderen Seite des Hofes keine Angst, den hatte ich immer unterm Daumen, solange wir zur Schule gegangen sind. Der und ich, wir haben Seite an Seite ganz große Bogen gepinkelt. Na, und Hildchen hat längst gelernt, daß sie die Kittelschürze ablegen muß, sobald wichtige Persönlichkeiten zu begrüßen sind. Sie kann die schönsten Blumensträuße binden aus all dem bunten Zeug, das im eigenen Garten blüht. Heute hat sie sich zu Rosen aufgeschwungen.

Und dann haben wir ja gottlob das Fernsehen. Jeder kann am Bildschirm lernen, wie er sich in gewissen Situationen verhalten muß. War doch ein schönes Bild, wie der Gorbi – damals konnte ich ihn noch leiden, den Gorbatschow –, wie er auf der einen Seite des goldstrotzenden Georgsaals im Kreml stand und neben ihm die Raissa, schick, charmant und beinahe so schlicht wie meine Hilde, und auf der anderen Seite Reagen, dümmlich lächelnd, daneben diese klapperdürre Ziege im Glitzerkleid, Nancy, glaube ich, die so straff geliftet war, daß sie nicht einmal ein normales Grinsen zustande brachte. Die Entfernung zwischen uns und dem Ehepaar Berger ist etwa so lang wie der Georgsaal oder vielleicht etwas länger. Teppich ist nicht ausgelegt, aber den Hof habe ich kehren lassen. Und nun, denk an Raissa im Kreml, Hildchen, keine Unsicherheit zeigen, lächeln, nicht stolpern und los!

Herzlich willkommen!

Hilde übergab die Rosen. Es erwies sich, daß Frau Berger zwar weitgereist war, aber weltläufig war sie deshalb nicht. Hilde hatte jede Rose ausgesucht und jeden Stengel entdornt, um Marianne Berger eine Freude zu machen, diese aber nahm den Strauß mit gewisser Herablassung und mit den Worten: Es wäre nicht nötig gewesen, entgegen.

Hilde gab sich Mühe, immer noch zu strahlen, und Max, der Christian die Hand schüttelte, als hätte er den eigenen Bruder jahrelang nicht gesehen, sagte: Gar nicht so schwer, unter deinen Runzeln das Gesicht der Jugend zu erkennen. Bist mal ein hübscher Junge gewesen. Die Mädchen mochten dich, aber nun hat uns das Leben gezaust.

Christian machte ein Pokergesicht. Bloß nicht zeigen, daß ihm die Galle überlaufen wollte.

Er sagte: Mensch, hast du ausgeladen.

Fett und fit, Stephan lachte dröhnend. Aber nun kommt bitte. Da niemand mehr am Leben ist von deinen Leuten, der dich und deine Frau begrüßen könnte, sage ich als dein Nachbar: Willkommen daheim!

Als sie den Eingang erreicht hatten, deutete Christian Berger auf das Schild: Horbecker Pflanzenbau e. G. Lohnarbeiten aller Art.

Er sagte: Das Schild kommt weg!

Aha, dann weiß ich, wie's lang geht, meinte Stephan ungerührt.

Christian Berger trat ein, tief atmend. Er blieb stehen. Das Haus riecht anders als früher. Wie hat es in meiner Kindheit gerochen? Ich weiß. Im ersten Stock war die Apfelkammer, ein großes, ungeheiztes Zimmer, Stroh handhoch aufgeschüttet, darauf lagen die Äpfel, sortiert, manche waren ja erst im Frühjahr reif, und bis in den Mai hatte es nach Weihnachten gerochen. Auch ein bißchen scharf und widerlich nach Katzendreck.

Vater mußte jeden Morgen um vier aus dem Bett kriechen. Er hat die Pferde gefüttert, auf die Knechte war wenig Verlaß, er hat das Schweinefutter eigenhändig zusammengemanscht, sogar das Spülicht aus der Gesindeküche durfte nicht gedankenlos fortgeschüttet werden, ein paar Fettaugen schwammen immer drauf. Vaters Hände waren groß, rissig und rot und rochen ein bißchen säuerlich nach Schweinetrog, solange er Bauer in Horbeck war.

Die Halle kommt mir kleiner vor, als sie in meiner Erinnerung war, aber sonst ist noch alles wie früher, die Balkendecke, der Erntekranz, wahrscheinlich vom letzten Jahr. Auch die Holzdecke scheint noch in Ordnung zu sein.

Er sagte: Ich will mein Haus sauber haben. Zuerst verschwindet die Genossenschaft.

Frau Marianne stand mit ihren großen Wanderschuhen besitzergreifend auf den Dielen. Richtig, Christian. Raus, und so schnell wie möglich.

So nicht! rief Max Stephan so laut, daß es im Hause hallte und oben auf der Galerie die Türen gingen. Schau dich um in deinem Elternhaus, und du wirst sehen, es ist wohlerhalten. Das hat uns eine Menge Geld gekostet. Auch wir haben eine Rechnung aufzumachen.

Und wir haben einen Mietvertrag, gültig bis 2009, rief Christa Wagenknecht, die, von der lauten Rede und Gegenrede alarmiert, auf der Galerie Stellung bezogen hatte, und schwenkte ein Papier.

Marianne Berger tippte sich an die Stirn.

11
Oben und unten, arm und reich

Es ist Zeit, von Mankmoos zu erzählen. Der Name erklärt, wo die Siedlung zu finden ist, nämlich am Walde, zwischen Binsen und Moos, nicht weit vom See.

Schon Kronprinz Friedrich erwähnt den Ort in einem Brief, der an seinen Vater Wilhelm, den Soldatenkönig, gerichtet ist. Wir werden den Text zitieren, weil er belegt, daß Friedrich die deutsche Sprache keineswegs zu allen Zeiten geringgeschätzt hat, sondern sogar ein humor- und geistvoller Stilist gewesen ist. Zum anderen verrät uns ein prominenter Zeuge einiges über Land und Leute.

1736 bezieht der preußische Kronprinz das großzügig umgebaute Schloß Rheinsberg, wunderschön am See gelegen und eingerahmt von grünen Gärten. Man kennt die Neigungen des jungen Fürsten und versteht, daß er sich in Rheinsberg mit wenigen geistvollen Frauen und vielen schönen Männern umgibt, um in Kunstgenuß und Sinneslust zu schwelgen. Gegenüber seinen wendenburgischen Nachbarn, der Herzogsfamilie wie ihrem armseligen Volk, verhält sich der Schöngeist dünkelhaft. Er nennt sie, wie einen Indianerstamm, die Mirokesen. Mirow nämlich, höchstens eine Kutschenfahrtstunde von unserem Wendenburg entfernt, ist damals Residenz, und von dort sind es keine drei Meilen bis Rheinsberg.

Der Tag ist genauestens datiert. Wir wissen, daß der Kronprinz von Preußen in Begleitung des Leutnants von Buddenbrok am 25. Oktober 1736 in Mirow einen Staatsbesuch machte. Er schreibt dem »Allergnädigsten Vater« über das militärische Zeremoniell des Empfangs.

»... Ich bin also fort nach dem Schloß. Ringsum ist ein Wald. Und ein Turm, der schon ziemlich verfallen ist, dient dem Hause zum Torweg. An der Brücke lümmelte ein alter Strumpfstricker, wie ein Grenadier verkleidet, und klapperte mit den Nadeln. Das Gewehr hatte er neben sich zu stehen, damit es ihn bei der Arbeit nicht behindere. Er frug, woher ich käme und wohin ich wolle, worauf ich antwortete: Er sieht es doch. Und ging gradewegs über die Brücke. Worauf der Grenadier erzürnt nach dem Turme lief und den Korporal herausschrie. Dieser war gerade aus dem Bett gekrochen, hatte sich in der Eile weder Zeit genommen, die Schuhe anzuziehen, noch die Hose zu knöpfen. Er hielt sie mit den Fäusten am Bund und frug verstört, was ich seiner Schildwache getan hätte. Der Leutnant und ich gingen ohne Antwort dem Hause zu, das wir niemals als Schloß erkannt hätten, wenn nicht vor der Türe zwei zahme, zerrupfte Kraniche Schildwache gestanden hätten. Nachdem ich lange an die Tür geklopft hatte, schlürfte endlich eine alte Magd heran. Die sah aus, als wenn sie dem Prinzen von Mirow seines Vaters Amme gewesen wäre, und als sie fremde Gesichter erkannte, war sie dermaßen erschrocken, daß sie uns die Türe vor der Nase zuschmiß.«

Friedrich findet an diesem durchsonnten Herbsttag die Mirower Herrschaften schließlich in Mankmoos, wo unter schattigen Kastanien Hof gehalten wird. Die da sitzen, Herzog Karl und Gemahlin Elisabeth Albertine, werden einmal die Eltern und Großeltern von Königinnen sein, aber die bescheidenen Verhältnisse, wie sie uns Friedrich beschreibt, lassen uns verstehen, daß einer der männlichen Nachkommen auf Broterwerb angewiesen war und sich als Militär dem Zaren von Rußland verdingte. Seit damals gab es eine russische

Nebenlinie der Mirower Prinzen, die sich weiterhin Herzöge in Wendenburg nennen durften. In den Wirren der Oktoberrevolution konnten ihre Abkömmlinge nur das nackte Leben retten. Zum Glück besaßen sie in Deutschland, und zwar in der Gegend von Wendenburg, noch ein Schloß und einige Ländereien, die aber während der Nazijahre verlorengingen. Auf welch merkwürdige Weise, werden wir noch erzählen.

Ausgangs des neunzehnten Jahrhunderts war in Mankmoos noch ein schlichtes Vorwerk der Herzoglich Wendenburgischen Domäne errichtet worden, das man zu Beginn des Zweiten Weltkrieges um ein paar schäbige Baracken zur Verwahrung sogenannter Ostarbeiter ergänzte. Bei Kriegsende ging alles, auch das Schloß der russisch-wendenburgischen Herzogfamilie, in Flammen auf. Durch Brandstiftung übrigens.

Was überdauerte, waren zwei Landarbeiterhäuser, aus Backstein erbaut, denen der Feuersturm nichts anhaben konnte. Und heute nun, in der Gegenwart, wo unsere Geschichte handelt, ist das eine von ihnen, im Dorf nennt man es das Wagenknecht-Haus, unbewohnt und vom Verfall bedroht, während vor dem Fenster des anderen Gardinen hängen, und manchmal, um die Mittagszeit, kann man Rauch aus dem Schornstein aufsteigen sehen, dann wird er sich wohl eine Suppe wärmen, der Besitzer des Häuschens Mankmoos Nummer zwei, der alte Mann, von manchen immer noch der tolle Hecht genannt.

Der Wagen hielt vor der mächtigen Kastanie, die dem Haus gegenüberstand und Schatten spendete. Ein Tag war so heiß wie der andere in diesem denkwürdigen Sommer. Dennoch hatte Pastor Heidenreich heute auf Shorts verzichten und ordentliche Hosen anziehen müssen. Er war nämlich zum Begleiter seines Probstes, des Herrn von Trittau, bestellt, sogar zu dessen Chauffeur. Der Pastor sprang aus dem Auto, um seinem Vorgesetzten mit einer Verbeugung die Tür zu öffnen. Von Trittau stieg aus, ein Mann von imponierendem Gehabe wie von erheblicher Leibesstärke, gut geschnittenes Gesicht, schwerlidrige, gelbe Adleraugen. Zwar trug der Mann dunkelgrauen Flanell, aber man konnte sich vorstellen, wie er, mit einer Hand den Talar raffend, in der anderen die Bibel, die Stufen zum Altar hinaufschritt, sich neigte und schließlich umwendete, um sich mit großer Gebärde der Gemeinde entgegenzustellen.

Der Probst hatte es sich zur Aufgabe gemacht, den unerfahrenen Amtsbruder mit den besonderen Verhältnissen im Osten vertraut zu machen, und schon während der Amtseinführung damit begonnen.

Ihm war an jenem Tage nicht entgangen, daß der junge Heidenreich seinen Talar mit gewisser Ängstlichkeit oder Fahrigkeit anlegte. Also hatte er gefragt: So bleich, Bruder Heidenreich?

Es ist ja mein erstes Amt.

Dazu noch eins im wilden Osten, hatte von Trittau spöttisch gemeint. Aber kaum so gefährlich wie jenes der Priester, die im Gefolge Heinrichs des Löwen gegen die Wenden ritten. Sie sind zu Dutzenden erschlagen worden. Selbstverständlich hat auch Ihre Aufgabe einen gewissen missionarischen Touch. Wir müssen die Menschen hier im Osten sehr behutsam aus ihrer heidnischen Beschränktheit herausführen. Sehen Sie mal, seit nahezu einem halben Jahrhundert wurden ganze Generationen durch Kindergärten, Schulen, Universitäten und andere Einrichtungen geschleppt, die kommunistisch dominiert waren. Hierzulande war alles und jedes weltanschaulich gefiltert und mußte sich, ich will mal so sagen, durch das Nadelöhr des Marxismus-Leninismus zwängen.

Sie auch, Bruder von Trittau? Der junge Heidenreich lächelte. Ich meine, Sie haben doch auch jahrzehntelang in dieser DDR gelebt.

Von Trittau entgegnete, beinahe im Kanzelton, er habe dieses Land nicht einen Augenblick als das seine betrachtet, vielmehr immer auf einer Insel gelebt, mitten im roten Meer.

Und nun waren also beide, der majestätische Geistliche und sein dünner Gefährte, im abgelegenen Mankmoos angekommen.

Das muß es sein. Der junge Pfarrer wies auf das Gebäude zur Linken und dann nach rechts. Das ist das Häuschen von Hecht, und dieses dort wollen die Wagenknechts zurückhaben.

Von Trittau wiegte den Kopf. Kümmerliche Reste der alten Domäne, und darauf könnte also Seine Hoheit Anspruch erheben. Wahrhaftig, kein fürstliches Erbe.

Hecht steht in der Haustür, so wie er aus dem Garten gekommen ist, in zerfransten, offensichtlich von unkundiger Hand kurz geschnittenen Jeans.

Der Probst sieht es mit einem gewissen Unbehagen.

Es heißt ja, der Mann habe sich jahrelang in Rußland herumgetrieben, womöglich stammt er gar von dort und ist jener sagenhaften und widerspenstigen Spezies zuzurechnen, die im Kaukasus zu Hause ist, sich vorzugsweise von Wodka und Knoblauch ernährt und Hundertjährige hervorbringt, die so vital erscheinen wie hierzulande Vorruheständler.

Der Haustritt zeigt nach Süden, der Alte schirmt die Augen mit flacher Hand und versucht, die Besucher auszumachen.

Der eine ist der knabenhafte Pastor von Wendenburg. Der

Stein in seinem Garten scheint nicht nur das Pfarrgras zu bedrücken, sondern auch die Seele des jungen Menschen. Wer ist der andere, der den Kopf schief hält wie ein Schnüffler?

Herr von Trittau, der Probst, so wird er von Heidenreich vorgestellt.

Hecht, sagte der Alte, und es ehre ihn. Hundert Falten im Gesicht. Wer kann sagen, ob er es der grellen Sonne wegen verzieht oder im Lächeln? Hier kommt selten jemand vorbei, und nun erscheint meinetwegen in Mankmoos sogar ein Oberster.

Probst, bitte.

Ach, der alte Hecht weiß wenig über die Hierarchie innerhalb der organisierten Christenheit. Mehr versteht er von Forstwirtschaft, und ein Oberförster, meint er, müßte doch vom Posten her einem Probst vergleichbar sein.

Entweder ist dieser Alte hochgradig senil, oder er stellt sich unverschämterweise so. Der Probst hebt angriffslustig das Kinn, er schüttelt das graugelockte Haupt, und er hat tatsächlich Adleraugen, die er mit schweren Lidern plirrig schließen oder öffnen kann, auf eine Weise, die jeden Konfirmanten erschrecken muß. Was fällt ihm ein, diesem Hecht? Wie man hört, ein ehemaliges Mitglied des Staatsrates, des engsten Führungszirkels, könnte man sagen, ein Beinah-Verbrecher, einer, der jedenfalls vor Gericht gehört und Strafe verdient, Ächtung sowieso. Von Trittau weiß, daß in den eigenen Kreisen nicht wenige meinen, im Falle Hecht und anderer wäre kurzer Prozeß der gesündeste gewesen. Er allerdings ist nicht vom Schlage eines Marat, der, unterm Schafott stehend, heftig applaudierte, sobald ein Fallbeil abwärts rauschte. Er ist ein Christ und plappert das Vaterunser nicht gedankenlos dahin. ... vergib uns Schuld, wie wir vergeben unsern Schuldigern. Auf die Erlösung vom sozialistischen Übel hatte er immer gehofft, und da steht einer, der sich dem Bösen verschrieben hatte.

Von manchen seiner Gemeindemitglieder wird der Name Hecht mit einem gewissen Schauder genannt. Da haust einer, sagen sie, bei Mankmoos hinter den Hügeln, der soll es bis heute nicht bereuen, daß er im Konvent gewesen ist, in jenem Kreis von Leuten, die sich mit du anredeten, mit Genosse, und sich einig waren in der Verachtung des Privateigentums. Keiner hätte sich fürchten müssen, wäre der Alte hinter den Hügeln geblieben, in seinem wilden Tal, aber nun verläßt er es, geht frech über den Marktplatz von Wendenburg. Was führt er im Schilde?

Man redete mir, spricht Herr von Trittau, von einem sehr alten Mann, der sich zum Sterben bereitmachen muß, und mancher, der es hörte, sagte: Gott sei Dank.

Sind das Ihre Christen, Herr Probst?

Es sind solche, die am Unrecht gelitten haben.

Wollen wir uns vor der Türe streiten? Man hat uns ins Haus gebeten, Herr Probst.

Tatsächlich, der Alte winkte sie herein, aber von Trittau wurde seiner Verstimmung nicht Herr und zierte sich noch. Ich hörte von einem sehr alten Mann, der dringend nach einer Grube sucht und geistlichen Zuspruch braucht. Hier steht ein Mensch in kurzen Hosen. Man hat mich genarrt.

Herr Probst, rief der alte Hecht, ich bin in mancher Hinsicht unorthodox. Seien Sie es doch auch einmal. Wagen Sie sich in meine Höhle.

Heidenreich sprang die Stufen empor, um dem alten Hecht die Hand zu schütteln. Von Trittau folgte mit einem Achselzucken. Er nahm die Treppe so vorsichtig, als trüge er den bodenlangen Talar und fürchtete, auf dessen Säume zu treten.

Der Alte hielt ihm die Hand entgegen, der Probst übersah sie, aber er ließ sich zu einem Glas Wein überreden, als sie später hinter dem Haus im Schatten des Apfelbaumes saßen. Der Alte deckte sogar ein weißes Tuch über den Gartentisch, ehe er eine Flasche mit gelblichem Etikett entkorkte. Trollinger, ein sehr besonderes württembergisches Gewächs, er hat einen Freund in Stuttgart, der ihm ab und an ein Kistchen schickt.

Der Probst beroch das Getränk, er schmeckte es kennerisch. Ein guter Tropfen, bei Gott. Er nickte anerkennend. Sie genießen sie also, die deutsche Einheit?

Ich bejahe sie, sagte der Alte und drehte sein Glas, hätte aber gewünscht, der Anschluß wäre nicht so gnadenlos und zum Nachteil vieler Menschen vollzogen worden.

Sie sollten froh sein, sagte von Trittau von oben herab, daß man Sie bis jetzt in Frieden läßt, daß Sie in einem wunderschönen Garten sitzen können, in einem hübschen Haus, obwohl Sie doch vermutlich ein Leben lang einer schlechten Sache gedient haben.

Ich wollte eine gerechtere Welt. Es gefällt mir bis heute nicht, wie sie aufgeteilt ist, hoch und niedrig, bettelarm und steinreich.

Sie zählen zu den Verlierern der Geschichte und müssen sich ihrem Urteil beugen.

Der junge Heidenreich blickte von einem zum anderen, wie bei einem Tennismatch gespannt auf den nächsten Schlag.

Jetzt fragte der Alte boshaft: Was meinen Sie, muß ich sie mir als ein sehr dickes Ding vorstellen, und eines, das friert, die Geschichte? Jedenfalls höre ich neuerdings aus dem Bundestag, daß sie einen Mantel trägt, und manch einer wirtschaftet und wedelt mit diesem Mantel der Geschichte auf eine so deutsche Weise herum, daß ich das Ohrensausen kriege.

Nur Dummköpfe, meinte von Trittau abschätzig, kämen auf den absurden Gedanken, daß man Geschichte bemänteln müsse.

Na, na, der Alte zweifelte wieder. Manch einer sähe sich gern in der Nähe Bismarcks, des Einheitskanzlers. Soviel ich weiß, litt er an Übergewichtigkeit und gestörter Verdauung. Und trug er nicht tatsächlich einen grauen Umhang, in dem er sich malen ließ?

Von Trittau lächelte ganz wenig, und Hecht winkte dem Heidenreich, daß er vom Trollinger nachschenken sollte. Dann sinnierte er:

Göring trug einen Feldherrnmantel, auch Hitler. Der sah sich in eine tausendjährige Tradition gestellt und hat das deutsche Volk mit traumwandlerischer Sicherheit in den Abgrund geführt. Selbstverständlich läßt sich Geschichte manipulieren. Das ist zu allen Zeiten geschehen mit dem Ziel, gesellschaftliche Verhältnisse für die Ewigkeit festzuschreiben, und geradeso, wie es den Königen der Erde, den Großen und Obersten, den Reichen und Gewaltigen nützlich schien.

Hören Sie, meinte von Trittau einigermaßen verblüfft, die Formulierung haben sie aus der Offenbarung Johannis.

Ich kenne meine Bibel. Der Alte grinste.

Dann müssen Sie auch wissen, trumpfte der Probst auf, daß Sie es sind und alle Ihresgleichen, die in ihrer Angst zu den Bergen und Felsen schreien müssen: Fallet über uns und verberget uns vor dem Angesicht dessen, der auf dem Throne sitzt. Er ist angebrochen, der große Tag des Zorns. Der Sozialismus ist auf dem Misthaufen der Geschichte gelandet.

Ja, ja, sagte der Alte. Die faszinierendste Idee des Jahrhunderts. Wir haben zugelassen, daß sie erstarrte und verdarb, so wie die Kirche einmal herunterkam zu einer Zeit, die finster war und nur erhellt vom Feuer Zehntausender Scheiterhaufen, auf denen die Ketzer brannten. Aber Sie verhalten sich, als gäbe es gar nichts in Ihrer eigenen Geschichte, dessen Sie sich schämen müßten.

Der Probst verschluckte sich ein wenig am Trollinger. Er hustete.

Nun hatte Heidenreich endlich die Möglichkeit zu reden. Niemand kann leugnen, daß die Kirche damals in ihrer dogmatischen Erstarrung Verbrechen auf Verbrechen häufte. Aber sie hat die Kraft gefunden, sich zu reformieren.

Der Alte nickte. Manchmal denke ich, eine gelungene Reformation, eine Erneuerung zum Besseren hin, ist das Großartigste, das sich denken läßt, und wäre ich jünger und nicht so trotzig, ich brächte es fertig, statt in eine Partei in Ihre reformierte lutherische Kirche einzutreten. Ich höre, Sie leiden an Mitgliederschwund. Aber ich weiß ja nicht, ob Sie einen alten Sünder wie mich zur Taufe zulassen könnten.

Da sei Gott vor. Von Trittau fragte besorgt: Haben Sie deshalb das ganze Theater aufgeführt? Oder wünschen Sie vielleicht, vom Bruder Heidenreich auf christliche Weise beerdigt und eingesegnet zu werden?

Er beharre nur auf der angestammten Grube, sonst nichts.

Und könnte er sich nicht mit einem Kompromiß einverstanden erklären? Mit einer wunderhübschen Stelle unter Bäumen, die man auf dem kleinen Horbecker Gottesacker bereitstellen könnte?

Wie das?

Es stehe zu befürchten, daß sich der Friedhof von Wendenburg zu einer Wallfahrtsstätte entwickele, denn er sei landesweit als der tolle Hecht berüchtigt und berühmt. Schon der Findling im Pfarrgarten lockt Neugierige und wohl auch

Enttäuschte an, die merkwürdigerweise kleine Steine dort niederlegten.

Sie sollten Eintritt nehmen.

Der Stein muß weg.

Er verschwindet, versprach der alte Hecht, sobald ich ihn vorsorglich auf dem Friedhof von Wendenburg aufstellen kann.

Dann redeten sie noch über die beiden Zwillingshäuser in Mankmoos.

Sie sind 36 erbaut worden, von den Nazis, für erbgesunde Landarbeiter, was das auch immer heißen sollte. Keine Ahnung, wer die Häuser in Mankmoos zuerst bewohnte. Damals habe ich in Spanien gekämpft, sagte der alte Hecht, gegen die Faschisten. Und später war ich in manchem KZ eingesperrt. 45, als ich endlich frei war, standen die Häuser leer. Aber dann kamen die Vertriebenen. Der Zufall wollte, daß ich als Landrat in Horbeck war, als die Wagenknechts herangezogen kamen. Ein Bild, das ich nicht vergessen kann. Ein Dogcart, der über die Dorfstraße rollte, langsam, langsam, so ein offener herrschaftlicher Jagdwagen, zweirädrig, aber kein Gaul im Joch, sondern zwei abgerissene Jungen, einer elf, einer zwölf, Georg und Franz, ich hab mir die Namen gemerkt. Auf dem Sitz, in sich zusammengesunken, eine Frau, in eine Decke gehüllt, ein Kind im Arm. Sie gebietet den beiden Jungen Halt, als sie mich auf der Dorfstraße sieht.

Erbarmung, Herr! Wir sind obdachlos, auf der Suche nach einer Herberge. Aber nun können wir nicht weiter.

Sie war gut katholisch, wie ich später erfuhr, die Klara Wagenknecht, und hatte einen Sinn für Sprüche. Ich war Jahre im KZ eingesperrt, meine Seele, meinte ich, wäre abgebrüht, wie mein Leib durchseucht, aber es machte mir eine Gänsehaut, als ich sie reden hörte.

Dann hielt sie mir das Kind entgegen, keinen Knaben im goldenen Haar, ein Mädchen, wimmernd, Haut und Knochen. Es wird der Typhus sein, Herr. Ich hab ihn wohl auch.

Das Kind war fieberheiß, das fühlte ich, als ich es nahm.

Ich besorg einen Arzt, sagte ich, und für vier Leute find ich vorübergehend Platz.

Es sind aber sechs.

So ein echter herrschaftlicher Dogcart besitzt an der Rückseite eine Kiste, zum Transport der Jagdhunde bestimmt. Dort, abgesondert von den Kranken, greinen sie in den Windeln, zwei Säuglinge, Zwillige, ein Mädchen und ein Junge, auch schon schwach.

Da fiel mir das leerstehende Haus in Mankmoos ein.

Es ist einsam dort hinter dem Hügel, Frau.

Ich hab das Fürchten verlernt. Ich brauch einen Arzt, ein Dach über dem Kopfe, ein bißchen Ruhe, damit ich mich ins Leben zurückrappeln kann. Sterbe ich, werden fünf Kinder einsam sein.

Sie haben überlebt. Damals, in der grauesten Zeit, in der Not, waren das keine leeren Worte: Solidarität oder Barmherzigkeit. Und Josef, der Vater der Kinder, der Ernährer, kam zum Glück so rechtzeitig aus dem Kriege heim, daß er sich nach der Bodenreform um eine Siedlung bewerben konnte. Da hatten sie Land zum Eigentum, bald satt zu essen und eigene vier Wände, Raum genug für eine große Familie.

Die Kinder sind nach und nach aus dem Haus gegangen, jedes hat einen Beruf erlernt, jedes Arbeit gefunden. Die Alten blieben zurück.

Auch dieses Haus hier, übrigens auf dem Fundament einer herzoglichen Jagdhütte erbaut, ist von den Bewohnern verlassen worden, weil es bequemer war, eine Neubauwohnung im Dorf zu beziehen. Damals habe ich das Haus gekauft, als meinen Alterssitz. Wir haben auf gute Nachbarschaft gehalten, die alten Wagenknechts, streng katholisch, und ich, der Kommunist.

Als der alte Hecht das Wort ausgesprochen hatte, räusperte sich von Trittau krächzend. Sind Sie immer noch einer?

Hecht sagte: Ich halte es mit Marx, der nicht glauben wollte, daß alles Heil vom heillosen Streben nach Profit kommen müsse. Ich glaube, daß sich die verkorkste Weltordnung zum Besseren verändern läßt. Ich bin der Alte.

12
Das Abendmahl

Als Max und Hilde die Bergers in das große Zimmer geführt hatten, das viele Jahre der Beratungsraum des Genossenschaftsvorstandes gewesen war, schwieg Christian für eine Weile. Er war bewegt, weil er sie so um den langen Eichentisch stehen sah, wie sie dort an die hundert Jahre gestanden hatten, zwölf gedrechselte Stühle mit hohen Lehnen, jeder einzelne ein Königssessel.

Dann sagte er, zu seiner Frau gewandt: Das gute Eßzimmer wurde nur an hohen Festtagen benutzt, Weihnachten, Pfingsten und so weiter, oder zu ganz besonderem Anlaß, bei Hochzeitsfeiern oder wenn jemand aus der Familie gestorben war.

Auch Hilde hatte mit den Eltern in diesem Raum gesessen.

Ist das nicht Anfang der fünfziger Jahre gewesen, als Christians Großvater beerdigt wurde, der alte Onkel Berger, um die Ecke waren sie miteinander verwandt, die Bergers und die Krügers. Sind deine und meine Großmutter nicht Schwestern gewesen, Christian?

Er hob die Schultern.

Der Großvater war 1953 gestorben. Im gleichen Jahr hatten die Arbeiter in Berlin und beinahe allen großen Städten den Aufstand gewagt. Die Regierung hatte auf vielen Gebieten den Rückzieher machen müssen, und die Großbauern hofften, nun würde auch ihre Bedrückung aufgehoben werden. Beim Leichenschmaus war viel von dieser Erwartung die Rede gewesen und wenig vom Verstorbenen. Und selbstverständlich waren die Nachbarn geladen. Auch Hilde hatte am Tisch gesessen. Christian konnte sie vor sich sehen, ein besonders häßliches Mädchen mit dicken Zöpfen, rührlöffeldünnen Armen und

Karnickelzähnen. Wenn sie lächelte, sah sie zum Fürchten aus. Trotzdem war ihm von den Eltern eingeschärft worden, sich als Tischherr um Nachbars Hilde zu bemühen. Es war zweckmäßig, daß man die beiden Kinder später einmal, gewisse Zuneigung vorausgesetzt, vermählte, um auch die Ländereien zu vereinigen. Er, Christian, hatte diese Hilde zu keiner Zeit gemocht.

Wo ist Stephan an diesem Tag gewesen? Jedenfalls war er längst im Dorf, der Vater Waldarbeiter, die Mutter während der Ernte Tagelöhnerin auf dem Bergerhof.

Ein Habenichts ist dieser Max Stephan gewesen, aber auch ein Rabauke. Mit dreizehn, vierzehn hat er angefangen, das große Wort zu führen und große Bogen zu spucken oder angeberisch seinen Schwanz rauszuholen, um noch größere Bogen zu pissen.

Christian Berger dachte, Gottes Mühlen mahlen langsam, aber furchtbar fein. Jetzt will ich es ihm endlich zeigen.

Stephan fragte: Da staunst du, was?

Ja, ja. Christian nickte. Nach unserer Flucht, hieß es, sei das Haus regelrecht gestürmt und geplündert worden. Dinge, die nur für uns von Wert waren, Familienfotos, hätten in der Gosse gelegen, Spielzeuge für den Wind. Irgend jemand hat dann ein paar Bilder aufgeklaubt und den Eltern geschickt.

Das war ich, sagte Hilde.

Danke.

Vieles, was im Hause war, ist verkauft worden.

Für ein Spottgeld wahrscheinlich.

Christian, sagte Max, die Treuhand verscheuert ganze Industriebetriebe für eine Mark wie das Hüttenwerk von Thale an den ehemaligen Ministerpräsidenten von Niedersachsen. Und du darfst nicht vergessen, damals lebten viele arme Leute im Dorf, denen es an allem mangelte, an Wäsche, Geschirr und Bettzeug.

Und zu denen gehörten die Stephans.

Ja, ja, den Alten ist es dreckig ergangen, aber ich war schon ein Mann und hab längst nebenan im Krüger-Hof geschlafen, unter Daunen, in Hildes Bett. Max lachte dröhnend und stippte seinen Zeigefinger gegen Christians magere Brust. Hat bloß keiner mitgekriegt, du auch nicht.

Und Berger antwortete wie bei einem Kinderstreit mit einem gesprochenen: Ha, ha.

Hilde war das Gehabe ihres Mannes peinlich. Sie bleckte breit lächelnd die Zähne und stieß Frau Marianne sehr freundschaftlich mit dem Ellenbogen an.

Die Dame aus dem Ruhrgebiet schaute beinahe so befremdet, als hätte man sie in den Hintern gezwickt.

Hilde sagte: So ähnlich haben sich die beiden Platzhirsche schon als Jungen angeflachst. Übrigens müßt ihr hungrig sein nach der langen Fahrt. Ich hab einen Imbiß vorbereitet.

Wieder meinte Frau Berger, das wäre nicht nötig gewesen.

Max erklärte: Daß dies alles hier, das wirklich wertvolle Mobiliar, in der allgemeinen Wirrnis nicht zum Teufel gegangen ist, verdankst du Hildes Vater, lieber Christian. Er hat die Hand drauf gehalten. Die Stühle sind stabil. Er hob einen an und stauchte ihn zum Beweis auf die Dielen. Die alte Standuhr dort haben wir allerdings zweimal reparieren müssen, aber sie zeigt immer noch, was die Stunde geschlagen hat. Ich geb dir deine gute Stube zurück.

Christian lachte abschätzig. Hast du im Ernst angenommen, ich würde mich an einen Tisch setzen, an dem du präsidiert hast? Auf einen Stuhl, auf dem ihr euch, du und deinesgleichen, dein sogenannter Vorstand, herumgelümmelt habt?

Verstehe, sagte Stephan nach einer Weile. Die Stühle sind entweiht von roten Hosenböden. Er wischte mit den Fingerspitzen über das Leder eines Sitzes, als wollte er sich vergewissern, daß er nicht färbte. Wir nehmen sie.

Man sollte, meldete sich die praktisch veranlagte Frau Marianne zu Wort, einen Experten vom Kunsthandel befragen. Wir mögen es gar nicht, sagte sie, der Christian und ich, dieses antike Zeugs mit diesen vielen Rillen und Ritzen. Ihre Erfahrung als Putzfrau sprach dagegen. Ich wäre ja stundenlang mit dem Läppchen am Staubwischen. Aber es könnte ja sein, daß es seinen Preis hat, das Antike, und gar nix ist, was man mir nix, dir nix verschenken sollte.

Mein Gott, Marianne, sagte Christian, durch dieses Unrechtssystem ist so vieles in den Arsch gegangen, daß es auf ein paar wurmstichige Stühle nicht ankommen soll.

Stephan nickte und legte eine Hand auf das Herz in einer Geste der Dankbarkeit.

Berger sagte: Weißt du, was mich am meisten auf die Palme bringt? Daß du mir entgegentrittst wie der Kapitän einer Fußballmannschaft, die grade mal ein Länderspiel verloren hat. Handschlag, und nun auf ein Neues.

Kein übler Vergleich.

Du warst in der Partei.

Stimmt.

Du hast Verantwortung getragen.

Stimmt auch.

Du hast dreißig Jahre lang mit meinem Erbe herumgewirtschaftet, als wäre es dein eigenes.

Was konnte dir Besseres geschehen? Jetzt, da du es endlich wieder antreten kannst, dein Erbe, ist es unversehrt.

Meiner Familie, sagte Christian Berger, ist bitteres Unrecht widerfahren.

Das seh ich heute auch so.

Dann kann ich erwarten, daß du, der verantwortliche Mann in Horbeck über Jahrzehnte hinweg, dich bei mir und meiner Frau entschuldigst.

Ich, schrie Max Stephan und tippte in seiner Empörung gegen die eigene Brust. Ich war damals achtzehn. Was hatte ich verbrochen? Er blickte Beistand suchend auf seine Frau. Berger muß verrückt geworden sein. Er muß verdrängt und vergessen haben, daß ich es war, der ihn und seine Eltern eigenhändig nach Berlin chauffiert und in die richtige S-Bahn gesetzt hat.

Hilde nickt eifrig. Deine Mutter hat mir zum Dank, solange sie lebte, zu Weihnachten Kaffee geschickt.

Und Stephan fuhr fort.

Ich war fünf oder sechs Jahre bei Kriegsende. Da sind wir aus Schlesien vertrieben worden, wo meine Eltern einen Hof hatten und ihr Auskommen jedenfalls. Wir mußten nach Mecklenburg fliehen, und Mecklenburg ist dem Einflußgebiet der Russen zugeschlagen worden. Die Welt wurde geteilt. Ein Beschluß aller Siegermächte, und möglicherweise eine Dummheit von Jahrhundertrang. Du kannst sie nicht mir in die Schuhe schieben oder den Leuten, die bleiben mußten und versucht haben, das Beste daraus zu machen.

Jeder, rief Christian Berger, der nicht gegangen ist, jeder, der sich hat einspannen lassen wie du, hat das verbrecherische System gestützt.

Stephan hob die Hände, als wollte er dem Berger an die Kehle.

Ich erlaube niemandem von euch, auch dir nicht, darüber zu befinden, wie wir hierzulande hätten leben sollen. Freilich, alle hätten gehen können. Dann wäre hier jetzt Rußland. Ende der Diskussion.

Hilde war an Ausgleich gelegen. Sie ging auf Christian zu,

nahm seinen Arm, als wollte sie sich einhaken, und der Mann duldete die Berührung. Sie sagte: Du hast fortgemußt, das war schlimm. Wir sind hiergeblieben, aus mancherlei Gründen. Wir haben uns auseinandergelebt. Nun müssen wir erst wieder lernen, miteinander umzugehen. Ich habe den Tisch gedeckt, bitte seid unsre Gäste.

Tatsächlich ließ sich Berger von Hilde führen und winkte seiner Frau, ihnen zu folgen.

Marianne Berger gehorchte, mußte aber die Luft anhalten, als sie Stephans Wohnung betreten hatten.

Sie dachte, der reinste Protz. Wahrscheinlich eine Wand zwischen den Zimmern herausgebrochen. Riesenraum, noch größer als die gute Stube auf dem Bergerhof, zentimeterdicke Teppiche, sicherlich handgewebt. Jede Menge schmiedeeiserner Kram, Geweihe an den Wänden. Nee, da muß man ja stundenlang am Wedeln und am Putzen sein. Und wahrhaftig ein ausgestopfter Fuchs vor der Blumenbank, als käme das Tier gerade aus dem Wald. Der Mann soll Jäger sein. Trotzdem würde ich ein solches Vieh nicht in meine Wohnung lassen, einen solchen Staubfänger. Der Tisch biegt sich unter den Würsten. Kann sein, die schlachten selber. Und die Gläser, schweres Bleikristall, dafür hab ich den Blick. So sieht es also aus bei den armen Brüdern und Schwestern. Nun glaube ich, was der Ruhrkurier am Schreiben ist, daß es oft in die falschen Kanäle fließt, unser gutes Geld, Milliarden.

Stephan hob sein Glas. Tut mir leid, daß ich heftig gewesen bin, nachtragend bin ich nicht. Also von mir aus: Prost!

Christian sagte: Bei uns wurde selten von Horbeck gesprochen, aber manchmal, hat mir Mutter anvertraut, im Frühjahr oder im Sommer oder zur Erntezeit warf sich der Alte des Nachts im Bett herum und träumte laut, daß er seine Äcker bestellte, daß er die Ernte von den Feldern holen mußte und dreschen. Es ist sein schwerster Albtraum gewesen: Wie stopf ich den verdammten Sollerfassern das Maul? Reicht es zur Ablieferung? Dürfen wir wieder schlachten? Mutter mußte nach einem Handtuch laufen, nach einem frischen Nachthemd, so naßgeschwitzt war der alte Mann, nachdem sie ihn wachgerüttelt hatte. Er träumte sich bis zu seinem Tod auf den Hof zurück.

Er war ein guter Mann, sagte Hilde.

Bitte, langt doch zu.

Sie bot eine Platte mit hartgekochten und halbierten Eiern an, appetitlich garniert mit Petersilie, Gurken- und Tomatenstückchen.

Aber Frau Marianne weigerte sich zuzugreifen und trug zur Unterhaltung bei, indem sie erklärte, sie äßen aus Gründen der gesundheitlichen Vorsorge beide keine Eier mehr. Vor längerer Zeit hatte sie eine innere Unruhe gefühlt, eine gradezu unerklärliche Unzufriedenheit mit allem und jedem, die sich schließlich in einer gewissen Aggressivität äußerte. Der Christian habe es damals nicht leicht gehabt, denn an nix mehr fand Marianne Spaß, keine Lust auf Maloche, auf Sparen und solche Sachen. Am liebsten hätte sie die Schaufensterscheiben zerschlagen von Juwelieren und Modesalons, bis sie endlich auf die Ursachen der rätselhaften Gemütskrankheit gestoßen wäre, nicht mit Hilfe eines Arztes, nein, durch eine aufklärerische Artikelserie im Ruhrkurier. Es war das Cholesterin. Sie hatten zu viele Eier gegessen, jetzt essen sie gar keine mehr und schon gar nicht in einer Heimkehrersituation, was sowieso belastend ist, seelisch und so weiter.

Hildchen, rief Stephan, wir müssen Frau Marianane dankbar sein. Wir wissen jetzt, warum ich gelegentlich in Rage gerate, wie vorhin in Bergers guter Stube. Es ist das Cholesterin. Weg mit dem Zeug.

Er griff mit den Fingern zu und häufte sich einen ganzen Berg von halbierten Eiern auf den Teller, um sie gierig zu verschlingen.

Hilde lachte.

Auch Christian mußte lächeln, aber seine Frau schüttelte den Kopf. Es sei frivol, Schindluder mit der Gesundheit zu treiben.

Nach der Mahlzeit bestand sie darauf, beim Abtragen und beim Abwasch zu helfen, und ignorierte in ihrer resoluten Art jeden Widerspruch. Sie war auf die Kücheneinrichtung neugierig und konnte nach oberflächlicher Besichtigung einen stillen Triumph genießen. Warmes Wasser, na gut, aber der Küchenschrank war mehr als unmodern.

Stammt noch von meiner Mutter, erläuterte Hilde.

Das sieht man, sagte Marianne.

Die Männer waren in der Stube zurückgeblieben und versuchten, sachlich miteinander umzugehen.

Christian redete freundlich und gelassen. Wie er dachte, war eine andere Sache. Er lächelte auf merkwürdige Weise, nur mit der unteren Hälfte des Gesichts, mit dem Mund, den er grinsend verzog, aber seine Augen blieben kalt, manchmal schloß er halb die Lider, als fürchtete er, sein Kontrahent könnte ihm auf den Grund der Seele blicken, um daraus geschäftlichen Vorteil zu schlagen. Er dachte, der hat das große Maul und die Worte, ich habe den Hof und die Ländereien und die Macht, den Großkotz in die Ecke zu drücken.

Was soll aus deinen Ländereien werden, Christian? Vielleicht willst du der Genossenschaft beitreten, fragte Max Stephan. Laß uns das einmal durchspielen.

Landwirtschaft interessiert mich nicht mehr.

Verstehe. Deine Frau ißt keine Eier.

Den Acker kannst du pachten, zu angemessenem Zins.

Einverstanden.

Du räumst das Haus wie die Ställe.

Ich kann die Genossenschaftsbüros nicht auf die schnelle verlassen.

Interessiert mich nicht. Ich werde das elterliche Gehöft zu einem Mehrfamilienhaus nach modernstem Standard umrüsten. Wohnen im Denkmal ist in, für Leute, die sich das leisten können. Ein Mann wie ich kriegt jede Menge Fördermittel. Berlin wird Hauptstadt, kaum hundert Kilometer entfernt.

Und du?

Ich bleibe, wo meine Eltern das Siedlungshaus gebaut haben, im Ruhrgebiet. Marianne hat dort ihre Bindungen. Sie ist die Stütze im Kirchenchor.

Alt? fragte Stephan.

Christian nickte.

Hab ich mir gedacht. Wenn du nur Geld ziehen willst aus dem modernisierten Elternhaus, kannst du auch an die Genossenschaft vermieten.

Christian lächelte. Glaubst du, ich könnte einen vernünftigen Menschen als Mieter gewinnen, solange im Parterre die roten Socken sitzen?

Was wird aus den Wagenknechts?

Die müssen raus. Hat ein Mensch in Horbeck gefragt, wohin meine Eltern und ich haben ziehen müssen, damals, nach unserer Flucht?

Als die Frauen mit ihrer Arbeit fertig waren und das Zimmer wieder betraten, bot Hilde einen Likör aus schwarzen Johannisbeeren an, selber angesetzt mit Früchten aus dem eigenen Garten, einen Gesundheitstrunk, ganz wenige Prozente.

Diesmal war es Hilde, die keinen Widerspruch duldete. Ihr

war daran gelegen, das Versöhnungswerk zu vollenden. Sie hielt sogar eine kleine Ansprache.

Christian, Max und ich, wir kennen uns seit den Kindertagen. Wir sind miteinander aufgewachsen. Versteht sich, daß wir uns duzen. Dann kam die Trennung, aber nun bist du wieder daheim, und du hast deine Frau mitgebracht. Marianne, ich möchte, daß wir alle du zueinander sagen.

Sie ging auf Marianne Berger zu, aber Christians Frau machte ein paar energische Schritte in den Wanderschuhen über den Teppich und stellte ihr Glas auf den Tisch zurück.

Sie sagte: Das ist gut gemeint, aber wissen Sie, der alte Christian Berger, der Großvater von meinem Mann, Sie haben ihn ja gekannt, hat meine Schwiegermutter gesiezt, solange er lebte. Eine so feine Familie sind die Bergers gewesen. Ich bin eine Berger und stamme aus dem Westen, und das geht nun überhaupt nicht gegen Sie, ich kann nicht du sagen zu Leuten, die ich noch gar nicht kenne.

Gräm dich nicht, Hilde, sagte Max Stephan. Wir im Osten waren nun mal die großen Du-Sager. Es ist nicht jedermanns Sache und ganz sicher richtig, daß wir gegenüber der verehrten Frau Marianne auf Distanz bleiben. Sie singt im Kirchenchor. Er trat auf seine Frau zu und wischte ihr mit den Kuppen von Zeige- und Mittelfingern die Tränen aus den Augenwinkeln. Stoß mit mir an, Hildchen. Küß mich.

Als die Bergers aufbrachen, gab ihnen das Ehepaar Stephan das Geleit über den Hof.

Max fragte: Willst du den Wagenknechts nicht sagen, was sie erwartet?

Das machst du am besten.

Feigling, zischte Stephan.

Hilde reichte den Rosenstrauß nach, als das Ehepaar schon im Mercedes saß.

Frau Marianne dankte.

Max wischte mit den Fingerspitzen über die Kühlerhaube. Nicht schlecht gehalten, sagte er mit unverschämtem Lächeln. Ich fahr bloß den neuesten Golf, aber mit allen Schikanen.

Adieu. Leichte Verbeugung. Lächeln, lächeln, winken, winken. Der Mercedes verließ das Dorf in rascher Fahrt.

13
Stühle vor die Tür gesetzt

Druskat arbeitete also bei der Städtischen Müllabfuhr in Wendenburg. Leider war es ihm nicht gelungen, zum Kraftfahrer aufzusteigen, der bequem hinterm Lenkrad sitzen konnte. Er mußte während der Fahrt auf einer wackligen Planke an der Kehrseite des Fahrzeugs stehen, dort, wo sich die unappetitlichen Schlünde öffnen, um den Unrat der Haushalte aufzunehmen, und war in ständiger Bewegung, sprang ab, um eine Tonne zu holen und sie bis vor das Dreckloch zu hieven, brachte den Kübel zurück vor die angestammte Haustür und sprang wieder auf, wohl tausendmal während einer Schicht. Ein gutes Training für die Muskulatur, sagte sich Druskat und litt kaum darunter, daß seine Arbeit nicht so angesehen war wie die anderer Trittbrettfahrer, solcher etwa, die früher bei Kutschfahrten im Rücken ihrer Herrschaft stehen durften, der Repräsentation wegen oder aus Vorsicht, natürlich auch nur Lakaien, manche aber hoch geschätzt, wie jener Mensch aus dem Märchen:

Heinrich, der Wagen bricht.
Nein, Herr, der Wagen nicht,
es ist ein Band von meinem Herzen …

Druskats Herz verkrampfte sich, als er bei seiner Rückkehr auf den Regiehof bemerkte, daß die Sekretärin das Fenster aufriß, ihm heftig winkte und schrie: Sofort zum Chef!

Wünscher deutete auf den Stuhl.

Druskat dachte an seine schmutzige Arbeitskleidung und schüttelte den Kopf.

Wünscher räusperte sich die Kehle frei und sagte: Wir kennen uns seit langem. Natürlich weiß ich, daß du im Grunde ein anständiger Kerl bist, und deshalb hatte ich dich auch eingestellt, aber versteh mal, ich sitze noch nicht lange auf diesem Sessel, und die Personalpolitik wird im Rathaus gemacht.

Ja und?

Sieh mal, sagte Wünscher eindringlich, schließlich fährst du von Haus zu Haus.

Selbstverständlich.

Und das ist das Problem, meinte der Vorgesetzte. Viele Leute fühlen sich gestört. Jeder weiß, daß du ein großes Tier gewesen bist, Sekretär für Landwirtschaft. Du hast Jahr für Jahr auf dem Marktplatz die Rede geschwungen zum 1. Mai. Jetzt kommst du vor ihre Tür, in dieser Uniform.

Druskat wollte nicht verstehen. Ich bin freundlich. Ich sag guten Morgen, sobald ich jemandem begegne. Ich muß mit meiner Biographie leben. Ich stelle mich.

Wünscher sagte: Du bringst die Menschen in Verlegenheit. Wenn ich dir einen Rat geben darf: Geh weg! Geh möglichst weit weg, verschwinde!

Ist das die Kündigung?

Wünscher nickte.

Druskats Stirn verfinsterte sich. Ich zieh vor das Arbeitsgericht, drohte er.

Was ändert das an der Situation? fragte Wünscher. Du bist nicht gern gesehen in Wendenburg. Begreif es doch endlich.

Als Druskat die Tür des Chefzimmers hinter sich ins Schloß gezogen hatte und aufblickte, erhob sich Rosemarie Sacher lächelnd von einem der Besucherstühle. Das traf ihn wie ein Schlag. Ihm war wie damals, als er das Mädchen nach Jahren der Trennung auf einem Landwirtschaftskongreß wiedergesehen hatte. Das muß in Leipzig gewesen sein, vor einer Ewigkeit. Und er hatte im Augenblick begriffen, daß nichts vergessen war, der ewige Streit nicht und nicht die tausend gemeinsamen Nächte. Ihm war, als erstürbe alles um ihn her, jede Bewegung, jedes Geräusch, als erstarrte er selber. Er konnte die Hände nicht heben und hörte sich schließlich heiser sagen: Hallo, Rosemarie.

Hallo, Daniel. Sie mußte auch schon Mitte Vierzig sein, sah aber immer noch wie ein Mädchen aus, gut gekleidet übrigens, sie konnte sich etwas leisten, Doktor Rosemarie Sacher, Kreistierärztin von Wendenburg-Hohenzedlitz.

Du willst zu mir?

Sie nickte und trat auf ihn zu.

Er stand immer noch wie festgenagelt in seiner verdreckten Müllfahrerkluft und wagte nicht, sie in die Arme zu nehmen.

Da hob sie plötzlich eine Hand, folgte mit der Kuppe des Zeigefingers der scharf gekerbten Falte, die sich in seinem Gesicht von der Wange bis zum Mundwinkel zog. Sie fühlte die Tränen, die abwärts sickerten.

Druskat wendete das Gesicht, bis er ihre Fingerspitzen auf seinen Lippen spürte.

Sie fragte: Hast du Zeit für mich?

Er nickte heftig, und sie fuhren zum See, nachdem er sich gesäubert und umgezogen hatte.

Sie mußten nicht lange suchen, bis sie die heimliche Stelle am Ufer gefunden hatten, die sie von früher kannten. Wie lang ist ein Sommer, wie oft sind sie hier gewesen?

Druskat hockte sich nieder, um mit der Hand die Temperatur des Wassers zu prüfen. Er grinste von unten herauf, bis er sich erhob und sich langsam zu entkleiden begann.

Weißt du noch?

Daniel und Rosemarie holten die Räder aus dem Schuppen und fuhren gemächlich zum See. Bald sahen sie ihn vor sich, in vollkommener Ruhe, die Bäume vom jenseitigen Ufer spiegelten sich schwarz im unbewegten Wasser, darüber verschleiertes Blau am Himmel, kein Lüftchen wehte, kein Blättchen rauschte, kein Vogel sang mehr, nur die Grillen sirrten, ein schwirrender Ton in der sommerlichen Stille.

Daniel, hinter einem Strauch geduckt, entledigte sich hastig der Kleider, sah aber, als er zum Ufer ging, das Mädel war schneller gewesen, stand schon im Wasser, erwartete ihn splitternackt. Druskat blickte, Unterlippe vorgeschoben, an sich herunter und streifte dann die verwaschene blaue Turnhose ab. Das Mädchen spritzte und planschte inzwischen vergnügt im flachen Gewässer, tauchte und prustete und schwamm dann hinaus. Er folgte ihr.

Wieder am Ufer, triefend vor Nässe, hockte er sich nieder, kramte in der Tasche und wollte ihr das Handtuch zuwerfen. Er hielt es in der Hand, er holte schon aus, ging aber plötzlich langsam auf sie zu. Sie stand von ihm abgekehrt, Arme über der Brust gekreuzt, und krümmte ein wenig den Rücken, als er ihr das Tuch über die Schultern legte. Vorsichtig rieb er ihren Rücken trocken. Sie duldete es. Mit einem Mal entfiel ihm das Handtuch, er konnte nicht anders, er mußte unter ihren Achseln hindurchlangen und ihre Brüste fassen. Die Erregung stieg in ihm auf, er riß Rosemarie an sich, küßte sie, fühlte, wie sie nachgab, und noch im ersten Kuß führte er ihre Hand an seinem Körper abwärts, sie stieß ihn nicht zurück, noch im ersten Kuß zog er sie mit sich ins scharf duftende Kraut, eilig, ohne Zärtlichkeit. Er fiel über sie her, stieß sich in sie hinein und war schon nach Augenblicken erlöst. Er lag über ihr, reglos, und bereute. Sie wird damals kaum Erfahrungen mit Männern gehabt haben, aber ihre Hände bewegten sich beruhigend auf seinem Rücken. Er öffnete die Augen, wie erwachend, er hatte bei ihr auf der freien Uferwiese gelegen, kaum gedeckt von ein paar Halmen, nun hob er den Kopf, sichernd, wollte ausmachen, ob sie jemand gesehen hatte. Sie waren aber allein am See.

Nein, damals hatte er sie noch nicht geliebt. Er war ihr für Minuten verfallen, schlimmer, er hatte sie nur gebraucht. Das sollte sich nicht wiederholen. Er blickte auf das Mädchen, hatte wohl Verlegenheit erwartet oder Scham, aber Rosemarie rieb sich die feuchten Haarsträhnen mit dem Tuch und schüttelte sie zurecht, mit anmutiger Bewegung, lächelnd, als wäre die selbstverständlichste Sache von der Welt geschehen. Er hockte noch neben ihr, knotete an den Schnürbändern, als er plötzlich herausstieß: Ich liebe meine Frau.

Er hatte in beleidigender Offenheit erklären wollen, Liebe sei nicht im Spiel gewesen, und es verblüffte ihn, wie sie darauf antwortete. Sie sah ihn an, zuerst ganz ernsthaft, dann kicherte sie in die vorgehaltene Hand.

Was gibt es zu lachen? fragte er böse und dachte, sie mache sich über ihn lustig, weil er sie nicht hatte zufriedenstellen können in seiner hemmungslosen Eile, oder sie achte seine Frau nicht oder nicht seine Gefühle für die Frau.

Sie sagte: Du brauchst dich nicht zu entschuldigen.

Woher nahm sie diese freche Überlegenheit? Er ahnte an diesem ersten Abend, daß er sich in dem Mädchen Rosemarie verschätzt hatte. Als sie wieder zu Hause waren, sagte sie Herr Druskat zu ihm, sagte später auch Sie, gleichgültig, ob sie allein waren oder unter Leuten, und schien vergessen zu haben, was am See gewesen war. Er ging ihr aus dem Wege, viele Tage lang, und manchmal betrachtete er sie mit schwarz glänzenden Augen.

Als er eines Abends sah, daß sie ihr Handtuch aus der Kammer holte und zum Schuppen ging, folgte er ihr. Das tat er immer wieder, bis sie der Herbst vom See vertrieb.

Mit der Zeit mußte er sie lieben, aber das sagte er nicht ein einziges Mal. Im Haus lag die kranke Frau, er würde sie nicht verlassen, er würde sich niemals von seinem Kind trennen, er redete sich ein, daß ein Mann zwei Frauen lieben könne. Irene liebe er vielleicht mit geschwisterlicher Zuneigung, mit dem Herzen, in der anderen das Geschlecht, die strotzende Jugend, bis er begriff, die Liebe läßt sich nicht teilen. Von da an mußte er an der Liebe leiden.

Sie saßen noch, nackt und naß, in die Badetücher gehüllt, am Ufer.

Merkwürdig, sagte Druskat, daß wir uns alle sieben Jahre über den Weg laufen und daß es wieder züngelt, das Flämmchen.

Sie blickte ihm ernst ins Gesicht. Daniel, in noch mal sieben Jahren sind wir alt.

Du bist immer wieder davongegangen. Du warst unfähig, mit einem Kompromiß zu leben. Alles oder nichts.

Als ich das erste Mal mit dir geschlafen hatte, war ich blutjung und verrückt nach dir. Daheim lag deine Frau, sterbenskrank, wir haben uns im Gras gewälzt. Ich hab dich gewollt, also habe ich auf den Tag warten müssen, an dem du dich zu mir bekennen würdest, auf Irenes Tod. Ja, ich hab ihr den Tod gewünscht und mich selber schließlich widerlich gefunden. So konnte ich nicht leben.

Ja, ja, ich weiß, du hast was aus dir gemacht, sagte Druskat mürrisch, als wiederholte er eine hundertmal erwähnte Sache.

Rosemarie verteidigte sich heftig: Aus purer Verzweiflung, Daniel, aus Trotz. Nach zweimal sieben Jahren war ich promoviert und hab eine ganze Menge Geld verdient. Aber du hast dich quergestellt, als ich dich nach Irenes Tod holen wollte.

Du hättest ja zu mir kommen können.

Sie waren, wie so oft, auf bestem Wege, sich zu streiten.

Hör mal, meinte Rosemarie, bei dir in Altenstein gab's keine Arbeit für mich.

Aber einen Mann, sagte Druskat mit gewisser Schärfe. Ein Mann, das war dir zu wenig.

Ja, sagte sie, ein Mann und der Spaß im Bett und nicht mehr, das hat mir damals nicht genügt.

Druskat lachte. Mein Gott, wo haben wir beide bloß gelebt, in welch verdrehter Welt, jetzt ist sie gewendet. Jetzt soll sie in Ordnung sein.

Er sehnte sich nach einem Kuß, nach ihrer Hand. Komm, sagte er, sei gut zu mir. Wärm mich ein bißchen.

Es verstimmte sie, daß er bald danach zum Aufbruch drängte. Aber dann erfuhr sie, warum er wiederholt auf die Uhr geschaut hatte.

Druskat dirigierte sie mit ihrem Wagen durch Wendenburg bis zum Kindergarten. Dort stieg er eilig aus und war augenblicklich zurück, das Kind an der Hand. Er führte es bis an die Autotür, die Rosemarie geöffnet hatte.

Das ist Rosemarie, sie gefällt mir.

Mir auch, sagte das Mädchen.

Anjas Tochter Ina, erklärte Druskat, und beinahe schien es, als wäre Rosemarie enttäuscht. Jedenfalls sagte sie: Du bist also gar nicht allein.

Die Kleine war hocherfreut, daß der Großvater Besuch mitgebracht hatte, und wich dem Gast nicht von der Seite. Es dunkelte schon, als es endlich gelungen war, das Kind zu Bette zu bringen.

Rosemarie saß schon ein Weilchen allein auf der weißen Bank hinter dem Haus. Auf dem Tisch flackerte ein Windlicht, als

Druskat endlich mit einer Weinflasche und den Gläsern durch den Garten kam.

Jetzt schläft sie.

Sie ist eifersüchtig, glaube ich.

Druskat hob die Schultern. Dann erzählte er die schreckliche Geschichte.

Sie hat bloß mich. Meine arme Tochter Anja hat sich totgefahren. Die Polizei hatte mich geholt, damit ich den zerfetzten Wagen ausräumen sollte. Ich kriege jetzt noch eine Gänsehaut, wenn ich mir vorstelle, dort auf dem eingedrückten Rücksitz, wo der Teddy lag, hatte das Kind gesessen.

Mein Gott.

Er schenkte ein. Sie schauten in die Bäume, in deren nachtschwarzem Gezweig die ersten Sterne zwinkerten, und schwiegen eine Weile, bis Druskat die Allerweltsfrage stellte: Wie geht es dir?

Ich lebe, sagte sie. Aber ich bin arbeitslos.

Das konnte sich Druskat nicht vorstellen. Doktor Rosemarie Sacher, Kreistierärztin von Wendenburg-Hohenzedlitz, eine anerkannte Kapazität.

Fristlos entlassen, Daniel.

Warum?

Ach, sagte sie, es ist so widerlich. Ein Kollege hat mich angezeigt. Jetzt ist er mein Nachfolger. Er hatte damals eine Westreise machen wollen, mit Familie. Ich war seine Vorgesetzte. Natürlich hab ich mich für ihn ins Zeug gelegt und versichert, daß er ein ebenso guter Fachmann wie Staatsbürger wäre. Keine Bedenken gegen einen Aufenthalt in Westdeutschland. Vor ein paar Wochen hat er das Papier gefunden, in seiner Stasi-Akte.

Nun kamen ihr die Tränen. Selbstverständlich hatte ich von Amts wegen Kontakt mit den Leuten.

Laß dir das nicht gefallen, riet Druskat aufgebracht. Nimm einen guten Rechtsanwalt, schlag zurück. Ich weiß, daß du genauso gut bist wie ein Veterinärmediziner aus Westdeutschland. Laß dich als Tierarzt nieder.

Wo denn, Daniel?

Druskat deutete mit dem Daumen hinter sich. Hier in meinem Haus.

Rosemarie schüttelte den Kopf. Hier wird nicht mehr lange Landwirtschaft betrieben oder Vieh gezüchtet.

Sie erzählte von einem Gerücht, das im Landratsamt die Runde machte. Der Herzog Karl-Ludwig in Wendenburg sei gar nicht aus sentimentalen Gründen in die alte Heimat zurückgekehrt, sondern würde von einem mächtigen Konsortium geführt, das die Rückführung seiner Besitzungen betriebe und rund um die Boblitz Golfplätze anlegen wollte, Nobelhotels, einen riesigen Jachthafen. Das Ganze solle Fürstenpark Wendenburg heißen.

Am liebsten wäre Druskat sofort aufgebrochen, um nach Horbeck zu fahren und Max Stephan zu benachrichtigen.

Morgen, sagte Rosemarie. Laß mich heute bei dir bleiben. Ich möchte nicht allein durch die Finsternis.

Gut, sagte er und blies die Kerze aus. Gehen wir endlich mal wieder wie ordentliche Leute miteinander ins Bett.

Als Druskat im Schlafzimmer das Licht anknipste, erwachte das Kind, das es sich auf der Ritze bequem gemacht hatte, und lächelte.

Max Stephan war schon in den Vormittagsstunden dieses Tages einem Wechselbad der Ereignisse und Gefühle ausgesetzt und wußte bald, daß er wieder einmal eine schicksalhafte Entscheidung treffen mußte. Dabei fing alles lustig an.

Er kommt auf den Wirtschaftshof der Horbecker Pflanzenbau e. G. und begegnet einer auffällig gekleideten Dame im pastellfarbenen Schlabberlook. Sie hat das weiße Cabrio bis hart an die Eingangsstufen gefahren, lehnt in lässiger Pose an ihrem Auto und ist im Gespräch mit Christa Wagenknecht. Die steht auf dem Haustritt, wieder nur die knapp geschnittene Nylon-Kittelschürze aus Vorwendezeiten über der Unterwäsche, aber in einer Haltung, als müßte sie das Haus vor Eindringlingen bewahren.

Diese Dame, ruft Christa schon von weitem, will wissen, auf welchem deiner Äcker Tobias pflügt.

Max Stephan sieht es mit Wohlgefallen, die eine der Frauen zu knapp geschürzt, die andere verschwenderisch umwogt. Vorzuweisen haben beide zur Genüge. Der Anblick muß ihn erheitern.

Hallo, sagt er, und tritt neugierig näher, begutachtet den zweifellos teuren Wagen, betrachtet die Dame und fragt: Eine Inspektion in Stöckelschuhen?

Hallöchen, die Keferlein-Tesch sagt, sie komme des Heimatchores wegen, mustert den Stephan aus den Augenwinkeln, und meint dann:

Wir kennen uns doch?

Sie, antwortet Stephan und deutet ungeniert mit dem Zeigefinger auf die Vorderpartie der Diva, Sie sind jedenfalls vom Theater.

Das gibt sie lächelnd zu. Die Carmen ... Ich bin Greta Keferlein-Tesch.

Max Stephan verneigt sich und nennt seinen Namen.

Jetzt habe ich's, ruft sie triumphierend, Sie sind der singende LPG-Vorsitzende, Shanties, Volkslieder und solche Sachen.

Stephan breitet bedauernd die Hände. Das war einmal, eine

Jugendsünde. Wer, gnädige Frau, hat heutzutage nichts zu bereuen.

Nicht doch, nicht doch. Ich erinnere mich, daß Sie stark von Stimme waren, ein dicker, dunkler Bariton.

Das will Max Stephan nicht verneinen, bestätigen will er's auch nicht. Er lächelt dümmlich vor sich hin. Dann aber hört er aufmerksam zu. Es interessiert ihn, was die Dame erzählt.

Der Himmel hat unsere Wege sich kreuzen lassen, Herr Stephan. Nächste Woche wird Seine Hoheit, der Herzog Karl-Ludwig in Wendenburg, den Stammsitz des Herrscherhauses besuchen. Mein Auftrag ist es, dieses Ereignis künstlerisch zu umrahmen, und meinem Chor mangelt es leider an gut aussehenden Männern, die gut bei Stimme sind. Singen Sie mit!

Auf der Wendenburg? fragt Stephan. Da wäre ich ja Seiner Hoheit ganz nahe, und das käme mir nicht ungelegen. Ich bin nämlich einer seiner potentiellen Lehnsleute oder Pächter.

Also eine Zusage, ruft die Sängerin und intoniert übermütig ein paar Takte aus »Zar und Zimmermann«: Heil sei dem Tag, an welchem du bei uns erschie-hie-nen.

Und Max Stephan geniert sich nicht, der Dame vorzuführen, was er kann. Er fällt ein in ihren Gesang, er verjazzt die Melodie ein wenig: Dideldum, dideldum, dideldum.

So kann man es auch machen. Frau Keferlein-Tesch patscht in die Hände. Mein Gott, Sie sind der geborene van Bett.

Beide lachen, die gewesene Carmen und der singende LPG-Vorsitzende von einst. Nur Christa Wagenknecht verstimmt das alberne Gebalze.

Ich denke, fragt sie mit einiger Schärfe, Sie wollten was von meinem Sohn.

Er soll sich melden, sagt die Keferlein-Tesch, ehe sie sich verabschiedet. Wendenburg, Seestraße, die Eckvilla.

Kaum hatte die Diva im weißen Cabrio den Hof verlassen, da kamen sie in Scharen angefahren: Abgesandte verschiedener Gewerke, Maurer und Dachdecker, Elektriker, Heizung-Sanitär, um den ehemaligen Berger-Hof vor dessen Restaurierung zu begutachten und zu vermessen. Als letztes erschien ein Auto, dem Mitarbeiter einer Hohenzedlitzer Speditionsfirma entstiegen. Einer der Männer legte einen richterlichen Befehl vor. Er habe den Auftrag, die ehemaligen Verwaltungszimmer der Genossenschaft vom Mobiliar freizuräumen. Dies alles geschah vorgeblich im Interesse der notwendigen Baumaßnahmen.

Aber wohin auf die Schnelle, schrie Stephan empört, wohin mit dem ganzen Gerümpel?

Die Leute der Speditionsfirma hoben die Schultern und machten sich an die Arbeit. Eine Viertelstunde später standen sie schon auf dem kopfsteingepflasterten Hof, zwölf gedrechselte Stühle mit Ledersitzen aus Bergers guter Stube.

Max Stephan nahm verbittert auf einem der Stühle Platz und wollte den Strohhut tief ins Gesicht ziehen, um das ganze Elend wenigstens einen Augenblick lang nicht zu sehen.

Da kamen zu allem Überfluß auch noch Druskat und Rosemarie Sacher auf ihn zu. Tolle Frau! Schläft Daniel wieder mit ihr? Er sprang auf, er zog seinen Hut und begrüßte Druskats Begleiterin mit einem Handkuß. Hallo, Frau Doktor. Er winkte dem Daniel. Grüß dich, alter Freund und Müllkutscher. Setzt euch beide und genießt die Stunde meiner Demütigung. Man hat mir den Stuhl vor die Tür gesetzt.

Tatsächlich? Druskat grinste, und Stephan sagte: Ich gönn dir ja das bißchen Schadenfreude. Schließlich habe ich dich im Regen stehenlassen, damals auf dem Deich, habe mich aber, glaube ich, später entschuldigt.

Druskat schüttelte den Kopf. Der alte, unverschämte Max.

Alles Tarnung. Stephan preßte für eine Weile die Handballen auf die Augen. Ich weiß nicht, wie weiter. Ich weiß im Augenblick nicht mal, wohin mit diesen verdammten Stühlen.

Aber du hast doch ein großes Haus. Rosemarie wunderte sich.

Es gehört Hilde, sagte Stephan, und Hilde trumpft auf.

Das könne sie verstehen, meinte Rosemarie.

Druskat erzählte: Wir haben neulich darüber geredet, daß sie wiederkommen. Berger ist wieder da, der Herzog ist wieder da, alle sind wieder da, Gerechte und Ungerechte. Und alle werden angetrieben von der Hoffnung auf Reichtum und Landbesitz im Osten. Ich sage dir, jetzt geht es ums Bauernlegen im ganz großen Stil. Nieder mit den Genossenschaften.

Stephan fiel ihm ins Wort. Dabei weißt du so gut wie ich, daß wir uns behaupten könnten. Die landwirtschaftlichen Strukturen, wie sie uns die DDR hinterlassen hat – auch durch deine Machenschaften, mein Freund – sind denen in Westdeutschland haushoch überlegen. Wir könnten Weltmeister sein, wenn man uns ließe.

Rosemarie hatte auf einem Stuhl neben Stephan Platz genommen. Sie legte eine Hand auf seinen Arm. Die westdeutsche Landwirtschaft kann im Osten keine Konkurrenz gebrauchen. Im Amt ist die Rede von einem Plan, die Gegend um Horbeck in einen Ferienpark der Nobelklasse zu verwandeln. Autobahnähnliche Ringstraßen rund um den See, Hoteltürme, Fontänen an den Ufern. Das Wolfsluch ein Erlebnispark von anderthalbtausend Hektar Größe. Dazu braucht man die Hoheit. Aber nicht nur die Ländereien, auf die der Herzog Anspruch erhebt.

Stephan faßte sich mit beiden Händen an die Schläfen. Die reinste Schauerstory.

Hör mal! Druskat wollte wissen: Hast du irgendwelche Verträge über die Nutzung des Wolfsluchs?

Kurzfristige, sagte Stephan. Ich hab mich den Leuten aufgedrängt mit dem Argument, ich wolle der Verwahrlosung begegnen, der Versteppung.

Druskat schlug ihm vor Begeisterung auf die Schulter. Dann sind wir in der Vorhand. Mensch, dein Riecher.

Was denn, was denn, du Supergrüner. Willst du auf einmal mit deinen Vorsätzen brechen?

Nein, sagte Druskat. Ich bleibe dabei: keine Intensivnutzung im Luch. Das wäre ein Verbrechen. Aber wir könnten Mutterherden im Luch weiden lassen, fünfhundert, sechshundert Tiere oder mehr. Rosemarie kann sie aus Holstein beschaffen, und seien's auch nur Pensionstiere. Max, ich biete mich als Hirte an. Wir besetzen das Luch, ehe sie mit ihren Fontänen kommen.

Max Stephan kratzte sich eine Weile im Genick, dann sagte er: Ich muß an diesen Herzog ran. Ich weiß auch schon, wie.

14
Das Burgfest

Einige der Bürgerhäuser am Markt von Wendenburg waren bald nach der Wende renoviert worden, darunter die Ratsapotheke. Die Nordfront des Platzes war aber immer noch alt und gräulich, an diesem Eindruck konnte das schlichte Rathaus nichts ändern. Es wurde von Gebäuden mit ungeklärten Eigentumsverhältnissen flankiert, die leer standen und auf bedauerliche Weise heruntergekommen waren wie das Hotel Mecklenburger Hof oder sogar das Postamt, das sich im Besitz einer Institution befand, die zwar ständig die Gebühren erhöhte, aber keinen Pfennig für die Instandsetzung ihrer Wendenburger Immobilie aufwenden wollte.

Dieses Gebäude grenzte an die Burggasse, die zum einstigen Stammsitz der Wendenburger Herzöge hinaufführte. Das Areal um die Burg war traditionsträchtig, aber keineswegs eine Nobelgegend. An der linken, häuserlosen Seite der Burggasse senkten sich die Wiesen malerisch hangabwärts bis zum Ufer der Boblitz, rechter Hand war sie von verrosteten Drahtzäunen eingefriedet, und die Häuser kehrten der Straße ihre Hinterseiten zu, die ebenso unansehnlich waren wie die Hühnerställe und Karnickelbuchten in den vernachlässigten Hausgärten. Die Burg selber machte auch nicht viel her.

Ihr geräumiger Hof war seeseitig am Abhang durch verfallendes Mauerwerk geschützt, gegenüber ragten die ehemaligen Speicher und Ställe auf, schlichtes Fachwerk und beeindruckend nur in seiner Größe. Aber das Wohngebäude im Hintergrund, das eigentliche Schloß, stellte das Erbarmenswerteste der Burganlage dar. Es war, nach einem Brand bei

Kriegsende, hastig im Stil einer Mietskaserne wiedererrichtet worden und behauste immer noch Umsiedlerfamilien aus Schlesien, beziehungsweise deren Nachkommen. Bewundernswert war lediglich der Turmstumpf, der sich im Winkel zwischen Wohnhaus und Stallanlage erhob und davon kündete, wie mächtig die Trutze im Mittelalter gewesen war.

Heute herrschte geschäftiges Treiben auf der Burg. Das Städtchen erwartete allerhöchsten Besuch. Über dem Burgtor prangte ein girlandenumkränztes Plakat:

Wendenburg grüßt seinen Herzog Karl-Ludwig!

Vor dem Bergfried hatten Tischler und Zimmerleute ein hölzernes Podest errichtet, eine Art Bühne, auf welcher das Orchester Platz nehmen, aber auch die Damen und Herren des Heimatchores unter Leitung von Greta Keferlein-Tesch agieren sollten. Die Sängerin war bei der Probe und trug ein Bühnengewand, das der Montserat Caballé alle Ehre gemacht hätte. Auch die Chormitglieder waren bereits kostümiert, sie sahen sehr nach Operette aus.

Max Stephan hatte sich geweigert, ein Kostüm anzuziehen, er käme sich vor wie der Gestiefelte Kater, und auch Strumpfhosen wollte er nicht tragen, aus dem Pagenalter sei er raus. Er beharrte auf Jeans, aber die Keferlein-Tesch hatte ihn überreden können, dazu ein weißes, weitgeschnittenes Rüschenhemd zu tragen, es war an der Vorderseite nur lose geschnürt, und jedermann konnte sehen, daß Max Stephan zwar auf dem Kopf, aber nicht auf der Brust, an Haarausfall litt. Er war bei der Sache, er war bei Stimme, und wenn er sein Dideldum, dideldum zum besten gab, vergaßen die Damen alle Choreszucht und lachten, statt zu zwitschern. Die Keferlein-Tesch mußte ernste Worte sprechen. Was sollte werden, wenn der gemischte Chor bei gut gefülltem Hof aus dem Häuschen geriet? Man erwartete Hunderte von Gästen.

Zur Burgmauer hin, mit Blick auf die funkelnde Boblitz, waren lange, weißgedeckte Tafeln aufgestellt. Im Anschluß an den Festakt sollten die Honoratioren zu Tisch gebeten werden, die Damen und Herren von der Politik, Vertreter der Parteien und Verbände. Die Kaffeetafel war von der Bäckerei Rabenhorst gesponsert, die auf lustigen Plakaten für schmalzgebackene Boblitzfrösche und Frauenlob-Liebesknochen von erheblichem Umfang warb. Das Personal der Bäckerei deckte die Tafeln ein, es war, wie die Chefin des Hauses, in mecklenburgische Tracht aus der Reuter-Zeit gekleidet und im Gegensatz zu den älteren Semestern des Heimatchores eine Augenweide.

Endlich war es soweit. Dem Küster hatte nur mit Mühe ausgeredet werden können, die Glocken zu läuten, um die Ankunft des Herzogs auf dem Marktplatz zu verkünden, denn dort mußte die Hoheit den Wagen stehenlassen. Die Burggasse war für den Autoverkehr gesperrt. Man einigte sich, den hohen Gast mit einem zünftigen Jagdsignal zu begrüßen. Sechs uniformierte Forstleute hatten eingangs der Burggasse Aufstellung genommen, jetzt stießen sie kräftig ins Horn und bliesen »Aufbruch zur Jagd«.

Der Zug formierte sich. Sie schritten zum Burgtor hinauf, der Herzog Karl-Ludwig im abgetragenen grünlichen Cord-Anzug, ihm zur Seite Ida Preibisch im Lodenkostüm. Hinter dem Paar Dutzende von aufgeputzten Mädchen und Jungen aus dem Wendenburger Kindergarten »Spatzenhus«. Sie hielten bunt glänzende, herzförmige Luftballons mit aufgedruckter Krone an der Strippe und wollten sich nicht an eine strenge Reihen- oder Marschordnung halten, sondern bewegten sich wie ein Schwarm, der auseinanderschwirrte und sich wieder zusammenfand, nach entsprechenden Gluckenrufen der Erzieherinnen. Rechts und links des Weges standen die Wendenburger Schulkinder Spalier, sie hatten alle miteinander schulfrei erhalten unter der Maßgabe, glückliche Gesichter zu machen und ihre Papierfähnchen in den mecklenburgischen Farben mit dem Ochsenkopf in der Mitte heftig zu schwenken.

Wenn es den Kleinen schwerfiel, ihre Schrittfolge dem Rhythmus der Musik anzupassen, den Erwachsenen gelang es um so besser. Elektromeister Wilhelm hatte die Linden rechts und links der Strecke mit modernen Lautsprechern bestückt, aus denen es festlich, marschmäßig gellte: »Einzug der Gäste auf der Wartburg«.

Das war auch die Stunde Harry Hirschweins, er kostete sie aus. Er, an der Spitze einer großen Schar von Honoratioren. Er, Harry Hirschwein, Führer der Bürgerschaft und im Gefolge eines Fürsten. Das war die Realität, aber auch ein bißchen Theater, Tannhäuser, mein Gott! Er hob das Kinn und schaute in die Wolken, er fühlte sich erhoben und seiner selbst ganz sicher.

In dieser Pose stand er auf dem Podest, nachdem die Begrüßungsovationen für die Hoheit endlich verebbt waren. Der Burghof gerammelt voll, Menschen und Menschen. Hirschwein, Hände vor dem Geschlecht zusammengeführt, blickte über sie hinweg und rief:

Heute ist ein großer Tag für Wendenburg, da Seine Hoheit Karl-Ludwig, Herzog in Wendenburg, Prinz von Mirow, ein Mitglied des allerältesten europäischen Herrscherhauses überhaupt, wieder seinen Fuß setzt auf angestammte heilige Heimaterde …

Weiter kam er nicht. Buhrufe, gellende Pfiffe von oben, Hirschwein wendete den Kopf zur Seite. Er hatte sie schon beim Einmarsch mit gewissem Mißfallen bemerkt, die Bewohner des

Burghauses, schnauzbärtige Männer, dickbrüstige Frauen, rotznäsige Kinder, und alle miteinander nicht in Festkleidung. Sie hingen aus den Fenstern und entrollten im Augenblick ausrangierte Bettlaken, die zu Spruchbändern umfunktioniert worden waren. Und nun schrien sie die Losungen aus: Einmal heimatvertrieben reicht uns! Wir Schlesier bleiben auf der Wendenburg!

Natürlich konnte das Spektakel weder dem Herzog noch dem Bürgermeister gefallen, die Protokolle von Veranstaltungen vermerken bei solcher oder ähnlicher Gelegenheit: Unruhe im Saal.

Hirschwein versuchte, sie mit patschenden Handbewegungen zu dämpfen, und schrie: Es ist verbürgt, daß die Prybislawen vom zwölften Jahrhundert an in ununterbrochener Folge regiert haben, bis zu den Schüssen der unseligen Oktoberrevolution ...

Hätte er bei seiner Ansprache doch nicht auf das Panzerschiff Aurora zurückgegriffen, dessen Kanonen der Legende nach die Revolution in Petersburg herbeigedonnert hatten!

Kein Mensch wußte später zu sagen, in welcher Abfolge es geschah und wie es zu den Unruhen auf dem Burghof von Wendenburg gekommen war. Fakt ist, daß ein Orchestermusiker auf die Pauke einschlug, vielleicht in der Absicht, die Sache mit den Kanonenschüssen zu untermalen. Daraufhin soll ein Kind der Schlesier, von den Paukenschlägen herausgefordert, mit der Wasserpistole auf die Kleinen vom Kindergarten gezielt haben, worauf eines der Mädchen im Schreck seinen Luftballon losließ, was erst für das Ende der Vorstellung vorgesehen war. Andere Kinder machten es nach, die Ballons stiegen auf bis über den Turm, die Kinder kreischten ihnen lauthals nach, und das große Publikum reagierte gespalten, die einen beklatschten die Ballonnummer, andere schrien Buh. Protokoll wie Programm gerieten aus den Fugen.

Hirschwein kam nicht mehr zu Wort, weil dieses plötzlich

von Fräulein Ida ergriffen wurde. Sie stieß zischende Laute aus und hielt den Zeigefinger vor den Mund, um Ruhe zu gebieten. Dann rief sie ungehalten zur Hauswand hinauf: Herr Schmidt, Sie trinken regelmäßig Ihr Bier bei mir. Sie müssen mir glauben, daß Ihnen Hoheit keineswegs diese Mietskaserne wegnehmen will.

Die von oben riefen, so habe es in der Zeitung gestanden, und Ida schwor, daß es nicht stimme.

Harry Hirschwein hatte nichts mehr zu sagen. Er stieg zornig vom hohen Podest herab und herrschte den Bürgermeister von Wendenburg an: Hatte ich nicht Polizeiaufgebot bestellt?

Der Bürgermeister hob hilflos die Schultern und meinte, man könnte vielleicht die Feuerwehr …

Max Stephan war es vorbehalten, die Leute zu beruhigen. Er sprang auf das Podest, dort stand er und breitete die Arme, im Rüschenhemd beinahe anzusehen wie einer der berühmten drei Musketiere. Und wieder ein Paukenschlag aus dem Orchester.

Freunde, sagte Stephan, ich schlage vor, wir streiten uns später und machen erst mal ein bißchen Musik. Er verständigte sich mit der Keferlein-Tesch im Augenblick, und dann bekam das Publikum was zu sehen. Dem Hünen, dem Zweizentnermann, rauschte die Diva zur Seite, in einem wehenden Gewand, das den Bretterboden fegte. Und dann war was zu hören. Max Stephan im Duett mit der stimmgewaltigen Altistin und im Wechselgesang mit dem erheiterten Heimatchor trug die flott und frech modernisierte Szene aus »Zar und Zimmermann« vor:

Heil sei dem Tag, an welchem du bei uns erschie-hie-nen.

Und damit es auch der Dümmste begreifen sollte, schäkerte die Keferlein-Tesch während ihres Vortrages von der Bühne herab mit dem Herzog, der, auf einem girlandenumkränzten Lehnstuhl sitzend, am Ende Tränen lachte.

Riesiger Beifall. Sogar die vergnatzten Schlesier fanden Spaß daran und klatschten fleißig.

Der Herzog wollte das Künstlerpaar auf der Stelle kennenlernen. Fräulein Ida übernahm die Vorstellung.

Hoheit, darf ich Ihnen Frau Keferlein-Tesch vorstellen, unsere berühmte Sängerin.

Huldvolles Nicken des Hauptes, rauschende Röcke, bühnenreifer Hofknicks der Diva.

Jetzt kam Stephan an die Reihe. Ida sagte: Das ist ein guter Bekannter von mir und ein sehr guter Bauer: Max Stephan. Und das ist Seine Hoheit Karl-Ludwig in Wendenburg.

Kräftiger Händedruck. Stephan strahlte.

Das ist mir wirklich angenehm. Verschiedene Familienangehörige von Hoheit kenne ich nämlich schon von Kindesbeinen an.

Wie das? wollte der Herzog wissen.

Stephan antwortete, vertraulich raunend: Als Kinder sind wir ein paarmal in die verfallene Horbecker Fürstengruft eingestiegen, ein Spielkamerad und ich. Und da liegen sie ja herum, die, wie soll ich sagen, die erlauchten Gebeine.

Wo?

In der Fürstengruft von Horbeck, sagte Stephan, wo Sie ja nun glücklicherweise auch wieder hindürfen im Falle Ihres Hoheitlichen Ablebens.

Nach diesem makabren Scherz brach Seine Hoheit zum zweitenmal in lautes Gelächter aus, auch Max Stephan lachte, und die Damen Keferlein-Tesch und Fräulein Ida versuchten, fotogen zu lächeln, als sie plötzlich im Blitzlichtgewitter der vielen Pressefotografen standen.

Die Situation war außergewöhnlich. Hier stand der belustigte Herzog Karl-Ludwig in Wendenburg, an seiner Seite Fräulein Ida, die beiden hielten schon viel zu lange Hof. Ihnen gegenüber das Künstlerpaar, so muß man wohl sagen, denn Stephan hatte seinen Part wie ein Profi gemeistert, und hinter beiden, halbkreisartig aufgestellt, die Honoratioren von Wendenburg und Umgebung, der Herr Bürgermeister, Vertreter der Parteien, der Geistlichkeit und, nicht zu vergessen, der unglückliche Landrat Harry Hirschwein, der umständehalber gar nicht in der Lage gewesen war, die Hoheit auf ihrem Stammsitz willkommen zu heißen, und versuchen mußte, durch warnendes Räuspern auf sich aufmerksam zu machen.

Moment noch, sagte die Hoheit, ich würde die Gruft gern einmal sehen, und Stephan versprach, ihm das Gewölbe zu zeigen.

Endlich wurden beide Künstler entlassen. Die Keferlein-Tesch führt ihren gemäßigten Hofknicks vor, Max Stephan macht seinen Diener. Als beide sich umwenden, sehen sie sich mit der politischen Klasse von Wendenburg-Hohenzedlitz konfrontiert. Eiseskalte Mienen. Max Stephan scheint nicht zu begreifen, was die Politiker verstimmt. Er war gut, die Diva war gut, die Hoheit ist bei Laune.

Also sagt er: Hallo, hallo! und hält dem Bürgermeister die Hand hin. Der Handschlag wird ihm verweigert, und Hirschwein befiehlt ihm verärgert: Entfernen Sie sich.

Stephan tut, als verstünde er den Landrat nicht, dann deutet er mit dem Daumen über seine Schulter. Sehr netter Mensch, dieser Herzog. Hat Manieren, wen wundert das? Uralter Adel.

Hirschwein warnt: Ich rate Ihnen, nicht meine Gegnerschaft zu suchen.

Suchen? fragt Stephan, starrt auf den Landrat und bewegt beinahe lautlos die Lippen wie einer, der Arschloch sagt. Dann küßt er Abschied nehmend der Keferlein-Tesch die Hand. Habe die Ehre, und geht davon.

Hirschwein führt Frau Keferlein-Tesch zur Seite. Du hast

diesem Menschen Öffentlichkeit verschafft, Greta. Das war mehr als instinktlos.

Die Diva verteidigt sich. Er ist die Stütze des Heimatchors. Er war mal berühmt als der singende LPG-Vorsitzende.

Patta, patta. Das interessiert den Hirschwein nicht. Dieser Herzog erscheint in Wendenburg nicht wegen deines Chores. Er ist ein Symbol für den Wandel. Es geht um große Pläne, um großes Geld, um Investoren, also um die Politik, und da kriegst du es fertig, diesen roten Bauern ins Spiel zu bringen.

Harry, sagt die Keferlein-Tesch ein wenig hilflos, er trifft jeden Ton.

Hirschwein hebt die Nase. Du bleibst, was du immer gewesen bist, eine begnadete Sängerin und eine ziemlich dumme Gans.

Als sich der dramatische Dialog zwischen dem Landrat und Greta Keferlein-Tesch seinem Höhepunkt näherte, intonierte die Kapelle den berühmten Schmusetitel: Glühwürmchen, Glühwürmchen, flimmre, flimmre.

Der Bürgermeister lud zur Kaffeetafel ein, und es spricht für diesen liberalen Politiker, daß er einige der Tische für den Seniorenverein und die Arbeiterwohlfahrt hatte reservieren lassen. Jedermann sollte wissen, daß er über dem Besuch des hohen Gastes die Bedürftigen im Städtchen nicht vergaß.

Max Stephan badete in der Menge. Es gefiel ihm, daß er vom Publikum als ein Star des Burgfestes gefeiert wurde. Nach Monaten gewisser Isolation wollten ihm auf einmal viele die Hand schütteln oder ihm auf die Schulter schlagen. Wer hört denn nicht gern, daß er ein toller Mann ist?

Als Frau Rabenhorst mit einem hoch aufgehäuften Kuchenbrett vorüber wollte, stahl ihr Stephan ein großes Stück Pflaumenstreusel, biß zu und verdrehte so genießerisch die Augen, daß die Frau Bäckermeister laut lachen mußte. Wieder hatte er ein Herz gewonnen, und schließlich begab es sich auf diesem Fest, daß Stephan einer Frau begegnete, die er zum Gernhaben fand. Das war eine Bekannte des erfolgreichen Unternehmerpaares Rabenhorst, Frau Angela Wescher aus Lübeck.

Café Rabenhorst war von der jungen Architektin entworfen und projektiert worden. Sie hatte sich nach dem Anschluß im Städtchen niedergelassen und eines der windschiefen Häuschen in der Ringstraße zu ihrem eigenwilligen Büro- und Wohnhaus umgebaut. Das verrottete Fachwerk mußte beinahe vollständig erneuert werden, als aber nach der Fertigstellung das dunkelbraune Gebälk mit den gelb getünchten Gefachen kontrastierte, waren sich die Wendenburger einig, daß der putzige Bau in der Ringstraße das originellste Haus von Wendenburg sei. Angela Wescher galt seit dieser Zeit als Spezialistin auf dem Gebiet der Denkmalspflege.

Sie war klein und zierlich, möglicherweise bevorzugte sie aus diesem Grunde hochhackiges Schuhwerk oder elegante Schnürstiefelchen und machte in gewisser Hinsicht der Keferlein-Tesch Konkurrenz. Zwar verfügte die mädchenhafte Architektin nicht über ein geschultes Organ, schon gar nicht in der Stimmlage Alt, und ihre Oberweite sprengte keineswegs die Normen, aber sie war in der Lage, sich geschmackvolle Garderobe zu leisten und diese auch zu tragen. Wie Frau Greta liebte sie lange, wehende Röcke und teure Seidenblusen, kleidete sich aber ebenso gern in legere Rollkragenpullover oder genierte sich selbst sommers nicht, schwarz gewandet vom Hals bis zu den Knöcheln, dahinzuschreiten. Wenn das Erscheinungsbild der Keferlein-Tesch vielleicht dem überschwellenden Barock zugerechnet werden mußte, vertrat Angela Wescher die Anmut des Jugendstils. Außerdem hatte sie grüne Augen, aus denen es manchmal spöttisch blitzte.

Stephan hatte sich auf der niedrigen Burgmauer niedergelassen, um sein übergroßes Stück Pflaumenkuchen in aller Ruhe zu verzehren. Da sah er, wie die Schöne näher schlenderte und ihn so ungeniert betrachtete, daß ihm der Bissen im Halse steckenblieb. Er mußte hüsteln, bis er auf das Kuchenstück deuten und fragen konnte: Sie wollen wohl was abhaben?

Die Wescher nickte und nahm neben ihm Platz. Stephan teilte das Gebäck, und dann aßen beide eine Weile mit Genuß. Die Wescher mußte das Taschentuch benutzen, um sich von den Krümeln zu befreien. Sie sagte: Der Herzog war besonders nett zu Ihnen. Können Sie mich mit ihm bekannt machen?

Ich weiß ja gar nicht, wer Sie sind. – Angela Wescher. – Max Stephan.

Ich bin Architektin aus Lübeck, spezialisiert auf Denkmalspflege. Und ich habe einen fabelhaften Entwurf zur Restaurierung der Wendenburg in der Tasche. Ich kann sie mir vorstellen als eine Art Kulturburg mit Konzertsaal, Galerie und Restaurant. Anziehungspunkt für die Urlauber. Außerdem ließe sich eine komfortable Wohnung für den Herzog einbauen. Der Mann wird gefeiert, als wäre endlich der Erlöser erschienen. Er wird doch wohl zwei, drei Millionen lockermachen können zum Umbau seiner schäbigen Burg.

Stephan dachte daran, daß er dringend ein Haus, eine Baracke oder ein Stallgebäude brauchte, um mit der Agrargenossenschaft unterzukriechen. Er fragte: Bauen Sie nur Burgen oder Schlösser, Angela?

Ich baue alles, antwortete sie, und alles mit Pfiff.

Stephan meinte: Einen Auftrag für die Fürstengruft könnte ich Ihnen vermitteln.

Also Partnerschaft?

Tatsächlich, die Hübsche küßte ihn auf die Wange.

15
Erster Obdachloser in Wendenburg

Christa Wagenknecht hatte bei Schwierigkeiten, mit denen sich jede Familie herumschlagen muß, einen Spruch parat: Das kriegen wir schon in die Gänge. Wir haben bereits erzählt, daß sie drei Söhne geboren hatte, die sie um Kopfeslänge überragten. Sie wirkte aber beinahe noch wie Ende Dreißig. Die Frau war von der Natur begünstigt, nämlich wohlproportioniert an jenen Körperpartien, auf denen Männerblicke gefällig ruhen, gelegentlich auch gern die Hände, und so glatt und hübsch von Angesicht, daß Martin in seine Frau verliebt blieb, obwohl beide schon letztes Jahr die Silberhochzeit gefeiert hatten. Jeder Mann ist gut drauf, solange er eine lustige Frau im Bett hat.

Manchmal gab es Ärger mit den Söhnen. Sie waren rasch hintereinander geboren worden und ähnelten sich beinahe wie Drillinge. Stattliche Burschen, einer wie der andere.

Wenn Christa ihre Männer betrachtete, wollte es ihr manchmal scheinen, als wäre Martin, ihr drahtiger, glattrasierter Liebster, der jüngste und fixeste von ihnen.

Tatsächlich neigten die Söhne zu Bequemlichkeit, und wenn Martin in Christa verliebt war, was er ihr nicht oft genug beweisen konnte, so waren die Söhne in ihre hübsche Mutter vernarrt und übrigens von ihr auf eine Weise verwöhnt worden, daß keiner von den dreien im Traum daran dachte, sich eine Braut zu suchen, geschweige denn eine Wohnung. Die Wagenknechts hausten etwas beengt in ihren paar Zimmern über den Genossenschaftsbüros, das dichte Beieinander führte dann und wann zu Spannungen.

Ein Mann, der an der frischen Luft arbeitet, bei Kräften ist und eine gut aufgelegte Frau besitzt, möchte mit ihr schlafen, aber wie sollten sich Martin und Christa ungeniert auf das knarrende Bett werfen, solange nebenan, hinter der hellhörigen Wand, die Söhne beim Bier saßen und eine Runde Skat nach der anderen droschen? Nicht so heftig, mußte Christa ihrem Liebsten manchmal ins Ohr hauchen, aus lauter Furcht, sie würden von den Kindern bei etwas ertappt, was sie nicht mehr tun sollten.

Einmal war es vorgekommen, daß sich Tobias, der Älteste, so bekümmelt hatte, daß er um Mitternacht gegen die Schlafzimmertür drosch und ungeduldig schrie: Mutter, wann ist endlich Mittagessen fertig? und Vater Wagenknecht, nur mit Turnhose bekleidet, wütend aus den Federn fuhr, seine Faust auf den Skattisch schlug und die dümmlich grinsenden, schnauzbärtigen Söhne mit harschen Worten in die Betten verwies.

Heute war die Familie zu christlicher Zeit um den Eßtisch in der Küche versammelt und dennoch mißgestimmt.

Martin hatte den angestammten Platz an der Stirnseite des Tisches eingenommen, Christa saß, getrennt durch die Länge der Tafel, ihm gegenüber und hantierte mit einem Taschentuch, das sie in Augenhöhe hielt. Tobias beanspruchte eine Längsseite für sich und füllte sie beinahe aus, weil er die angewinkelten Arme lümmelhaft gegen das Tischtuch preßte und sich vorgebeugt hatte, um die Brüder gegenüber zu fixieren. Die machten es beinahe wie Max und Moritz, die beiden Buben, sie ärgerten die Hausfrau, indem sie böse lächelnd mit den Messern die Soßenreste von den Tellern schabten.

Christa hatte zu wenig von allem auf den Herd geschoben und auf den Tisch gebracht. Die Männer waren nicht satt geworden, die fraßen ja auch alle miteinander wie die Scheunendrescher.

Mein Gott, man wird sich doch wohl einmal versehen dürfen bei all den Sorgen und dem Ärger.

Dabei hatte sie die Hiobsbotschaft noch gar nicht bekanntgegeben, sondern sich zurückhalten wollen bis nach Tisch. Und nun dieses unartige, provozierende Tellerkratzkonzert. Sie starrte Martin auffordernd an, damit er wieder einmal die Faust auf den Küchentisch schlage, um die aufrührerische Jugend zur Raison zu bringen.

Aber Martin drohte nicht den Jungen, sondern blickte vorwurfsvoll auf sie und sagte:

An deiner Stelle würde ich den Schmalztopf holen. Brot ist hoffentlich im Haus.

Beifall von den Längsseiten.

Christa schluckte die Tränen in den Hals, schob das Schnupftuch in die Schürzentasche und befahl Peter und Bernd mit ausgestrecktem Zeigefinger zur Speisekammer hinüber.

Tatsächlich wischten sich beide mit dem Handrücken die Schnauzer, sprangen gehorsam auf, brachten das Gewünschte herbei. Dann blickten sie ihre Mutter erwartungsvoll an.

Sie sagte: Ein paarmal ums Brot schneiden und eine Stulle schmieren, das bringt ihr hoffentlich ohne meine Hilfe zustande. Ich mach inzwischen Kaffee.

Sie hantierte noch an der Maschine, als sie plötzlich einen Brief aus der Schürzentasche zog.

Nachricht vom Gericht, der Rückführungsantrag von Mankmoos ist abgewiesen.

Die Mitteilung der Behörde ging durch alle Hände am Tisch, bis sie dem Hausherrn zugereicht wurde.

Christa sah, daß dem Martin, nachdem er gelesen hatte, Tränen über die gefurchten Wangen liefen. Er sagte kein Wort, er gab keinen Laut von sich, er verzog keinen Muskel im Gesicht, aber er weinte.

Sie erhob sich, trat hinter den Mann, preßte seinen Kopf gegen ihren Leib. Es verstörte die Söhne, als sie mit ansehen mußten, daß die Mutter ihren Vater wie ein unglückliches Kind in die Arme nehmen und trösten mußte. Sie polterten mit den Stühlen, als sie sich erhoben, dann verließen sie, einer nach dem anderen, die Küche.

Christa sagte: Martin, das kriegen wir schon in die Gänge. Erst einmal legen wir Widerspruch ein.

Vater heult. Es sind Männer gefragt, dachte der älteste der Wagenknecht-Söhne, der sich bisher kaum aus dem Dunstkreis der mütterlichen Küche entfernt hatte, wo es so gut wie in keinem anderen Haus nach Zwiebel und nach Knoblauch roch, manchmal auch nach frisch gemahlenem Kaffee. Er beschloß zu handeln.

Tobias wollte dem Schicksalsrad, das auf die Familie zurollte, um diese gnadenlos zu zermalmen, in die Speichen greifen.

Selbstverständlich mit gewaschenen Händen. Er hängte das Besetzt-Schild an die Tür des Badezimmers, zog sich aus, warf die stinkigen Arbeitskleider in einen Korb, den die Mutter in der Nähe der Waschmaschine aufgestellt hatte, die Unterwäsche in einen anderen, stellte sich in die Badewanne, hob die Dusche auf und betrachtete sich mit Wohlgefallen im gegenüberliegenden Spiegel. Dann begann er, sich gründlich zu waschen.

Er seifte und schrubbte sich gründlich Hände und Fingernägel, ein hartes Stück Arbeit für einen Traktoristen, der mit schmutzigem Gerät, mit Tran und Wagenschmiere umgehen muß, die sich in den feinsten Hautrillen der Hände festfressen.

Vor einiger Zeit hatte ihm die wohlriechende Operndiva

zwischen Daumen und Zeigefinger den Zündschlüssel hingehalten und baumeln lassen, so wie man ein Hündchen lockt, das nach einem Lekerbissen schnappen soll. Jetzt seifte er sich unter den Achseln, näherte sich bald der Brust, dann der Gegend unterhalb des Nabels und sah im Spiegel mit gewisser Genugtuung, daß er auch was an sich hatte, das er baumeln lassen konnte. Ob sich der Zündschlüssel eines Golfs dafür eintauschen ließ?

Die Dame war am Theater gewesen, sie hatte mit dem Landrat auf der Bühne gestanden. Sie war mit ihm auf du und du. Dieser Mann, dessen Bild alle naselang in der Zeitung ist, wird was zu sagen haben. Die Diva mußte ihnen helfen.

Tobias ließ ein Weilchen das Wasser rinnen, genüßlich, beinahe schläfrig, dann schüttelte er wie ein gebadeter Hund die Nässe aus den Haaren, öffnete blinzelnd die Augen und leckte sich grinsend den Schnauzer, denn er machte den allerbesten Eindruck auf sich selber. Der Spiegel zeigte ihm kräftige Schultern, eine gut behaarte Brust, und wenn er den Bauch ein wenig einzog, wirkte er auch in der Körpermitte beachtlich.

Von draußen wurde eine Faust gegen die Tür geschlagen. Wie bei vielen Familien mit mittlerem Einkommen war auch im Badezimmer der Wagenknechts das Klosettbecken installiert. Einer der Brüder hatte es eilig.

Augenblick!

Um die Toilette gab es bis heute manchmal Streit. Tobias erinnerte sich, daß der kleine Peter einmal Einlaß forderte, als er gelernt hatte, bis zehn zu zählen, aber noch keine Zeitvorstellung besaß. Er hatte wütend die Mutter herbeigeschrien und sich mit den Worten beschwert: Tobias scheißt seit einer ganzen Minute.

Augenblick!

Der junge Mann schritt nackt durch die Wohnung, mit eingezogenem Bauch und straffem Hintern, und genoß es, daß ihn die Brüder anstarrten wie eine Erscheinung, die von innen heraus leuchtet. In der Fernsehwerbung sieht man manchmal solche Sachen. Er zwängte sich in Jeans, die frisch gewaschen waren, schlüpfte in ein weißes Shirt mit blauen Querstreifen in Brusthöhe, die ihn noch breiter erscheinen ließen, als er war. Dann spähte er eine Weile durch den Spalt der Haustür, um festzustellen, ob die Luft auf dem Genossenschaftshof rein war.

Tobias bestieg einen Trecker und machte sich auf den Weg nach Wendenburg.

Nun sah er die Chaussee vor sich, sie führte ein paar Kilometer gradeaus, gesäumt von alten Ahornbäumen, die sich über dem Asphalt verzweigten. Eine ganze Weile hatten sie als verkehrsbeengende Relikte der Vorwendezeit gegolten, als Symbole der Rückständigkeit und skrupellose Jünger der Marktwirtschaft auf den Plan gerufen, die ihre Abholzung forderten. Nieder mit den Bäumen! Mit Sicherheit wäre die Axt an ihre Wurzeln gelegt worden, hätte man sie nicht in letzter Minute als kleine Weltwunder erkannt und unter Schutz gestellt. Braune, weiß gerandete Schilder zeigten dem Durchreisenden nun an, worum es sich handelte, um die »Deutsche Alleenstraße«. Sie war eine Seltenheit in der Bundesrepublik und konnte tatsächlich als biologisches Restvorkommen bezeichnet werden.

Vielleicht gab es solche Überbleibsel nicht nur unter den Straßen oder Bäumen, sondern auch unter den Menschen, die in den Dörfern rechts und links der Allee hausten und ein halbes Jahrhundert lang auf eine Weise von den Märkten und Börsen der Welt abgeschnitten worden waren, daß sie weit mehr ihre Seele gepflegt, als ihren Erwerbssinn trainiert hatten. Und vielleicht war der ehemalige Regenmacher der Genossenschaft einer von diesen merkwürdigen Menschen, die keine Behörde unter Natur- oder Denkmalsschutz stellen wollte.

Tobias Wagenknecht entdeckte den Mann, als er sich der Stelle näherte, an der ein Feldweg von der Deutschen Alleenstraße abzweigte. Herbert Probst winkte ihm, anzuhalten. Tobias lenkte den Trecker auf ein Stück Ödland, das von der Straßengabel eingewinkelt wurde.

Dort ruhten seit alters drei mächtige Findlinge zwischen Birken und Wacholdergestrüpp, möglicherweise Reste eines Hünengrabes, und wäre den Mecklenburgern ein Dichter erwachsen wie Hermann Löns, er hätte wahrscheinlich nicht versäumt, die herbe Landschaft hinter dem großen Loch von Horbeck zu besingen: Schalali und schalala! Es stehen drei Steine auf der Heide, an denen hab ich meine Freude, jupheidi, heida!

Die Störung kam Tobias gelegen. Während der Fahrt war ihm eingefallen, daß man der Dame Keferlein-Tesch erst einmal ein paar Blumen würde in die Hand drücken müssen, ehe man weitergehen und sich um ihren Beistand bemühen konnte. Gewiß gab es in Wendenburg ein Gemüsegeschäft mit Floristikabteilung, notfalls konnte man auch eine Tankstelle anfahren, aber hier bei den Steinen wucherten Rainfarn, Schafgarbe und Margerite, man würde einen originellen Wiesenstrauß zusammenrupfen können und brauchte ihn nicht in Frischhaltefolie verpacken zu lassen, wie sie auch die Fleischer benutzen, damit sich der Aufschnitt nicht zu rasch ins Grünliche verfärbt.

Hallo, Herbert! Er hielt und sprang ab.

Hallo, Tobias!

Herbert Probst hockte auf einem der drei Steine, neben ihm saß Cossi hechelnd auf den Hinterläufen, eine mächtige

Mischlingshündin, die ihm zugelaufen war. Herbert konnte nicht weit von Siebzig sein, ein knochiger Mensch mit einem Kopf, wie aus Holz geschnitzt, die Stirn vom Leben gekerbt, der Mund schmallippig, als hätte der Mann allzu viel Bitteres schmecken müssen, sanfte Augen, sehr große Ohren, Lauscher geradezu, wie sie ein Wild braucht, das auf der Hut sein muß, und Hände hatte er, schaufelbreit, wie zu grober Arbeit geschaffen oder zum Beschützen. Kein Sturmwind konnte ein Licht ausblasen, legten sich diese Hände um das Kerzenflämmchen, kein Kind würde den Teufel fürchten, hielten es diese Hände fest.

Tatsächlich waren ihm einst die Kinder wie dem Rattenfänger von Hameln gefolgt, wenn er, auf dem knatternden Moped hockend, durch Horbeck gefahren war und gerufen hatte: Ich laß regnen, ich laß regnen!

Wir wissen schon, daß Herbert Probst vor gut dreißig Jahren aus einem Uranschacht des Erzgebirges aufgestiegen, aufs Land gezogen und schließlich zum Beregnungsmeister der Genossenschaft avanciert war, weil er mit seinen großen Händen das niedlichste Schräubchen halten oder drehen konnte.

Nun geschieht auch heutzutage, daß einer durchs Dorf fährt, die Glocke schwingt, die Hupe jaulen läßt oder die Stimme erhebt, um eine Ware anzupreisen. Wenn Herbert nach den Kindern rief, hatte er ihnen nur etwas Wunderschönes zeigen wollen. Was waren die müden Springbrunnen im Schloßpark von Hohenzedlitz, gemessen an den hundert Fontänen, die er gleichzeitig über den durstigen Feldern aufsteigen ließ. Sie machten im Sonnenlicht ein Feuerwerk, funkelnd in allen Farben des Regenbogens, und jede einzelne spritzte weit genug, daß die nackten Kinder unter ihr tanzen konnten. Was für ein Spaß!

Nach der Wende war im Nordboten zu lesen, Beregnung sei

Max Stephan (Manfred Krug) und Daniel Druskat (Hilmar Thate):
Freunde und Rivalen fürs Leben.

Hilde (Ursula Karusseit) hat ihren Max immer ein bißchen bewundert.

Max Stephan protestiert. Was fällt den Leuten ein, auf seiner Hochzeit für die LPG zu agitieren!

Daniel Druskat muß sich früh von seiner Frau (Angelika Domröse) trennen.

Mit diesem Beerdigungszug wollen Max Stephan und seine Frau Hilde der Kollektivierung entgehen.

Fräulein Ida (Käthe Reichel) ist entsetzt, weil Daniel Druskat verhaftet wird.

Was auch geschieht, Hilde wird zu ihrem Mann halten.

Wird es bei diesem guten Einvernehmen bleiben?

Alle sieben Jahre findet und trennt sich das Liebespaar Daniel Druskat und Rosemarie Sacher (Angelika Waller).

Max Stephan und Daniel Druskat.

Schnickschnack, pure Augenauswischerei wie die Zwangsimpfung gegen Schweinepest. Das Ganze rechne sich nicht. Die Anlage kam, wie anderes auch, in Verruf, Herbert Probst wurde arbeitslos. Er war nicht nur eine eigenartige Erscheinung, sondern auch von merkwürdiger Denkungsart, und hatte einem Reporter, der nach dem Unterschied von Vor- und Nachwendeära fragte, zur Antwort gegeben: Früher durfte man nicht sagen, was schlecht war. Heute darf man nicht sagen, was früher gut war. Daß dieser Satz nicht gedruckt wurde, schien ihm zu beweisen, daß es in mancher Hinsicht gar keinen Unterschied zwischen damals und heute gab.

Übrigens hatte er drei Finger der rechten Hand erhoben und den Max Stephan mit pfeifendem Atem beschworen, die Anlage nicht schleifen zu lassen: Einst kommt der Tag, an dem werde ich wieder regnen lassen!

Er hielt es für puren Widersinn, daß Wiesen und Felder dursteten, während die Landschaft in den Wassern der tausend Seen geradezu ersoff, und wollte nicht begreifen, warum man den Bauern von Staats wegen eine Menge Geld bot, damit sie die Äcker nicht bestellten. Seit die Menschen sprechen konnten, hatten sie die Krume, die sie ernährte, Mutter-Boden oder Mutter-Erde genannt. Jetzt wurde belohnt, daß man sie brachliegen ließ, während Menschen-Mütter, selbst wenn sie das nicht wollten, unbedingt gebären sollten.

Als er endlich eine Rente bezog, hatte er dem Stephan erklärt, er werde die Beregnungsanlage kostenlos warten, er wollte sie wieder tanzen sehen, die hundert Fontänen, und wenn sich die Sache mit EMO-Energie nicht rechne, was hindere die Genossenschaft, auf dem Hügel überm See eine Windmühle sich drehen zu lassen? Ein Kraftwerk mit Flügeln sei außerdem hübsch anzusehen.

Jetzt saß er also auf einem Stein, hob grüßend eine Hand, mit der anderen kraulte er die häßliche Hündin, die er zärtlich liebte.

Tobias trat näher. Er bemerkte zu seinem Erstaunen, daß hinter den drei Steinen auf der Heide ein Schäferkarren stand, zweirädrig, mit offener Tür. So war zu sehen, daß die fahrbare Hütte beladen war mit Dingen, die ein anspruchsloser Mann zum Leben braucht. Töpfe und Pfannen hingen an den Außenwänden, Bänder und Stricke an der Deichsel verrieten, daß der alte Herbert und seine Hündin sich selbst ins Joch gespannt hatten, um den Karren bis zu jener Stelle zu bewegen, an der er jetzt stand.

Was ist passiert, Herbert?

Mensch, sagte der Mann und verzerrte kummervoll das Gesicht, wir schaffen es nicht. Ich hab ja bloß 'ne halbe Lunge.

Aber was ist passiert?

Daß Herberts Frau vor gar nicht so langer Zeit gestorben war, wußte Tobias, irgendeine gemeine Krankheit, ein Infarkt oder so was, hatte sie hinterrücks umgebracht. Schrecklich für Herbert Probst. Dieser Mann mit dem grob geschnitzten Kasperlekopf war zartbesaitet und nicht begabt für die praktischen Dinge des Lebens, für den Umgang mit Geld, den Einkauf von Lebensmitteln oder gar von Garderobe. Das hatte seit Jahrzehnten Lisa besorgt, seine Frau, Bibliothekarin von Beruf, die ihm nicht nur die Alltagskleinlichkeit aus dem Wege geräumt und seinen hageren Leib gepflegt, sie hatte ihn auch mit dicken Romanen gefüttert, damit es dem Geist nicht an Nahrung mangele, getreu der biblischen Devise: Der Mensch lebt nicht vom Brot allein.

Übrigens war sein eigenes Leben romanhaft verlaufen. Tobias, der dem Regenmacher eine Zeitlang nachgelaufen war wie die übrigen Dorfkinder, erinnerte sich an die Geschichte vom Findelknaben, die er ein paarmal von Herbert gehört hatte.

Stellt euch vor, 'ne kleine Stadt im Erzgebirge. Ein Straßenkehrer ist unterwegs, ein alter Mann mit Besen, Schaufel und Schubkarre. Er hat so ähnlich ausgesehen wie ich und den Unrat der Stadt zusammengefegt, weggeschmissenes Bonbonpapier, leere Bierflaschen und jede Menge Pferdeäpfel. Da findet er gleich neben dem überquellenden Papierkorb auf einer Parkbank ein Lumpenbündel, darin ist ein greinendes Menschlein gewickelt. Es riecht nicht gut. Warum, Tobias? Richtig, weil es die Windeln gestrichen voll hat. Das Menschlein war ich, und hätte mich der Straßenkehrer damals in den nächsten Container gestopft und nicht zwischen Straßendreck und Pferdeäppel auf den Schubkarren gepackt und aufs Meldeamt geschoben, dann wäre ich nicht ins Waisenhaus gekommen und könnte euch heute keine Märchen erzählen.

Auch andere Geschichten von Herbert, dem Regenmacher, wurden im Dorf weitererzählt. Einmal, als er der Redseligkeit seiner Frau Lisa überdrüssig gewesen war, hatte er die häßliche Mischlingshündin Cossi zärtlich hinterm Ohr gekrault und dem Max Stephan anvertraut: Könnt ich noch mal auf die Welt kommen, ich würde nicht heiraten, sondern gleich mit einem Hund zusammenziehen. Und ein andermal, als jemand wissen wollte, wie's ihm ginge, hatte Herbert abgewinkt und mit pfeifendem Atem zur Antwort gegeben: Lisa ist nach Hohenzedlitz unterwegs. Sie will zu second hand und nach einer geschmackvollen Urne für meine Asche fragen.

Er war sich todsicher gewesen, daß er vor Lisa würde hingehen dürfen. Aber nun hatte sie sich davongemacht und ihn mit Sorgen zurückgelassen. Schrecklich für Herbert Probst.

Tobias erinnerte sich an Lisas Beerdigung. Menschen über

Menschen auf den Beinen, um der beliebten Frau die letzte Ehre zu geben. Jammerndes Glockengeläut wie üblich, aber kein Pastor an der offenen Grube. Dort hatte Herbert gestanden und Lisa als letzten Gruß aus einer Liebesgeschichte vorgelesen. Ein unglaublicher Vorgang, aber viele Frauen weinten.

»Der persische Architekt war so hingerissen von ihrer Schönheit, daß er den furchtbaren Tamerlan und seinen Zorn vergaß, … er küßte die Prinzessin. Der Kuß war aber so leidenschaftlich, daß er ein Brandmal auf ihrer Wange zurückließ. Als Tamerlan das Brandmal entdeckte, befahl er, den Perser zu fangen und zu töten. Der Architekt flüchtete auf die Spitze eines Minaretts, und in seiner höchsten Not, als er den Atem der Verfolger schon auf seinem Nacken spürte, breitete er die Arme aus und warf sich vom Minarett in die Luft, und um seiner großen Liebe willen wuchsen ihm Flügel, und er flog heim.«

Herbert war arbeitslos, nach Lisas Tod wurde er wunderlich, und nun saß er also auf einem der drei Steine in der Heide und versuchte, dem Tobias Wagenknecht etwas weitschweifig zu erklären, was geschehen war.

Die Liebe kann einem Menschen Flügel verleihen, das ist die Wahrheit, Tobias. Du hast keine Liebste, soviel ich weiß, also kannst du nicht in die Luft gehen und mußt auf diesem Trecker reiten. Aber mich hatte die Liebe zu Lisa weit gebracht vom Erzgebirge bis hinter Wendenburg, das mußt du dir vorstellen. Nun hatte ich gemeint, auch durch die Zuneigung zu einem Hund wie Cossi würden mir Kräfte zuwachsen, wenigstens so viele, daß ich den verdammten Schäferkarren vom Fleck bewegen könnte.

Pustekuchen!

Was ist passiert, Herbert?

Ich hause seit einiger Zeit im Maschinenhaus der Beregnungsanlage. Sie darf nicht zerschlagen werden. Ich leb in der Hoffnung, daß ich sie einmal wieder tanzen sehe, meine Fontänen in den Farben des Regenbogens. Natürlich hab ich keinen Mietvertrag und verbrauche sehr wenig Strom. Wir essen selten warm, Cossi und ich. Irgendein Strolch hat mich angeschissen und mir das Ordnungsamt auf den Hals gehetzt, außerdem so ein Weib von der Sozialbehörde. Sie haben mir die Pistole auf die Brust gesetzt. Ich mußte das Maschinenhaus auf der Stelle räumen. Ich soll mich im Seniorenheim anmelden, die hätten ein, zwei Plätze in einem Vierbettzimmer frei. Aber nun kommt es. Der Hund, mit dem ich zusammenlebe, darf nicht mit ins Heim. Die Beziehung ist illegal, sozusagen. Ich kann Cossi nicht töten lassen wegen der Bürokratie, also haben wir uns auf den Weg gemacht, sind aber bloß bis zu den drei Steinen gekommen.

Und wohin soll es gehen?

Erst mal nach Wendenburg. Ich will mich als Obdachloser mit Hund registrieren lassen, habe gehört, da gibt es 'ne Mark zusätzlich auf die Kralle. Komm, häng den Schäferkarren an.

Er führte Tobias zur Rückwand seines Karrens. Er hatte an alles gedacht, nämlich ein Schild gemalt und angenagelt: Notüberführung! Kein Licht! und wies stolz auf eine Art Anhängerkupplung: Eigenbau!

Tobias nickte anerkennend. Dann rupfte er rasch Rainfarn, Schafgarbe und wilde Kamille zu einem Gebinde nach Volkskunstart.

Was willst du damit, Tobias?

Der wollte nicht verraten, daß auch die Familie Wagenknecht bedroht war und bald die Wohnungsnot am Halse haben würde. Ich will eine Dame besuchen.

Paß auf, wenn es die Richtige ist, werden dir Flügel wachsen oder so was Ähnliches. Der Alte grinste, und dann zockelten sie in Richtung Wendenburg mit Trecker und Schäferkarren, an dessen Rückseite eine Kiste für mancherlei Gerät befestigt war. Auf dieser Kiste stand Cossi, Vorderpfoten auf das Dach gestützt wie ein Groom, und schaute unbeirrt voraus. Nur wenn sie das Hupkonzert der überholenden Autos oder das Gegröle aus den heruntergekurbelten Fenstern der Limousinen zu sehr belästigte, fletschte sie die Zähne und knurrte so gefährlich wie ein Fleischerhund.

Herbert, der Regenmacher, wünschte, daß der Schäferkarren, jetzt sein Obdachlosenheim, bei den acht Linden abgestellt werde, welche die acht Gerechten symbolisierten. Die Bäume würden Schatten spenden. Er sei am Markt, im Herzen von Wendenburg, hätte keine weiten Wege zu den Ämtern und Geschäften und außerdem etwas zu seiner Unterhaltung, sobald die Marktbuden aufgeschlagen würden.

Tobias und er lösten die Kupplung und brachten den Schäferkarren auf der baumbestandenen Marktinsel in Position. Die Tür nach Osten, bitte, nach Sonnenaufgang. Im Sarg werd ich auch mal so liegen.

Inzwischen hatte Cossi unter dem Kriegerdenkmal Platz genommen. Sie saß auf den Hinterläufen, Vorderpfoten artig nebeneinandergestellt, und machte einen netteren Eindruck als der deutsche Adler oben auf dem Stein, der seine Flügel hob und aussah, als wollte er im nächsten Augenblick mit dem Schnabel zuhacken.

Also, mach es gut, Herbert.

Mach es besser, mein Junge.

16
Das grüne Negligé

Tobias schwang sich auf den Sitz, begab sich mit dem schweren Gefährt auf die Suche und hatte die Seestraße in der Nähe des Marktes bald gefunden, auch die Wohnung der Keferlein-Tesch, eine kleine Villa, einstöckig, mit Erker an einer Hausecke und gaubengeschmücktem Ziegeldach. Er fand einen Stellplatz für den Trecker, griff nach dem Wildblumenstrauß, der schon ein wenig zerknautscht wirkte, schüttelte ihn kräftig auf und klingelte. Von Sankt Marien zu Wendenburg schlug es vier Uhr.

Nichts rührte sich im Hause. Weder hörte Tobias, daß eine Tür klappte, noch daß sich Schritte näherten. Sollte er sich in Schale geworfen, sich für die Katz zur Rettung seiner Familie auf den Weg gemacht haben?

Er drückte wieder den Klingelknopf, vernahm das gedämpfte Schrillen im Hause, dann aber auch eine Stimme: Momentchen! Moment!

Endlich drehte sich der Schlüssel im Schloß, der Schnapper schnappte, die Tür ging auf.

Was Tobias dann erblickte, kam ihm unwirklich vor wie die Fernsehwerbung einer Kaffeefirma zur Weihnachtszeit, die im Himmel spielt und meistens in Rosa gehalten ist, die Wolken, die wehenden Schleier, auch der Engel im Wallewalle-Haar, der eine goldene Kaffeebohne baumeln und dazu Kling, Glöckchen, klingelingeling, erklingen läßt. Natürlich gibt es auch Kaffeewerbung in Grün.

Tobias Wagenknecht war fünfundzwanzig Jahre alt, schlichten Gemütes, ein Traktorist vom Dorf, dem die Lebensregel:

Ein Kavalier genießt und schweigt, noch nicht zu Ohren gekommen war. Er schilderte später seinen Brüdern, die lüstern an ihren Schnauzern knabberten, was sich begab, nachdem er geklingelt hatte.

Sie steht auf dem Haustritt, Greta Keferlein-Tesch, sie steht wirklich da, aber es ist wie im Film, und genauso ist sie angezogen. Sie trägt nachmittags um vier einen Morgenmantel, grüne Seide von der Schulter bis zu den goldenen Sandalen hinab, aus denen je fünf niedliche Zehen lugen, ein jeder Nagel kirschrot lackiert. Eine Unmenge Rüschen rund um den Hals und dann vornerunter bis auf die Erde, und es rauscht tatsächlich, sobald sie sich bewegt.

Mir bleibt das Guten Tag im Halse stecken. Ich krächze wie ein Rabe.

Aber sie, ganz Dame, beugt sich vor nach meinem Wiesenstrauß. Da klaffen die Rüschen auf, da sehe ich, so was von sagenhaft, eine Brust, da bleibt mir die Luft weg. Da baumelt mir auch schon ein goldenes Medaillon vor der Nase. Ich stehe 'ne Stufe tiefer auf der Treppe. Also, ob ihr's glaubt oder nicht, die Frau war eingewickelt in zwanzig Quadratmeter grüne Seide, und darunter war sie splitternackt.

Und dann?

Dann hat sie den Zeigefinger gekrümmt und gewinkt, ist aber in der Tür stehengeblieben. Ich mußte mich an dieser Brust vorbeidrücken, immer an der Wand lang. Dann war ich im Zimmer.

Ein Kronleuchter wie aus dem Schloß Schwerin, ein Flügel, Bücher, Bücher, weiße Teppiche. Ich hab vor lauter Ehrfurcht zunächst mal die Schuhe ausgezogen. Und dann stand da ein gewaltiges Ledersofa.

Und dann?

Sie hat zuerst das Gesicht in meinen Wildblumenstrauß versenkt, mitten hinein in die Schafgarbe und Kamille, tief geatmet und geseufzt, bis sie die Nase voll hatte. Und dann hat sie eine ganze Weile an mir rauf und runter geguckt und mit tiefer Stimme gesagt: Sie können es sich ruhig ein bißchen legerer machen, junger Mann.

Tatsächlich fühlte ich mich ein wenig beengt in den Jeans. Die Brüder brüllten vor Lachen. Und dann? Und dann?

Wir haben stundenlang diskutiert.

Tobias Wagenknecht versagte sich aus guten Grund, in die Details zu gehen. Es war nicht ganz so zugegangen, wie er es geschildert hatte, aber so ähnlich doch. Jedenfalls hatte er plötzlich ohne Hose dagestanden, ein ringgeschmückter Finger wurde gegen seine Brust gestoßen. Das genügte, den kräftigen Mann auf die schwarze Couch zu stoßen, und dort hatte er dann gesessen, verlegen lächelnd und von allen guten Geistern verlassen, nachdem Greta Keferlein-Tesch den Seidenmantel wie einen Theatervorhang zur Seite rauschen ließ. Der junge Mann war ungeübt im Umgang mit Damen von Welt. Die Herausforderung wird ihm so gewaltig erschienen sein, daß er sich ihr nicht gewachsen fühlte.

Gar nichts wollte ihm wachsen, schon gar kein Flügelchen am rechten oder linken Schulterblatt wie dem persischen Architekten um seiner großen Liebe willen. Er konnte nicht davonflattern, sondern mußte sich genieren, und da seine Hosen wer weiß wo lagen, deckte er sich mit seinen Händen dort zu, wo es ihm am peinlichsten war.

Gewöhnlicherweise bleibt einem Mann in solch einer Situation nur übrig, mit einem Tut-mir-leid das Weite zu suchen. Tobias machte Anstalten dazu, aber die Keferlein-Tesch betrachtete den athletischen Körper des Jungen mit Interesse, vielleicht so, wie man das antike Standbild eines Gottes bewundert, das meistens dort, wo sich der junge Wagenknecht bedeckt hielt, das Allerwenigste vorzuweisen hat. Sie wollte den Burschen keinesfalls davongehen lassen.

Sie summte begütigend, beinahe mütterlich, stubste ihn mit ausgestrecktem Zeigefinger auf die schwarze Ledercouch zurück und ließ sich zwischen seinen Schenkeln nieder. Dort vergriff sie sich auf eine zärtliche Weise an ihm, die Tobias bis zu diesem Augenblick auch nur vom Hörensagen gekannt hatte. Bald hörte er die Engel singen, dann sang er selber ein bißchen, stöhnte o Gott, und es genierte ihn gar nicht, daß ihn Greta später zur Abwechslung auf den Mund küßte.

Was die stattliche Frau mit ihm angestellt hatte, war so unglaublich lustvoll für Tobias gewesen, daß er es zweimal nacheinander mit sich geschehen ließ, bis sie mit gewissem Vorwurf sagte: Du bist aber hart.

Da hatte er endlich seinen Mann gestanden und es Frau Greta mindestens dreimal heimgezahlt.

Er verriet den Brüdern noch, daß er auf dem kostbaren Flügel mit einem Finger den Flohwalzer klimpern durfte, hätte aber niemandem in der Familie Wagenknecht erzählen können, daß ihn seine dicke Freundin ebenfalls in einen Seidenmantel kleidete, der dem Zahnarzt Doktor Tesch gehört hatte und mit chinesischen Drachen gemustert war. Er hatte tatsächlich, in Seide gewandet wie ein Prinz, auf dem Teppich gehockt und von dem Neubauernhaus in Mankmoos erzählt.

Vaters Elternhaus?

Aber ja.

Großvater Josef hat es sich von den DDR-Behörden für lumpige viertausend Mark abschwatzen lassen, eine regelrechte

Sauerei. Wir haben Rückführungsantrag gestellt. Er ist abgewiesen worden.

Greta, erinnerst du dich noch? Du hattest den Zündschlüssel baumeln lassen. Können Sie Golf fahren, junger Mann?

Willst du den Wagen ausprobieren?

Nur zu gern, Greta. Ich würde dich zum Landrat chauffieren, damit wir ihm erzählen können, daß der Rückführungsantrag auf Mankmoos abgewiesen ist. Aber Christian Berger kriegt den Hof zurück und darf meine Familie auf die Straße setzen. Greta, du mußt mir helfen, Krach zu schlagen.

Nun dämmerte der Keferlein-Tesch, daß der junge Wagenknecht nicht nur ihrer üppigen Reize wegen geklingelt hatte, und das verstimmte sie ein Weilchen.

Bist du nur deshalb gekommen?

Tobias küßte sie aufs Ohr.

Laß mich nur machen, sagte Frau Greta.

17
Ida an der Seite des Hochadels

Obwohl Horbeck nicht an einer Hauptstraße lag, hatte »Luisenruh«, die ehemalige Dorfkneipe, so großen Zulauf, daß Fräulein Ida dem Max Stephan nicht länger gestatten konnte, in ihren Räumen Versammlungen abzuhalten. Mit diesem Verdikt rannte sie aber offene Türen ein. Die Horbecker Bauern tranken ihr Bier am liebsten so, wie sie von der Arbeit kamen, also ungewaschen, in angeschmuddelten Jeans, und fühlten sich bei Ida nicht mehr wohl, seit diese ihre Schenke biedermeierlich verwandelt hatte, mit Hilfe von Stilmöbeln, Tüllgardinen, Streifentapeten und vielen künstlichen Blumensträußen. Die schlichte Bockwurst war längst von der Speisekarte verbannt, und das Bier war teurer als anderswo.

Das alles hatte mit Karl-Ludwig, dem Herzog in Wendenburg, zu tun, der im Gartenhaus von Fräulein Ida wohnte und Neugierige in Scharen in den Ort lockte. Zahllose Autos hielten vor »Luisenruh«, viele Leute stiegen aus, um einen Blick über den Zaun zu werfen, nicht wenige kehrten ein, in der Hoffnung, der Hoheit zu begegnen.

Fräulein Ida Preibisch fühlte sich berufen und auserwählt, für das Wohl und Wehe des Herzogs zu sorgen, und weil sie sich dafür Zeit nehmen mußte, gebot sie längst über verläßliches Personal, das wie bei Rabenhorst eine hübsche Tracht trug. Sie selber, wenn sie Tresen und Gaststätte inspizierte, war dunkel wie eine Stiftsdame gekleidet.

Der unerwartete geschäftliche Erfolg wie ihre Nähe zum Hochadel hatten Ida zu einem starken Selbstbewußtsein verholfen. Keine roten Flecken mehr im Gesicht, keine Verlegenheit, kein Stottern, kein Stolpern. Jetzt war es bestenfalls jemand vom Personal, der ein Tablett zu Boden warf, weil ihn das plötzliche Erscheinen der Chefin erschreckte.

Ach, wenn das meine Schwester Anna wüßte, dachte Ida das eine oder andere Mal.

Das langjährige Studium der Regenbogenpresse erleichterte der Wirtin manches Gespräch mit dem Herzog. Sie wußte, wer die Habsburger gewesen waren, sie kannte sich unter den Hohenzollern aus, sogar bei den Nachkommen der Bourbonen oder jenen des griechischen Königshauses.

Da gibt es diese Verbindung über die jüngste Tochter des deutschen Kaisers, Luise Victoria, wenn ich nicht irre, sie muß die Großmutter der Königin von Spanien sein. Nicht wahr, Hoheit, es ist doch so?

Bald war Ida auch über die Wendenburger einigermaßen im Bilde, obwohl deren Geschichte mehr als verwickelt war. Zu Zeiten der preußischen Luise – oder doch erst eine Generation danach – hatte sich also die russische Linie abgespalten, die wiederum einen Nebenast trieb, der sich zwar mit dem russischen Hochadel verzweigte, merkwürdigerweise aber nicht fürstlich, sondern lediglich gräflich wendenburgisch war. Mit der Oktoberrevolution war alles zu Ende gegangen. Das nackte Leben konnten die letzten Wendenburger retten. Zum Glück gab es damals noch Reste der Herzoglichen Domäne in Mecklenburg und das Schlößchen Rammelburg, wo man Zuflucht fand. Und hier, auf Rammelburg, geschah es, daß der Letzte der russisch-wendenburgischen Linie noch vor seinem Tode einen der gräflich Wendenburger adoptierte. Das ist der Vater von Hoheit gewesen, der sich von nun an Herzog in Wendenburg nennen durfte. Seit diesem Tag existieren Besitzansprüche der Herzoglichen Familie, die ihnen schon die Nazis streitig gemacht hatten, mit der fadenscheinigen Begründung, der Vater von Hoheit hätte im Ersten Weltkrieg als russischer General gegen Deutschland gekämpft. Anfang der vierziger Jahre brannte Schloß Rammelburg unter mysteriösen Umständen nieder. Karl-Ludwig, der junge Prinz, war wieder einmal heimatlos und trieb sich bei den Verwandten herum, in Dänemark, in Schottland, bis er der Gast von Fräulein Ida wurde.

Sie schritt zwischen den Tischreihen des beinahe voll besetzten Restaurants und nickte nach rechts und nickte nach links, als eine Serviererin rief:

Fräulein Ida, Hoheit verlangt nach Ihnen.

Fräulein Ida lächelte ein wenig, als sie sich von ihren Gästen mit einer angedeuteten Verbeugung verabschiedete.

Der Herzog bewohnte den großen Raum des Gartenhauses. Lange Zeit hatte er den Preibischs als Abstellkammer gedient, ein wenig von dieser Bestimmung war ihm bis heute anzusehen, das Mobiliar wirkte zusammengesucht, und das beste Stück war ein altmodischer Schreibtisch unter dem Fenster, geschmückt mit einer Gipsbüste der Königin Luise, links davon die Reiseschreibmaschine. Der Herzog tippte mit zwei Fingern auf ihr herum, als es klopfte.

Bitte!

Ida trat ein, das Tablett in den Händen, und knickste. Wenn sie sich auch zu einer souveränen Chefin von »Luisenruh« entwickelt hatte, im Umgang mit Seiner Hoheit blieb Fräulein Preibisch schüchtern und auf eine komische Weise distanziert. Vielleicht wollte sie den Standesunterschied oder aber ihre dienende Stellung der Hoheit gegenüber zum Ausdruck bringen, jedenfalls trug sie ein Häubchen und eine Servierschürze über dem Stiftsdamenhabit, wenn sie dem Herzog aufwartete, und hin und wieder kam es vor, daß sie sich einmal zu viel um ihre Achse drehte, ehe sie die Tür hinter sich schloß.

Der Tee, Hoheit.

Sie stellte das Geschirr auf einem kleinen Tisch zurecht.

Der Herzog, ein Papier in den Händen, kam vom Schreibtisch herüber und lud Fräulein Ida ein: Leisten Sie mir Gesellschaft.

Dann nahm er Platz und winkte mit dem Brief. Die Einladung zur Gala im Thronsaal zu Schwerin.

Ida war so zittrig vor Freude, daß es ihr nur mit Mühe gelang, beim Eingießen der Teetassen nicht zu kleckern.

Sie antwortete mit einer Liedzeile, die ihr in Erinnerung war: Nun wird sich alles, alles wenden.

Der Herzog sagte nichts, und eine ganze Weile rührten sie im Tee. Ida setzte den Löffel mehrmals ab, weil sie inzwischen gelesen hatte, ihn öfter als viermal im Kreis zu bewegen, gelte als unvornehm. Auf solche Weise war Zeit vergangen, bis der Herzog wieder das Wort ergriff, aber auch eine von Idas Händen.

Fräulein Preibisch, wir müssen endlich in aller Offenheit miteinander reden.

Sie errötete, und seine Hoheit fuhr fort: Ich wohne seit langem bei Ihnen, werde umsorgt und verpflegt und habe Ihre Freundlichkeit mit keinem Pfennig entgolten.

Ida entzog dem Herzog ihre Hand und wehrte mit einer Geste ab, dann probierte sie, ob man den heißen Tee schon trinken konnte.

Die Hoheit sagte: Ich kann mir keinen Abendanzug für die Gala kaufen. Ich lebe zur Zeit von der Sozialfürsorge.

Jetzt setzte Ida klirrend ihre Tasse nieder. Was für ein Schicksal!

Sie wissen ja, sagte der Herzog, daß ich aus der russischen Nebenlinie der Wendenburger stamme. Nach der Oktoberrevolution mußten wir von unseren Gütern fliehen. Nichts haben uns die Kommunisten gelassen außer diesem Ring, der mich als Chef des Herzoglichen Hauses ausweist. Er zeigte das Schmuckstück vor.

Ida sagte: Meine Schwester selig und ich hatten bei der Währungsumstellung an die 200000 Mark auf dem Konto. Leider wurde bloß die Hälfte umgetauscht. Hoheit können über mich verfügen.

Der Herzog wehrte ab. Auf gar keinen Fall. Und wenn ich in Cord erscheine bei diesem Empfang, wird der Ministerpräsident vielleicht begreifen, daß es Zeit ist, zu handeln.

Der deutsche Fernsehzuschauer kann sich Tag für Tag ein Bild von hervorragenden Baulichkeiten des Ostens machen, er kennt Schloß Pillnitz oder das kostbare Interieur der Semperoper in Dresden aus der Bierreklame, aber die wenigsten werden einen Blick in den Thronsaal des Schlosses Schwerin geworfen haben. Er ist Mitte des 19. Jahrhunderts im Geschmack neureicher Kaufleute ausgestattet worden, also überladen mit Stuck, Portieren und Schnitzereien.

Zweifellos war Karl der Große die bedeutendste Herrschergestalt des ersten christlichen Jahrtausends. Wem es vergönnt war, seinen Thron im Dom zu Aachen zu besichtigen, ein paar Steinplatten, aus den Überresten alter Sarkophage gefügt und mit Eisenklammern zusammengehalten, ist ergriffen von der Schlichtheit des Kaiserstuhls, und der Thronsaal der Schweriner Großherzöge muß ihm wie ein Albtraum aus rotem Plüsch und vergoldetem Gips erscheinen.

Am Gala-Abend wurde all diese Pracht erhellt vom Gefunkel zahlloser kristallener Lüster.

Dem alten Herzog pochte das Herz, als er dem Thronsaal

entgegenging. Vieles auf einmal flog ihm durch den Kopf. Er war im Besitz eines hohen Titels und zweifelsfrei von adligem Geblüt, dennoch hatte ihn ein blind waltendes Schicksal ins soziale Abseits gestoßen. Erst ganz am Ende zeigte sich nun, daß jene Wende, die in der deutschen Einheit mündete, auch die Wende seines eigenen Lebens war. Er empfand ein Gefühl des Triumphes, das ihn belebte und verjüngte. Er ist wieder da, wenn auch erst im hohen Alter. Er ist endlich da! Man empfängt ihn auf dem Herrschaftssitz der Schweriner Großherzöge, die mit seiner Familie weitläufig verwandt sind. Irgendwie sind die großen Familien alle miteinander verschwägert oder blutsverbunden, mag sich das britische Königshaus seit einiger Zeit Windsor nennen, sie bleiben Coburg-Gothaer und ein Geschlecht von längst nicht so altem Adel wie die Pribislawen. Wenn dieser Landrat Hirschwein auch ein Esel ist, da hat er recht. Sie haben über achthundert Jahre in ununterbrochener Reihenfolge regiert, bis der Schweriner Großherzog nach dem Ersten Weltkrieg abdanken mußte. Unter welchen Umständen, hat mir mein Vater oft genug erzählt.

Damals, im November 19, hatte sich vor dem Schloß allerlei Gelichter zusammengerottet, darunter Matrosen und Soldaten mit rotem Abzeichen im Knopfloch, offenen Mänteln, die Mütze schief auf dem Kopf, und so lange Schande geschrien, bis sich der Großherzog genötigt sah, eine Abordnung zu empfangen, Soldaten, Arbeiter aus den Fokker-Werken, keine Mecklenburger, die sich zuerst über den Schleichhandel beschwerten und behaupteten, Deutschland sei am Kriege schuld. Dann aber hatte einer von ihnen geschrien: Herr Herzog, Ihr Kopf und Ihr Leben stehen auf dem Spiel, wenn Sie nicht, samt Ihrer Regierung, unverzüglich verschwinden. Die Ritterschaft hat ausgespielt!

Da ist dem Cousin in Schwerin nichts anderes übriggeblieben, als die Krone liegenzulassen und seinen Hut zu nehmen. Gewiß hat er noch einmal in den Thronsaal geschaut, und dann mußte er auf eben jener Treppe, die ich, Karl-Ludwig, aufwärts steige, abwärts gehen, fort ins Exil, aber längst nicht aller Güter beraubt wie die armen Wendenburger aus der russischen Linie. Die Schweriner haben auf Sorgenfri in Dänemark beinahe königlich residiert. Der Herzog erinnerte sich seiner Kinderjahre auf Rammelburg, drei, vier Räume, mehr nicht. Dann der Kriegsbeginn, der Brand, die winzige Wohnung in Berlin, Mutters Tod. Nach Kriegsende war dem Zweiundzwanzigjährigen wegen seiner Armut, seiner mangelhaften Bildung, seiner zerrütteten Gesundheit nicht einmal eine bürgerliche Karriere vergönnt. Erst jetzt, im Alter, winkte ihm ein Zipfel des Glücks, er würde ihn packen und festhalten um jeden Preis.

Karl-Ludwig hatte es ausgeschlagen, in Begleitung des Herrn von Trittau oder Landrates Hirschwein zu reisen. Er war allein, als er den prunkvollen Raum betrat, den erhellten Kronensaal. Eine Weile betrachtete er das Defilee vor dem Ministerpräsidenten und dessen stämmiger Gattin, viele Herren im Frack, Damen in festlichen Roben, die Geistlichkeit in violetten Soutanen. Versammelte Macht, versammeltes Geld, und das Geld brauchte ihn, um sich zu vermehren. Es war kein Haushofmeister zur Stelle, der mit vergoldetem Stabe auf das Parkett klopfen konnte: Seine Hoheit, Karl-Ludwig, Herzog in Wendenburg, Prinz von Mirow.

Er mußte in die Reihe. Der Herr Ministerpräsident erkannte ihn, als er endlich vor ihm stand. Gleißendes Licht für die Kameras.

Hoheit, ich freue mich.

Er schüttelte dem erlauchten Gast immer wieder die Hand, und die Gattin des Ministerpräsidenten, die gewisse Schwierigkeiten hatte, ein großes Abendkleid zu tragen, wußte längst, daß es angezeigt war, jetzt mit offenem Munde zu lächeln.

Dann der übliche Austausch von Nettigkeiten: Wie schön, daß Sie gekommen sind.

Der Herzog fragte: Sie sind Viehdoktor von Profession, habe ich gehört. Von diesem Metier verstehe ich was.

Der Ministerpräsident strahlte. Hoheit sind auch Veterinär?

Nein, antwortete Karl-Ludwig frostig, aber ich habe zehn Jahre lang in Schottland Schafe gehütet und als Klauenpfleger gearbeitet. Es wurde damals gut bezahlt.

Und dann ritt er Attacke. Herr Ministerpräsident, ich habe weder das versprochene Darlehen erhalten noch eine standesgemäße Unterkunft.

Der Ministerpräsident ist in Verlegenheit. Nur kein Eklat! Er versucht, aufdringliche Kameras abzuwehren, und, Pardon, für einen Augenblick muß er das Defilee unterbrechen, um den Herzog durch den Thronsaal zu führen. Die Gattin des Regierungschefs geht stark lächelnd an der anderen Seite.

Nun stehen sie einem stattlichen älteren Herrn gegenüber, der in Gesellschaft einiger Banker ist.

Hoheit, darf ich Ihnen Herrn Hegemeister vorstellen, einer unserer wichtigsten Investoren und ein generöser Partner für Sie.

Brauen Sie nicht, fragt der Herzog, den berühmten Kräuterlikör mit dem Elch auf dem Etikett?

Hegemeister verneigt sich. Werde mir erlauben, Hoheit ein Kästchen zu schicken.

Trotz des freundlichen Angebots ist Karl-Ludwig immer noch vergnatzt. Ich höre, sagt er, daß Sie eines der ehemaligen

Herzöglichen Schlösser gekauft haben mit Hilfe von Millionen Fördermitteln, also fürn Appel und ein Ei.

Hegemeister lacht wie über einen sehr guten Witz. Der Ministerpräsident muß vermitteln. Hoheit können ja nicht wissen, daß Burg Sülze vierzig Jahre lang als Altersheim herhalten mußte, jetzt aber als Schloßhotel reizend renoviert ist. Ein Besuch lohnt sich.

Jetzt war es aber allerhöchste Zeit, daß sich der Herr Regierungschef mitsamt der Gattin dorthin zurückbegab, wo Dutzende darauf warteten, dem hohen Paar die Hände zu drücken.

Hoheit, wir sehen uns.

Nach und nach wich die Verstimmung Karl-Ludwigs, denn bald ließ sich der festliche Abend vielversprechend an. Hegemeister machte die Hoheit mit Herrn Doktor Kaiser bekannt, einem Rechtsanwalt, gleichzeitig Vorstandsmitglied der Preußischen Bank. Dieser Mann bot dem Herzog einen Beratervertrag an, außerdem einhunderttausend Mark, die im Namen des Herzogs Karl-Ludwig der sogenannten Aufbau-Gesellschaft Wendenburg überwiesen werden sollten und Hoheit ermöglichen würden, als ordentlicher Teilhaber dieser Gesellschaft zu wirken. Doktor Kaiser überbrachte die Einladung nach Frankfurt am Main, dort sollte im Bankpalast der Preußischen die Gründungsveranstaltung stattfinden. Man warte nur noch auf Zustimmung der Bundesregierung wegen der Fördermittel in beträchtlicher Höhe. Aufbau-Wendenburg würde ja ausschließlich in den neuen Ländern tätig werden.

Der Herzog bedankte sich, und später, am Büffet, im Plausch mit Herrn von Trittau und dem Landrat Hirschwein, erfuhr er weitere Neuigkeiten.

Der Probst sagte: Ein Weilchen wird es dauern, bis sich die Konten von Hoheit füllen. Gut Ding will Weile haben. Schwerin muß abwarten, bis Bonn entscheidet, und dort läßt man sich wie immer Zeit. Aber Wendenburg-Zedlitz wird handeln.

Wie aber, und in welchem Sinne?

Erst einmal, erläuterte Hirschwein beflissen, haben wir die Hand auf Mankmoos gelegt. Zwei Landarbeiterhäuschen und ein gewaltiges Niedermoor. Immobilien, so könnte man bei etwas gutem Willen sagen, die der Enteignung durch die Nazis entgangen sind und folglich als DDR-Unrecht behandelt werden dürfen.

Seine Hoheit sagte: Das würde mich freuen.

18
Gott führt seine Heiligen wunderlich

Gustav Hecht lebte seit Jahren allein in Mankmoos hinter den Hügeln, bestellte immer noch seinen Garten, so gut es ging, und zog eigenhändig manches von dem heran, was er zum Leben brauchte, Kartoffeln, Obst oder Gemüse. Christa Wagenknecht kam jeden Donnerstag nach Mankmoos, um im Hause zu helfen, den Staubsauger zu betätigen oder die Fenster zu putzen. Sie brachte nicht nur Nachrichten aus Horbeck mit, sondern auch, was man im Kühlschrank vorrätig halten konnte, Butter, Speck oder Milch. Hecht litt es aber nicht, daß Christa am Herd hantierte. Er war selber kein schlechter Koch, beschränkte seine Kunst allerdings auf wenige Gerichte, vorzugsweise Suppen oder Kohl, die er in solchen Mengen zubereitete, daß er sie tagelang aufwärmen konnte. Sauerkohl, beispielsweise, schmeckt ja erst richtig, wenn er von gestern ist.

Der Alte hielt auf sich, er nahm regelmäßig seine Mahlzeiten ein und legte sich ebenso regelmäßig mittags bei offenem Fenster aufs Ohr. Er genoß den Frieden von Mankmoos, die Ruhe wurde höchstens vom Geschrei der Vögel gestört, die zu Dutzenden in Bäumen oder Büschen nisteten, aber sie störten ihn nicht, seit ihm die Schwerhörigkeit zu schaffen machte. Doch an diesem Tage wurde vor seinem Haus auf eine Weise gelärmt und spektakelt, daß er bereits kurz nach Mittag aus dem Bett fuhr und ans Fenster trat.

Er sah einen bereits angejahrten Lastwagen der Beschäftigungsgesellschaft Wendenburg und eine Anzahl von ABM-Kräften, die vor dem Wagenknecht-Anwesen unter beträchtlichem Lärm allerlei Gerätschaften abluden, Spaten, Schaufeln, Sägen. Schon fuhr ein zweiter Lastwagen heran, kippte Eichenpfähle ab, aber auch Drahtrollen, die offenbar zur Einfriedung des Grundstücks bestimmt waren. Warum?

Hecht trat vor die Tür. Einige der Arbeiter kannten ihn. Sie freuten sich, den Alten zu sehen.

Hallo, Staaf, riefen sie, hallo, Staaf, und kamen herbei, ihm die Hand zu schütteln.

Die Arbeiter wiesen auf ein großes Schild. Hier baut das Land M.-V.

Die Sache wurde dem alten Hecht immer rätselhafter. Was baut M.-V.?

Genaues wisse man nicht, aber es solle was Großes werden, später mal, so eine Art Nationalpark für Reiche.

Hecht hatte sich einer der Drahtrollen genähert. Er faßte vorsichtig zu und zuckte zurück. Stacheldraht.

Bald danach fuhr ein klappriger VW vor. Der Fahrer stieg aus. Er war beträchtlich jünger als Hecht, aber was wollte das heißen? Der Mann war auch schon alt, betrachtete die Häuser mit einigem Kopfschütteln und fragte dann, ob er mit Hecht reden könne.

Aber selbstverständlich.

Der Alte führte seinen Gast zum Tisch unter dem Apfelbaum.

Es sitzt sich gut im Schatten, und das Hämmern stört Sie hoffentlich nicht allzu sehr. Nachdem die Mauer gefallen ist, wird hierzulande vieles eingegrenzt.

Der Fremde ließ sich nieder und schaute sich um.

Das ist ein schöner Alterssitz.

Hecht nickte. Ein Stückchen Land, auf dem ich sicher bin

nach einem stürmischen Leben. Es ist einsam in Mankmoos. Jeder Gast ist mir herzlich willkommen. Ein Gläschen Rotwein?

Der Fremde bejahte. Wir wissen, was Hecht nicht ahnen kann, daß es der Herzog in Wendenburg ist. Er blickte über den Zaun auf das Nachbargrundstück und betrachtete die Sicherungsmaßnahmen, die von Staats wegen und offensichtlich in seinem Interesse erfolgten.

Nach einer Weile kam Hecht zurück, im Korb trug er den geliebten Trollinger, Gläser, ein Tuch. Er machte aus dem Öffnen der Flasche ein kleines Ritual und schenkte endlich ein.

Beide tranken mit Genuß. Der Gast nickte anerkennend, und Hecht deutete auf die Arbeiter nebenan. Sie waren dabei, eine der verfilzten Rollen aufzuwickeln. Er sagte: Der Anblick von Stacheldraht macht mir zu schaffen. Er erinnert mich an das KZ.

Der Gast setzte das Glas hart ab. Sie waren eingesperrt?

Zuletzt in Dachau, sagte Hecht.

Mensch, rief der andere spontan, ich auch.

In seiner Verblüffung erhob sich der alte Hecht. Er wollte nicht glauben, was er vernommen hatte, an manchen Tagen hörte er nicht gut, und selbstverständlich trübt sich bei einem neunzigjährigen Mann auch das Auge. Er trat, das Glas in der Hand, nahe an seinen Gast heran, um ihn zu mustern.

Der Besucher hatte sich ebenfalls vom Sitz aufgerappelt.

So standen sie eine Weile, bis Hecht endlich sagte: Ich bin glücklich über jeden, der damals dem Tod entgangen ist. Viele sind nicht mehr unter uns. Kamerad, du sollst leben.

Sie stießen miteinander an, stellten die Gläser beiseite und waren plötzlich so angerührt, daß sie sich in den Armen lagen.

Mein alter Vater, sagte der Fremde, ist in Dachau umgebracht worden, obwohl uns eine Beteiligung am Hitler-Attentat nicht nachgewiesen werden konnte.

Ja, in Dachau saßen Sippenhäftlinge, ich weiß, ich weiß.

Wieder war Hecht dem anderen ganz nahe. Ich such in deinem Gesicht und finde nichts, an das ich mich erinnere.

Woher solltest du mich kennen? Deutschland und die Deutschen hatten mich so enttäuscht, daß ich nach dem Krieg ausgewandert bin, nach Schottland. Später habe ich mich doch wieder in der Bundesrepublik durchzuschlagen versucht. Seit fünfzig Jahren war ich nicht im Osten.

Wer bist du, fragte Hecht.

Aber der andere wich ihm aus. Komm, Alter, trinken wir noch einen Schluck.

Hecht mußte seine Frage wiederholen und erfuhr endlich, daß es Karl-Ludwig, der Herzog in Wendenburg war, der unter seinem Apfelbaum saß.

Hecht ließ sich vorsichtig auf dem Gartenstuhl nieder. Er packte mit beiden Fäusten die Seitenlehnen, um sich zu überzeugen, daß er ganz sicher saß.

Der bist du also.

Ja.

Und wie muß ich dich anreden?

Der Herzog lächelte. Man hat mir erzählt, du wärst alles andere als ein Royalist oder ein Freund des Adels, nämlich immer noch ein ganz und gar verstockter Jakobiner.

Ja, sagte Hecht, ich war im Konvent, und ich habe hier die Bodenreform durchgesetzt. Auf die Guillotine habe ich niemanden geschickt.

Wenn du willst, nenn mich Wendenburg, und lassen wir's doch beim Du.

Ich bin Gustav Hecht, meine Freunde nennen mich Staaf.

Und dann leerten sie ein zweites und ein drittes Glas.

Prost Hecht! Prost Wendenburg!

Sie rückten mit den Stühlen näher zueinander, beide ihres Gehörs nicht mehr ganz sicher, und waren, wie sie da unter dem Apfelbaum saßen, nicht anders anzusehen als Rentner in Wendenburg, die sich Tag für Tag auf einer der Bänke unter den Linden der Bauminsel trafen, um miteinander zu schwatzen, über das Wetter, die Mückenplage und die neuesten Gerüchte. Was die beiden Alten in Hechts Garten hin und wider redeten, das betraf Gott und die Welt.

Hecht fragte: Verrat mir, wie alt du bist, Wendenburg.

Ich werde fünfundsiebzig.

Ich bin fast neunzig, sagte Hecht, dir also ein Stück voraus. Wenn ich richtig rechne, habe ich vor Madrid in den Schützengräben gelegen, als du zur Konfirmation gegangen bist. Ich nenne einen Herzog du und bin nur mäßig erstaunt. Wir beide sind uralt und haben erfahren, daß Gott seine Heiligen wunderlich führt, sonst säßen wir nicht beim Wein, einer, der mit den Siegern kommt, und einer von den Verlierern.

Ja, ja, meinte der Herzog, du hattest die falsche Seite gewählt.

Auch in Spanien war ich unter den Besiegten und bin doch bis heute stolz. No pasarán. Die Faschisten sind durchgekommen. Aber ich war im Recht.

Warum hast du dich nach dem Krieg mit den Russen eingelassen?

Hecht sagte: Der Adenauer hat Leute wie mich verabscheut. Übrigens, an welcher Front hast du dich im Krieg geschlagen? Auf welcher Seite hast du gestanden?

Auf deiner, sagte der Herzog nach einer Weile. Meine Mutter war Russin, meine Familie den Nazis verdächtig. Sie haben mich für wehrunwürdig erklärt. Ich war nicht im Krieg, ich war im KZ und habe den Rauch aufsteigen sehen. Und wenn uns sonst auch Welten trennen, Hecht, das verbindet mich mit dir.

Dann sag mir ehrlich, was du in Mankmoos willst.

Meine Ansprüche durchsetzen. Es sieht so aus, als hättest du damals in deinem jakobinischen Eifer Ländereien enteignet, die meiner Familie gehören, auch dieses Haus nebenan.

Du bist verantwortlich für den Stacheldraht? fragte Hecht.

Und du wärst der letzte, der sich entrüsten dürfte. Ihr habt eine Mauer gebaut und Drahtverhaue über Hunderte von Kilometern an der Grenze entlang gezogen.

Ja, das ist wahr, sagte Hecht. Ich bedaure jeden, der zu Tode gekommen ist. Aber den kalten Krieg haben wir nicht alleine gemacht, oder? Gut, ich rede nicht mehr vom Stacheldraht, aber ich frage dich: Meinst du tatsächlich, die Hütte nebenan ist dein Erbe?

Der Herzog nickte. Auch dein Haus und dein Garten haben zur Herzoglichen Domäne gehört.

Hecht hatte das letzte Wort. Bei allem, was uns beide eint, es wird Streit geben, Wendenburg.

19
Endlich Freunde

Max Stephan wußte sogar noch das Datum, an dem er Druskat zum erstenmal begegnet war. Es war der 8. Mai, der Tag der deutschen Niederlage, den man später den Tag der Befreiung nennen würde. Und sogar darüber gab es zwischen den beiden Freunden Streit, denn Max, damals noch ein strammer Hitlerjunge, hatte die Kapitulation als eine bittere Demütigung empfunden, während Druskat aus eigener Anschauung wußte, daß Hitler-Deutschland blutige Schuld auf sich geladen hatte und gerechterweise untergehen mußte. Jedenfalls hatten die Glocken Frieden geläutet, als Daniel aus den Wäldern auftauchte, zerlumpt, verstört und zittrig.

Man konnte sich keine größeren Gegensätze vorstellen als diese beiden Jungen, Stephan schon ein Hüne, stämmig und blond, der andere fast einen Kopf kleiner, zarter von Statur, mit fremdländisch geschnittenem Gesicht und traurigen Augen, die wohl Schreckliches hatten mit ansehen müssen. Druskat versuchte, es zu vergessen, zu verdrängen: Ich erinnere mich nicht. Ich will es nicht mehr wissen. Ich will endlich leben wie andere auch. Ich will nicht länger anders sein.

Max Stephan bewahrte eine angegilbte Fotografie aus jenen Tagen. Die Freunde lehnen an einem Baum, Max Stephan legt seinen Arm um den kleineren Daniel, der sich behütet fühlen soll und endlich mal von Herzen lachen darf.

Kann sein, die beiden mochten damals einander so, daß sie sich ganz nahe kamen.

Der Spaß hörte auf, als es um Weiber ging, als der hübsche Daniel scharf auf Hilde war, die Max Stephan um jeden Preis besitzen wollte. Auch später waren sie erbitterte Rivalen. Keiner von ihnen würde den Streit am Stein vergessen.

An der Linde hatten sie sich getroffen, Max und Daniel. Als junge Kerle waren sie oft hier oben gewesen, hatten freilich von anderen Dingen geredet, von Mädchen und wie man es am besten anstellt beim Küssen, eine Hand ins Kreuz, da, wo es endet. Ach du lieber Gott! Und von ihren Träumen, wie sie sich die Welt einrichten wollten. Hier an der Gerichtslinde war später ihr Treffpunkt gewesen, als sie selbstgebrannten Schnaps an die Altensteiner verschoben, in den wilden Jahren nach 45. Keine Hochzeit ohne ihren Rübenschnaps. Junge, Junge, das waren noch Zeiten.

Aber die Zeiten ändern sich, und kein Mensch bleibt, wie er ist. Nichts ist von Dauer, auch die Freundschaft nicht, einer wendet sich dahin, der andere nach dort. Obwohl man im selben Dorf haust, geht man sich aus dem Wege. Daniel ist ihm aus dem Wege gegangen. Aber dann, nach langer Zeit, in jenem Frühling 60, hatten sie sich noch einmal an der Gerichtslinde getroffen. Die alte Freundschaft ließ sich freilich nicht beschwören, im Gegenteil, sie trennten sich als erbitterte Feinde.

Die Situation war mehr als pikant, der Chef der Dorfarmut hat den reichsten Bauern bestellt, nicht an den fahnentuchbespannten Tisch vor das Revolutionsstribunal, sondern zur Linde an die Stätte der Erinnerung.

Also, sagte Max, was ist?

Sie hockten sich auf die Steine, der eine dem anderen gegenüber. Daniel fiel es offenbar schwer, das Gespräch zu beginnen. Er suchte nach Zigaretten, klopfte vergeblich die Taschen ab. Max hielt ihm seine Packung hin.

Ich weiß ja nicht, ob du die Sorte rauchst, stammen von deinem Klassenfeind. Wir haben 'ne alte Tante im Westen.

Dann rauchten sie beide.

Max starrte Daniel herausfordernd an, der sah dem Rauch der Zigarette nach, bis er endlich sagte: Wir sind mal Freunde gewesen …

Max dachte, Angriff ist die beste Verteidigung. Er unterbrach ihn schon im ersten Satz: Ich hab mich nicht von dir zurückgezogen. Du meidest mein Haus. Du wirst es wohl müssen. Also neulich hab ich eine Geschichte gehört, da kriegte einer Schwierigkeiten mit der Partei, junges kräftiges Kerlchen, weil er was hatte mit einer Bäckermeisterstochter. Stephan hob die Hand, und dann drohte er mit dem Zeigefinger. Kein Verkehr, es sei denn, unter Klassengenossen, du verstehst.

Daniel tippte sich an die Stirn, dann sagte er: Du weißt, wie ich in dieses Dorf gekommen bin, und daß mir die Freundschaft mit dir was bedeutet hatte, eine ganze Menge. Nun bist du ja ein anderer Mensch als ich, du handelst ohne Rücksicht, wenn es nur zu deinem Vorteil ist …

Weiter, weiter!

Und Daniel sagte: Du wirst gar nicht verstehen können, daß ich mich bis jetzt zurückgehalten habe, um unserer Freundschaft willen.

Max mußte lachen. Du hast mich unter Druck gesetzt.

Bis jetzt nicht, sagte Daniel, aber das kann sich natürlich ändern.

So, so, es geht also erst los.

Daniel sagte: Ich hab immer gehofft, du würdest begreifen, worum es heutzutage geht. In jeder Zeitung kannst du darüber lesen, im Radio kannst du es hören, ich hab es oft genug erklärt.

Das hatte er wirklich getan, in den Bauernversammlungen. Mensch, damals ist was los gewesen. Keiner im Dorf, der nicht gekommen wäre, gerammelt voll die Halle des Schlosses, denn es wurden Sachen verhandelt, die gingen jeden an. Es ging um die Höfe, um ererbten oder neu erworbenen Besitz, um jahrhundertealte deutsche Bauerntradition, die sollte von einem Monat auf den anderen abgeschafft werden zugunsten der Kolchose.

Entschuldige, sagte Max zu Daniel, was sagtest du gleich? Ich hab im Moment nicht zugehört.

Daniel sagte: Du bist ein ziemlich starker Mann, aber du überschätzt dich. Du kannst dich einer unvermeidlichen Entwicklung nicht entgegenstellen.

Und an der Spitze dieser unvermeidlichen Entwicklung in Horbeck stehst du? fragte Max.

Ja.

Siehst du, sagte Max, das macht es mir so schwer, die Entwicklung für gut zu halten.

Daniel lächelte ein wenig. Immer witzig, sagte er, aber jetzt wird es ernst, Max. Du mußt unterschreiben.

Ich denk nicht dran.

Daniel erhob sich, ließ die Zigarette zu Boden fallen und trat sie umständlich aus.

Er sagte: Bis heute hab ich gehofft, du würdest es nicht zum äußersten kommen lassen. Das hätte ich Hilde auch gerne erspart. Aber du läßt nicht mit dir reden. Also muß ich dich behandeln, wie man die Beschränkten und Uneinsichtigen in allen Dörfern behandelt. Du zwingst mich dazu. Wenn es sein muß, laß ich dich von der Polizei aus deinem Bau holen und bis vor meinen Tisch schleppen.

Max beherrschte sich nur noch mühsam. Die kalte Drohung, sagte er, gefällt mir besser als das ganze Geschwätz von Freundschaft und Freiwilligkeit. Und nun sollst du von mir ein paar Wahrheiten hören. Wir sind gleichaltrig, wir hatten die gleichen Chancen. Ich bin meinen Weg gegangen, du einen anderen, leichteren, glaube ich, Partei, Parteischule, so kann man Karriere machen. Aber was ist aus dir geworden? Der Chef einer Herde von Nichtskönnern, Faulpelzen, sogar Säufern – oder ist es nicht wahr, daß du wieder einen Melker davonjagen mußtest, daß euer Vieh verkommt? Ein Sauhaufen, deine LPG, und ein Hohn der Name »Frohe Zukunft«. Ich hab wie ein Tier geschuftet und bin zu was gekommen, zu einem Hof, hundert Morgen groß. Ich hab ihn hochgewirtschaftet und durchmechanisiert bis in die Knopflöcher. Vielleicht klingt es großkotzig, aber es stimmt: Ich hab mit dreißig Jahren beinahe schon so was wie ein Lebenswerk vollbracht. Und das soll umsonst gewesen sein? Nein.

Nach diesen Worten wendete er sich um, aber Daniel lief ihm mit ein paar Schritten nach und legte ihm die Hand auf die Schulter. Wart noch!

Max stand eine Weile regungslos. Er spürte den anderen hinter seinem Rücken, fühlte sich unbehaglich und schielte schließlich nach dieser Hand auf seiner Schulter wie nach etwas Unheimlichem, das ihn anrührte. Vielleicht dachte er sogar an die Hand des Gesetzes. Er schüttelte sie ab und drehte sich nach Daniel um.

Sie standen voreinander.

Nichtskönner nennst du sie, sagte Daniel, Faulpelze, weil sie nicht solche Bullen sind wie du. Du kennst sie doch alle, 'ne Menge Frauen, die Kinder haben, Alte, ehemalige Tagelöhner und Knechte. Ich fühl mich für sie verantwortlich, für alle. Und für die Höfe, die andere haben verkommen lassen, nicht wir. Langsam, langsam geht es voran. Eine kleine Genugtuung für mich, und du redest von einem Glück, das du alleine erschuftet haben willst. Dein Hof hat dem Ortsbauernführer gehört, du hast ihn durch Heirat erworben.

Du hättest ihn auch genommen, sagte Max.

Ich hab mehr an dem Mädel gehangen als an ihrem Hof. Du wirst es nie begreifen. Du redest von einem Lebenswerk, es ist nicht zu fassen. Mit dreißig glaubt sich einer am Ziel, weil er 'ne Menge Geld hat, ein Auto – ein Spießbürgerglück. Ich will mehr. Ich will, daß es allen gutgehen soll in Horbeck, nicht nur solchen Spekulanten wie dir. Dazu brauch ich jeden im Dorf, dich auch, Mensch. Niemand will dein beschissenes Geld. Laß es Zinsen hecken, oder mach damit, was du willst. Und jetzt, denk ich, sind wir quitt.

Sie standen, die Blicke ineinander. Wußte Max nicht, was Daniel, dieser arme Hund, auf der Seele hatte? Die Frau todkrank, vielleicht wird sie ihm sterben. Hatte Max nicht gesehen, daß Daniels Augen bettelten?

Mensch, überwinde dich, sag ja, unterschreibe endlich. Gib zu, was du im Innern längst weißt, daß der Sozialismus nicht haltmachen wird ausgerechnet vor deinem Zaun.

Vielleicht hatte Max das alles gewußt, damals, als er dem Daniel Auge in Auge gegenüberstand. Vielleicht hatte er auch erst später gedacht, der muß es ja tun. Sie trommeln überall für die Genossenschaft. Der kann nicht anders. Und später hatte ihn ein Gefühl von Schuld gepackt, erst Tage darauf, als er dem Wagen nachsah, der Daniel mit der kranken Frau und dem Kind aus dem Dorfe fuhr.

In dem Augenblick, als er Daniel bei der Linde gegenüberstand, konnte er nur an sich selber denken, an das Unrecht, das man ihm antun wollte, an die Zerstörung seines Werkes.

Daniel sagte: Ich kenn dich lange genug, ich weiß, du kannst dich manchmal verrennen, und du kehrst nicht gerne um, wenn du dich verrannt hattest. Geh mit mir zum Komitee, wir müssen darüber reden, welche Arbeit du machen sollst. Am besten, du wirst Chef der Viehzucht. Komm!

Er bot ihm die Hand.

Max übersah sie. Er konnte nur hassen in diesem Augenblick. Er sagte: Du hast Hilde nicht gekriegt und ihren Hof nicht, das hast du bis heute nicht verwunden. Du hast dich auf die Politik geschmissen, hast diese erbärmliche LPG aufgezäumt. Es ist nichts daraus geworden, weil du unfähig bist, wie ein Bauer zu fühlen und zu denken, du Funktionär. Heute kannst du vielleicht zum erstenmal in deinem Leben so etwas wie ein schäbiges Glücksgefühl empfinden. Weil du dich an Hilde für die Abfuhr rächen kannst und weil du dich an mir rächen kannst, an allen, die glücklicher waren als du. Pfui Teufel!

Tatsächlich, er spuckte aus vor dem Daniel und schrie, daß es über den Hügel hallte: Bleib mir gestohlen mitsamt deinem miesen Haufen. Dir unterwerf ich mich nicht. Lieber laß ich alles im Stich. Lieber hau ich ab nach dem Westen!

Max Stephan und Daniel Druskat hatten tatsächlich beinahe ein Leben lang gegeneinander gekämpft. Jetzt, an der Schwelle des Alters, begriffen beide, daß sie sich verbünden mußten, um sich Seite an Seite dem Wind entgegenzustemmen, der ihnen nach der Wende eiskalt ins Gesicht wehte. Und beinahe glich die Situation der in ihrer Jugend. Stephan war der Stärkere geblieben, der Frechere. Der Größere war er allemal, er legte seinen Arm um Daniel, um ihn zu beschützen.

War Stephan nicht selber ein Gejagter? Was nährte sein Selbstgefühl? Was gab ihm die Sicherheit? Vielleicht war es Hildes Besitz, die Gewißheit, daß er sich zu Geld machen ließe, gesetzt den Fall, es käme hart auf hart. Eines neidete Max dem armen Daniel, das war die immer noch schöne Rosemarie Sacher, die seit einiger Zeit wieder in Druskats Altensteiner Häuschen wohnte, gewiß nicht nur, um Ina die Großmutter zu ersetzen, todsicher teilte sie Druskats Bett. Stephan konnte sich allerlei vorstellen. Mein Gott, es geht langsam auf die sechzig zu. Man hat sich die Hörner abgestoßen und längst nicht mehr jede Nacht Lust, aber wenn, ließe sich Rosemarie leichter herumkriegen, dahin oder dorthin drehen, als seine dicke Hilde.

Manchmal trafen sich Rosemarie, Druskat und Stephan in der Jagdhütte, um einen zünftigen Skat zu dreschen und ungeniert zu schwatzen, leicht wurden strategische Entwürfe daraus.

Die Raiffeisenbank hatte sich tatsächlich bereit gefunden, den Auftrieb einer Öko-Herde von Muttertieren ins Wolfsluch zu finanzieren. Die Hauptlast trug der Westen. Rosemarie hatte die Sache über eine Firma in Kiel eingefädelt, und da es, von Schleswig-Holstein aus betrachtet, um einen Anschub im Osten ging, würde das Geschäft mit Bundesmitteln kräftig gefördert werden können.

Daniel, rief Max Stephan manchmal nach dem dritten oder vierten Wodka, wir sind gut, weil nämlich auf dem allerbesten Wege, den Kapitalismus zu melken. Wir kennen das System. Es funktioniert beinahe genauso, wie wir es im Parteilehrjahr lernen mußten.

In einer solchen Stimmung hatte er der kleinen Runde die Idee eines Tierfriedhofs entwickelt: »Ruhe sanft im stillen Osten!« Ein schön gestaltetes Hanggelände, vielleicht in Mankmoos hinter dem Hügel, bepflanzt mit heimischem Gehölz, den Säulen des Wachholders beispielsweise, Findlinge im Heidekraut, links die Abteilung für Katzen, rechter Hand für Hunde und in der Senke, bei den Resten der uralten Hünengräber, das Areal für tote Pferde. Hauseigne Sargtischlerei, Töpferei für Urnen in allen Größen. Was glaubt ihr, wie gut sich die Beisetzung eines preisgekrönten Reitpferdes vermarkten läßt.

Rosemarie lachte Tränen. Laß das deine Hilde machen. Land genug hat sie ja.

Die Ankunft der Öko-Herde am östlichen Ufer der Elbe sollte zu einem spektakulären Ereignis werden, an dem ganz Mecklenburg teilhaben konnte. Auch das war dem Einfallsreichtum und den logistischen Talenten Max Stephans zu danken. Freunde, hatte er gesagt, jeder muß im Fernsehen die Schreckensbilder zuckender und torkelnder Tierleiber betrachten, mit denen uns das furchtbare Endstadium des Rinderwahnsinns demonstriert worden ist. Jeder von uns hat es satt, anklagende Bildberichte über all die Quälereien anzusehen, denen das arme Schlachtvieh während endloser Transporte ausgesetzt ist. Wir werden den Leuten das Gegenteil vor Augen führen, nämlich die Überfahrt glücklicher Kühe, die zur Sommerfrische nach Mecklenburg-Vorpommern reisen. Nicht in der dunklen Enge von Eisenbahnwaggons, sondern per Schiff, per Frachtkahn auf der Elbe. Allerliebst anzusehen, die Hauptkuh, der Bulle, die niedlichsten Kälber, bekränzt mit Blumengebinden, wie es beim Abtrieb von den Almen zu einer schönen alpenländischen Tradition geworden ist.

Den Redakteuren von N3 leuchteten diese Argumente im Augenblick ein, sie waren Feuer und Flamme und taten das Ihre, die Überfahrt ins rechte Licht zu rücken. Hunderte von gutgelaunten Menschen waren ans jeweilige Elbe-Ufer gelockt worden, auf der Krone des Deiches spielte eine Blaskapelle volkstümliche Weisen: Wir fahren übern See, übern See – und solche Sachen. Hunderttausende waren so vor Ort oder an den Bildschirmen Zeuge Schleswig-Holsteinscher Gebefreudigkeit. Aber wiederholt wurde von der Moderatorin mit wehendem Blondhaar auch die beispielhafte Agrargenossenschaft Horbeck genannt und Max Stephan mit Daniel Druskat ins Bild gestellt, die den Transport begleiteten und auf Rat des Fernsehteams in schwarze Jeans und grellkarierte Holzfällerhemden gekleidet waren. Beide Männer standen am Bug des Schiffes, stolz wie zwei Wikingerfürsten, denen ein sagenhafter Raubzug gelungen war.

Unter den Schaulustigen standen Rosemarie und Ina. Sie mußten warten, bis es den Treibern endlich gelungen war, die Herde auf ein eingegattertes Gelände hinter dem Deich zu treiben. Dann erst konnte Rosemarie die Einzäunung übersteigen und der kleinen Ina nachhelfen. Beide begaben sich furchtlos mitten in die Herde, um die Tiere zu bewundern. Druskat ließ die fröhlich kreischende Ina auf seinen Schultern reiten. Da geschah es.

Zwei uniformierte Polizisten erschienen am Zaun, sie wurden von Wutzke geführt, der mit dem Finger auf Druskat zeigte. Das ist er!

Max Stephan begriff im Augenblick. Er nahm Daniel das kleine Mädchen ab und raunte: Hau ab! Mitten durch die Herde.

Aber der Freund schüttelte den Kopf.

Am Abend berichtete der Sprecher von N3 im Anschluß an einen groß aufgemachten Bericht über den Transport einer Öko-Herde von Schleswig-Holstein nach Mecklenburg-Vorpommern, bei dieser Gelegenheit habe die Polizei einen Mann verhaftet, der des Doppelmordes verdächtig sei.

20
Ein Herz und eine Krone

Noch nie hatte Fräulein Ida einen Intercityexpreßzug benutzt, und niemals war sie weiter gereist als bis Schwerin. Heute aber ging die Fahrt nach Frankfurt am Main, jener weit gerühmten Metropole, in der das große Geld beheimatet ist, wohl aber auch der Geist. Jedenfalls hatte Johann Wolfgang Goethe in dieser Stadt gelebt, bis er ins Ostdeutsche abgewandert war, wo die Menschen noch Muße hatten, ihre Seele zu pflegen, und zwischen Weimar und Mecklenburg hatte es gewisse Verbindungen gegeben. Ida wußte, daß es der Großherzog Georg von Wendenburg-Zedlitz gewesen war, der anläßlich des achtzigsten Geburtstages des Dichterfürsten, im Jahre 1829, die Standuhr aus Goethes Elternhaus ersteigert und heimlicherweise ins Weimarer Domizil am Frauenplan hatte schaffen lassen, auf daß sie den Dichter an seinem Jubeltag mit vertrautem Stundenschlage grüße.

Ida freute sich auf Frankfurt am Main. Sie saß im Speisewagen des ICE dem Herzog gegenüber. Hoheit hatte sie eingeladen oder einladen müssen, denn möglicherweise war Karl-Ludwig noch immer knapp bei Kasse.

Im Augenblick genoß Ida nicht die Schönheit der Natur, die am Fenster vorüberflog, sondern war vertieft in die Speisekarte. Mein Gott, die Preise! Bei ihr in »Luisenruh« gab es Bratkartoffeln mit Sülze noch für 6,50. Der Zug nahm eine Kurve, der Kellner nahte schwankend, um zwei Biere zu servieren.

Die Herrschaften haben gewählt?

Der Herzog blickte unschlüssig, aber Ida sagte: Selbstverständlich sind Hoheit auch heute mein Gast. Es ist noch weit bis Frankfurt am Main. Wir nehmen die Ochsenschwanzsuppe, zweimal bitte, und als Hauptgericht würde ich wegen der Magenfreundlichkeit vorschlagen: Frikassee.

Der Kellner verschwand, und der Herzog bedankte sich. Ich hoffe sehr, daß ich Ihnen heute zum letztenmal auf der Tasche gelegen habe.

Ich weiß, daß wir uns einmal trennen müssen, sagte Ida, die traurige Geschichte ist schon im Kino vorgekommen: Ein Herz und eine Krone. Ach – Sie griff zum Taschentuch.

Wie vorgesehen, fand die Gründungsveranstaltung für die Aufbaugesellschaft Wendenburg mbH im Palast der Preußischen Bank statt. Das Zimmer hatte die Dimension eines Tennisfeldes, viermal hätte der Schweriner Thronsaal darin Platz gehabt. Panoramascheiben gaben den Blick frei auf die Silhouette der großen Stadt. Wolkenkratzer, welche die Türme der alten Kirchen weit überragten.

Und da standen sie also im Saal beieinander, festlich gekleidete Leute, dem Herzog völlig fremd. Er war erleichtert, als er endlich zwei bekannte Gesichter ausmachen konnte, nämlich die von Hegemeister und Doktor Kaiser. Er nickte beiden freundlich zu.

Beeindruckt war die Hoheit von einem überdimensionalen Aufriß des Projektes Fürstenpark Wendenburg, ebenso von einer Bauzeichnung, welche die Stirnseite des Raumes schmückte. Er konnte leicht erkennen, daß es sich um die beiden ehemaligen Landarbeiterhäuschen in Mankmoos handelte, wie Kavaliershäuser auf barocke Weise umgestaltet, die das gewaltige Eingangsportal zum Fürstenpark flankierten.

Ein kaltes Büffet war aufgebaut, Bedienstete im Frack standen bereit, sie hielten Tabletts mit geschliffenen Kelchen, in denen der Sekt perlte, denn Frau von Schreckenbach, Direktorin der Preußischen Bank, näherte sich dem Ende ihrer Rede:

Bringen wir's auf den simpelsten Nenner, soweit sie nicht geschleift werden muß, geht die ostdeutsche Schlüsselindustrie über in westdeutschen Besitz, unter selbstverständlich westdeutschem Management. Wenn wir aber mit unseren Spitzenkräften in Ostdeutschland einreiten, wird's uns kaum anders ergehen als weiland Heinrich dem Löwen. Wenig Komfort, keine Schulen, die man unseren Kindern anbieten kann, von Golfplätzen und akzeptablen Hotels ganz zu schweigen, dafür begegnet uns beinahe allerorts der sächsische Dialekt, dies grauenhafte Idiom des deutschen Sozialismus.

Große Heiterkeit, kleiner Beifall, und Frau von Schreckenbach, eine ältere Dame von majestätischer Erscheinung, lächelte dankbar. Dann fuhr sie fort:

Dem zivilisatorischen Defizit entgegenzuwirken, ist das Ziel unserer soeben gegründeten Wendenburger Aufbaugesellschaft mbH und Kommanditgesellschaft unter Mitwirkung unseres hochverehrten Herzogs Karl-Ludwig, dessen Ländereien, Schlösser und Häuser wir nach und nach wieder in Besitz nehmen und vermarkten werden.

Beifall, Bewegung im Saal. Man greift nach den Gläsern und stößt miteinander an.

Der Herzog bedankt sich bei Frau von Schreckenbach. Er sagt: Nachdem das Offizielle vorüber ist, könnte vielleicht Fräulein Ida zugelassen werden.

Hoheit, antwortet Frau von Schreckenbach nach leichtem Zögern, bitte verstehen Sie mich nicht falsch, unser Konsortium würde dringend zu einer, sagen wir, standesgemäßen Begleitung raten.

Sie hat viel für mich getan. Ich möchte sie an meiner Seite haben.

Auf jeden Fall ist ein Styling vonnöten. Um offen zu sein, das könnte auch Hoheit nichts schaden.

Der Herzog fragt lächelnd: Habe ich Ihnen gestanden, wie hoch sich meine Sozialhilfe beläuft?

Tempi passati. Frau von Schreckenbach winkt den Herrn Doktor Kaiser herbei. Der bestätigt Seiner Hoheit, daß 100000 D-Mark auf das Konto der Aufbaugesellschaft überwiesen wurden, damit ist der Herzog gleichberechtigter Kommanditär.

Aber das war bereits in Schwerin abgemacht. Von einer Apanage war die Rede.

Gemach! Frau von Schreckenbach hebt einen Zeigefinger und verschließt damit der Hoheit auf neckische Weise den Mund, dann rauscht sie lächelnd davon. Sie will das Anhängsel des Herzogs, dieses mecklenburgische Original, einmal unters Lorgnon nehmen. Und Doktor Kaiser kann die Hoheit rasch besänftigen.

Das monatliche Fixum übernimmt unser Freund Hegemeister. Und schon wird Herr Harald Schwarz herangezogen, Vertreter der besten PR-Firma in Frankfurt am Main. Der Mann verneigt sich tief, dann geht er unverzüglich ins Detail. Morgen früh gegen elf, wenn es recht ist, ein Treffen im Modehaus für Hoheit und Ihre Begleiterin, danach die Fototermine, und hier …

Er zaubert ein Papier aus der Tasche.

… hier habe ich eine Rede an Ihre Wendenburger vorbereitet und bereits dem Nordboten gefaxt. Das Blatt ist mit dem Abdruck einverstanden. Alles paletti also.

Der Herzog in Wendenburg lächelt. Vielleicht geht ihm

durch den Kopf, daß es von heute an nicht schwer sein wird, dem harten Kampf um Geld und Gut mit einer Mannschaft wie dieser zu bestreiten, und daß es angenehm ist, von einem Konsortium geführt zu werden, das seinen Namen nutzen will.

Herr Doktor Kaiser, sagt die Hoheit, die alte Wendenburg liegt mir am Herzen.

Aber der Banker winkt ab. Die Ansprüche sind längst erloschen. Wir beginnen mit dem, was beinahe sicher ist, mit den Häusern in Mankmoos.

21
Liddy hat keine Lobby

Jeden Donnerstag morgen, nachdem die Männer zur Arbeit aufgebrochen waren, holte Christa Wagenknecht das Fahrrad aus der Remise und machte sich auf den Weg nach Mankmoos. Die kleine Ansiedlung liegt kaum drei Kilometer von Horbeck entfernt, ein Katzensprung mit dem Rad und angenehm zu fahren.

Hinter dem Dorf gabelt sich die Chaussee, und die Deutsche Alleenstraße schwenkt nach Südwesten in Richtung Rheinsberg ab, während eine schmucklose Fahrbahn ostwärts über die Dörfer führt.

Wegen des starken Autoverkehrs mußte Christa an der Abzweigung Obacht geben, war aber in Sicherheit, sobald sie das schmale Asphaltband erreicht hatte, das sich zum Hügel hinaufschwang. Zuerst steigt der Weg gemächlich an, gesäumt von struppigem Schlehengesträuch, im Frühling schäumt es blühend über. Oft gibt es was zu sehen, ein Völkchen Rebhühner, das taumlig aufschwirrt, einen Fuchs, der über den Rain schnürt, die Kraniche äsend auf der Saat. Jetzt steht das Korn gelb und starr, die großen Vögel ziehen ihre Brut in aller Heimlichkeit auf, ihr Schrei kommt aus der Ferne.

Das hör ich, das seh ich, das kann mir immer noch gefallen, obwohl ich diesen Weg seit Jahren fahren muß, Woche für Woche. Da ist der Kiefernwald, die Steigung. Ich schaffe es nicht, ich muß herunter vom Rad und genieß es, ein paar Schritte zu gehen, zu atmen, mich auszuseufzen, bis sich das Wäldchen teilt, bis ich die Höhe erklommen hab und einen Augenblick stehenbleib, auf das Rad gestützt, um mich satt zu sehen an den Feldern, die weit hinunter reichen bis an den See. Er blitzt zwischen den Ufersträuchern, und die Kiefernwälder am anderen Ufer trennen den Himmel vom Horizont.

Wie war das? Ich hatte den Tobias, glaube ich, auf dem Kindersitz. Er hat hinuntergesehen, staunend, mit offenem Mund. Die Landschaft wird ihm weit erschienen sein. Er hat gesagt: Das ist unsere Welt, und hinter den Bäumen fängt der Westen an. Jedes Kind hat gewußt, daß es ein Gegensatz ist, Ost und West, so wie nah und fern, vertraut oder fremd. Jetzt weiß ich, es soll dasselbe Deutschland sein, aber ich kann es nicht fühlen, nicht fassen, und hab ich mit einem Mal, was ich früher nicht hatte: Angst, ich hab Angst.

Christa schwang sich aufs Rad. Sie brauchte nur ein wenig zu bremsen und rollte von selber ihrem Ziel entgegen. In früheren Jahren war sie nach Mankmoos geradelt, um ihren Schwiegereltern zur Hand zu gehen. Nun half sie schon lange dem alten Hecht im Haus.

Er erwartete sie am Zaun. Schön, daß du da bist. Komm rein, ich hab Kaffee gemacht.

Es gehörte zum Ritual, daß sie sich bei gutem Wetter unter den Apfelbaum setzten, bei rauher Witterung in die Stube, um eine Weile zu quatschen, wie sie das nannten.

Sie ließ sich einschenken. Danke, Staaf.

Gibt es ein Recht auf Wohnung, Staaf?

Ich glaub nicht. Warum willst du es wissen?

Liddy soll auf die Straße gesetzt werden.

Jeder, der in Wendenburg zu tun gehabt hatte, wußte, wer Liddy Reglin war. Sie gehörte zum Stadtbild wie der Turmstumpf der Burg und galt als ein Original. Bis heute lief sie nämlich herum, wie sich die Frauen nach dem Kriege gekleidet hatten, winters in einem langen Mantel nach Landserart, graues Tuch, Männerhosen, sommers in einer Kittelschürze und immer mit einem Kopftuch, das über der Stirn geknotet war. Liddy mußte längst in den Siebzigern sein, war aber seit ihrem fünfundzwanzigsten Lebensjahr verwirrt, genauer gesagt, seit jenem schrecklichen Tag im April 45, als sich der Flüchtlingstreck, mit dem sie aus Pommern hergezogen kam, bei den Belower Tannen verkeilt hatte und zwischen die Fronten geriet. Während der Gefechte waren ihre Eltern und ihr einziger Sohn ums Leben gekommen und irgendwo begraben worden. Liddy wurde durch einen Granatsplitter an der Schläfe verletzt. Als sie nach Tagen im Notlazarett zu sich kam, war alles geschehen. Sie fand weder ihre Angehörigen noch deren Gräber. Das hatte ihr nicht in den Kopf gewollt.

Seit diesem Tage wartete Liddy darauf, daß wenigstens der Mann aus dem Krieg heimkehren würde. Damals waren ihr zwei möblierte Stuben unterm Dach eines Hauses in der Gartenstraße zugewiesen worden, die sie bis heute bewohnte. Prunkstücke waren die Ehebetten mit hohen, geschnitzten Kopfteilen, eine Waschkommode mit ovalem Spiegel und ein Kleiderschrank, groß genug für Mann und Frau. Liddy war von freundlichem Wesen, sie grüßte jedermann, auch Leute, die ihr zum erstenmal begegneten, aber sie redete nur das Nötigste.

Lange Zeit war sie einer groben Arbeit nachgegangen. Die Wendenburger Bauerngenossenschaft hatte sie in den Speichern beschäftigt, die ausgangs des Städtchens lagen. Dort wurde Korn zu Futter für das Vieh geschrotet. Und seit damals konnte Liddy nicht erwarten, daß Feierabend wurde. Sie wusch sich, so gut es ging, in der Emailleschüssel auf der Kommode, kämmte sich vor dem ovalen Spiegel und knotete das Kopftuch fest. Dann holte sie den Handwagen, der als einziges Erinnerungsstück an die Heimat geblieben war, und wanderte in Richtung Hohenzedlitz, um ihren Mann zu treffen. Einmal würde er ja kommen müssen. Abend für Abend, winters wie sommers, Jahr für Jahr zog Liddy einer Hoffnung entgegen, die sich niemals erfüllen wollte.

Seit die Frau eine Rente bezog, hatte sie sich auch vormittags auf den Weg gemacht, bis zu jener Stelle hin, wo sich die Chaussee abwärts schwingt zu den Belower Tannen. Dort stand sie gewöhnlich eine Weile, die flache Hand über den Augen, um auszuspähen, ehe sie wieder umkehrte. Vielleicht war es ihr mit der Zeit leid geworden, erfolglos heimzuziehen, sie hatte sich angewöhnt, in den Straßengräben nach Bierflaschen zu suchen, die von Autofahrern aus dem Fenster geworfen worden waren. Die sammelte sie auf und tauschte sie im Kaufhof gegen Pfandgeld ein. Auf solche Weise, behaupteten einige Wendenburger, wäre Liddy im Verlauf der Jahre zu Vermögen gekommen. Tatsache war, daß die sehr freundliche Leiterin der Sparkasse Wendenburg persönlich herbeieilte, sobald Liddy die Kassenhalle betrat, um der Alten eigenhändig die Einzahlungsbelege auszustellen.

Richtig rund lief Liddy also nicht, wie der Volksmund sagt, sie war aber nützlich, freundlich und ordentlich und wohlgelitten in der Stadt, bis das Haus, in dem sie seit beinahe einem halben Jahrhundert lebte, nach der Wende in andere Hände kam.

Man wollte die Alte aus dem Hause haben. Sie weigerte sich hartnäckig. Auch der Herr Bürgermeister Rißdorf, ein zum Ausgleich neigender Mann, war machtlos, er konnte keine Ausweichwohnung beschaffen. Die neuen Hausbesitzer wußten sich zu helfen.

Als es der Stadt Wendenburg endlich gelungen war, alle Straßen des Städtchens an die Kanalisation anzuschließen, ließ man die beiden Stuben der Alten nicht aus. Sie wäre ja sowieso an das Plumpsklo auf dem Hof gewöhnt, und wer nicht zu spülen braucht, hat auch nichts auszuschütten. Man verweigerte einen Ausguß, und als die alte Liddy das Spülicht aus der emaillierten Waschschüssel in die Regenrinne vor dem Haus entleerte und das mehrmals getan hatte, wurde von Amts wegen eingegriffen.

Liddy hatte sich einer Ordnungswidrigkeit schuldig gemacht, ernsthafter als Falschparken, das gewöhnlich nur mit einem Bußgeld von dreißig Mark geahndet wird. Sie sollte ins Altersheim abgeschoben, jedenfalls aber der Wohnung verwiesen werden, war im Nordboten geschrieben worden.

Christa sagte: Früher gab es ein Gesetz, das verbot hartherzigen Haubesitzern, Leute über siebzig zu vertreiben. Aber heute, was sind das für Zeiten, Staaf? Und das Armenhaus ist abgerissen. Wir wissen ja auch nicht, wohin.

Nach nebenan, Christa. Ich freu mich auf die Nachbarschaft. Jeden Morgen werd ich am Zaun stehen und grüßend die Hand schwenken. Hallo! Jedenfalls eine Weile noch.

Ach, Staaf. Christa holte das Taschentuch aus der Schürzentasche, um sich zu schneuzen.

Hast du Angst?

Sie nickte.

Schau mal, sagte der Alte, Liddy ist alt und allein, du bist gut beieinander, eine sehr hübsche Frau, und du hast vier Kerle, einer stattlicher als der andere, die sich um dich scharen können. Not ist wahrhaftig nicht am Manne. Also verbietet sich Angst.

Ach, ihr Männer. Dem Martin sind die Tränen über die

Wangen gelaufen. Sie erzählte von der abgelehnten Rückführung. Auf einmal stellt sich das Gericht auf die Seite der DDR-Behörden, Vertrag sei Vertrag, Unterschrift sei Unterschrift, entschädigt sei entschädigt. Alles soll rechtens gewesen sein. Ich bitte dich, Staaf. Ganze viertausend Mark sind dem Opa Wagenknecht aufs Konto überwiesen worden. Er hat sie seinen fünf Kindern hinterlassen. Jeder kriegte achthundert Mark, nach dem Anschluß war die Erbschaft nur die Hälfte wert. Und nun das. Sie stand am Fenster und wies auf das Schild nebenan: Hier baut M.-V.

Sie reißen die Ställe ab, sie zäunen die Hofstelle ein. Das ist unser Haus. Das dürfen die nicht!

Hilf uns, bitte, Staaf!

Wie soll ich das tun, Mädchen, da ich mir selber kaum helfen kann? Ich bin alt.

Christa Wagenknecht wollte den Widerspruch nicht gelten lassen. Du bist jünger im Kopf als mancher Junge. Die Leute kennen dich.

Leute haben nichts zu sagen. Jemanden von der Regierung müßte man gewinnen können.

Wie macht man das? Rate uns, Staaf. Laß uns nicht im Stich.

Todsicher ging es bei der Beschlagnahme in Mankmoos nicht mit rechten Dingen zu. Wie aber sollte man sich dagegen wehren? Hecht hatte keine Ahnung, aber es schmeichelte seiner Eitelkeit, daß Christa Wagenknecht so auf ihn vertraute. Also ließ er sich überreden, kleidete sich korrekt in dunklen Flanell, schob die Schiebermütze auf den Kopf, griff nach dem Krückstock und schritt aus, so gut es ging, um nach Horbeck zu gehen.

Christa wollte ihm ein Fahrzeug entgegenschicken. Sie war mit ihrem Rad längst über alle Berge.

22
Der Kommunist und die Bergpredigt

Hecht hatte den Hügel noch nicht erklommen, als er das mächtige, rot lackierte Gefährt erblickte, einen Trecker, der in die Kurve bog. Wahrscheinlich einer der Wagenknechtmänner. Konnte man ihm nicht mit einem bequemeren Automobil entgegenkommen?

Tatsächlich, Martin sprang ab. Christa schickt mich.

Und Stephan wird dir den Marsch blasen, weil du seinen Fuhrpark im persönlichen Interesse gebrauchst.

Stephan ist unterwegs, und wenn ich dich nicht abliefere, Staaf, hab ich es mit Christa verdorben. Sie läßt mich vierzehn Tage nicht ran.

Dem Alten war durch den Kopf gegangen, daß er den Probst aufsuchen könnte, diesen Herrn von Trittau, der es mit der Ethik hatte. Der kannte die Geschichte der Wagenknechts, die aus Schlesien vertrieben worden waren und hatten rackern müssen zu Vorwendezeiten, aber zu Reichtum nicht gekommen waren. Nach dem Anschluß sollten sie nun vollends in den Arsch gekniffen sein, um das mal volkstümlich auszudrücken. Dieser von Trittau war gewiß ein ehrlicher Testamentsvollstrecker Christi, also mußte er es mit Matthäus halten. Ihm jedenfalls, Hecht, war die Bergpredigt beinahe wie ein Parteiprogramm erschienen: Selig sind, die da hungert und dürstet nach Gerechtigkeit, denn sie sollen satt werden. Und dann, Kapitel achtzehn, Vers sieben: Wehe dem Menschen, durch welchen Ärgernis kommt ... wie durch den Herzog von Wendenburg. Stand nicht geschrieben: Wer aber ärgert dieser

Geringsten einen, die an mich glauben, dem wäre besser, daß ein Mühlstein an seinen Hals gehängt und er ersäuft würde im Meer, da, wo es am tiefsten ist. Man muß ihn ja nicht wortwörtlich nehmen, diesen grimmigen Evangelisten, sondern den Satz als bildliche Redewendung verstehen. Jedenfalls hat dieser Mann gewußt, daß man nicht zween Herren gleichzeitig dienen kann, nämlich Gott und dem Mammon.

Als Martin Wagenknecht mit dem Alten auf dem ehemaligen Genossenschaftshof, jetzt wieder Berger, einfuhr, standen Christa und Hilde Stephan auf dem Haustritt nebeneinander, beide mit besorgten Gesichtern.

Martin geleitete den alten Staaf zum Haus. Er sagte: Hier bring ich ihn, aber du weißt es, Christa, ich muß aufs Feld zurück. Am frühen Nachmittag bin ich zurück.

Christa drohte: Das merk ich mir, Martin.

Der Mann machte sich dennoch davon.

Hilde schüttelte dem Alten die Hand. Nein, Stephan ist nicht zu Hause. Er ist mit einer Architektin unterwegs. Viel Ärger. Die Bergers drängen auf den angestammten Hof. Wohin mit der Agrargenossenschaft? Auf dem Schreibtisch von Max liegt eine unverschämte Zinsforderung.

Sie standen unter strahlendem Sommerhimmel, und Hilde Stephan redete, als wären die schwärzesten Gewitterwolken über den Dächern von Horbeck aufgezogen. Alles geht den Bach runter. Ich hatte so sehr gehofft, wir kämen durch, jammerte Hilde, aber sie kriegen uns alle beim Schlafittchen.

Deinem Mann wird schon was einfallen, sagte Hecht. Jetzt geht's zuerst mal um die Wagenknechts. Hier müssen sie räumen, und das Haus in Mankmoos wird ihnen streitig gemacht. Wir müssen auf der Stelle nach Hohenzedlitz.

Der Bus geht in zwei Stunden, sagte Christa.

Hecht sah Hilde bittend an. Ihr habt einen Golf.

Max sieht es nicht gern, wenn ich ihn benutze.

Das muß er ja nicht.

Ich bin eine schlechte Fahrerin.

Du wirst uns gemächlich chauffieren, vor jeder Kreuzung ohne Ampel stoppen, damit wir Ausschau halten können. Ich blick in eine Richtung, Christa in die andere, und erst, wenn wir beide frei gerufen haben, gibst du wieder Gas.

Wohin soll es denn gehen? fragte Hilde mürrisch.

Zum Probst, zu Herrn von Trittau. Es wäre nett, wenn ihr euch entsprechend zurechtmachen würdet.

Meinetwegen. Hilde gab nach. Sie nahm den Alten nach nebenan mit, in das schöne Stephansche Gehöft, damit er dort mit der Probstei telefonieren konnte. Er erfuhr, daß von Trittau von Amts wegen in Wendenburg weile. Ja, im Pfarrhaus, ganz recht, dem Café Rabenhorst gegenüber. Bloß der halbe Weg, dachte der Alte erleichtert. Hilde wird sich freuen.

Bald kam sie zurück. Großer Gott. Mehr sagte der Alte nicht, der Anblick Hildes überwältigte ihn. Sie erschien in schwarzem Tuch, in einer Art Kostüm mit viel zu knapper Jacke, schwarzen Schuhen, schwarzen Strümpfen. Wie eine dicke Witwe in tiefster Trauer. Auch das Antlitz gramvoll umdüstert, die Mundwinkel abwärts gebogen.

Sie sagte verbittert: Ich hab den Reißverschluß nicht zugekriegt. Der Rock wird hoffentlich nicht rutschen. Übrigens habe ich noch ’ne schwarze Kappe mit halbem Schleier. Was meinst du, Staaf?

Er sagte: Es kann nicht schwarz genug sein.

Jetzt klopfte es. Christa trat ein, auch sie mit grämlicher Miene. Sie hatte das dunkle Zeug zusammenstoppeln müssen und ähnelte einer zerzausten Saatkrähe. Nun schlug sie eine

Hand vor den Mund und zeigte mit der anderen verblüfft auf ihre Nachbarin, die es umgekehrt machte. Dann kreischten beide, als hätten sie was unglaublich Komisches erblickt, und mußten Tränen lachen.

Nein, Staaf, so können wir dich nicht begleiten.

Die Zeit drängte, nochmaligen Kleiderwechsel konnte der Alte nicht gestatten, und so geschah, daß kaum eine Viertelstunde später ein weinroter Golf gegenüber dem Café Rabenhorst in Wendenburg vorfuhr und so hart am Straßenrand parken wollte, daß die Felgen den granitenen Bordstein streiften. Das machte ein schrilles Geräusch. Die Gäste im Café wurden aufmerksam und beobachten, daß zwei stramme witwenhaft gekleidete Frauen dem Auto entstiegen und einem sehr alten Mann heraushalfen, den sie in ihre Mitte nahmen, als sie den Pfarrgarten betraten.

Dort verharrten sie, wie in stiller Andacht, vor einem Findling, bevor sie an der Haustür klingelten.

Der junge Heidenreich öffnete strahlenden Gesichtes, dem er als gelernter Kirchenmann angesichts der dunklen Gestalten auf den Stufen im Nu einen beileidigen Ausdruck gab. Mein Gott, ein Trauerfall.

So was Ähnliches schon, sagte Hecht, als sie im Flur des Pfarrhauses standen, der geräumig war, ausgelegt mit groben Fliesen, und etwas muffig roch. Hecht machte die Herrschaften miteinander bekannt.

Also kein Trauerfall. Der junge Pastor rieb die Hände aneinander, als müsse er sich waschen, und der Alte begriff, daß er wieder einmal ungelegen kam. Wir haben Besuch, erklärte Heidenreich, von Herrn von Trittau nämlich, dem Propst.

Das trifft sich gut, sagte Hecht. Wir möchten ihn sprechen.

Heidenreich war in Verlegenheit. Meine Frau hat letzte Woche entbunden. Ja, wir haben einen kleinen Jungen.

Ach, das war etwas für die Frauen. Keine Spur von Befangenheit, lebhaftes Geschnatter, Gratulation, keine Komplikationen, ach, wie schön und wie schwer, sagen Sie? Dreieinhalb Kilo sind allerhand. Und wie heißt er denn?

Urs Julian.

Apart, obwohl die meisten Jungen im Osten auf Philipp getauft werden.

Also, der Herr Propst sitzt mit der jungen Frau am Kaffeetisch. Er hat Glückwünsche überbracht.

Wissen Sie was, schlug Hilde Stephan vor, die zweifellos die gewandtere der beiden Damen war, wir ziehen uns auf ein Stück Torte ins Café zurück, und sobald der Herr Propst seine Visite bei der Frau Pastor beendet hat, laden wir ihn auf ein Eis zu Rabenhorsts ein. Was meinst du, Staaf?

Der Alte wurde der Antwort enthoben, denn nun schob die junge Frau Heidenreich ihren Struwwelkopf durch die halbgeöffnete Tür, um nachzuschauen, was es gäbe.

Besuch aus Horbeck, Liebe.

Die stolze Mutter sah zwei Frauen neben dem Alten. Gewiß wollten sie Julian Urs bewundern, dem sie ohnehin bald würde die Brust geben müssen. Kommen Sie doch, bitte.

Nur zu gern, nur zu gern. Auch Christa vergaß den Grund ihres Kommens und folgte der jungen Muttter, um das Kind zu sehen.

Nun konnten Hecht und die beiden geistlichen Herren ungestört miteinander sprechen.

Von Trittau ergriff zuerst das Wort. Also, wegen des Findlings, auf welchem mit ehernen Lettern der Name Hecht geschrieben steht, und das ist nicht nur so dahingesagt, erübrigt sich jede Nachfrage, dank der Fürsprache des Bruders Heidenreich wie der eigenen.

Danke, sagte Hecht. Er hat andere Sorgen und trägt vor, was er über die Affäre Wagenknecht weiß, daß deren Antrag auf Rückführung abgelehnt und alles blockiert sei, weil der Herzog Ansprüche stellt.

Von Trittau entgegnete: Gebt dem Kaiser, was des Kaisers ist. Er mische sich nicht in Politik, geschweige denn in Grundstücksangelegenheiten. Er sei ein Mann der Kirche, der Appell an die falsche Adresse gerichtet.

Wie oft habe ich das zu DDR-Zeiten gehört, das ist nicht meine Hochzeit, das ist nicht mein Bier, das geht mich nichts an, sagte der Alte. Solche Haltungen haben mich oft zur Verzweiflung gebracht. Sie sind die Ursache mancher Mißstände gewesen. Unterm Dach der Kirche, hatte ich gehofft, würden ethische Kriterien Gültigkeit haben.

Heidenreich gab zu bedenken: Der Vater von Hoheit ist in Dachau umgekommen. Gerade Sie werden verstehen, daß Entscheidungen, die seinen Nachkommen betreffen, eines Höchstmaßes an politischer und menschlicher Sensibilität bedürfen.

Der Alte sagte: Leute wie die Wagenknechts haben keine Lobby. Christa hat mich in der Verzweiflung angerufen: Hilf uns gegen die Ungerechtigkeit, ausgerechnet mich, der ich ausgegrenzt bin und der Geringsten einer, um mal ein Sprachmuster der Bibel zu gebrauchen. Martin wie Tobias Wagenknecht sind Traktoristen. Wie lange noch? Elf Mark Stundenlohn, das ist die Realität. Christa, die eine hervorragende Köchin bei der Genossenschaft war, ist arbeitslos. Zwei Söhne sind in der Ausbildung. Die Leute hatten keine Chance, Geld anzuhäufen. Jetzt müssen sie aus der Wohnung raus. Wohin, wenn nicht ins Elternhaus? Da ist eine Hofstelle, die Äcker rund um das Haus gehören den Wagenknechts seit der Bodenreform. Die armen Leute könnten eine Existenz in Mankmoos begründen, vielleicht sogar Kredit dafür erhalten, und da kommt so ein Herzog und legt als erstes Hand auf ein Landarbeiterhaus. Das ist doch verrückt.

Sie sind mit mir ins Gericht gegangen, weil ich mich einer Sache verschrieben hatte, die schmählich gescheitert ist. Vielleicht hatte ich zu wenig getan. Tun Sie genug? Erschöpft sich Christentum im Gottesdienst, im Gebet, im Gesang? Hat nicht Amos gerufen: Tu weg von mir das Geplärr der Lieder. Ich mag das Harfenspiel nicht hören. Es ströme aber das Recht wie Wasser und die Gerechtigkeit, wie ein nie versiegender Bach.

Ich hab mein Leben lang versucht, Solidarität zu üben, und ist Solidarität was andres als Barmherzigkeit? Und was ist Barmherzigkeit, wenn nicht Hilfe für Hilflose?

Ja, haben Sie denn noch nichts vom »Fürstenpark Wendenburg« gehört? Von der Aufbaugesellschaft? Von den Interessen der Preußischen Bank, fragte Heidenreich verwundert. Lieber Herr Hecht, den Wagenknechts kann niemand beistehen gegen den Herzog, gegen die Banken, gegen die Regierung. Ich schon gar nicht.

Dann hätten Sie in Bayern bleiben sollen, erwidert der Alte böse.

Wir müssen es vielleicht versuchen, Bruder Heidenreich, sagte der Propst.

23
Der Sarkophag des Herzogs

Max Stephan und Angela Wescher hatten sich öfter im Café Rabenhorst getroffen. Die Architektin hatte das schöne Haus entworfen und genoß Privilegien, ein Platz war ihr jederzeit sicher und sei es auf der privaten Terrasse der Rabenhorsts. Dort saß das Paar beieinander, plauderte und plante. Sie versuchte, den Mann für ihr ehrgeiziges Projekt Kulturburg einzuspannen, er ließ sich Vorschläge zum Neubau eines Verwaltungsgebäudes für die Agrargenossenschaft entwerfen. Bald wurde es zur Regel, daß sie sich mindestens zweimal in der Woche trafen. Kein Wunder, daß sie mit der Zeit einander näherkamen, wenn auch niemals so nahe, wie Max Stephan sich das heimlich wünschte. Hilde allerdings befürchtete das Schlimmste, seit sie an Maxens Kleidung ein Parfüm erschnüffelt hatte, womit ihn todsicher eine fremde Frau anmachte. Sie benutzte im Höchstfall 4711, echt Kölnischwasser.

Angela Wescher war in die Pläne Max Stephans zur Rettung der Genossenschaft eingeweiht. Sie wußte, wie sehr ihm daran gelegen war, sich mit dem Herzog, seinem potentiellen Lehnsherrn, wie er grinsend meinte, in Ruhe zu unterhalten, und das war nirgends besser zu arrangieren als bei den Toten in der Fürstengruft. Angela selber war begierig darauf, die Hoheit kennenzulernen, und wollte ihm bei dieser Gelegenheit als Frau vom Fach assistieren. Nichts würde sich auf der verfallenen Wendenburg bewegen ohne herzogliche Fürsprache.

Und nun stehen sie also in der Gruft. Das Gewölbe ist vom Tageslicht so kümmerlich erhellt, daß Stephan ein Dutzend kleiner Kerzen, die er vorsorglich mitgebracht hat, auf einem Vorsprung des Mauerwerks entzündet. Sie flackern und wehen, und dort hinten im Dämmerlicht steht der Sarkophag des Vorfahren Seiner Hoheit.

Der Herzog beugt sich, um die Inschrift zu entziffern.

Lehre uns Herr, daß wir sterben müssen, auf daß wir klug werden. Joachim, der Herzog.

Der alte Mann wendet sich nach Stephan und der Architektin um. Er nimmt die Brille ab, er wischt sich die Augen. Wo wird man mich zur Ruhe legen?

An seiner Seite, wenn Sie sich auf mich verlassen.

Ein bißchen viel, was Sie da versprechen. Der Herzog lächelt spöttisch. Sein Gesicht sieht jugendlich aus im Licht der Kerzen.

Stephan tröstet: Noch ist es ja nicht soweit.

Die Wescher hatte vorsichtig am Gemäuer herumgeklopft. Die Belüftung müßte wieder in Ordnung gebracht werden, da und dort der Putz erneuert. Aber im übrigen ist die Gruft erstaunlich gut erhalten.

Dafür hat Stephan mit seiner Baubrigade gesorgt, mitten im finstersten Sozialismus. Er behauptet das nicht ohne Stolz, und der Herzog will wissen, warum.

Ja, warum? Warum? Hört sich vielleicht merkwürdig an. Es war Respekt vor der Arbeitsleistung vorangegangener Generationen: Was du ererbt von deinen Vätern hast ... Außerdem, ich hatte einen verwegenen Traum, und Gomolla, der Kreissekretär von Weran, hielt mich für verrückt.

Gomolla, der ehemalige Kreissekretär, sagte: Finde ich erstaunlich, was du mir bekannt hast. Ein richtiger Strolch bist du mal gewesen, sogar nach dem Westen hast du abhauen wollen.

Stephan rettete sich wieder mal in eine Frechheit, er sagte nach einem Augenaufschlag: Der Mensch entwickelt sich, Gustav.

Ja, ja. Nun fand Gomolla schon wieder was zum Staunen, denn der Weg zum Hügel führte durch die Felder, sie schritten beide durch einen unübersehbaren Weizenschlag, hundert Morgen oder noch mehr. Der Weizen stand dicht, üppig und hoch, trotz der unbarmherzigen Sommerglut, die seit Wochen dauerte und das Gras der Wiesen vergilben und verdorren ließ.

Gomolla blieb stehen, er riß eine Ähre vom Halm, zerrieb sie zwischen den Händen, blies die Spelzen davon, zurück blieben dicke Körner auf seiner Handfläche.

Die Ernte wird gut sein.

Kein Wunder! Stephan erklärte, wie das Feldstück zur Saat vorbereitet worden war, Anbau von Zwischenfrüchten, Düngung und so weiter. Dann meinte er: Soweit du sehen kannst, gehört alles zu unserer Genossenschaft. Und die Ernte wird überall gut sein. Jetzt sagen manche mit so einem gehässigen Unterton: Horbeck, die Insel des Wohlstands. Aber keiner fragt, warum das so ist. Ich kann es dir erklären. Wir arbeiten wie auf einem riesengroßen Bauernhof, und der Genossenschaftsbauer ist noch ein Bauer bei uns, hat seine Individualität behalten, vielleicht sogar erst gewonnen. Nämlich der einzige Zwang, den wir ausüben, ist ein freundlicher Zwang: Jeder muß tun, worauf er sich am besten versteht, was ihm am meisten Spaß macht. Der Erfolg, da liegt er, auf deiner Hand. Du kannst ihn greifen, trotzdem nennst du mich einen sturen Germanenhäuptling und meine Politik im Dorf beschränkt.

Gomolla hatte keine Lust, das Gespräch an diesem Punkt fortzusetzen. Er hielt die Weizenkörner immer noch in der Hand, er wollte sie wegwerfen, aber das brachte er nicht fertig. Warum? Spukt da noch was aus der Kinderzeit? Die Mutter war fromm: Unser täglich Brot gib uns heute. Nein. Er dachte, ich werde zu viel gehungert haben in meinem Leben, deshalb reg ich mich auch über jede Stulle auf, die ein Kind gedankenlos auf die Straße wirft oder in einen Papierkorb, ich hab es oft genug erlebt. Er schüttelte die Körner aus der hohlen Hand in den Mund, er zerkaute die Körner, sie schmeckten ihm nicht. Er schwang seinen Stock, nuschelte kauend: Beeilung!

Stephan hielt ihn zurück. Gustav, ich möchte, daß du mich verstehst. Ich bin nicht aus Borniertheit gegen fabrikmäßig betriebene Landwirtschaft, ich bin aus Erfahrung gegen diese Kooperation, für die sich Daniel so ins Zeug gelegt hat. Gomolla mußte husten und entschloß sich, den Körnerbrei auszuspucken. Schmeckt ja ekelhaft.

Als wir noch Jungen waren, sind wir mal runtergeklettert, Daniel und ich, in die Fürstengruft von Horbeck. Am Ende des Gewölbes stand ein Marmorsarkophag. Wir haben die Inschrift entziffert: Herzog Joachim zu Wendenburg und soundso. Nanu, sagte ich zu Daniel, wie kommt der Herzog hierher. Mich interessierte das. Ich hab später beim Lehrer nachgefragt, sogar beim Pastor und schließlich rausgekriegt, ganz früher mal, vor über hundert Jahren, war alles, was du von hier aus sehen kannst, eine herzogliche Domäne, die ist später verkommen, Pleite gegangen, was weiß ich.

Ich hab nicht vergessen, wie ich vor diesem Marmorsarg stand, ein paarmal noch, und beim Schein der Funzel las: Hier liege ich, Joachim der Herzog. Ich stand davor, ein Stalljunge, und dachte: Du hast eben keinen richtigen Nachfolger gehabt, Herzog von Wendenburg. Nenn mich verrückt, Gustav, für mich war das in den letzten zehn Jahren beinahe so was wie eine fixe Idee. Ich dachte, wenn es gelingen würde, mir und meiner Truppe, die meisten waren ja Landarbeiter, wenn es uns gelingen würde, die herzogliche Domäne in ihrer früheren Größe wieder herzustellen und einen sozialistischen Großbetrieb draus zu machen, der es mit jeder Superfarm in Amerika aufnehmen kann, das wär 'ne Lebensaufgabe. Wir haben's beinahe geschafft, Karbow gehört zu uns, auch Herwigsdorf ...

Bloß Altenstein fehlt dir noch zu deinem Herzogtum, stellte Gomolla fest.

Stephan antwortete: Die Witzelei wird dir vergehen, wenn du unsere Bilanzen prüfst. Soweit du sehen kannst, ein Betrieb, überschaubar, gut mechanisiert und durchorganisiert bis ins letzte. Solche Schläge wie hier überall. Und das sollen wir uns kaputtmachen lassen von ein paar Eiferern und Überschlauen wie Druskat? Industriemäßige Produktion in der Landwirtschaft. Er artikulierte den Begriff Silbe für Silbe, er sagte: Spricht sich schlecht, aber ich weiß, was es bedeutet: Kein Bauer mehr im Dorf, kein Huhn hinterm Zaun, keine Ente auf dem Teich, keine Taube auf dem Dach. Horbeck, Karbow und Altenstein nur noch Schlafdörfer, morgens schwärmen die Leute aus wie die Arbeitsbienen, ziehn mit den Maschinen über die Felder von zwanzig Dörfern, es kann einen gruseln bei dieser Vision. Aber wie wir hier gearbeitet haben, Gustav, zehn Jahre lang, das hat uns Spaß gemacht, erfolgreich war's auch. Wer kann mir übelnehmen, daß ich's verteidige um jeden Preis.

Sie stehen in der modrigen Gruft, drei Menschen, dicht beieinander, am Mauervorsprung, auf dem die Kerzen flackern. Sie stehen inmitten von Särgen. Ihre Gestalten sind wie Schemen zu erkennen, nur ihre Gesichter schwimmen hell in der Dunkelheit. Das ist gespenstisch anzusehen, und was Stephan erzählt hat, muß dem Herzog unglaublich erscheinen. Aber der kann es belegen, wenn auch nicht hier in der Düsternis. Wir müßten auf die Karten schauen, im Grundbuch blättern.

Sie können mir glauben, sagt Stephan. Eines Tages hatte ich es geschafft. Arbeit und Brot für hundert Leute, Zufriedenheit in den Dörfern. Wir arbeiten noch heut mit Gewinn. Nun soll alles zerschlagen werden, wegen dieses Großprojekts für Privilegierte.

Es gibt keine Alternative zum Fürstenpark Wendenburg.

Doch, sagt Stephan verschwörerisch. Die Agrargenossenschaft Alte Domäne, oder nennen wir sie meinetwegen Fürstenhof, mit Hoheit als Hauptgesellschafter. Keine Ähre mehr im Signet der Genossenschaft, sondern ein goldenes Krönlein. Das wäre 'ne Idee.

Um Gottes willen, der Herzog wehrt ab.

Das Wolfsluch bewirtschaften wir ja schon.

Es gehört mir, sagte der Herzog.

Stephan antwortet: Uns gehört eine riesige Mutterherde, die dort weidet. Aber den Hirten, Daniel Druskat, meinen Freund ... man hat ihn verhaftet wegen einer Mordgeschichte, in die ihn die SS hineingezogen hatte bei Kriegsende. Längst verjährt.

Was geht mich das an? Der Herzog will davon, aber Angela versucht, ihn zurückzuhalten.

Hoheit gelten als die höchste moralische Instanz. In der Zeitung preist man Sie beinahe als den Erlöser von allem Übel. Sie hält ein Zeitungsblatt in den Kerzenschein und liest dem Herzog vor, was er seinen Landsleuten über den »Nordboten« verkündet hat: Ich bin nach Hause gekommen, um Ihnen jeden Zweifel zu nehmen, alle Ängste. Unser deutsches Wirtschaftssystem ist das erfolgreichste in Europa, weil es den Grundsatz sozialer, demokratischer und christlicher Werte in sich trägt.

Ja, ja, der Herzog winkt ab. Diesen Text hat ein PR-Mann von der Aufbau-Gesellschaft verfaßt.

Und genauso hört es sich an, sagt Stephan. Und diesen Leuten sind wir in die Quere gekommen. Wahrscheinlich geht Druskats Verhaftung auf ihr Konto.

Das will der Herzog nicht glauben.

Bitte, sagt Stephan, fragen Sie doch einfach mal nach.

24
Frau Venus und die Altschulden

Das Café Rabenhorst erhob sich dort, wo mehr als anderthalb Jahrhunderte das schäbige Armen- und Siechenhaus der Stadt gestanden hatte. Um das Kriegsende und eine Weile danach wurde es als Notlazarett genutzt. Hier pflegte man deutsche Soldaten, die während der letzten Gefechte mit den Russen in den Belower Tannen verwundet worden waren, aber auch Kranke, die sich, von weit her kommend, mit dem Flüchtlingstreck bis Wendenburg geschleppt hatten. Von hier aus hatte man alle, denen nicht zu helfen gewesen war, zum Friedhof gekarrt, um sie eilig zu bestatten. Davon zeugt bis heute das eigenartige Gräberfeld am Rande des Gottesackers, das weder Steine noch Kreuze trägt, sondern kleine Schilder mit dem Vermerk: Nationalität deutsch. Manche unvollständig beschriftet: Hans aus Solingen, Gretchen aus Küstrin, gestorben April 45.

Später blieb das Armenhaus jahrelang unbewohnt, womöglich aus Mangel an Bedürftigkeit. Es kam herunter wie andere historische Gemäuer und wurde in den achtziger Jahren kurzerhand abgerissen.

Heute aber stand an der ehemals so tristen Stätte die Bäckerei Rabenhorst mit elegantem Café und einigen Gästezimmern, die nicht billig, aber von solchem Standard waren, daß sich Preis und Leistung die Waage hielten.

Und hier hatten sich Christian Berger und Frau Marianne aus dem Ruhrgebiet einquartiert, solange ihre Anwesenheit in Wendenburg oder Hohenzedlitz notwendig sein würde. Unvermeidliche Behördengänge mußten erledigt werden,

Beratungen mit Bauunternehmern, Klempnern, Elektrikern und Dachdeckern kosteten Zeit, und das Angebot Hilde Stephans, eines ihrer Gästezimmer zu beziehen, hatten die Bergers ausgeschlagen. Sie wollten niemandem verpflichtet sein, schon gar nicht diesen Leuten.

Das Frühstücksbüffet bei Rabenhorsts war gut, mal abgesehen von der Tatsache, daß zu viele hartgesottene Eier angeboten wurden, aber die Brötchen aus der hauseigenen Backstube waren frisch, wenn auch nicht von jener wattigen Qualität, die man im Ruhrgebiet schätzte, sondern östlich derb.

Heute war Angela Wescher wieder auf dem Weg ins Café Rabenhorst. Sie hatte vor, sich mit Max Stephan zu treffen. Da nahte sich von der anderen Seite Greta Keferlein-Tesch. Angela vermutete, daß sie von der Sängerin in Garderobenfragen als Rivalin betrachtet wurde, und amüsierte sich darüber. Kann sein, daß sie einen Schritt zulegte, sobald sie der Keferlein-Tesch ansichtig wurde. Es hatte schon Art, wenn die beiden bestangezogenen Damen der Stadt aufeinander losgingen, daß ihnen die Gewänder um die Waden schlugen. Die eine mit gefährlich schaukelndem Busen, die andere energisch stöckelnd, bis sie sich auf dem Tritt bei Rabenhorst gegenüberstanden wie die Königinnen auf den Stufen des Münsters zu Worms.

Angela täuschte sich, wenn sie Gründe für die Eifersucht der Keferlein-Tesch in körperlichen oder modischen Bereichen suchte, die Leiterin des Heimatchores zog ihre junonische Überlegenheit keinen Augenblick in Zweifel, die Schönste war allemal sie. Wie hätte sie sonst einen fünfundzwanzigjährigen Liebhaber fesseln können, und das schon seit drei Tagen? Aber sie empfand es als Dreistigkeit, daß die zugezogene Architektin einen Frauenlob-Burgverein gründen wollte und in dieser Sache allen Männern um den Bart ging, die als innovativ, unternehmerisch flexibel und einigermaßen bei Kasse galten wie der Dachdeckermeister Wiedemann, der Bäckermeister Rabenhorst und der flotte Apotheker Schlicht. Selbstverständlich dachte jeder von ihnen zuerst an das Geschäft, wer dachte an die Künste?

Mit dem Unternehmerflügel der Stadt im Rücken würde die kleine Architektin möglicherweise den Bürgermeister Rißdorf gewinnen können. Schon hörte man, einige der Ratsherren erwögen, die Rekonstruktion des alten Gemäuers auf dem Hügel der Architektin anzutragen, vorausgesetzt, das Kultusministerium erkannte die Wertigkeit der Burg und würde Fördergelder fließen lassen.

Es ärgerte sie, daß die Architektin drauf und dran war, ihr nicht nur die Frauenlob-Idee, sondern womöglich auch die Schau zu stehlen. Die Gefahr war groß, daß die knappen Mittel vom Kultus am Frauenlob-Chor vorbeifließen würden. Wohin, wenn nicht anteilmäßig auf das Konto der Wescher?

Die beiden Königinnen standen sich auf den Stufen des Café Rabenhorst gegenüber, aber sie keiften nicht, wie das Brunhild und Kriemhild leider in aller Öffentlichkeit getan hatten, sie wahrten die Form.

Hallöchen, rief die Keferlein-Tesch in einem Ton von Geringschätzigkeit, der nicht zu überhören war. Vielleicht hatte sie an ihren Liebhaber gedacht, während die andere, wie man hörte, nichts in der Hand hatte.

Die Architektin bemühte sich um ein damenhaftes Hallo, aber es blitzte so frech in ihren Augen, als hätte sie gerade Dicke Nudel! gedacht.

Beide nahmen gleichzeitig die nächste Stufe.

Frau Keferlein-Tesch, sagte Angela Wescher, Sie sind von der Kunst, ich bin es sozusagen auch.

Singen Sie etwa? fragte die Dicke von oben herab.

Um Gottes willen, aber die Architektur, wissen Sie, ist über Jahrhunderte hinweg den schönen Künsten zugeordnet worden.

Was Sie nicht sagen.

Leider hatten die Alten versäumt, eine Göttin zum Schutze unserer Arbeit zu bestellen. Da sind Sie besser dran mit Ihrer Polyhymnia.

Wie meinen Sie, Frau Wescher?

Ist Polyhymnia nicht die Muse des ernsten Gesanges, während Euterpe für das Flötenspiel zuständig war?

Ach so, das Flötenspiel, natürlich.

Nächste Stufe.

Also, gerade herausgesagt, Frau Keferlein-Tesch, an Gegnerschaft ist mir nicht gelegen. Ich bin auf Zusammenarbeit aus. Im Frauenlob-Burgverein fehlt eine Dame von Ihrem Format.

Die Sängerin lüftete mit beiden Händen das Leinen am Rande ihres Dekolletés, denn eine kleine Hitzewelle machte ihr zu schaffen.

Geistigem Zuschnitt, Angela korrigierte sich vorsichtshalber und fuhr dann fort: Es geht nicht nur um die Restaurierung des historischen Gemäuers, sondern um mehr. Ich will es mit einem Wort umreißen: Kulturburg – sagt Ihnen das etwas?

Kulturburg?

Von Frauenlob ist, soviel ich weiß, wenig überliefert, das man in Szene setzen könnte. Es wäre legitim, an seiner Stelle einen berühmten Kollegen zu bemühen: Tannhäuser. Wir könnten einen Ausschnitt aus der Oper vorstellen. Natürlich braucht man dazu Solisten mit großer Stimme, die im Freien durchdringen. Ich habe an Sie gedacht.

Die Keferlein-Tesch merkte auf. Die Partie der Burgfrau, der Elisabeth, ist ein Sopran. Leider, liebe Frau Wescher.

Auf dem Gebiet des Musiktheaters war die Architektin ein wenig beschlagen, und ein bißchen boshaft war sie auch. Sie sagte: Ich hatte an Frau Venus gedacht. Warum soll sie immer nur im Hörselberg herumsitzen? Der Wendenburger Hügel gibt auch was her. Stellen Sie sich vor, erst singen Sie, und dann ziehen Sie bei festlicher Gelegenheit von der Burg bis zum Marktplatz hinunter, mit großem Gefolge. Ein paar Minnesänger, ein paar Hofdamen mit Spitztüten und Schleier auf dem Kopf. Heinrich von Werle gibt ihnen zu Pferde Geleit.

Kostüme sind teuer, wandte die Künstlerin vorsichtig ein.

Selbstverständlich.

Wie kommt man an das Geld?

Über den Frauenlob-Burgverein, wenn wir seine Gründung zustande bringen.

Meinen Sie wirklich?

Über wen denn sonst?

Ich wüßte da auch eine Quelle, die man anstechen könnte, verriet die Keferlein-Tesch. Sie dachte an den Landrat Harry Hirschwein.

Dann lassen Sie uns doch beide stechen, meinte die kleine Wescher. Wir sollten unsere Kräfte oder Möglichkeiten bündeln. Werden Sie Mitglied des Frauenlob-Burgvereins.

Warum nicht, sagte die Keferlein-Tesch nach einer kleinen Weile, falls Sie mir einen Sitz im Vorstand sichern können. Sie sprachen von Kulturburg, das heißt also, dort oben sollte nicht nur solo gesungen werden, wir brauchten meinen Chor.

Selbstverständlich.

Wie alle Künstler war die ehemalige Altistin leicht zu entflammen und um einer guten Rolle willen bereit, sogar Gegnerschaft zu überwinden. Sie stand auf den Stufen bei Rabenhorst und summte ein paar Takte aus dem Tannhäuser.

Die kleine Wescher kriegte wieder ihren Funkelblick, denn offenbar war es ihr gelungen, einen besonders dicken Brocken auf dem Wege zur Vereinsgründung aus dem Wege zu räumen.

Da sprach die Künstlerin: Sie wissen, meine Liebe, daß es üblich ist, die Partie der Venus im fleischfarbenen Trikot darzubieten.

Die Architektin erschrak bei dem Gedanken, welche Folgen ihre Bündnisfreundlichkeit haben könnte. Das muß nicht sein. Ein verführerisches Kostüm wird sich finden. Übrigens, können Sie reiten?

Reiten, Frau Wescher?

Stellen Sie sich vor, die strahlende Frau Venus auf einem Zelter, zu ihrer Gesellschaft der Burgherr Heinrich von Werle. Und dann die beiden durch ganz Wendenburg.

Wäre eine offene Sänfte nicht wirkungsvoller? Vier stramme Burschen als Träger.

Besser acht, sagte die boshafte Wescher.

Man ging also schon in die Details, und die Sängerin war so wohlgelaunt, daß sie die Flügeltür zum Café Rabenhorst für die Wescher offenhielt. Bitte, bitte!

Aber nein, aber nein.

Bescheidenerweise wollte die Architektin nicht den Vortritt haben, aber die Keferlein-Tesch duldete keinen Widerspruch. Sie war tatsächlich eine Persönlichkeit von Format, und es war für sie eine Kleinigkeit, eine Hand auf den Hintern der kichernden Wescher zu legen, um diese in die Bäckerei zu schieben.

Großes Hallo.

Man hatte an diesem Tage bei Rabenhorst wieder alle Hände voll zu tun. Frau Gerlinde mußte dem Personal beispringen und war in ihrer rustikalen Ladentracht sehr hübsch anzusehen, als sie zwischen die Damen Keferlein-Tesch und Wescher trat, um sich einzuhaken und die beiden höchstpersönlich ins Café zu geleiten. Der Auftritt dieses Wendenburger Dreigestirns der Anmut und Schönheit ließ jedermann an den Tischen hochblicken.

Max Stephan riß es regelrecht vom Stuhl. Jetzt bewies er, daß alle Unrecht hatten, die da meinten, der Mecklenburger sei dumpf und stumpf, rauh von Sitte und Leben. Er verbeugte sich tief, schmatzte jeder der Damen nacheinander einen Kuß auf den Handrücken, und jede der drei Grazien lächelte denn auch, die Wescher allerdings mit frechem Glitzerblick. Womöglich hatte ihr noch kein Mann so ungeniert die blanke Glatze vorgezeigt.

Max Stephan hielt die Kahlköpfigkeit tatsächlich für einen Vorzug, jedenfalls hatte er dem und jenem verraten, er leide – was kann ein Mensch für seine Gene? – an einer Überproduktion des männlichen Geschlechtshormons Testosteron, was nur auf dem Schädel mit gewissem Nachteil verbunden sei. Sein Haupt war kahl, sein Kuß war feucht, sein Charme war laut. Ein feiner Mann war er also gerade nicht.

Aber die Wescher schätzte ihn wegen seiner schöpferischen Phantasie und der Unverschämtheit, mit der er sie produktiv zu machen wußte.

An einem der großen Tische im Hintergrund des Cafés hatten die Bergers aus dem Ruhrgebiet Platz genommen, um sich mit dem Dachdeckermeister Wiedemann und dem Heizungsingenieur Rosarius zu besprechen. Beide galten als zuverlässige

Unternehmer, Männer zwischen vierzig und fünfzig. Einer wie der andere hatte eigenartigerweise krauses graues Haar. Beide starrten wie die anderen Männer auf das schöne Dreigestirn. An ein Fachgespräch war nicht zu denken, solange der dicke Stephan sich vor den Damen produzierte.

Frau Marianne und Christian Berger tauschten einen Blick der Mißbilligung, denn Wiedemann wie Rosarius machten keine Anstalten, sich auf ihre Zahlen oder Normentabellen zu konzentrieren, sondern waren, so dachte Marianne Berger bei sich, waren wegen der aufgetakelten Weiber nur am Hinstarren.

Endlich schwebte das Trio auseinander. Frau Rabenhorst mußte zurück ans Kuchenbüffet, und die Keferlein-Tesch, die am Nachmittag Tobias Wagenknecht erwartete, wollte nachschauen, womit ihr Sperling wohl zu füttern wäre.

Max legte einen Arm um die Schulter der kleinen Architektin, es sah aus, als behütete er väterlich das eigene Töchterlein, und Marianne Berger hob angriffslustig das Kinn, als sie bemerkte, daß Stephan und diese Frau geradewegs auf ihren Tisch zusteuerten. Zwei Stühle waren noch frei, Wiedemann und Rosarius sprangen lächelnd auf, um die hübsche Wescher herzlich zu begrüßen. Beide waren mit der Architektin längst im Geschäft, und die Bergers mußten wieder einmal dulden, daß Stephan etwas tat, wozu er gar nicht aufgefordert war.

Er stellte die Bergers und Angela Wescher einander vor. Frau Mariannes: Angenehm klang tiefgefroren.

Max sagte: Diese kleine, sehr hübsche Person ist eine große Architektin aus Lübeck und spezialisiert auf Denkmalspflege. Sie kann euch raten, wie man historisches Gemäuer erneuert und gleichzeitig den Vater Staat zur Kasse bittet. Eine Fachfrau allererster Güte, was man ja nicht von jedem Westimport behaupten kann.

Stephan lachte über seinen Scherz, und Angela Wescher bedankte sich artig.

Aber Bergers lehnten ab. Sie kämen ja nun selber aus dem Westen, wüßten also Bescheid und könnten eine Architektin sparen. Wir verlassen uns auf Herrn Wiedemann und Herrn Rosarius hier am Tisch, sagte Frau Marianne. Und außerdem gefällt uns nicht, daß jemand dauernd in unsere Angelegenheiten am Hereinreden ist.

Das war deutlich. Stephan hob abbittend die Hände und rief: O Pardon! Ihr wollt bauen, ich will es auch und dachte, wir hätten gemeinsam vorgehen können, beim Transport der Materialien zum Beispiel. Mein Fuhrpark arbeitet zu Vorzugspreisen.

Es ist die Frage, meinte lächelnd Christian Berger, ob ihr werdet bauen können. Du wolltest meine Ländereien pachten und kannst mir nicht übelnehmen, daß ich bei den Behörden nachgefragt habe, ob du für mich ein seriöser Vertragspartner bist. Man hat mir gesagt, die Summe der Altschulden deines Vereins sei auf Millionenhöhe angewachsen. Wie willst du sie tilgen? Wie willst du bauen? Einer wie du hat nirgends mehr Kredit.

Stephan antwortete nicht.

Jetzt war es die kleine Angela Wescher, die versuchte, ihren Arm wie tröstend dem großen Mann um die Schulter zu legen. Da mußte sie hoch greifen. Gehen wir zu mir?

Draußen vor dem Café machte Max Stephan, tatsächlich noch etwas verstört, sein Schafsgesicht und blickte die Architektin so unschuldsvoll an, wie es möglich war, ehe er die Frage stellte: Haben Sie Lust, meine Jagdhütte zu besichtigen?

Warum nicht?

Max war im Handumdrehen getröstet. Darf ich ans Steuer? Er fuhr mit ihrem Cabrio drauflos, nachdem sich die Lady angeschnallt hatte, und war bald an der Straßengabelung vor Horbeck angekommen, wo er abbiegen mußte, um in die Wälder zu gelangen.

Was hat dieser Mensch gegen Sie? Warum bekämpft er Sie?

Da werden alte Rechnungen beglichen. Außerdem, ein Ossi mit meiner Biographie versucht, sich zu behaupten. Das ist nicht nur dem Christian Berger ein Ärgernis. Sie haben ja gehört, Angela … er machte eine Pause, wollte es wirken lassen, daß er die vertrauliche Anrede gewählt hatte, und mußte sich auch auf die Straße konzentrieren, sie war nicht so gut asphaltiert wie die Chaussee … Sie haben gehört, daß dieser Mann Auskünfte über mich eingeholt hat. Die Behörden haben sie eilfertig erteilt. Widerlich!

Erzählen Sie von diesen Altschulden, Max.

Er dachte, Max, wie gut das klingt, wenn der Name einer schönen Frau über die Lippen geht. Der erste Zug im Spiel schien gewonnen. Er schluckte und sagte: Später.

Er wies auf den Wald hin, alter Buchenbestand rechts und links des Weges, mächtige grauschimmernde Stämme ragten wie Säulen bis ins Blätterdach, das sich leicht bewegte. Runde helle, gelbliche Flecken, Lichtreflexe, hundert kleine Sonnen, wenn man so will, huschten über den grün verkrauteten Grund.

Stephan stoppte den Wagen und fuhr die Seitenfenster herunter. Ist doch was dran an diesem Wort von einem Waldesdom, meinte er. Er hatte den Blick ins Weite schweifen lassen, wie man so sagt, und war irritiert, daß seine Begleiterin kicherte.

Sie wiederholte: Waldesdom.

Vielleicht sehen Sie als Fachfrau die Dinge nüchterner. Ich bin mit dem Gefühl beteiligt. Mein Vater war nach dem Krieg Waldarbeiter. Sobald ich radfahren konnte, hat mich Mutter mit den anderen Kindern losgeschickt, damit der Alte sein Essen hatte. Damals wurde ein Feuer gemacht, mitten im Walde, das Kochgeschirr an die Glut gerückt. Wir Kinder hockten auf hölzernen Klötzen, starrten in die Flammen, schweigend. Wir warteten, bis die Väter ihre Mahlzeit gelöffelt hatten. Mich verblüffte, daß sich einige Waldvögel bis an die Feuerstelle wagten, wahrscheinlich in der Hoffnung, ein paar Krümel würden für sie übrigbleiben. Mein Vater war ein kluger Mann. Er hatte sogar Verse vom alten Goethe drauf: Was du ererbt von deinen Vätern hast ... Als wir mal so am Feuer hockten, hat er gesagt: Alle Bäume, die wir heute gefällt haben, sind an hundertfünfzig Jahre alt. Goethe war in den besten Jahren, als sie von einem vorsorglichen Mann gepflanzt worden sind, damit wir nach diesem Scheißkrieg Bauholz hätten und genügend Knüppel, das Essen zu wärmen. Die Welt ist in Ordnung, solange sich jede Generation so vorausschauend verhält.

Ich wollte Sie nicht verletzen. Angela legte eine Hand auf seinen Arm. Wenn Ihnen das Wort gefällt, dann lassen wir es beim Waldesdom.

Für mich ist der Wald mehr als eine Summe von Bäumen. Ich sehe ihn belebt und beseelt. Deshalb habe ich hier meine Hütte gebaut. Sie müssen wissen, ich bin ein passionierter Jäger.

Die Seelchen im Walde, die armen Rehe. Sie schießen sie tot?

Wie viele Frauen hatte die Kleine also kein Verständnis für das Waidwerk, wahrscheinlich aber gegen Rehrücken mit

Preiselbeersoße wenig einzuwenden. Er würde sie gelegentlich einladen.

Ach, Kindchen, sagte er. Ein guter Jäger gibt sich nicht nur der martialischen Leidenschaft hin, er versucht, das Gleichgewicht der Natur zu erhalten. Ich könnte Ihnen Geschichten erzählen, von Schwarzkitteln, Sauen und Keilern also, die zur Plage wurden, bis an die Bauerngärten vorrückten, alles verwüsteten.

Unversehens war er in einen belehrenden, väterlichen Ton geraten, das ärgerte ihn. Eine Frau zu gewinnen, hat ja gewisse Ähnlichkeiten mit der Jagd. Das würde er keiner Emanze erzählen, aber so dachte der Mann. Er würde gerne mit der Kleinen schlafen, also mußte er sich anpirschen, vorsichtig, er durfte sie nicht verprellen. Er wendete den Kopf zu ihr und versuchte, wie ein junger Strahlemann zu lächeln.

Da war die Hütte, ein Blockhaus am Waldrand gelegen, nur wenige Schritte vom Steilufer entfernt. Eine primitive Treppe, aus Bohlen gelegt, führte hinunter zum Steg. Wieder mimte er den herrschaftlichen Chauffeur, half der Hübschen aus dem Wagen, führte sie zum Haus, öffnete und verneigte sich: Bitte einzutreten!

Sie sah sich um und nickte beifällig.

Quadratisches, sehr geräumiges Zimmer, grobe Dielung, Jagdtrophäen an den hölzernen Wänden, Schlafkoje hinter einem Vorhang, Kamin aus Feldstein aufgemauert, rustikales Mobiliar.

Seit ich das sehe, weiß ich ein bißchen mehr über Sie, Max. Sie sind ein Mann von Geschmack.

Beinahe wäre er errötet. Was wollen wir trinken?

Sie entschied sich für Kaffee.

Er zeigte ihr, wo das blaue Steinzeug mit den weißen Punkten zu finden war, damit sie den Tisch am Fenster decken konnte. Inzwischen füllte er die Kaffeemaschine, und es erfreute ihn, als er die Architektin in seinem Hause so anmutig hantieren sah. Sehr gut, dachte er, daß ich mich, wie sagt man, auf alle Eventualitäten vorbereitet habe, der Kühlschrank ist mit den notwendigsten Lebensmitteln gefüllt. Man weiß ja nie, wie sich die Dinge entwickeln und ob man eventuell Hunger kriegt. Schön, daß mir noch eingefallen ist, den Krug mit Feldblumen zu bestücken, Klatschmohn und Kornblumen rühren das Herz jeder Frau.

Übrigens, falls Sie sich die Hände waschen wollen, Angela. Er beschrieb den Weg zum Örtchen. Bitte den kleinen Flur gradeaus und am Ende die Attraktion des Hauses, die finnische Sauna.

Sie fand sich augenblicklich zurecht. Als sie einen Blick in die Sauna warf, entdeckte sie, daß Badetücher und Latschen für zwei Besucher zurechtgelegt waren. Das belustigte sie. War sich der Dicke seiner Sache so sicher?

Kaffee also und das vorzügliche Buttergebäck von Rabenhorst und der wundervolle Blick auf die grüne Natur. Offenbar hatte Stephan vergessen, daß er wegen der Altschulden Sorgen hatte. Er schwatzte drauflos und pries ungeniert seine Kondition, er weiß nämlich, wie ein Mann sich gesund erhält. Er wirft sich von Mai an jeden Morgen vorm Frühstück splitternackt in den See.

Ach, tatsächlich?

Im übrigen schwört er auf Sauna wie der alte Baron von Ardenne. Der kann nicht weit von Neunzig sein und hat neulich im Fernsehen sein biologisches Alter mit Sechzig angegeben. Dann dürfte er, Max, ja grade erst auf die Vierzig zumarschieren.

Er lachte dröhnend.

Noch Kaffee?

Aber gern.

Übrigens könnten wir anschließend hinunter zum Steg. Was meinen Sie?

Zum Baden war sie nicht eingeladen, hat also nichts mit, keinen Badeanzug und solche Sachen. Aber das spöttische Glitzern hat sie im Auge.

Er sagte: Ich bade nackt, und an Handtüchern ist kein Mangel.

Hab ich gesehen, sagte sie. Sie sind in der Sauna zurechtgelegt.

Also hinunter zum See.

Er hat es eilig, vor der kleinen Wescher am Ende des Steges zu sein und sich der Kleider zu entledigen. Seine Rückseite, meint er, wäre noch eindrucksstark darzubieten, jedenfalls hat er keinen Hängearsch. Und da steht er nun, läßt die Muskeln spielen, ein Mann mit einem Kreuz wie ein Schrank, auf Rücken und Schultern kräftig behaart, aber mit fast kahlem Schädel, wippt auf den Zehenspitzen, hebt die Arme, als breitete er weit die Flügel aus, und wirft sich vom Brett. Genauer gesagt, versucht er das, bekommt aber leider das Übergewicht. Er fällt wie ein Stein, klatscht mit dem Bauch aufs Wasser und verursacht eine mittlere Flutwelle, die im Schilf verrauscht. Als er prustend wieder auftaucht, sieht er die kleine Wescher am Ende des Steges sitzen. Sie baumelt mit den Beinen und lacht und lacht.

Da bleibt einem Mann nur die Ernsthaftigkeit. Also zu den Altschulden.

Er hält sich an der Stegleiter fest, schaut zu ihr auf, die ist mädchenhaft, die hat eine Taille, er könnte sie mit den Händen umspannen, sehr hübsche Brüste, größer, als zu vermuten war.

Er räuspert sich.

Die LPG hat Ställe gebaut und Straßen, die zueinander führten, sogar die Kaufhalle in Wendenburg wäre ohne uns nicht errichtet worden. Was wir in Vorwendezeiten für die Kommune gebaut haben, für die Leute, wenn Sie so wollen, Kindergarten, Poliklinik, alles im Arsch.

Dieser Max Stephan hatte mit der Wescher ins Bett gewollt, mit einem Mal war ihm daran gelegen, ihr die Schwierigkeiten seines Jobs zu erklären.

Als er die Leiter erklomm, sich also mit der Vorderseite präsentieren mußte, pumpte er sich noch kräftig mit Atemluft auf, um den Brustkorb gehörig zu weiten und in ein schönes Verhältnis zum Bauchspeck zu bringen. Bald vergaß er, sich darzustellen, hockte auf den Planken und zeigte sich schamlos so, wie er war, ein besorgter, alternder, leider zu beleibter Mann.

Die Genossenschaft ist mit anderthalb Millionen Altschulden nach der Währungsunion an den Start gegangen. Zehn Prozent Zinsen und mehr, jetzt stehen wir mit zweieinhalb Millionen in der Kreide. Es ist so, wie Christian Berger sagt, die Bank hat uns die gelbe Karte gezeigt. Wir sollen zurückzahlen, so auch der zynische Vorschlag aus Bonn.

Da müßtet ihr ja verrückt sein.

Die Agrargenossenschaften sind ungeliebt. Man betrachtet sie als Rudimente der verdammten sozialistischen Zeit. Dabei könnte nirgends effektiver gearbeitet werden als mit Betriebsgrößen, wie sie sich hier nun einmal herausgebildet haben, tausend, zweitausend Hektar. Man will es nicht, also werden wir zur Strecke gebracht.

Da war er unversehens wieder beim Waidwerk und seinen Redensarten, und es geschah im Eifer des Gefechts, daß er die Wescher duzte.

Weißt du, wie ich mir manchmal vorkomme? Wie Robin Hood, ein alt angelsächsischer Edelmann, Herr auf Hörbeck, der die helle Wut kriegt, weil jeder Furz nach normannischem Recht beurteilt werden muß, weil sich die neuen Herren gesundstoßen wollen, weil viele kleine Leute darunter leiden und er nicht helfen kann. Eines Tages hat er die Schnauze voll und geht nach Sherwood in die Wälder. Dies hier ist Sherwood, Angela.

Sie lachte. Zehnmal verfilmte Geschichte, und ich weiß nicht, wie der Rebell der Schlinge entgangen ist.

Ich glaube, mit Hilfe einer normannischen Prinzessin, durch eine Liebesgeschichte. Und dann war da auch noch Richard Löwenherz.

Vergiß den König! Jetzt hatte sie ihn geduzt. Auch Löwenherz legt sich nicht mit den Banken an.

Das Du tat ihm wohl. Er versuchte den lammfrommen Blick zu machen und gleichzeitig die blauen Augen glimmen zu lassen und geriet beinahe ins Schielen bei diesem Versuch.

Da sprang sie ins Wasser und schwamm davon.

Später, als sie sich abtrocknete, planschte Stephan mit der trägen Genüßlichkeit eines Nilpferds im Wasser herum.

Sie rieb sich, am Geländer stehend, die Nässe aus den Haaren.

Wie da heraus?

Aus dem See?

Aus der Scheiße.

Ich komm gleich drauf.

Wieder auf dem Steg, schlang er sich das Badelaken um die Lenden und hockte sich neben die hübsche Wescher aufs Geländer.

Schau mal, sagte er eifrig, ich darf nicht Pleite machen. Es würde mich nicht im geringsten kratzen, wenn die Banken in die Röhre gucken müßten, aber auch alle anderen hätten das Nachsehen, meine Genossenschafter würden ihre Anteile verlieren.

Er erzählte von den Wagenknechts. Ich hätte so gerne gesagt: Ihr wollt nach Mankmoos zurück, in das Elternhaus. Ihr wollt euch als Wiedereinrichter versuchen. Na gut, ich zahl euch aus, mit zwanzigtausend Mark. Das muß für den Start genügen. Ich muß weitermachen, ich muß.

Aber wie denn?

Mir fehlt die normannische Prinzessin.

Sie schwammen noch einmal hinaus auf den See, ließen sich später von der Sonne trocknen, und als es zu heiß geworden war, zogen sie sich zum Eingang des Steges zurück, der von den Zweigen einer gewaltigen Esche beschattet wurde. Sie wickelten sich in ihre Badelaken und waren bald eingeschlafen.

Als die Wescher erwachte, saß Stephan mit dem Rücken gegen einen Pfahl des Geländers gelehnt und grinste dümmlich. Sie wußte bald, warum, denn er deckte sich auf und zeigte vor, wie stattlich er gewachsen war.

Die Wescher blinzelte ungläubig. Sie hätte sich mit einem einzigen Sprung ins Wasser aus der Affäre ziehen können. Sie sprang aber nicht.

25
Ein glasklarer Totschlag

Der Staatsanwalt Müller-Mellin war ein schmaler, schneidiger Mann in den Fünfzigern. Ein Schmiß in der Wange verriet, daß er während des Jura-Studiums einer schlagenden Verbindung angehört hatte, die ihre Korpsbrüder in völkischer Denkungsart erzog, in sehr deutscher Tradition jedenfalls, wie sie noch in der Weimarer Republik gepflegt, dann aber verboten und in Westdeutschland erst nach dem Ende des Zweiten Weltkrieges wiederbelebt worden war. Vielleicht durfte man sagen, mit seiner Blessur stellte der Mann zur Schau, daß er für konservative Werte stritt.

Vor einiger Zeit war er aus Schleswig-Holstein nach Mecklenburg-Vorpommern übergesiedelt und auf Empfehlung seiner Partei ins Amt gekommen, dennoch hielt er sich zugute, daß er nur gehalten war, seinem Gewissen zu folgen und dem Gesetz selbstverständlich, das, nach beinahe einem halben Jahrhundert der Rechtlosigkeit in den östlichen Gebieten, endlich wieder in ganz Deutschland Geltung hatte.

Tatsächlich hatte sich der Herzog Karl-Ludwig an den Herrn Ministerpräsidenten gewandt und mitgeteilt, die Leute in seiner Umgebung meinten, man habe einen Menschen namens Daniel Druskat, langjähriges Mitglied der Staatspartei SED, zu Unrecht verhaftet. Aber niemand weiß, ob es überhaupt eines Fingerzeigs bedurfte, daß Müller-Mellin den Fall so rasch wie möglich klären wollte.

Er sagte, als Druskat vor seinem Tisch erschienen war: Als der dienstälteste der neuen Beamten in Mecklenburg-Vorpommern habe ich mich Ihres Falles angenommen. Ja, ich war beinahe zwanzig Jahre Staatsanwalt bei der Großen Strafkammer in Hannover und habe mich des Falles also angenommen, damit gar nicht erst jemand auf den Gedanken kommt, es sei nicht fair zugegangen bei der Auseinandersetzung mit einem Mann wie Ihnen, mit dem politischen Gegner, meine ich.

Druskat fragte: Kannten Sie die DDR?

Müller-Mellin schüttelte den Kopf.

Meine Familie ist aus dem Sudetengau vertrieben worden. Eine Zeitlang haben wir in der Nähe von Zittau gelebt, sind aber schon in den fünfziger Jahren weggegangen. Ich hab keine Erinnerungen, wenn Sie das meinen, aber eine Menge in Erfahrung gebracht über das Unrechtssystem. Manchmal habe ich die Transit-Autobahn benutzen müssen, immer begleitet von einem Gefühl leichten Gruselns. Furcht also. Die haben Sie ja auch gekannt.

Druskat hob die Schultern.

Warum haben Sie die Tat zwanzig Jahre lang verschwiegen?

Druskat sagte nach einigem Zögern: Aus Angst. Wissen Sie, ich hatte meine Chance genutzt, es schließlich zu was gebracht, ein Wolhynier, ein Beutedeutscher. Ich war ein geachteter Mann. Selbstverständlich hatte ich Angst, Freunde zu verlieren, Genossen, Vertrauen zu verlieren, das ich mir erworben hatte, mühsam genug. Ja, ich hatte Angst, ausgestoßen zu werden, ein Gezeichneter, den man meiden muß. Wie dann leben? Lange Zeit hab ich gedacht, das war in einem anderen Leben, vergiß, was keiner weiß außer dir, vergiß. Mach deine Schuld durch harte Arbeit wieder gut. So bin ich am Ende ein Eigenbrötler geworden, ein ungeliebter Mann.

Müller-Mellin nickte. Ein Kommunist aus Überzeugung.

Das klang wie ein Vorwurf.

Druskat sagte: Herr Staatsanwalt, ich bin Ihnen an Alter und Erfahrung voraus. Ich mußte über die Schlachtfelder des Nazi-Krieges ziehen, ein Vierzehnjähriger, vorbei an ungezählten Toten von Wolhynien bis Horbeck. Und dort bin ich wieder dem Tod begegnet. Die Alternative Sozialismus habe ich gewollt und gewählt.

Aber ich lasse Ihnen ja Ihre Überzeugung. Müller-Mellin lächelte. Ich meine nur, daß Sie ein widersprüchlicher Mensch sind. Sie haben als Landwirtschaftssekretär für die Kreisleitung der SED gearbeitet, und dennoch existiert eine Opferakte der Stasi über Sie.

Druskat hob den Kopf. Das wußte ich nicht.

Wir haben uns sorgfältig vorbereitet. Müller-Mellin blätterte in den Akten. Dann fragte er: Was ist damals passiert?

Das war lange her, aber Druskat erinnerte sich jeder Einzelheit, und während er erzählte, sah er sich, wie er an der Tafel bedienen mußte, schmächtiges Kerlchen damals, in feiner Livree.

Sie waren alle miteinander angetrunken, in dieser Nacht vor dem Weltuntergang, die schöne Frau im glitzrigen Abendkleid und ihre tafelnden Gäste, Offiziere in knapp sitzenden Uniformen, ordenbehängt, auf schwarzen Kragenspiegeln grinsten die Totenköpfe.

Druskat mußte einschenken. Die Herrschaften soffen, was das Zeug hielt. Sie stießen immer wieder miteinander an, bis es vom Turm Mitternacht schlug, Geisterstunde, Abschiedsstunde.

Nun erhob sich die Gräfin, und mit ihr erhoben sich die besoffenen Galane. Sie zerbrachen die Gläser, niemand sollte mehr aus den Pokalen trinken, kein Iwan, kein Knecht. Die Gräfin rief: Ich will Abschied nehmen von meinen Toten. Wer leuchtet mir hinab in die Gruft? Alle, alle!

Druskat fuhr die Angst ins Gedärm. Er mußte vor ihnen in der Kirche sein. Er mußte den Jungen rausholen, Wladek, den Polenjungen. Stephan und er hatten ihn bei den Toten versteckt.

Hundertmal oder öfter hatte Druskat diese Szene im Traum erlebt, hundertmal dieselbe Geschichte. Er will jemanden retten und kann's nicht vollbringen. Er will davonlaufen und kommt nicht vom Fleck. Er will's nicht und schlägt dennoch jemanden tot.

Langsam, langsam ging er rückwärts. Er wollte die betrunkene Gesellschaft im Auge behalten, bis er die geschnitzte Tür in seinem Rücken fühlen konnte, er ertastete sie mit den Händen und sah plötzlich, daß ihm Dobbin mit den Blicken folgte, der Hund.

Druskat schlüpfte hinaus, er jagte über die gefliesten Gänge, er hörte seine Schritte hallen, das Blut in den Ohren rauschen, er konnte die eigenen Gedanken wie fremde Stimmen hören: Wenn du dich in Sicherheit bringst, kann dich niemand belangen. Wladek wird umkommen, du hast nichts damit zu tun. Wenn du ihn im Stich läßt, wirst du leben. Wenn sie dich bei Wladek fassen, mußt du sterben. Die Stimmen schrien auf ihn ein, für und wider: Lauf weg und bleib stehn. Sei tapfer und sei besser klug. Hilf ihm und hilf dir doch selber, Mensch.

Plötzlich packte ihn der Inspektor bei der Schulter. Er raunte: Du hast Angst. Ist auch nicht gut, wenn man uns später etwas anhängen kann. Ich helf dir, mein Junge. Der Polenjunge ist in der Kirche, nicht wahr?

Druskat nickte in seiner Angst. Er hatte ja keine Wahl. Er vertraute dem Mann mit der Flüsterstimme.

Endlich war es soweit. Sie hatten den Deckel zur Gruft gehoben. Ich hol dich raus, Wladek. Du mußt auf der Stelle fort, beeil dich, faß meine Hand.

Da drang die Gesellschaft in die Kirche ein. Wir sahen sie näher kommen, schattenhaft schwankend und drohend. Keiner der

Männer konnte noch grade gehen. Sie hielten Leuchter, andere entzündeten die Kerzen auf dem Altar. Das gelbe Zeichen, das Brandmal Pole leuchtete auf Wladeks Brust. Er spuckte mir ins Gesicht. Dann fiel der Schuß. Ein Todesschrei verhallte und mein eigener verzweifelter Schrei.

Wladek vor meinen Augen erschossen. Dann hat einer die Glocke gezogen, Sturm geläutet, und dann bin ich allein gewesen mit dem Toten. Ich hockte auf den Stufen vor dem Altar, wollte beten in der Verzweiflung und konnte es nicht. Ich dachte, hier bleibst du sitzen, bis einer kommt, dem du alles erzählen kannst, oder bis einer kommt, der dich totschlägt, auch egal.

Und dann kam er zurück, der Inspektor, Dobbin, dieser Hund. Er hatte Wladek auf dem Gewissen. Jetzt befahl er: Schaff den Toten raus, verscharr ihn irgendwo. Jeden Augenblick können sich die Pollacken aus dem Lager befreien. Wenn sie dich bei der Leiche finden, hängst du am nächsten Baum. Schaff den Toten fort, verscharr ihn, und er sagte das, als ging's um ein Aas, ein verrecktes Stück Vieh.

Ich dachte, der ist schuld, der hat dich reingelegt, der hat dich in der Hand. Von dieser Stunde an bin ich sein Totengräber und sein Komplize. Ich haßte ihn. Ich war blind vor Haß. Auf einmal hielt ich einen Leuchter in der Hand, schlug zu, er stürzte, ich über ihn, wir rangen um seine Pistole, sie war ihm aus der Hand gefallen. Er lag auf dem Rücken, stieß mir den Stiefelabsatz in den Unterleib, der Tritt warf mich gegen das Kirchengestühl, es splitterte und krachte. Mir wollte schwarz vor Augen werden, aber die Pistole hielt ich krampfhaft in der Hand. Ich hatte mich noch nicht wieder aufgerappelt, da stand er hoch über mir. Ich drückte ab, einmal, zweimal. Er fiel auf mich wie ein Baum. Ich mußte mir einen Toten von der Brust wälzen, ehe ich mich erheben konnte.

In derselben Nacht habe ich die Toten auf mein Pferd gebunden, erst den einen, dann den anderen zu den beiden Felsen gebracht. Zwei Tote sind auf meinem Pferd zu ihrem Grab geritten.

Wer soll diese unwahrscheinliche Geschichte glauben?

Ein glasklarer Totschlag, sagte Müller-Mellin, wenn es sich wirklich so zugetragen hat.

Es war so.

Gibt es Zeugen?

Druskat nickte. Fräulein Ida, die Wirtin von »Luisenruh«.

Ich will sie anhören, meinte Müller-Mellin. Totschlag wäre längst verjährt. Ich werde die Akte schließen. Damit tue ich, was rechtens ist, und hoffe sehr, das hilft Ihnen, sich in Zukunft loyal zu verhalten.

Der Staatsanwalt erhob sich, und Druskat begriff, daß dieser Mann es ehrlich meinte.

Trotzdem sagte er: Ich bin ins soziale Abseits geraten. Ich bin gedemütigt worden. Man sagt mir, ich hätte umsonst gelebt. Und so ergeht es vielen. Loyalität kann ich nicht versprechen.

Müller-Mellin lachte. Was wollen Sie denn noch tun, ein alter Mann?

Streiten, auf der Seite der Benachteiligten. Streiten. Jetzt kann ich's ja. Sie haben mir den Rücken frei gemacht, und dafür will ich Ihnen danken.

26
Max Stephan braucht einen Schnaps

Angela fuhr Max Stephan bis vor das Ortseingangsschild von Horbeck. Ein Weilchen saßen sie noch beieinander, blickten sich in die Augen, lächelten, bis sie sagte: Ich bedanke mich für den schönen Nachmittag.

Ich habe zu danken, Prinzessin. Stephan küßte sie, Abschied nehmend, zärtlich, beinahe geschwisterlich, dann schwang er sich aus dem Wagen und sah dem Cabrio nach, bis es ihm weit hinten in der Kurve aus den Augen kam.

Als er über den Hof schlenderte, stand da ein Mercedes der Sonderklasse mit Frankfurter Kennzeichen vor seiner Tür, und Stephan beeilte sich, ins Haus zu kommen.

Seine dicke Hilde und so ein Kerlchen im Nadelstreifenanzug saßen sich in den Sesseln gegenüber.

Hallo! rief Stephan und warf seinen Hut, mit dem er den Kahlkopf bedeckt gehalten hatte, mit Schwung auf einen Stuhl.

Das ist Doktor Kaiser, sagte Hilde. Er kommt von der Preußischen Bank in Frankfurt am Main und wollte unbedingt warten.

Doktor Kaiser sprang artig aus dem Sessel. Die Männer begrüßten sich.

Ein Doktor von der Preußischen. Stephan gab sich verwundert. Wie kommt der Glanz in meine Hütte?

Von wegen Hütte, rief Doktor Kaiser und deutete auf die altdeutsch geschnitzten Möbelwände.

Stephan lachte. Sie haben wohl auch gedacht, wir im Osten säßen immer noch auf den Bäumen?

Max, rief Hilde tadelnd, und erhob sich, um eine dritte Tasse zu holen.

Spar die Tasse, Hildchen, sagte Stephan. Ich nehm deine. Du hast bestimmt noch 'ne Menge zu tun. Er verwies sie quasi auf launige Weise des Zimmers, und Hilde gehorchte mit finsterem Blick.

Stephan lud den Doktor Kaiser ein, wieder Platz zu nehmen.

Also, was verschafft mir die Ehre?

Ich will mit Ihnen ins Geschäft kommen.

Aha, dachte Stephan, dann komm mal rüber. Er machte sein Schafsgesicht.

Doktor Kaiser begann seine Ausführungen mit einem ganz dicken Lob. Sie haben Führungsqualitäten unter Beweis gestellt, vor der Wende wie nach der Wende. Die Agrargenossenschaft fährt Gewinne ein.

Das stimmt.

In letzter Zeit gibt's Schwierigkeiten.

Stimmt auch, räumte Stephan ein. Die Altschulden.

Ich weiß, wie man damit fertigwerden kann, behauptete Doktor Kaiser. Das interessierte den Stephan sehr.

Scharfer Schnitt, sagte Doktor Kaiser, Liquidation der Genossenschaft, Konkurs. Die Altschulden haben sich erledigt.

Ach. Stephan machte immer noch das Schafsgesicht.

Doktor Kaiser geriet in Eifer. Wir unterhalten Kontakte zu vielen Insolvenzberatern, Rechtsanwälten, Sequestoren. Ausschließlich westdeutsche Führungskräfte. Also könnten wir's arrangieren, daß zum richtigen Zeitpunkt der richtige Käufer ins Spiel gebracht wird. Der kriegt den Zuschlag zu kulantem Preis.

Betrügerischer Konkurs, warf Stephan ein.

Aber Doktor Kaiser spreizte abwehrend alle fünf Finger einer Hand. Ein grobes Wort für ein Verfahren, das zu einer Kunst entwickelt worden ist. Die Agrargenossenschaft hat keine Chance. Das Verwaltungsgericht hat dem Ersuchen des Herzogs Karl-Ludwig stattgegeben. Eine Rückführung würde große Teile Ihres Betriebes betreffen, das Wolfsluch, Bodenreformländereien. Solange auch nur geprüft wird, läuft in Horbeck gar nichts mehr.

Ja, ja, sagte Stephan. Ich fürchte, wir im Osten sollen wieder einmal gelinkt werden wie bei den Schlachthofpleiten, den Brauereibetrügereien, bei dem Milliardenschwindel mit den Werften. Ach, hätte ich armes Schwein doch anderthalb Millionen und Ihre Bank zum Partner, Doktor. Ich könnte hier in Horbeck die Karre aus dem Dreck fahren.

Sie werden nicht zu kurz kommen, verriet Doktor Kaiser mit einem anbiederischen Lächeln. Wenn Sie uns helfen, Ihren Betrieb geschickt in den Konkurs zu führen, wird Sie der neue Eigentümer als Chef wieder einstellen, mit einem viel besseren Verdienst als heute.

Und wie werden wir den Forderungen der Bauern gerecht?

Da konnte Doktor Kaiser nur die Schultern heben. Schließlich sagte er: So wenig man die Wendenburger Aufbau-Gesellschaft für die Altschulden in die Pflicht nehmen kann, so wenig wird man Sie wegen der Anteile ehemaliger Genossenschaftler belangen können.

Verstehe, sagte Stephan nach einer ganzen Weile. Ich soll meinen eigenen Arsch retten, indem ich die Bauern verrate.

Er sprang auf, machte ein paar große Schritte, riß die Türe auf und winkte dem Besucher.

Der Mann blickte ratlos und fuhr zusammen, als Stephan schrie: Bist du noch nicht verschwunden, Doktor Kaiser!

Hilde erschien plötzlich händeringend im Flur. Max, um Gottes willen!

Aber sie konnte weder dem Mann von der Preußischen helfen noch verhindern, daß Stephan den Banker beim Schlafittchen ergriff und mit einem kräftigen Fußtritt auf den Hof beförderte.

Der Mann rappelte sich auf und klopfte den Dreck von den Nadelstreifen. Er war außer sich. Ich zeige Sie an, Sie alte Kommunistensau!

Daraufhin nannte Stephan den Herrn Doktor Kaiser ein Kapitalistenschwein.

Hilde nahm den zitternden Stephan beim Arm und zerrte ihn in die Küche.

Max, rief sie, Gewalttätigkeit bringt nichts, das mußt du doch wissen.

Meinst du, daß Beten hilft?

Sie verstand nicht.

Hilde, rief er, noch immer im Zorn, du hast dich zu einer Schwarzfahrt aufgemacht, mit meinem Golf. Und bist heimgekehrt, total erschöpft. Der Hut war dir verrutscht, und der Hüftgürtel hing dir wahrscheinlich sonstwo herum. Streit das nicht ab. Ich hab gesehen, wie du ihn verzweifelt in die Höhe zerren mußtest.

Sie protestierte ungehalten. Ich hatte ein Problem mit dem Reißverschluß. Das war alles.

Es ändert nichts an den Tatsachen. Du hast dich in schwarzes Zeug gezwängt wie eine dicke Nonne, um möglichst fromm auszusehen, als du mit gefalteten Händen vor der Pfarrei in Wendenburg standest.

Das war Staafs Idee.

Der Mann ist uralt, und es grenzte ans Wunderbare, wäre er

nicht senil. Außerdem müßtest du von früher wissen, wie leicht er sich in den Mitteln vergreift.

Ja, stellte Hilde mit einiger Gehässigkeit fest, ihr seid euch ähnlich.

Max gebärdete sich, als hätte ihn die Frau gekränkt. War dieser Gustav Hecht nicht oft genug mein Antipode? Zum Beispiel, als er verlangt hat, ich, der Chef der erfolgreichsten Genossenschaft weit und breit, sollte mich der Kooperation anschließen, nur wegen eines beschissenen, marxistischen Prinzips. Heute rennt er zum Papst, weil es mit Marx nicht mehr funktioniert.

Zum Propst, rief Hilde. Weil Max, zum Teufel, nicht zu finden war. Wo hast du eigentlich gesteckt?

Hilde, sagte er ausweichend, ich könnte einen Schnaps gebrauchen.

Hol dir einen.

Er erhob sich seufzend, fand im Kühlschrank noch einen Rest vom Aquavit und schenkte sich ein. Er kippte den Schnaps mit einer knappen Bewegung der Hand hinter die Binde, schluckte und rülpste sich den Frust aus dem Halse.

Hilde war empört. Max, sei doch einmal ein feiner Mann.

Ich bin ein armer Mann. Sie wollen die Genossenschaft in den Konkurs zwingen. Deshalb war dieses Arschloch hier. Die Arbeit eines Lebens umsonst. Ja, sie hauen mir die Beine weg.

Sie begriff im Augenblick. Es geht zu Ende mit der Agrargenossenschaft, und es rührte sie, als sie ihn so reden hörte.

Sie sagte: Ich habe manches Mal an dir gelitten, an deiner Wildheit, deiner Rücksichtslosigkeit, an deiner wüsten Sauferei in jungen Jahren, an deinen Weiberaffären, aber ich habe dich lieb, und ich gönne niemandem den Triumph, einen Mann wie dich niederzuwerfen.

Du liebst mich?

Hilde nickte.

Ach Hilde, weißt du noch, wie du geschwärmt hast: Das Haus, der Hof, die Ländereien, alles zusammen ein Millionending. Wenn du für mich bürgst, kann uns keine Bank den Kredit verweigern. Ich wäre für eine ganze Weile aus dem Schneider. Ein Dutzend andere Leute auch, zum Beispiel die Wagenknechts, Hilde, die armen Wagenknechts.

Jetzt brauch ich einen Schnaps.

Stephan schenkte ein.

Sie sagte: Ich bin zu Eigentum gekommen, oder mir ist bewußt geworden, was das wert ist. Der Besitz ist unsere einzige Sicherheit in diesen unsicheren Zeiten. Bei aller Liebe, Max, ich kann ihn nicht hergeben, und ich kann ihn nicht verpfänden wegen deiner Genossenschaft.

Was soll aus ihr werden?

Sie hob die Schultern, dann sagte sie: Laß dir was einfallen.

27
Wutzke schaufelt am eigenen Grab

Günther Wutzke hatte sich jahrzehntelang der Stasi als Zuträger angedient und ausreichend Gelegenheit gehabt, seine Fähigkeit zum Schnüffler auszubilden. Jetzt sollte er den Ämtern helfen, nach Unterlagen zu suchen, welche die Restitutionsansprüche Karl-Ludwigs, des Herzogs in Wendenburg, unterstützten, und war mit Feuereifer an die Arbeit gegangen. Er hoffte auf ein Erfolgshonorar, aber ihn motivierte auch seine Abneigung gegen Max Stephan, der Haß auf einen erfolgreichen Mann, der vor der Wende weit berühmt war und heute schon wieder auf dem Wege, sich öffentliche Anerkennung zu verschaffen.

Wutzkes Deckname hatte Denker gelautet. Merkwürdigerweise lebte der Denunziant nicht in der Furcht vor Enttarnung. Er hatte vorzugsweise Persönlichkeiten der landwirtschaftlichen Bereiche ausgespäht. Sie waren bis auf wenige abgewickelt und interessierten niemanden mehr.

Wollte er Stephan schaden, mußte er dessen kleines Herzogtum zerstören, und das würde gelingen, sobald er Dokumente vorzeigen konnte, mit denen der Anspruch Karl-Ludwigs auf bestimmte Ländereien untermauert wurde. Es sollte aber auch der Nachweis erbracht werden, daß dieser letzte Wendenburger tatsächlich ein Nachkomme der Pribislawen war, was in gewissen Kreisen leider bezweifelt wurde.

Falls man das Faktum einer Adoption nicht für einen Mangel hielt, war der genealogische Beweis rasch gefunden. Schwierig war es mit den Latifundien. Wutzke stellte das städtische Archiv auf den Kopf, er sprach wieder und wieder im

Haupt- und Landesarchiv zu Schwerin vor, das in der Nähe des prachtvollen Schlosses gelegen war. Er saß Stunde für Stunde im Lesesaal, knotete alte Aktenbündel auf, und eines Tages machte er endlich einen sensationellen Fund.

Davon berichtete er am runden Tisch im Amtszimmer des Landrats Harry Hirschwein und in Gegenwart solcher Persönlichkeiten wie des Herrn Propstes von Trittau und des Herrn Doktor Kaiser von der Preußischen Bank.

Endlich haben wir Klarheit über die Restitutionsansprüche des Herzogs Karl-Ludwig. Ich habe Belege dafür, daß Ludwig-Alexander in Wendenburg, der Vater von Hoheit, 1936 das gesamte Wolfsluch dem Gauleiter von Mecklenburg als Jagdrevier für Niederwild übereignet hat, per Handschlag. Todsicher unter Druck. Im Ganzen 1 400 Hektar, die über den damaligen Gau schließlich in den Besitz der Stadt Wendenburg gelangt sind. Hier besteht Rückgabeanspruch. Im Augenblick sind die Ländereien mittelfristig verpachtet.

Wissen Sie, an wen?

Hirschwein nickte. An diesen Max Stephan, beziehungsweise an die Agrargenossenschaft.

Wutzke bejahte, und Doktor Kaiser streifte am linken Arm die Manschette auf, um blaue Flecken vorzuweisen.

Ich hab mit diesem Menschen über eine faire Lösung sprechen wollen. Er hat mich körperlich mißhandelt, sogar ein Kapitalistenschwein genannt. Also werden wir andere Mittel finden müssen, wenn nötig drastische, um das Eigentum Seiner Hoheit freizuräumen. Offenbar geht es nicht ohne Leute fürs Grobe. Ein paar Spatenstiche an der richtigen Stelle, hab ich mir sagen lassen, und Stephans Herde würde baden gehen.

Er starrte auf Wutzke, und der sagte nach einer kleinen

Weile: Das ist richtig. Die Kühe müssen fort, die beiden Häuser in Mankmoos endlich an den Eigentümer zurückgegeben werden.

An diesem Punkt der Diskussion mischte sich Herr von Trittau warnend ein.

Was im Namen des Herzogs geschieht, darf nicht zur Belastung werden für die Politik. Schlagen Sie meinetwegen auf die Genossenschaften ein, soviel Sie wollen, rechnen Sie mit diesem Stephan ab, aber gehen Sie bitte vorsichtig mit den kleinen Leuten um. Der Krieg um die Häuser in Mankmoos ist unpopulär. Das ist auch die Meinung des Herrn Ministerpräsidenten.

Das Problem Mankmoos Nummer 1, meinte Doktor Kaiser, erledigt sich auf biologischem Wege.

Aber da ist noch dieses Wagenknecht-Haus, wandte von Trittau ein.

Doktor Kaiser wußte Rat. Wir bieten es den Leuten zu einem Preis an, der sie zurückschrecken läßt. Übrigens vermisse ich Seine Hoheit am Tisch.

Das ist Ihr Problem, Herr Doktor Kaiser, sagte Hirschwein. Hoheit glänzte durch Abwesenheit bei der Eröffnung der Loge zum Heiligen Georg, Hoheit fehlte bei der Fahnenweihe des Schützenvereins. Hoheit macht sich rar.

Wutzke konnte als Sonderbeauftragter der Behörde in Sachen Herzogliches Eigentum betrachtet werden, hatte aber eine ordentliche Bestallung durch das Landratsamt nicht angestrebt. Womöglich käme bei einer Tiefenprüfung doch ans Licht, daß er IM gewesen war. Es genügte ihm, eine Zeitlang Nutznießer einer Arbeitsbeschaffungsmaßnahme zu sein, bis er in den Dienst der Aufbau-Gesellschaft Wendenburg treten konnte. Doktor Kaiser war sein Ansprechpartner. Wutzke wußte längst, daß seine Arbeit wesentlich für das Kuratorium war und die Bank Millionen scheffeln würde, falls er fündig werden sollte, und deshalb hatte er schon beim Einstellungsgespräch nach einer Erfolgsprämie gefragt.

Sie werden nicht zu kurz kommen, hatte Doktor Kaiser ausweichend geantwortet, aber dann war heute dieser eine Satz gefallen: Wir werden andere Mittel finden müssen, drastische. Das hatte Wutzke erneut Gelegenheit gegeben, nach der Prämie zu fragen. Schließlich mußte er, um Stephan das Handwerk zu legen, zuverlässige Leute finden und bezahlen, das aber doch wohl kaum von seinem eigenen Salär.

Also, was ist Wutzkes Erfolg dem Kuratorium wert?

Fünfzigtausend, hatte Doktor Kaiser schlicht gesagt.

Es dämmerte, als Wutzke hinkend auf dem Bahnhofsvorplatz von Hohenzedlitz erschien.

Zu dieser Stunde versammelte sich beinahe tagtäglich ein Dutzend junger Männer, die einander ähnelten, weil einer wie der andere kahl geschoren war, ringgeschmückt an Ohren oder Augenbrauen und in eine Art von Tarnanzug gekleidet, wie sie von Angehörigen militärischer Einheiten während der Manöver getragen werden.

Die jungen Männer postierten sich vor den Treppen des Bahnhofsportals und machten sich einen Spaß daraus, Reisende zu belästigen, indem sie die rechte Hand zum Hitlergruß ausstreckten oder heil, heil grölten, und gewöhnlich dauerte es eine Weile, bis die Polizei erschien, um dem Spuk ein Ende zu machen.

Als sich Wutzke, auf einen Stock gestützt, humpelnd näherte, erhoben sich einige, die auf den Treppenstufen gehockt hatten, und traten den übrigen zur Seite. Die Truppe duldete weder Ausländer noch Behinderte in ihrer Nähe und war offenbar entschlossen, das Hinkebein vom Haupteingang des Bahnhofs fernzuhalten. Jedenfalls schossen sie mit Fußtritten geleerte Bierdosen in Richtung Wutzke und nahmen ein Drohgebaren ein.

Wutzke hatte zwar Angst, aber der Gedanke an 50000 DM machte ihn mutig. Er blieb stehen, zog das Hosenbein in die Höhe und zeigte die Prothese vor.

Krieg, sagte er, Kriegsverletzung.

Er sah in infantile, in stumpfsinnige Gesichter und hatte den Eindruck, als müsse er sich irgendwelchen Leuten aus der hintersten Türkei verständlich machen.

Ich war bei der SS.

Das verstanden sie sofort, standen stramm und reckten die Arme zum »deutschen Gruß«.

Wer ist der Boß? wollte Wutzke wissen.

Sie schoben einen jungen Menschen vor, der größer und stärker war als die übrigen.

Wutzke winkte mit einem Hundertmarkschein.

Erst mal das, sagte er. Sauft einen auf meine Rechnung. Dann zog er den großen Kerl zur Seite. Sie tuschelten eine Weile, der Große nickte, und Wutzke wußte in dieser Abendstunde noch nicht, daß er auf dem besten Wege war, sich das eigene Grab zu schaufeln.

28
Märchenhafte Geschichten

Obwohl Herbert Probst in diesem Sommer keine Fontänen springen lassen konnte, zog er junges Volk in Scharen an. Er saß auf einer der Bänke im Schatten der Bäume, zu seinen Füßen aber nicht nur Cossi, die treue Mischlingshündin, sondern auch zwei Dutzend Mädchen und Jungen, die ihre Fahrräder gegen die Bäume gelehnt oder die Puppenwagen an der Bordsteinkante geparkt hatten und nun offenmäulig oder mit dem Daumen zwischen den Zähnen lauschten, was der Mann erzählte. Der Stadtpolizist Hachmeister, ein rothaariger junger Mensch, war, Hände auf dem Rücken, unauffällig herangeschlendert. Er hatte den Kopf so gedreht, daß er sein Ohr in richtiger Lauschrichtung halten konnte, erfuhr aber nichts, was ihn zum Einschreiten hätte nötigen können.

Die Rede war von einem Kaufmann, der zur Messe nach Leipzig gefahren war und sich Sorgen machte um eine Tochter aus erster Ehe. Das Mädchen war hübsch, freundlich und fromm, aber nicht gern gesehen von ihrer Stiefmutter und ihren bösen Halbschwestern. Es wurde ständig angemeckert und herumgestoßen. Wenn die Schwestern Rollschuhe geschenkt bekamen, ging das arme Kind leer aus. Es wurde nicht mal in die Stube gelassen, sondern mußte in der Küche wohnen, von früh bis spät arbeiten, also Feuer machen, Wasser holen, kochen, waschen und scheuern. Manchmal fror das Mädchen vor Müdigkeit, dann legte es sich in die Asche am Herd, um sich ein bißchen zu wärmen. Seine Klamotten konnten nicht blütenweiß aussehen, als wären sie mit Megaperls bei neunzig Grad gewaschen worden, und das Mädchen selber war auch ein bißchen angestaubt, deshalb wurde es von der bösen Stiefmutter und den Stiefschwestern gehänselt und wie gerufen?

Aschenbrödel, schrien die Kinder begeistert, Aschenbrödel, ihre Herzen pochten voller Mitgefühl.

Der Schäferkarren stand nur kurz unter den Linden.

Schon anderen Tags erschien der nette Stadtpolizist mit amtlichem Bescheid. Der Wagen, das erste private Obdachlosenheim Wendenburgs, müsse als Störfaktor sofort aus dem Stadtzentrum verschwinden. Der Polizist half sogar, die Karre bis ans Ufer der Boblitz zu schieben, wo für gewöhnlich nicht einmal gezeltet werden durfte. Die Genehmigung galt als vorübergehend. Probst fügte sich. Wendenburg war klein. Der Weg von der Boblitz bis zur Marktinsel ist selbst für einen alten Mann leicht zu gehen, und keine Macht der Welt konnte den Regenmacher a. D. daran hindern, sich Tag für Tag dort niederzulassen, wo es ihm gefiel, auf einer Bank im Schatten der Linden, welche die acht Gerechten symbolisieren sollten. Cossi setzte sich zu seinen Füßen brav auf die Hinterläufe, und im Nu war Herbert wieder von zwei Dutzend Kindern umringt.

Heute, sagte er, erzähl ich die Geschichte vom kalten Herz.

Bei der Gelegenheit sah er zum erstenmal die alte Liddy mit dem Handwagen die Gartenstraße heraufziehen. Dann hörte er von ihrem Leben, und als er das nächstemal vom kalten Herz erzählte, flocht er die Geschichte der armen Witwe ein, der nicht erlaubt ward, ihr Spülicht in die Regenrinne zu schütten, obwohl ihr ein Ausguß verweigert wurde.

Selbstverständlich konnte Probst nicht unentwegt Geschichten erzählen. Vormittags waren die Kinder in der

Schule, und wenn seine Wohnung auch nur ein Schäferkarren war, sie wollte in Ordnung gehalten werden. Da er keinen Kühlschrank besaß, kaufte er in diesem Sommer nur wenige Lebensmittel ein, sie mußten häufig ergänzt werden. Er hatte sich der Frau Bäckermeister ebenso vorgestellt wie der jungen Frau an der Kasse des Supermarktes und der Frau Fleischermeisterin, die ihm Knochen für Cossi schenkte. Der Kauz war überall gern gesehen.

Abends feuchtete er die Kehle an, vorzugsweise mit einheimischem Bier, dann hockte er am Boblitzufer und freute sich, daß ihm Abend für Abend vergönnt war, Gottes wunderbare Welt bei Sonnenuntergang zu erleben, das Rauschen des Wassers zu vernehmen, die satten Farben zu erblicken, mit denen der Himmel eine Zeitlang malte. Aber wenn er's beim Bier hatte Nacht werden lassen unter dem funkelnden Firmament, war ihm manchmal, als spürte er die Kälte des Universums auf der Haut. Er konnte Gott nicht finden, oder er begriff, daß er der Schöpfung so gleichgültig war wie den Menschen. Dann krallte er eine Hand in Cossis Nackenfell, um sich zu vergewissern, daß er nicht alleine war auf dieser Erde, die ihm wie eine Eisscholle erschien, die im Unendlichen trieb. Er mußte ein Feuer machen, um sich zu wärmen.

Während eines vormittäglichen Streifzuges war Probst in die Nähe der Belower Tannen geraten und schon auf dem Heimwege. Er schritt, den Hund an der Leine, auf der linken Seite der Chaussee, wie es geboten war, damit er den vielen Autos, die auf ihn zurasten, entgegensehen konnte. Er wanderte ohne Eile hügelan, bis er an der Biegung auf eine Frau traf, die dort am Straßenrand wartete. Es war die alte Liddy aus der Gartenstraße, aber sie starrte ihn so forschend an, als suchte sie unter den Rillen und Furchen seines Gesichtes nach einem anderen Antlitz.

Er sagte: Du bist Liddy.

Sie lächelte. Du hast mich erkannt?

Er nickte.

Und wer bist du? Sie wartete auf seine Antwort, ängstlich, als hinge davon das Leben ab.

Ich bin Herbert.

Genau weiß ich's nicht mehr, sagte Liddy unsicher. Es ist ja schon so lange her. Aber mir ist, als hättest du anders geheißen.

Ich bin Herbert.

Die Alte seufzte. Vielleicht dachte sie, warum sollte mir der eine, auf den ich seit fünfzig Jahren warte, ausgerechnet heute vormittag erscheinen. Da sah sie mit einem Mal, daß der Mann nach der Deichsel des Handwagens griff. Sie fragte: Willst du mit mir nach Hause gehn?

Er nickte. Dann sagte er: Ein paar Arme Feuerholz könnten wir noch im Walde aufklauben. Du hast doch Ofenheizung in der Gartenstraße?

Sie war einverstanden.

Selbstverständlich machte es Aufsehen, als Liddy Reglin in Begleitung eines Mannes mit Hund in Wendenburg Einzug hielt.

Nach Feierabend klopfte der Hauswirt an die Tür. Cossi knurrte, als Probst öffnete.

Was geht hier vor, Frau Reglin?

Liddy war dabei, die Ehebetten frisch zu beziehen. Sie rief aus der Kammer: Ich mach grade die Betten, Herr Roggentin. Mein Mann ist gekommen.

29
Hoheit, denken Sie königlich!

Der Herzog hatte Ida zur Bootsfahrt eingeladen, nicht zu einer Sightseeing-Tour auf einem jener gläsernen Schiffe der Müritzflotte, die einen Kiosk an Bord haben, aus dem es nach Bockwurst riecht, nein, es sollte zünftig zugehen und sportlich. Hoheit hatte beim nächsten Bootsverleiher einen Ruderkahn gemietet.

Nur wir beide, Ida. Keinerlei Umstände, keinerlei Vorbereitung notwendig.

Dennoch hatte Ida vorsorglich einen Picknickkorb gefüllt, mit Butterbroten, hartgekochten Eiern, und auch eine Flasche des trocknen Rotweins nicht vergessen, den Hoheit bevorzugte. Sie wußte, daß Karl-Ludwig länger als zehn Jahre in den Highlands gelebt hatte und gute Erinnerungen an diese Zeit bewahrte. Das brachte sie auf den Gedanken, über den Schnelldienst eines Versandhauses eine Picknickdecke zu bestellen, rot-schottisch kariert, auf der man getrost lagern konnte, weil sie an der Unterseite mit lederartigem Material versehen war. Auf dieser Schottendecke hockte sie am Bug des Kahnes, war aber gekleidet, als hätte sie Hoheit zu einer Kutschfahrt im offenen Wagen geladen. Sie trug weißes Leinen, ein Hütchen und hielt einen spitzenbesetzten weißen Sonnenschirm in der Faust, so wie die Damen von Adel in den bunten Blättern abgelichtet waren.

Der Herzog trieb das Boot mit kräftigen Schlägen dem Deich zu, der den See von den Wiesen des Wolfsluchs trennt. Rasch kam er jener Stelle nahe, wo nach dem Willen der Projektanten vom Fürstenpark Wendenburg ein Hafen für Halbmillionen- oder noch teurere Boote mit dazugehöriger

Slipp-Anlage aus dem Boden beziehungsweise aus dem Wasser gestampft werden sollte.

Segelboote kreuzten auf dem See, Paddler oder Kanuten zogen an ihnen vorüber, und sie alle winkten den alten Herrschaften einen Gruß.

Der Herzog stand im vierundsiebzigsten Lebensjahr, und Ida bewunderte, daß er in der Lage war, das kleine Boot geschickt zu manövrieren, sobald ihnen Motorboote zu nahe kamen, größere oder kleinere Flitzer mit einer gewaltigen Bugwelle, die den Ruderkahn gefährlich wiegten, ehe sie im Schilf verrauschten.

Ida kreischte des öfteren auf, mehr belustigt als erschreckt, denn die Hoheit vermied durch kluges Gegensteuern, daß seine Dame ernsthaft in Gefahr geriet. Sie saß unterm Sonnenschirm, mit verschattetem Gesicht, erstaunlich jugendlich anzusehen, und manchmal seufzte sie vor Wohlbehagen: Ach -

Als sie dem Deich immer näher kamen, entschloß sich Ida, mit dem Herzog zu reden. Sie hatte ihm hoch angerechnet, daß er versucht hatte, sich für Daniel Druskat einzusetzen, und von Druskat wußte sie auch, was die Leute in den Dörfern um Wendenburg erwartete, falls die Aufbau-Gesellschaft mit Karl-Ludwig an der Spitze ihre Pläne realisieren würde. Sie sagte: Was wir heute noch genießen können, eine solch reizende Ruderpartie, wird nicht mehr möglich sein, sobald die riesige Slipp-Anlage existiert. Wie viele Superboote sollen hier slippen dürfen, Hoheit?

Zweihundert, denke ich, oder mehr.

Gräßlich. Ida stöhnte. Keine Rohrdommel wird mehr ihr Nest bauen, keine Ente brüten, kein Schwan. Kein Mensch wird mehr schwimmen können.

Der Herzog antwortete nicht. Er zog sich Schuhe und

Strümpfe aus, krempelte die Hosenbeine auf, denn das Boot hatte den schmalen, sandigen Uferstreifen vor der Böschung erreicht. Karl-Ludwig stieg ins flache Wasser, um den Kahn auf den Strand zu ziehen, dann half er Ida an Land, und beide erklommen eine morsche Treppe, die aus Bohlen gelegt war und emporführte zur Krone des Deiches.

Schöne Aussicht dort oben. Sie blickten auf weite Fluren, die sich ausbreiteten bis zum bläulichen Gewölk der Bäume am Horizont. Sie bewunderten die Herde, die vielen Störche, die nach Nahrung suchten. Ida seufzte wieder Ach –, und der Herzog, der tatsächlich noch einen Goethe-Vers im Kopf hatte, zitierte: Grün das Gefilde, fruchtbar …

Dann half er Ida, die Decke auszubreiten. Beide lagerten sich, und die Hoheit zog einen Flachmann aus der Tasche, schottischer Whisky. Er trank und reichte die Flasche an Ida weiter. Mögen Sie auch? Ida nickte.

Es geht mich ja nichts an, was Ihnen Hegemeister bietet, jedenfalls werden Sie ins Fernsehen müssen. Sie war bester Laune und spielte dem Herzog vor, wie der Werbespot aussehen würde. Sie griff mit verfinstertem Gesicht zum Flachmann, schluckte, hustete und lächelte dann auf eine Weise, wie das sonst nur zahnlose Säuglinge vermögen: Erst kommt der Schluck, dann kommt der Glanz. Hegemeister!

Ach, sagte der Herzog, ein schottischer Whisky ist mir tausendmal lieber.

Ja, meinte Ida, und vielleicht sind Ihnen tausend braune Rinder lieber als tausend weiße Motorjachten. Ich bin kein Finanzgenie wie Frau von Schreckenbach, aber einen Taschenrechner habe ich zufällig dabei.

Sie zog das Ding aus ihrer Umhängetasche und tippte darauf herum.

Wenn Sie diese riesige Fläche an die Agrargenossenschaft verpachten, dann kommen Sie auf 'ne gute Viertelmillion im Jahr.

Sie wissen, sagte der Herzog, daß ich nicht mehr frei in meinen Entscheidungen bin. Sie waren doch mit mir in Frankfurt am Main.

Ida war dafür bekannt, daß sie manchmal Sätze formulierte, die vermeintlich keinen Sinn ergaben. Sie sagte: Frau von Schreckenbach reicht nicht heran an Napoleon.

Was soll das? fragte der Herzog ärgerlich.

Ida klärte ihn auf. Die preußische Luise. Ihre Ur-ur-urgroßtante hat dem Napoleon in Memel die Leviten gelesen. Bestimmt nicht wegen einer Apanage, sondern wegen ihrer preußischen Landeskinder. Sie sind bloß ein Herzog, Hoheit, aber denken sie doch bitte einmal königlich, nicht an die Preußische Bank, sondern an die armen wendenburgischen Untertanen.

Der Herzog lachte, wie über einen guten Witz.

30
Ein faires Angebot

Die Damen und Herren des Heimatchors versammelten sich jeden Donnerstag gegen Abend im kleinen Saal bei Rabenhorst. Viele von ihnen hatten bereits zu Vorwendezeiten gesungen, waren also reiferen Alters, Lehrer, Vorruheständler, mehr Frauen als Männer, kaum junges Volk. Wir haben ja schon erzählt, daß sich Frau Keferlein-Tesch um den Nachwuchs sorgen mußte, besonders um die Bässe.

Die Herrschaften hatten es sich auf Stühlen bequem gemacht, etwa zwei Dutzend, die in Doppelreihe aufgestellt waren und einen Halbkreis bildeten, zum Flügel hin geöffnet, hinter dessen Klaviatur sich Greta Keferlein-Tesch erhob, damit sie in der Lage war, jederzeit den richtigen Ton anzuschlagen. Sie war heute leger gekleidet, in sackartiges, graues Zeug, ein Longshirt über einer Art Türkenhose, aber selbst im Arbeitsdreß imponierend anzusehen.

Dort stand sie also, die Arme halb erhoben, die Finger der rechten Hand zierlich gespreizt, beinahe so, als hielte sie zwischen Daumen und Zeigefinger ein imaginäres Teetäßchen. Die linke Hand war zur Faust geballt, mit aufwärts stehendem Daumen. So gab sie den Takt an, und so folgten ihr die Damen und Herren im inbrünstigen Übungsgesang. Sie kletterten auf der einen Seite der Tonleiter hinauf: Nu, nu, nu, nu! und auf der anderen Seite folgsam hinunter: Nu, nu, nu! Erst das C, dann das D und so weiter.

Wundervoll, wundervoll! Frau Greta war zufrieden.

Nun wies sie auf Rudolf-Alexander Weiß hin, kurz Rudi genannt, der nicht nur ein zuverlässiger Tenor und eine Stütze des Chores war, sondern auch ein Mann von Bildung. Er hatte einiges über Frauenlob in Erfahrung gebracht, das er dem Ensemble unterbreiten sollte. Es ist immer gut, man weiß um die Persönlichkeit, deren Namen man auf dem Schilde führen will.

Bitte, Rudi!

Also, Frauenlob, eigentlich Heinrich von Meißen, trug den rühmend gemeinten Beinamen wegen seines Engagements für die Ehre der Frauen allgemein, aber auch *der* Frau schlechthin, Marias nämlich, der Gottesmutter. Und nun ein paar Verse aus seiner Feder, neuhochdeutsch übersetzt, versteht sich.

Rudi Weiß stellte sich in Positur, breitbeinig, die Daumen beider Hände hinter dem enggeschnallten Gürtel verhakt, und deklamierte, indem er verächtlich in die Runde blickte:

Was jemals Reimar sang,
und der von Eschenbach.
Was jemals
der von der Vogelweide sagte.
Ich, Frauenlob im goldnen Prunkkleid,
ich bin der Meister über alle, alle.

Gelächter.

Bescheidenheit war des Meisters Sache also nicht gewesen.

Ein paar Soprane protestierten mit einer Tonleiter auf: Na, na, na!

Die wenigen Bässe murrten und brummten.

Die Herrschaften waren ins Herumalbern geraten, und Frau Greta mußte verweisend in die Hände patschen.

Es war, als hätte sie ankündigen wollen, was im Augenblick geschah, daß nämlich die Tür aufgerissen wurde und ein junger Mann hereinstürmte, blondschöpfig, schnauzbärtig, braungebrannt. Den Damen des Chores gefiel er so, daß sie von einem schrillen Oh, oh, oh-Gesang gar nicht mehr herunterkamen.

Frau Greta versuchte, die Situation zu meistern. Zuerst rief sie wie eine Showmasterin, die einen Stargast anzukündigen hat, das ist Tobias Wagenknecht, dann geriet sie in einen gewissen Erklärungsnotstand: Ich, äh, also ... ich möchte ihn für unseren Chor gewinnen, seines ziemlich starken Basses wegen.

Die Damen des Chores sahen einander vielsagend an. Man hatte läuten hören, daß Greta ab und an jemanden beherbergte. Nun wußte man, um wen es sich handelte, um einen Baß. Die Männer nickten beifällig. Sie konnten Verstärkung gebrauchen.

Wir wollen ihm eins singen, sagte Greta, die sich wieder gefangen hatte, und zwar: Wie schön blüht uns der Maien. Wieder hob sie die Hände, fünf Finger der Rechten zierlich abgespreizt, aber Tobias schrie, ehe der Einsatz kam: Kein Theater! Auf deine Lieder pfeif ich. Beinahe hätte er ein vulgäres Verb gebraucht. Ich würde gerne hören, was du mir wegen Mankmoos zu sagen hast!

Tobias benahm sich unartig, geradezu lümmelhaft, und dies angesichts von Damen und Herren, die Greta Keferlein-Tesch als Chorerzieherin zu führen hatte. Der Sperling plusterte sich gewaltig auf.

Zuerst wollte sie ihn mit einem donnernden Hinaus! des Probesaals verweisen. Die Mannschaft des Heimatchors wartete darauf, jedenfalls starrte sie auf Tobias ähnlich den Racheengeln des jüngsten Gerichtes auf alten Fresken, von den Meistern mit solcher Kunst gemalt, daß sie den sündigen

Betrachter bösen Blickes verfolgten, wohin er sich in seiner Angst auch wendet. Aber dann ließ Frau Greta die Hände sinken, vielleicht war ihr eingefallen, daß sie den hübschen Jungen nicht wiedersehen würde, wenn sie ihn verjagte.

Gut, sagte sie, nickte dem Tobias zu und bat Rudi Weiß, die Chorprobe weiterzuführen.

Sie folgte dem jungen Wagenknecht ins Café Rabenhorst. Bis dorthin war der Gesang zu hören. Frau Greta verlangte einen doppelten Kognak. Tobias ließ sich Kaffee bringen und berichtete vorwurfsvoll, was in Mankmoos geschehen war.

Sie hatte nasse Augen, als sie den Jungen so zornig sah, und versuchte, ihre Hand mit den wundervoll rot lackierten Fingernägeln an seine Hand heranzuschieben, deren rauhe Fläche sie gern auf der Haut gefühlt hatte.

Er wich ihr aus. Du wolltest wegen des Hauses mit mir zum Landrat fahren. Du hast es nicht gemacht.

Mein Gott, Tobias, du tust mir Unrecht. Hab ich nicht manches für dich getan?

Ja, ja, sagte er, du verwöhnst mich. Du kaufst die teuerste Torte bei Rabenhorst, du mästest mich wie ein Schwein. Du schmückst mich mit Seidenmänteln. Du hältst mich wie einen Vogel im Käfig. Du hast bloß das Vögeln im Sinn, aber du bekennst dich nicht zu mir. Du genierst dich mit deinem Traktoristen, deshalb traust du dich auch nicht mit mir zum Landrat.

Das ist nicht wahr, Tobias.

Sie bestellte den zweiten Kognak und trank ihn hastig. Dann sagte sie: Ich dachte, es wäre umgekehrt. Es würde dich vielleicht genieren, daß deine Freundin, sagen wir, schon über vierzig ist.

Sie warf ihm den Autoschlüssel hin, und er fing ihn. Bleib bei mir heute nacht. Und morgen rücken wir dem Landrat auf die Bude.

Die Leser der bunten Blätter werden Woche für Woche auf dem laufenden gehalten über Affären, die Europas Fürstenhäuser erschüttern, und wissen über Liaisons Bescheid, Scheidungen, Vermählungen, die alle Welt erstaunen. So hatte sich beispielsweise Liz Taylor, die letzte Königin von Hollywood, entschlossen, einem Bauarbeiter das Jawort zu geben, der sehr gut und gern ihr Sohn hätte sein können. Der junge Mensch lächelte denn auch verlegen auf den Bildern. Aber die verliebte Diva hatte abgespeckt und war so zauberhaft abgelichtet, daß kein Mensch auf den Gedanken kommen konnte, sie hätte die Sechzig erreicht.

Greta Keferlein-Tesch war längst nicht so alt, fühlte sich aber der Taylor verwandt und meinte gar, deren jüngeres Abbild zu sein. Auch sie hatte übrigens auf vorteilhafte Weise abgenommen und dem Tobias kichernd verraten, die Leidenschaft zu ihm habe sie fünf Kilo gekostet. Wohin sollte das führen, garderobenmäßig und so weiter? Sie hatte in ihrem begehbaren Kleiderschrank eine Weile suchen müssen, bis sie eine Konfektionsgröße von jugendlicherem Ausmaß fand, und entschloß sich für ein leichtes Sommerkostüm. Tobias bewunderte seine nicht mehr ganz so dicke Freundin sehr.

Auf zum Landrat.

Von der bunten Presse sind die Leute also den Anblick ungewöhnlicher Paare gewöhnt, es ist aber zweierlei, ob man auf eine Zeitungsseite starrt oder ob man sie leibhaftig heranschreiten sieht, eine üppige Frau, zurechtgemacht wie eine Hollywood-Göttin, mit einem Burschen an der Seite, der ihr Liebhaber sein muß, wenn er nicht ihr Bodyguard ist.

Die Leute auf den Wartebänken raunten, stießen sich an oder putzten hastig ihre Brillen, als Greta Keferlein-Tesch in Begleitung von Tobias über die Flure des Landratsamtes wandelte. Da dem Jungen häufiger als früher die Hosen rutschten, hatte ihm seine Freundin neue, hautenge Jeans gekauft, weiß übrigens, keine passende Farbe für einen Traktoristen.

Der Landrat hatte Frau Gretas wegen umdisponieren und sie ein wenig warten lassen müssen.

Endlich das gewohnte Hallo, hallöchen! Wangenkuß rechts, Wangenkuß links.

Du siehst prächtig aus.

Du aber auch.

Dann die Vorstellung: Das ist Tobias Wagenknecht, mein Freund.

Sehr kräftiger Händedruck.

Der Landrat musterte den jungen Mann mit gewissem, sozusagen fachlichem Interesse. Er erinnerte sich, was es bedeutete, Gretas Liebhaber zu sein, und lud die Gäste ein, Platz zu nehmen.

Hirschwein wendete sich an die Chorerzieherin. Sie käme gewiß des Heimatchores wegen.

Sie erzählte, daß in Wendenburg auch ein Frauenlob-Burgverein gegründet werden solle, auf Initiative der Architektin Angela Wescher. Sie, Greta, wolle partizipieren. Der Heimatchor könne nämlich groß herauskommen bei Gelegenheit eines Burgfestes. Es sei daran gedacht, Szenen aus dem Tannhäuser darzubieten. Leider gäbe es keine Oper über Frauenlob. Also warum nicht Wagners grandiose Musik, ein paar große Stimmen. Harry, sagte sie, du bist am Theater gewesen und weißt, was eine gute Inszenierung kostet. Mit dreißigtausend ist nichts zu machen. Wir brauchen mehr. Ich will mich mit meinem Heimatchor dem Frauenlob-Burgverein anschließen … Sie bemerkte, daß Tobias ihren Ausführungen mit wachsender Unruhe folgte – schon kratzte er sich an Hals und Brust – und sprach mit einer gewissen Hast ... Die kulturellen Aktivitäten müssen gebündelt werden ... Endlich hatte sie einen Übergang gefunden und fragte mit ihrer glockentiefen Stimme: Was vermag der einzelne allein?

An dieser Stelle schlug sie die Beine übereinander, die immer noch tadellos waren. Sie mühte sich etwas, den Saum des Kostümrockes in die Nähe der Knie hinunterzustreifen, und zeigte sich von ihrer schönsten Seite, als sie die Frage gedankenvoll wiederholte: Was ist der einzelne allein? und sich in der Manier geschulter Rhetoriker selbst die Antwort gab: Wenig, Harry.

So geht es der Familie Wagenknecht. Ich bin ihre einzige Verbündete und brauche deine Unterstützung bei einer Entscheidung von existentieller Bedeutung. So und so.

Den Vorgang kenn ich, rief der Landrat. Moment mal. Er telefonierte und verlangte die Unterlagen.

Inzwischen wurde der Kaffee gereicht.

Hirschwein erkundigte sich: Wie alt sind Sie, Herr Wagenknecht?

Fünfundzwanzig.

Und was treiben Sie beruflich?

Noch bin ich Traktorist. Sie sind der Landrat, sagte er, dann müssen Sie ja wissen, wieviel auf dem Lande den Bach runtergeht. Unsere Agrargenossenschaft Horbeck steht mit ein paar Millionen Altschulden in der Kreide. Das Aus ist abzusehen, deshalb sind wir ja auch so scharf auf Großvaters Haus in Mankmoos. Wir wollen es als Wiedereinrichter versuchen.

Der Landrat lobte diese Absicht sehr. Bald wurde ihm von der Sekretärin ein Aktenbündelchen vorgelegt, in das er sich vertiefte. Er blätterte und blätterte, er las und las, und seine Stirne krauste sich.

Dem Tobias war zumute, als stünde er vor Gericht und erwartete den Urteilsspruch. Es ging um Sein oder Nichtsein für die Familie. Entweder schafften sie es und konnten mit dem Hof und dem Land in Mankmoos eine Existenz begründen, die ein paar Leute ernährte, oder sie würden sich, wie zehntausend andere, in die ABM-Kolonnen einreihen müssen, die Gräben räumten und Straßen fegten. Ihm wurde heiß bei dem Gedanken, er fuhr sich mit den verschwitzten Handflächen über die stramm sitzenden Jeans.

Greta reichte ihm verstohlen ein parfümiertes Taschentuch.

Der Landrat sagte: Der Antrag auf Rückführung wie der Einspruch sind abgewiesen.

Das versteh ich nicht, rief Tobias. Die DDR hat meinem Opa das Haus für lumpige viertausend Mark abgegaunert, und Sie sagen, das ist in Ordnung.

Das Gericht hat so entschieden. Aber warten Sie bitte ab. Uns liegt eine Empfehlung vor von ganz oben. Das Ministerium in Schwerin rät uns, das Haus in Mankmoos eins vorzugsweise den Wagenknechts zu verkaufen, und das wollen wir auch tun.

Tobias, rief die Keferlein-Tesch und erhob sich aus dem Sessel, so rasch es der enge Kostümrock erlaubte.

Greta, rief der junge Wagenknecht, und schon lag sich das ungleiche Paar in den Armen.

Der Landrat sah es mit einer gewissen Rührung. Setzt euch bitte wieder. Das Finanzministerium ist zum Verkauf bereit und verlangt 150 000 DM.

Ist das Ihr Ernst? fragte Tobias fassunglos.

Ein faires Geschäft, meinte der Landrat und riet dem verstörten Tobias Wagenknecht, irgendwo das Geld aufzutreiben, damit ein ordentlicher Kaufvertrag abgeschlossen werden könne.

31
Oma und Opa haben sich verlobt

Die Szene kommt in jedem zweiten Krimi vor, jedermann hat schon gesehen, wie sich das Gefängnistor öffnet, ein Mann heraustritt, Köfferchen in der Hand, und in den Himmel blickt. Die ersten Atemzüge in der Freiheit weiten ihm die Brust. Und dann klappt die Autotür auf der gegenüberliegenden Seite, ein Mann oder eine Frau eilten herbei, ausgebreitete Arme, ein Küßchen oder ein kräftiger Händedruck, unser Mann ist endlich in Freiheit, unser Mann wird abgeholt.

Stephans Golf glitt durch die Straßen Schwerins. Hinter dem Lenkrad hatte Druskat Platz genommen.

Stephan sagte: Nett, daß du mich fährst. Hattest im Knast ja auch Gelegenheit, dich zu erholen. Du siehst gut aus, Mensch. Ich bin im Streß, ich bin im Streß und jetzt soweit, daß ich am liebsten in den Sack hauen möchte.

Druskat lenkte den Wagen vorsichtig durch die Straßen, die Stadt war ihm nicht vertraut, sie hatte sich verändert. Zur Linken ragte die imposante Silhouette des Schlosses auf, goldfunkelnde Kuppeln.

Stephan erzählte: Der Herzog kriegt das Wolfsluch zurück. Was sind unsere Verträge noch wert? Reichsrecht bricht Landesrecht. Es ist alles zum Kotzen.

Warum bist du so verbittert?

Ich bin ein schöpferischer Mensch, Daniel, und werde dafür schlimmer beschnitten als früher. Es ist mir immer schwergefallen, das zu tun, was andere bestimmen, zum Beispiel bei der Fahne. Ich hab mich dir nicht unterwerfen können, warum soll ich vor einem Banker zu Kreuze kriechen? Warum soll ich mich vor einem Regierungsbeschluß beugen, der mir widersinnig erscheint? Warum muß ich immer noch kämpfen?

Druskat sagte: Weißt du noch, wie wir als junge Leute herumphilosophiert haben, bis wir sie endlich gefunden hatten, unsere eigene Maxime, nach der wir leben wollten? Was erreichen, was Großes. Was ist das? Mehr sein als andere? Geld haben? Geltung haben? Jemanden übertrumpfen können, überwinden, ein Chef sein, ein Held sein?

Selbstverständlich wußte Stephan noch, was sie damals herausgefunden hatten. Man muß die Welt ein bißchen besser machen, als sie ist. Man muß es wenigstens versuchen. Was zum Guten verändern, und wär's auch nur was Klitzekleines. Das ist was Großes.

Also mußt du dich einmischen, sagte Druskat. Du kannst nicht in den Sack hauen.

Verdammt schwer. Wir sind abgestempelt als Verlierer, die den Kopf zu senken und das Maul zu halten haben. Trotzdem hast du recht. Komm, laß mich erst mal wieder ans Steuer.

Auf dem Heimweg nach Altenstein machte Max Stephan einen Umweg über Wendenburg, um am Café Rabenhorst vorzufahren. Vielleicht fürchtete er, Druskat hätte in der Untersuchungshaft unter dem Entzug von Naschwerk gelitten. Außerdem war Daniels Heimkehr Grund genug für eine Feier, und ein Mann, der den Kuchen beschafft, kann mit Sicherheit darauf rechnen, daß er zur Kaffeetafel geladen wird. Max ließ sich eine ganze Tortenschachtel mit Boblitzfröschen, Frauenlob-Liebesknochen und Sahneschnitten füllen.

Kaum hatten sie am Zaun von Druskats Haus gehalten, durch Hupen ihre Ankunft gemeldet und das Auto verlassen, da stürmten sie schon aus dem Hause, die kleine Ina mit wehendem Haar, gefolgt von Rosemarie. Beide begrüßten, bedrängten und umhalsten den Druskat im selben Augenblick.

Du bist wieder da! Du bist wieder da!

Max Stephan, der sich die Mühe gemacht hatte, den Freund aus dem weit entfernten Schwerin heranzufahren, stand, mitsamt der Tortenschachtel in den Händen, wie ein Fremder neben dem Glück. Er mußte auf sich aufmerksam machen, indem er auf den Karton klopfte, und rief: Schaut mal her, was ich von Rabenhorst mitgebracht habe.

Endlich ließen die Frau und das Mädchen von Druskat ab.

Stephan konnte grade noch äußern: Du wirst viel geliebt, Daniel, du bist zu beneiden, da sprang ihn Ina schon an, und Rosemarie Sacher küßte auch ihn.

Jetzt koch ich Kaffee, rief das Mädchen, nachdem es von Max vorsichtig wieder auf die Erde gesetzt worden war.

Rosemarie schien besorgt. Kannst du schon bis acht zählen?

Ina zeigte es an den Fingern her.

Rosemarie sagte: Kaffeemaschine bis obenhin füllen und acht Löffel Pulver.

Weiß ich doch. Die Kleine rannte eilig ins Haus.

Druskat und Stephan ließen sich auf den weißen Gartenstühlen vorm Klinkergemäuer des Hauses nieder. Der Tag war durchsonnt, und hier saßen sie im Schatten.

Hör mal zu, Rosi, Stephan zeigte zwischen Daumen und Zeigefinger einen winzigen Abstand, hast du so einen kleinen Wodka übrig?

Ihr wollt feiern?

Dafür gibt's mehrere Gründe. Erstens, du hast deinen Schatz zurück, und zweitens … Wir beide, Daniel und ich, waren heute stundenlang allein unterwegs und haben einander anvertraut, was uns die Seele bewegt. Dieser Mann, er strich dem Druskat übers Haar, dieser Mann hat mir verraten, daß er sein Leben ordnen will. Es ist ja auch allerhöchste Zeit.

Druskat schüttelte lachend Stephans Hand ab, und Max Stephan drängte: Sprich dich doch endlich mit Rosi aus, damit wir anstoßen können.

Was habt ihr vor? Rosemarie schüttelte den Kopf.

Setz dich, bat Druskat.

Sie gehorchte.

Er sagte: Du weißt, wie schwer es ist, heutzutage allein zu leben. In der Familie hat es jeder leichter. Es ist mein Herzenswunsch, das Kind zu adoptieren. Einem Junggesellen mit meinem Lebenslauf wird man es nicht überlassen, deshalb wäre es lieb, du würdest mich heiraten.

Rosemarie lächelte kaum, dann sagte sie: Das ist der uncharmanteste Heiratsantrag, der je einer Frau gemacht worden ist.

Stephan bedeckte mit einer Hand die Augen, ehe er: Du Trottel! schrie, und versuchte, den Heiratsvermittler zu spielen, indem er davon erzählte, auf welch schwärmerische Weise Druskat während der langen Fahrt von ihr geredet habe.

Da war Druskat schon aufgesprungen, hatte Rosemarie aus dem Sessel gezogen, um sie heftig zu umarmen. Er rief: Verzeih, aber es fällt mir schwer, in Gegenwart dieses unsensiblen Kerls von meinen Gefühlen zu reden. Ich liebe dich, ich liebe dich!

Das Mädchen balancierte mit der schweren Kaffeekanne treppab. Stephan eilte ihr zur Hilfe. Dann zeigte er mit dem Finger auf das umschlungene Paar:

Ina, du mußt gratulieren, Oma und Opa haben sich verlobt.

32
Wer will einen Fürstenpark?

Und nun kommt das Massentreffen auf der Wendenburg, beinahe kann von einem Mega-Forum geredet werden. Sehr viele Bürger wünschten, an der öffentlichen Aussprache teilzunehmen. Darunter alle Personen, die in unserer Geschichte vorkommen, mit Ausnahme des Herrn Ministerpräsidenten, der Bankpräsidentin Ulrike von Schreckenbach sowie des Spirituosenfabrikanten Hegemeister, die erst ganz am Schluß erscheinen werden. Und auch auf Müller-Mellin, den dienstältesten Staatsanwalt in Mecklenburg, müssen wir verzichten. Noch ist nicht offenbar, daß es auch um eine Kriminalgeschichte geht.

Wohin mit so vielen Menschen?

Eine Versammlung auf offenem Markt verbot sich wegen der vorgeschrittenen Jahreszeit. Niemand konnte des Wetters sicher sein. Gewiß wäre in der Kirche Platz für die andrängenden Massen gewesen, aber das wollte die Geistlichkeit nicht dulden. Möglicherweise würden angesichts des Gekreuzigten Spruchbänder mit hämischen Losungen entrollt, könnte es gar zu Raufereien zwischen den verfeindeten Gruppen im Gotteshaus kommen, und außerdem eignete sich die Kirche nicht zum Versammlungsraum wegen allzu großer Ähnlichkeit mit Vorgängen der Wendezeit. Es durfte nicht so scheinen, als gäre es wieder in der Hefe des Volkes.

Schließlich hatte der liberale, zum Ausgleich neigende Bürgermeister Rißdorf die rettende Idee. Er ließ den Scheunen- und Speichertrakt der Burg öffnen und zu einem provisorischen Versammlungsraum herrichten. Die Stadtreinigung verfügte gottlob über einige ABM-Kräfte. Sie wurden abkommandiert, Schmutz und Unrat auszukehren, verstaubte Spinnennetze zu entfernen und Rattengift zu streuen. Sitzgelegenheiten waren leicht beschafft, es genügte, daß man ein paar Bohlen über ausgediente Bierfässer oder Holzklötze legte, und die Ausflugslokale Wendenburgs liehen nach der Saison Biergartentische und Stühle her.

Zuletzt wurde Elektromeister Wilhelm gebeten, für Beleuchtung zu sorgen, aber gleichzeitig das Stadtsäckel zu schonen. Er löste seine Aufgabe, indem er altmodische Lichterketten, die, noch mit nackten Glühbirnen bestückt, für den Weihnachtsbaum auf dem Marktplatz bestimmt waren, geschickt zwischen die Balken hängte.

Noch flutete aus geöffneten Luken oder Toren das Abendlicht in den gewaltigen Raum. Das mächtige Gebälk strebte baumhoch bis unters Dach und ließ das Innere des Speichers beinahe wie einen sakralen Raum erscheinen. Vielleicht waren die hölzernen Dome, die Heinrich der Löwe nach der Niederwerfung des heidnischen Mecklenburg auftürmen ließ, auch nicht anders konstruiert. Allerdings wollte heute niemand zu Kreuze kriechen, wie das die armen Slawen, wollten sie das Leben behalten, damals hatten tun müssen. Dagegen sprachen die Bettücher. Sie hingen im Raum, von ungelenker Hand mit aufrührerischen Losungen bemalt:

Wir wollen keine Slipp-Anlage an der Boblitz!
Einmal heimatvertrieben reicht uns!
Das Wagenknecht-Haus den Wagenknechts!
Laßt das Wolfsluch den Tieren!
Werdet Mitglied des Burgvereins!

Der Speicher schien jetzt schon gefüllt, und immer noch strömten Menschen über Menschen zur Burg hinauf, drängten zur alten Scheuer und hielten Ausschau nach Freunden oder Bekannten, die Plätze freigehalten hatten.

In der Mitte der Tenne, auf altbewährtem Podest, hatte der Heimatchor, mittelalterlich gewandet, Aufstellung genommen. Der Bürgermeister hatte persönlich um einen Auftritt gebeten. Wahrscheinlich wußte er um die besänftigende oder sogar verbindende Kraft der Musik. Seid umschlungen, Millionen …

Greta Keferlein-Tesch hatte zu volkstümlichem Gesang geraten. Sie probierte noch ein Vokalstück, von dem es hieß, es sei das Lieblingslied des Herzogs Karl-Ludwig: Es dunkelt schon auf der Heide.

Unter der Wagenknecht-Losung hatte sich die Wagenknecht-Sippe versammelt, Christa und Martin, die Söhne sowie eine Vielzahl von Anverwandten. Großmutter Wagenknecht, die sich als junge Frau nach ihrer Vertreibung aus Schlesien bis Wendenburg durchschlagen mußte, hatte ja fünf Kinder mitgebracht und jedes einzelne über die Hungerjahre retten können dank der Neubauernsiedlung in Mankmoos. Und diese Wagenknecht-Kinder hatten längst ebenfalls Kinder und Enkelkinder. Über fünfzig Köpfe zählte der Clan, unter ihnen hockte erwartungsvoll, mit den Cousins und Cousinen schwatzend, Tobias.

Greta Keferlein-Tesch war wieder einmal in Nöten. Wir kennen ja ihr Problem mit den Bässen. Max Stephan hatte sich heute aus gutem Grunde versagt und der hübsche Tobias offenbar vergessen, wie sehr Frau Greta seiner bedurfte. Sie winkt ihm vom Podest auffordernd zu. Versteht der Junge nicht, daß er sich beim Chor einzufinden hat?

Christa sieht mit Unwillen, wie sich die Diva um ihren ältesten Sohn bemüht. Sie fragt ungehalten und laut: Was will diese dicke Person von dir?

Da ist Tobias schon aufgesprungen. Das ist meine Freundin.

Um Gottes willen, ruft Christa entsetzt. Die ist ja älter, als ich es bin.

Tobias beschwichtigt die Mutter. Ehe die Bank mit einem Kredit für Mankmoos rüberkommt, müssen wir eine Anzahlung leisten. Greta will uns helfen.

Christa sagt: Lieber geh ich mit dem Bettelsack in der Verwandtschaft herum.

Sie ist in einem Maß aufgebracht, daß ihr entgeht, was viele andere köpfereckend wahrnehmen: Der Auftritt der Politprominenz, darunter der Landrat Harry Hirschwein, wirklich ein schöner Mann und gut gekleidet, dem Herr Doktor Kaiser von der Preußischen Bank in Frankfurt am Main nur wenig nachsteht. Der Anblick so eleganter Vertreter des männlichen Geschlechts läßt manches Wendenburger Mädchen tiefer atmen, manch reiferen Busen höher wogen.

Wer erlaubt sich da, buh zu rufen?

Vermutlich kommen die Mißfallenskundgebungen aus der linken Ecke. Dort haben sich die Horbecker und Altensteiner versammelt.

Max Stephan ist nicht zu übersehen. Er sitzt neben Hilde, während sich Angela Wescher zu den Druskats gesellt hat. Daniel nickt nach da oder dort. Ja, ihr seht richtig, Leute. Ich bin wieder da. Rosemarie hält die kleine Ina auf dem Schoß und plaudert mit Angela. Man kann das Kind nicht allein im Hause lassen. Wer weiß, wie lange sich die Versammlung hinziehen wird.

Buh-Rufe also. Der Landrat Hirschwein späht mit Adlerblick in die Menge, bis er ihn ausmacht, diesen Glatzkopf Stephan, der ihn zu Vorwendezeiten einen Arsch genannt und ihm unlängst beim Burgfest die Schau gestohlen hat.

Er stößt den Banker an.

Dort sitzt der Gegner.

Als sich Stephan derartig angestarrt sieht, deutet er im Sitzen eine Verbeugung an.

Woher nimmt dieser Mensch die freche Selbstsicherheit? Will er partout nicht wahrhaben, daß es ihm und seiner Genossenschaft an den Kragen geht?

Der Bürgermeister hat für diesen Abend den Ausschank alkoholischer Getränke untersagt, aber nichts dagegen einzuwenden, daß Frau Rabenhorst mit ihrem Personal Schmalzstullen zu volkstümlichen Preisen vertreibt. Wahrscheinlich hat er in Abwandlung des bekannten Spruches gedacht, ein voller Bauch randaliert nicht gern.

Der Bürgermeister rückt seinen Biergartenstuhl neben Hirschwein und Doktor Kaiser, ein paar Mitarbeiter der Ämter desgleichen, übrigens auch der hartherzige Hausbesitzer aus der Seestraße.

Dieser Mann ist entschlossen, heute in aller Öffentlichkeit seinen Unmut zu äußern. Die alte Liddy hat ihre Wohnung noch immer nicht freiwillig geräumt, im Gegenteil, sie hat einen Obdachlosen mit Hund bei sich aufgenommen. Selbst die Schließung des Plumpsklos auf dem Hof hat nicht zum gewünschten Erfolg geführt. Offenbar ist dieser Herbert Probst, Liddys Hausfreund, nicht mittellos und im Genuß einer Rente. Er hat im Gegenzug ein Mietklosett heranfahren lassen. Das steht nun zum Spektakel vor dem fein restaurierten Bürgerhaus, und die Einwohnerschaft der Seestraße nimmt Anteil, wenn das seltsame Paar vor dem Abtritt erscheint. Erst darf Liddy Platz nehmen, während Herbert mit dem Schäferhund Wache hält, und später ist es umgekehrt.

Kann sein, der Hausbesitzer macht solche wie den alten Hecht für diese unhaltbaren Zustände verantwortlich, jedenfalls stimmt er Buh-Rufe an, als der Greis mühsam am Stock auf die Tenne steigt.

Buh-Rufe für Hecht, aber starker Beifall vom Wagenknecht-Clan, schließlich hat er den Älteren, den Vätern oder Müttern der Kinder, als diese selber noch Kinder gewesen sind, in der Not eine sichere Bleibe verschafft. Kein Wagenknecht wird das jemals vergessen.

Christa springt auf und nimmt den Alten beim Arm, um ihn in die Sippe einzugemeinden.

Jetzt kommt Herbert Probst. Er führt Liddy wie eine Dame am Arm. Kann es denn sein, daß die alte Frau beim Friseur gewesen ist? Sie erscheint ohne das obligatorische Kopftuch, mit einem schneeweißen Bubikopf, hat ein kittelartiges Kleid übergeworfen und sieht der Charlotte von Mahlsdorf verblüffend ähnlich.

Der Hauswirt fragt den Bürgermeister: Wie lange wird dieses Gezeuch in der Stadt geduldet?

Der antwortet: Ich denke, Sie haben geklagt?

Und Daniel Druskat bahnt sich durch die Menge, um Liddy und Probst einen Platz zu beschaffen.

Für Stephan ist das die Gelegenheit, die Architektin an Hildes Seite zu bitten. Er macht die Damen miteinander bekannt: Darf ich dir Angela Wescher vorstellen. Und das ist meine liebe dicke Hilde.

Stephans Frau bleckt lächelnd die Zähne. Ich höre, sagte sie, wie gut sie zusammenarbeiten. Das muß Angela bestätigen. Er ist wirklich ein erstaunlicher Mann.

Nun rückt Hilde ein wenig zur Seite. Angela nimmt Platz, und Stephan fragt sich, was das wohl werden soll, denn Hilde atmet hoch. Sie hat beim ersten Schnüffeln jenes penetrante Parfüm erkannt, das sie neuerdings an Stephans Leibwäsche stört, aber sie kann sich überwinden.

Frau Angela, sagt sie, da wir gerade so hübsch in Familie sind, ich möchte meine Stallgebäude zu Büroräumen umbauen lassen, die ich vermieten kann. Würden Sie mich beraten?

Aber sehr gern.

Stephan küßt seine Frau vor allen Leuten. Gar nicht schlecht, Hilde.

Jetzt erheischt der Propst von Trittau für eine Weile Aufmerksamkeit. Der Mann ist in schlichtem Flanell erschienen und sieht sich um. Er ist aber so beleibt und wirkt so gebieterisch, daß man meinen könnte, er stehe im Talar auf der Kanzel, um von oben herab die Gemeinde zu mustern. Allerhand Leute. Er wird von den Heidenreichs begleitet. Die junge Frau schaukelt das Baby Urs-Julian in der Armbeuge, es ist ja dank den Grünen nicht mehr tabu, Kleinkinder oder Strickzeug in die Versammlungsräume zu tragen.

Frau Heidenreich hat Christa Wagenknecht in der Gesellschaft verschiedener Kinder entdeckt, Urs-Julian hätte Gesellschaft, also geht sie auf diese Gruppe zu.

Schon sind von Trittau und der junge Pastor Heidenreich dabei, der Frau zu folgen, als Landrat Hirschwein vom Stuhle springt und mit den Armen rudert. Hierher! Zu mir her! Die Geistlichkeit gehört an den Tisch der Prominenz. Die Herren schwenken um. Aber die junge Frau geht eigene Wege, und bald wird Urs-Julian in der Wagenknecht-Sippe von Hand zu Hand gereicht.

Warum geht es eigentlich nicht los?

Der Herzog in Wendenburg fehlt wie seine Dame Ida Preibisch von Luisenruh.

33
Die Dämme brechen

Wutzkes Auftraggeber interessierten sich nicht für Details, wen er etwa für die Dreckarbeit angeheuert hatte und unter welchen Bedingungen. Er bekam das Handgeld ausgezahlt, eine gar nicht kleine Summe, alles andere war seine Sache. Allerdings hatte man sich über den Zeitplan einigen müssen.

Ein Katastrophenalarm, zu Beginn der Versammlung ausgelöst, würde auch dem verstocktesten Gegner vor Augen führen, daß eine weitere landwirtschaftliche Nutzung des Wolfsluchs unsinnig war. Die Natur hat gesprochen, könnte man sagen, und zwar zugunsten der Projektanten des Fürstenparkes Wendenburg. Diskussion überflüssig. Wo das Wasser schwappt, kann keine Kuh weiden. Wer will das widerlegen?

Wutzke wartete ungeduldig am vereinbarten Treffpunkt, aber noch war die Mannschaft nicht erschienen. Die Sonne senkte sich schon gegen Abend, als er endlich das Heulen der Motorräder vernahm. Die Männer stiegen lärmend ab und kamen auf ihn zu.

Wir sind längst über die Zeit. Jetzt bitte nicht mehr der kleinste Aufenthalt. Mir nach!

Ausgerechnet um diese Zeit wollte der Herzog noch einmal das Wolfsluch inspizieren. Als er sich mit seinem Ruderkahn dem Deich genähert hatte, wurde er Zeuge eines seltsamen Schauspiels. Er sah, wie sich die untergehende Sonne, eine blutrote Scheibe, an diesem Abend ins riesenhafte vergrößerte, bis sie die Krone des Dammes erreichte, und daß mitten durch den Sonnenball die Schattenrisse von Menschen taumelten, vom roten Gewaber verzerrt, vergrößert und vergröbert. Wutzkes Silhouette voran, dahinter andere mit Gerät, Spaten und Hacken, die sie übermütig schwenkten, bis sie schließlich den Umriß einer Korbweide erreichten, die ihre Zweige in den Abendhimmel reckte, und dort verschwanden.

An dieser Weide führte Wutzke die Männer deichabwärts.

Dort unten bei den Binsen, erklärte er.

Der Anführer sagte: Ohne Bezahlung kein Spatenstich.

Wutzke hängte seinen Krückstock ins niedere Gezweig. Er mußte beide Hände frei haben, um dem Kerl die Scheine hinzublättern, ein Vorgang, der von der Gefolgschaft mit beifälligem Gegrunze und Gepfeife begleitet wurde, bis der Anführer das Geld in der Jackentasche verstaut hatte.

Besten Dank, Alter. Das war's dann.

Sie hatten das Geld, sie rannten davon und ließen im Überschwang die Gerätschaften zurück.

Wenn der Herzog bei der Korbweide angelandet wäre, hätte er die davonhastenden Gestalten sehen müssen, er machte aber sein Boot hinter einer Ausbuchtung des Deiches fest. So bemerkte er nichts Auffälliges, doch dann hörte er den Verzweiflungsschrei, und als er die Krone des Dammes erklommen hatte, sah er eine Gestalt, die wütend eine Spitzhacke in die Aufschüttung trieb. Warum?

Der Herzog wollte Gewißheit. Er stieg hinab zu diesem Menschen, der immer noch schrie wie in Todesnot. Es war Wutzke, der Beinamputierte, der sich wegen seiner Behinderung nicht helfen konnte. Er steckte schon bis zu den Hüften im Schlamm. Der Herzog kam ihm näher und näher.

Da rutschte der Deich, die Flutwelle warf beide Männer nieder und begrub sie unter sich.

Horch, was kommt von draußen rein, hollahi, hollaho? Wird wohl mein Feinsliebchen sein.

Sie füllten die Wartezeit und sangen wirklich wunderschön, die Damen und Herren des Frauenlob-Chores Wendenburg.

Greta Keferlein-Tesch hatte sie stimmlich sozusagen im Griff, wenn auch einige Chormitglieder gestisch ein wenig zuviel des Guten taten und beispielsweise bei: Geht vorbei und kommt nicht rein, bekümmerte Gesichter schnitten. Den Wendenburgern gefiel es, sie kannten ja alle, die auf dem Podest agierten, es waren ihre Mütter, Tanten, Großmütter oder Väter, und man applaudierte ihnen begeistert.

Der Herzog fehlte immer noch. Man würde das Meeting ohne ihn beginnen müssen.

Max Stephan instruierte seine Leute. Ich würde vorschlagen, daß Frau Angela Wescher heute nicht nur für den Burgverein spricht, sondern auch im Interesse der Agrargenossenschaft, und zwar aus einem triftigen Grund, sie ist hübscher als ich, und sie ist aus dem Westen.

Um die Taktik ging es auch am Tisch der Politiker. Hirschwein redete auf Herrn von Trittau ein. Ich denke, Sie sollten unser Wortführer sein wie einst in den Tagen der Wende. Aber der Geistliche winkte ab. Herr Hirschwein, Sie als Politiker nehmen den höheren Rang ein, außerdem sind Sie besser in die Geschäfte der Preußischen Bank eingeweiht.

Endlich der Auftritt von Fräulein Ida im Lodenkostüm.

Starker Beifall von allen Seiten. Sie dankt nach links, sie dankt nach rechts. Da ist Druskat schon an ihrer Seite.

Ida, wo steckt dein Herzog? Daniel will Ida zu den Horbeckern führen, aber das leidet Herr von Trittau nicht. Er ruft im Kanzelton: Gnädiges Fräulein gehören an unseren Tisch!

Sofort bleibt Ida stehen. Sie lächelt. Gnädiges Fräulein – Hunderte haben es gehört. Vielleicht denkt das Fräulein, es geht heutzutage feiner und gesitteter zu. Auch das zählt zu den Gewinnen der Wende.

Tut mir leid, Daniel, es ist mir wirklich unangenehm, aber ich habe Pflichten.

Kaum hat man Ida einen Stuhl neben dem Propst zurechtgerückt, da gibt's schon wieder was zu sehen.

Max Stephan nimmt die hübsche Angela bei der Hand, um mit ihr das Podium zu erklimmen. Das gefällt den Leuten, die unruhig sind, weil sie viel zu lange ausharren mußten. Sie rühren die Hände. Endlich geht's los!

Stephan ruft: Meine Damen und Herren, ich möchte Ihnen Angela Wescher aus Lübeck vorstellen. Sie wird begründen, warum wir uns gegen das umweltfeindliche Projekt Fürstenpark wenden.

Die wenigen Pfiffe und Buhrufe gehen im Rauschen des Beifalls unter.

Am Prominententisch ist man außer sich.

Ehe Angela zum Zuge kommt, springt Hirschwein auf.

Wer hat Ihnen erlaubt, das Wort zu ergreifen?

Diese Leute hier, sagt Stephan und macht sein Schafsgesicht. Dann breitet er beide Hände aus, um auf die vielen Menschen zu deuten, die links und rechts in den Gefachen hocken, und der Beifall bestätigt seine Worte.

Da führt Hirschwein vor, daß er ein blendender Rhetoriker

geworden ist. Es ist ein Auftritt wie für die Bühne. Dort steht er, ein schlanker, gut aussehender Mann, in der Haltung des Marquis Posa, der sich gegen den König Philipp durchsetzen muß. Er deklamiert: Wer es wagt, in dieser zurückgebliebenen Region, die geprägt ist durch vier Jahrzehnte Mißwirtschaft, verschuldet von Leuten wie Ihnen, Herr Stephan, wer es wagt, Investoren zu vergraulen wie die Preußische Bank, der entlarvt sich als ein Feind des Volkes!

Das war eine unerhörte Anschuldigung, dennoch erhielt Hirschwein starken Beifall. Dagegen kamen die Horbecker Bauern nicht an, so laut sie auch buhten und pfiffen.

Ida trat mutig bis in die Mitte des Saales, ein kleines, feines, altes Fräulein, um mit dünnem Stimmchen zu reden. Jedermann im Saal mußte angestrengt lauschen oder sogar die Hand hinter das Ohr legen, um zu verstehen, was sie sagte:

Ich glaube nicht, daß es im Sinne des Herzogs Karl-Ludwig in Wendenburg ist, daß Sie so gehässig übereinander herfallen. Ob Fürstenpark oder nicht, das ist die Entscheidung Seiner Hoheit. Der Herzog ist noch einmal hinausgefahren zum Luch, um sich dort in aller Stille zu besinnen. Wir müssen noch ein wenig auf ihn warten. Sie legte die Hände gegeneinander und bat die Keferlein-Tesch: Können Sie uns noch ein wenig die Zeit verkürzen?

Und dann sangen sie also, so schlicht und so schön, daß den Zuhörern Schauer über die Rücken liefen: Es dunkelt schon auf der Heide.

Mitten im Gesang ertönten jaulend die Sirenen der Feuerwehr, und der Ortspolizist stürzte in die überfüllte Scheune.

Im Wolfsluch brechen die Deiche!

Zwei Leichen sind geborgen worden, die eine ist der Herzog.

Und nun müssen sie alle ans Wasser oder ins Wasser sogar, unsere Helden, und das bei Nacht.

Gottlob leuchtet Max Stephan und den Wagenknecht-Söhnen ein heller Mond bei ihrem Versuch, die Herde vor der Flut in Sicherheit zu bringen, also mit viel Geschrei und einigen Knüttelschlägen auf höheres Gelände zu treiben. Bis zum Morgengrauen gelingt es ihnen. Am Ende hocken die vier Männer völlig erschöpft und durchnäßt auf einem vom Sturm umgeworfenen Weidenbaum.

Max zieht eine kleine Schnapsflasche aus der Tasche und läßt sie kreisen.

Tobias sagt: Beide Tote sollen Kampfspuren aufweisen. Das versteh ich nicht. Die waren doch eine Partei, der Herzog und dieser Wutzke. Was hat sich hier abgespielt?

Stephan hebt die Schultern. Wir werden's wohl niemals erfahren.

Peter will wissen, wie die Geschichte weitergeht.

Das Blatt wird neu gemischt, mein Junge, meint Stephan, und dann orakelt er: Schätze, daß wir diesmal keine schlechten Karten haben.

Und warum ist Daniel Druskat, der Oberhirte, nicht bei der Herde? Warum fehlt Rosemarie?

Sie sind beide am Deich.

Wie gut übrigens, daß Druskat eine Zeitlang bei der Müllabfuhr gearbeitet hat. Er kann sich im Nu mit Wünscher darüber einigen, daß die Sandsäcke am Regiehof abgefüllt werden. Feuerwehrleute und ihre Helfer laden sie auf die Hänger. Traktoren werden davorgespannt, und dann rollen die Fahrzeuge, eins nach dem anderen, zum Deich, bis dorthin jedenfalls, wo er befahrbar ist. Hunderte von Menschen arbeiten angestrengt, die Lücken im Damm erst einmal notdürftig zu schließen. Wie das geschieht und wie schwer das zu machen ist, haben wir über viele Wochen hinweg Tag für Tag an den Fernsehapparaten verfolgt, damals, als beim Jahrhunderthochwasser der Oder die Deiche barsten. Weder die Einwohner von Wendenburg noch jene von Horbeck hatten evakuiert werden müssen. Die Boblitz erreichte die Gewalttätigkeit der Oder nicht. Das Loch im Wall des Wolfsluchs war auch nicht kilometerbreit, der Verteidigungsminister mußte gar nicht erst eingeflogen werden, und die beiden Leichen waren längst geborgen.

Bemerkenswert ist allerdings, daß sich in der Stunde der Gefahr viele Menschen trotz aller Gegensätzlichkeit bei der Hilfeleistung zusammenfanden. Frau Greta Keferlein-Tesch und die Architektin Angela Wescher füllten gemeinsam Sandsäcke auf, und die alte Liddy verschnürte sie eifrig. Stephan rief den ehemaligen Regenmacher Probst, damit er dem Elektromeister Wilhelm bei der Instandsetzung der stillgelegten Pumpwerke im Luch fachmännischen Beistand leiste, und Hilde nahm die kleine Ina in ihre Obhut, damit Rosemarie freie Hand hatte. Die beiden Unternehmerinnen Ida Preibisch und Gerlinde Rabenhorst schlossen vorübergehend die Geschäfte, um mit ihrem Personal als Marketenderinnen vor Ort zu sein. Sie verschenkten in schöner Eintracht Tee und Liebesknochen an die Helfer. Nur Harry Hirschwein, der Landrat, konnte alten Groll nicht bezähmen, als er sich unmittelbar an der Unglücksstelle mit Daniel Druskat konfrontiert sah.

Was tun Sie hier?

Ich habe den Damm vor zwanzig Jahren gebaut. Ich kenn mich aus. Ich hab hier das Sagen, erklärte Druskat und schob den Landrat, weil der ihm im Wege war, einfach zur Seite.

34
Bei Ida wird das Fell versoffen

Der Herzog war unter merkwürdigen Umständen zu Tode gekommen. Was hatte Wutzke damit zu tun? Er lag stumm und starr in einem Schubfach des Leichenschauhauses und gab den Beamten Rätsel auf.

Der Tatort, wenn es denn wirklich einen gegeben hatte, war von der Flut davongerissen worden. Keinerlei Hinweise also. Im Gestrüpp einer abgetriebenen Korbweide wurde allerdings ein Krückstock gefunden, der sich im Geäst verfangen hatte und von Wutzkes Witwe schluchzend als ihrem Mann zugehörig identifiziert worden war. Die Kriminalbehörde arbeitete fieberhaft, und der mysteriöse Fall war längst nicht gelöst, als der Leichnam des Herzogs zur Beisetzung freigegeben wurde.

Übrigens hatten mehrere Herren auf einmal bei Ida vorgesprochen. Sie wiesen einen Durchsuchungsbefehl für das Gartenhaus vor. Ida mußte sie gewähren lassen, lehnte freilich während der ganzen Aktion mit verschränkten Armen am Türpfosten, als Aufsicht führende Person sozusagen. Auch hier keine Hinweise, bis auf solche, die auf Armut schließen ließen.

Für Ida waren sie nicht neu. Sie hatte sich erlaubt, in den Unterlagen der Hoheit zu blättern, und nichts gefunden, was auf Geldsendungen hingewiesen hätte, größere Beträge, wie das nach der Beratung in Frankfurt am Main zu erwarten gewesen wäre. Sie entdeckte Kontoauszüge, auf denen die monatlichen Bezüge der Sozialfürsorge nachgewiesen wurden.

Das Konto stand bei Null. Ida mußte mit sich ringen. Die Hoheit hatte klare Verhältnisse verlangt, solange er in Luisenruh residierte, und auf der Installation gesonderter Zähler für Elektroenergie und Wasser bestanden. Ida hatte Nachtspeicheröfen, Durchlauferhitzer und sogar eine neue Badezimmereinrichtung beschafft. Ihre Unkosten beliefen sich auf rund 25000 DM. Sie hatte alle Belege gesammelt. Wer würde ihre Forderungen begleichen wollen, jetzt, da die arme Hoheit so rasch dahingegangen war? Irgend jemanden müßte man befragen. Warum denn nicht die Kriminalpolizei?

Ida bezwang sich aber, sie hatte einen edlen Charakter und redete nicht von Schulden, sondern erkundigte sich nur, ob sie als Freundin von Hoheit für die Beerdigungskosten aufkommen müsse.

Darüber lachten die Beamten, und einer sagte: Todsicher bekäme der Herzog ein Staatsbegräbnis.

Die Auskunft beruhigte Ida. Gewiß würde sie bald eine Einladung erhalten.

Sie beschaffte sich Trauerkleidung vom Feinsten, dazu einen meterlangen, das Gesicht verhüllenden Witwenschleier, und erinnerte sich an jene ungemein rührende Szene, die vom Fernsehen bis in den letzten Winkel der Welt übertragen worden war, wie Jackie Kennedy in die Knie brach, um den Sarg ihres Gatten zu küssen.

Und dann schlägt sie schließlich, die Stunde des Abschieds, da Ida in tiefer Trauer, aber zusammengenommen, die Kirche von Wendenburg betritt. Der Blick will ihr verschwimmen, der schwarze Schleier nimmt ihr manches von der Sicht, aber soviel erkennt Ida doch: Dort hinten, vor dem Altar, erhebt sich auf einem Katafalk der Sarg mit den sterblichen Überresten des Herzogs, bedeckt mit einer Fahne in den Landesfarben. Still brennen die armdicken Kerzen. Und nun vernimmt Ida Orgelmusik, bald auch ergreifenden Gesang. Der Frauenlob-Chor hat auf der Empore Aufstellung genommen. Nie hat ein Choral feierlicher geklungen und niemals klagender das alles übertönende Kyrie eleison! der Greta Keferlein-Tesch.

Ida schickt sich an, mit ihrem Feldblumenstrauß in der Faust, zwischen den Bankreihen auf den Katafalk zuzuschreiten, als ihr zwei Ordner den Weg verstellen. Sie wird energisch gepackt und zu einer der hintersten Bankreihen geführt. Ida ist so verbittert und verbiestert, daß ihr ein Teil der Handlung entgeht, daß sie kaum wahrnimmt, was Herr von Trittau zum Ruhme des Herzogs spricht. Übrigens sagt von Trittau kein Wort von dem, was Ida weiß, daß Seine Hoheit die Wendenburger liebte, daß er um ihretwillen der Preußischen Bank ein Schnippchen schlagen und Mitglied der Agrargenossenschaft werden wollte, mit beschränkter Haftung selbstverständlich, aber immerhin.

Als Ida den Schleier zurückschlägt, sieht sie sich in bester Gesellschaft. In den letzten Bankreihen sitzen alle, die wir im Verlauf unserer Geschichte kennengelernt haben, die Stephans, die Druskats, die Wagenknechts, Liddy und Probst, Bauern aus Horbeck und Altenstein. Man nickt einander zu, man kennt sich, man wird sich noch sehen, später, wenn alles vorüber ist.

So nette Leute, denkt Ida. Ach hätte er doch recht, der Herr, mit seiner Weissagung, daß eines Tages die Letzten würden die Ersten sein. Jedenfalls steht es so geschrieben, also wird man dran glauben dürfen, ohne sich der Verdächtigung auszusetzen, man wäre links. Man ist fromm, wenn man auf Gerechtigkeit hofft und auf Veränderung drängt.

Und dann braust die Orgel auf, die Glocken dröhnen vom Turm, und die Herrschaften in den ersten Reihen erheben sich, der Herr Ministerpräsident nebst Gattin, der Schnapsfabrikant Hegemeister, Frau von Schreckenbach von der Preußischen Bank in Frankfurt am Main, Herr Doktor Kaiser, der Landrat Harry Hirschwein, der Herr Bürgermeister, die Vertreter der Parteien und Verbände und auch die Geistlichkeit, darunter ein Monsignore in violetter Soutane.

Und es erheben sich die Schützenvereine, die in der Kirche von Wendenburg die Bankreihen ganz vorn und ganz hinten eingenommen hatten. Sie unterbrechen das beinahe einheitliche Schwarz der Trauergäste mit dem frischen Grün ihrer Uniformen, auch die Damen tragen Grün und haben einen Saustutz am Hut.

Und selbstverständlich erheben sich auch die Bauern um Fräulein Ida. Sie halten die Hüte mit beiden Händen vor der Brust und sehen dem pompösen Zug entgegen. Acht kräftige Männer in roter Livree mit breitkrempigen Hüten, von denen weiße Federbüsche wippen, tragen den Sarg durch den Mittelgang der Kirche. Die Orgel rauscht und die Glocke dröhnt, und dem Sarg folgt wegen mangelnder Verwandtschaft Seiner Hoheit die Geistlichkeit und dieser wieder alle, deren Namen wir nicht noch ein zweites Mal nennen wollen.

Ida sieht die feine Gesellschaft an sich vorüberdefilieren. Weder Ulrike von Schreckenbach noch Herr Hegemeister würdigen sie eines Blickes. Als sich die Kirche fast geleert hat, nehmen die Bauern Ida in ihre Mitte, und nun ist für den alten Hecht endlich Gelegenheit, aus der Bankreihe zu hinken.

Und immer noch stürmen die Glocken vom Turm.

Auf dem Kirchplatz stehen Hunderte von Wendenburgern, für die in Sankt Marien kein Platz gewesen ist. Sie wollen wenigstens sehen, wie der Sarg mit dem toten Herzog vorübergetragen wird. Doktor Kaiser flüstert Frau von Schrekkenbach zu: Ein schwerer Schlag für diese armen Menschen.

Und die Dame antwortet im Dahinschreiten, mit einem Blick aus den Augenwinkeln: Auch für die Preußische Bank, Herr Doktor. Wir werden uns zurückziehen müssen. Das kann Sie Ihren Posten kosten.

Der Trauerzug entfernt sich. Die Beisetzung in der Gruft soll im allerkleinsten Kreis stattfinden, so hat man gehört.

Die Horbecker Bauern, auch die von Altenstein, sind auf dem Kirchplatz zurückgeblieben, um Ida zu kondolieren. Sie nimmt die Beileidsbekundungen mit Würde entgegen und so, als stünden sie ihr wirklich zu. Max Stephan kondoliert als letzter. Er sagt: Jetzt wird es aber Zeit, daß wir sein Fell versaufen.

Ida nickt. Der Herzog hat so gerne mecklenburgisches Sauerfleisch mit Bratkartoffeln gegessen. Ich lad euch ein zum Leichenschmaus nach Luisenruh.

Und jetzt erst nimmt Ida den alten Hecht wahr, der unschlüssig neben den anderen steht. Sie sagt: Sie haben einen Kameraden verloren. Hoheit hat es mir erzählt.

Bitte kommen Sie.

Und schon hat sie sich bei dem alten Mann eingehakt.

Anhang

Die Entstehungsgeschichte dieses Buches ist merkwürdig.

Im Herbst 1995 erschien »Wendenburg«, der erste Nachwende-Roman von Helmut Sakowski. Darin wurden u. a. die Figuren Max und Hilde Stephan aus dem Roman »Daniel Druskat« weitergeführt. Manfred Krug und Ursula Karusseit hatten das Ehepaar in dem gleichnamigen fünfteiligen Fernsehroman von 1976 bravourös dargestellt. Der Film hatte sensationelle Einschaltquoten.

Der Roman »Wendenburg« geriet Manfred Krug in die Hände. Der Schauspieler war augenblicklich angetan und kam auf den Gedanken, daß in einem neuen Fernsehmehrteiler nicht nur von den Stephans, sondern auch von anderen Figuren aus dem »Druskat« erzählt werden sollte, soweit deren Darsteller noch am Leben sind. Wie spielt ihnen das Schicksal nach der Wende mit? Steigen sie, fallen sie?

Helmut Sakowski war von der Idee fasziniert und arbeitete mit Leidenschaft an den Büchern. Bald fand sich auch eine Produktionsfirma, die sich für das Vorhaben interessierte. Alle Schauspieler, nicht nur Manfred Krug und Ursula Karusseit, sondern auch Hilmar Thate, Käthe Reichel und Angelica Waller, sagten zu.

Aber am Ende fand sich kein Sender, der bereit gewesen wäre, diesen Film auszustrahlen, und man begründete diese Entscheidung damit, daß die Zuschauer in den alten Bundesländern der dramatischen Geschichte nicht mit der gleichen Anteilnahme wie die in den neuen Ländern folgen würden.

Helmut Sakowski hat nun nach den Drehbüchern eine Romanfassung dieser Geschichte geschrieben, in der auch an einige wesentliche Szenen aus dem Roman »Daniel Druskat« erinnert wird. Die Leser mögen sich selbst vorstellen, wie die Schauspieler in der Verfilmung agiert hätten.

Der Briefwechsel zwischen Manfred Krug und Helmut Sakowski dokumentiert genauer ihre gemeinsamen Bemühungen um diesen Stoff.

Helga Korff-Edel

Manfred Krug an Dirk Külow*

08.10.95

Lieber Herr Külow,

danke für Ihren Brief vom 14. September.

Es kann 4 oder 5 Jahre her sein, da kam der Kameramann Jürgen Heimlich, der damals die beiden Fernsehstücke »Wege übers Land« und »Daniel Druskat« fotografiert hat, zu mir und machte den Vorschlag, über eine Nach-Wende-Fortsetzung von »Druskat« nachzudenken. Obwohl ich dabei zunächst kaum an Sakowski als Autor zu denken wagte, fand ich die Idee sensationell. Sofort ging ich zu einem Produzenten und erläuterte die Sache. Der war zunächst interessiert. Es geschah aber nichts. Die Produzenten, die mehr tun, als zu produzieren, die nämlich Menschen und Ideen zusammenbringen, scheinen ausgestorben zu sein.

Da bis auf die alten alle damaligen Schauspieler noch leben, wäre es für Sakowski eigentlich naheliegend gewesen, mit ihnen allen Kontakt aufzunehmen und sie zu fragen, ob sie

* Dirk Külow ist Filmemacher in Berlin.

grundsätzlich mitmachen würden. Ich hätte ganz sicher zugestimmt. Dazu mag er zu stolz gewesen sein, obwohl es sich doch eher um eine praktische Frage handelt. Denn danach hätte er entscheiden können, welche Figuren er auch in seinem Roman »Wendenburg« noch vorkommen lassen will und welche nicht. Ich bin dabei, den neuen Roman zu lesen, und finde immerhin Max Stephan wieder. Aber ich vermisse Daniel Druskat. Mal sehen, ob er noch kommt.

Das liest sich ja flockig und locker, Sakowski schürft nicht mehr ganz so tief nach den Hoffnungen und Vorzügen des Sozialismus. Schwere und Bedeutung, die solches Schürfen einst mit sich brachte, fehlen dem neuen Werk leider, aber das mag beim Fernsehen nicht sehr stören. Mich stört eher, daß »Wendenburg« nicht enger verknüpft ist mit dem »Druskat« von damals. Hier wäre eine Chance gewesen, endlich die »Wende« in ihren unterschiedlichen Auswirkungen darzustellen. Das ist bisher im Fernsehen nicht geschehen, und Sakowski könnte es schreiben. Er kann es immer noch, selbst wenn er dazu nur Teile des neuen Romans verwenden und die alten Figuren wieder auspacken würde. (Druskat als Bahnhofspenner, die Käthe Reichel als erfolgreiche Unternehmerin, Stephan geschieden, seine Frau stinkreich, aber immer noch zwischen den Rüben verstaubend – was weiß ich? Alle sind anders, als sie einmal waren, diametral geradezu, weil sich nämlich der Satz »Die Umwelt formt den Menschen« niemals wird leugnen lassen. Was hat der Real Existierende Sozialismus mit den Anlagen der Menschen gemacht, und was macht die kapitalistische Welt damit? Wer kommt hoch, der früher unten war, sackt ab, der früher oben war? Und das alles – bitte sehr – aus dem Blick eines Autors, der die Notwendigkeit gesellschaftlichen Wandels, nur weil die DDR ein Flop war, noch lange nicht aus den Augen verloren hat.)

Die Grundidee finde ich noch immer großartig, gerade weil sie weitab des mainstreams liegt. Angebotsüberhäufung stört nicht; ich bin lediglich bis Ende 96 voll, dann bleiben nur 3 TATORTe pro Jahr, für die ich Verträge unterschrieben habe. Über eine Begegnung würde ich mich sehr freuen, am besten hier bei mir und am besten nach dem 7. Dezember, weil ich da länger freihabe. Machen Sie beliebig Terminvorschläge.

Grüßen Sie Helmut Sakowskis von mir und seien Sie selbst herzlich gegrüßt.

Manfred Krug

Manfred Krug an Dirk Külow

14. Okt. 1995

Lieber Herr Külow,

danke für Ihren Brief vom 13. Okt. 1995.

Je weiter ich in dem Roman fortkomme, desto klarer scheint es mir, daß man von ihm nicht als von einer Fortsetzung des Themas »Daniel Druskat« sprechen kann.

Es wäre also gut, vielleicht in einem Gespräch herauszufinden, welche der beiden Möglichkeiten angestrebt werden soll: eher die Weiterführung der Geschichte von Daniel Druskat mit allen noch lebenden Figuren, an deren Schicksal die guten und die schlechten Einflüsse beider Gesellschaftsordnungen auf die Menschen dargestellt werden könnten; oder eine neue, sich nur anlehnende Geschichte wie »Wendenburg«, in der dann allerdings die Figur des Stephan einen beliebig anderen Namen tragen und von einem anderen Schauspieler dargestellt werden könnte.

Die erste Option scheint mir die interessantere, nicht zuletzt aus persönlichen Gründen, denn in »Daniel Druskat« habe ich für die Figur Stephan alles getan, was ich für meinen Teil tun konnte. Klar, daß ich davon viel Brauchbares mitnehmen möchte.

Aber auch die Möglichkeiten für den Autor scheinen mir hier die größeren, auch die Chancen zur »Aufarbeitung« der jüngsten deutschen Geschichte. Mehr oder weniger heiteren Nachwendespaß hatte ich genug in Beckers »Wir sind auch nur ein Volk«.

Ich könnte mir vorstellen, daß Sakowski darüber zumindest gesprächsbereit ist, und ich würde mich sehr freuen, wenn ein Gespräch zustande käme. Unbedingt sollte Helga Korff-Edel dabei sein, denn sie war immer dabei, versteht etwas von dem Geschäft, und sie hatte schon immer den größten Einfluß auf den Meister.

Ihre für November vorgeschlagenen Termine kann ich wegen auswärtiger Arbeit nicht wahrnehmen, von den Dezembertagen können Sie sich jeden aussuchen, ich werde zu Hause sein.

(Eine Sache, die viel mit Kunst zu tun hat, möchte ich hier schon jetzt anmerken: der ORB sitzt auf einem Schatz von TV-Filmen aus der DDR-Zeit. Die Piraten, die diesen Schatz einst zusammengetragen haben, das sind die Autoren, Regisseure und Schauspieler von damals. So lange der Sender sich weigert, diesen Künstlern, wie das üblich ist, ein Wiederholungshonorar zu zahlen, so lange werde ich für die Neukapitalisten beim ORB keine einzige Klappe schlagen. In unserem schöner, größer und reicher gewordenen deutschen Vaterland gibt es für TV-Filme ein ohnehin karg genug bemessenes Wiederholungshonorar. Meines beträgt 20%, und in meinem Vertrag, sollte es ihn einmal geben, wird stehen, daß das auch für die TV-Stücke aus DDR-Tagen gilt.)

Beste Grüße an Helga Korff-Edel, an Helmut Sakowski, und seien Sie selbst herzlich gegrüßt

Manfred Krug

Manfred Krug an Dirk Külow

31.12.95

Lieber Herr Külow,

vielen Dank für Ihren Brief, ich verstehe Ihre Klarstellung sehr gut.

Ich hatte aber ohnehin nicht vor, mit der *Idee* zu einer Geschichte irgendwelche Produktionen aufzusuchen. Ich wollte warten, ob ein interessantes Drehbuch kommt. Das kommt nun mal selten vor.

Weder bin ich Dramaturg noch Lektor noch in der Lage, eine geeignete Firma zu finden, denn ich kenne nur wenige Produktionen, weil ich nur mit wenigen zusammenarbeite. Wenn ein Szenarium oder Drehbuch kommt, lese ich es und sage, ob es mir gefällt oder nicht. Das ist schon genug fürs erste, mehr wollte ich nicht machen.

Sie müssen verstehen, Sakowski gehörte in der DDR zu den stärksten, bestrecherchierenden Fernsehautoren, und seine besondere Stärke lag darin, für die Vorzüge des Sozialismus zu werben, nicht so wie viele andere Autoren, die nur mit der Wurst nach der Speckseite geworfen haben, sondern in künstlerischer Manier.

Da darf ich von ihm am ehesten erhoffen, daß er jetzt, über die Nachwende, differenziert Kritisches zu sagen hat, wobei ich mir Heiterkeit nur als eine unter wichtigeren Ingredienzen vorstelle. Idyllische Ost-West-Stories hatten wir genug, es kann, jedenfalls wenn ich mitspiele, politisch nur mehrere Nummern fundamentaler sein. Den Okkupanten den Spiegel vorhalten.

Unterhaltungsgeschichten spiele ich ja an anderer Stelle genug, bin auch etwas überdrüssig.

Packen Sie es an. Ich möchte nur ein Drehbuch, sonst gar nichts.

Guten Rutsch und beste Grüße
Ihr Manfred Krug

Helmut Sakowski an Manfred Krug

am 7.1.96

Lieber Manfred,

nach dem guten Gespräch bei Dir bin ich ganz heiter und voller Pläne ins neue Jahr gekommen.

Helga und ich sitzen zur Zeit hier in Pälitzhof und sind dabei, eine Arbeit abzuschließen, die ich einem Freund in der Schweiz zuliebe geschrieben habe. In ein paar Tagen werden wir den Kopf freihaben und können in aller Gelassenheit über ein Exposé nachdenken. Du hörst bald von uns.

Usch ist gern bereit mitzumachen. Mit Thate, der Vorbehalte geäußert hat, die sich auf Dich und Usch beziehen, treffen wir uns Mitte Januar.

Dem jungen Külow bin ich dankbar, daß er die Verbindung zu Dir hergestellt hat. [...] Zu den Gesprächen mit den Komödianten bin ich immer bereit, das weißt Du ja. [...]

Anbei die versprochenen Ablichtungen.

Ich hoffe, daß wir bald wieder voneinander hören.

Mit herzlichen Grüßen, auch an Ottilie,
Helmut

Helmut Sakowski an Manfred Krug

am 11. Februar 1996

Lieber Manfred,

hier, wie versprochen, der Vorschlag für einen Film. Wie Du sehen wirst, habe ich nur die agierenden Figuren und ihre Konfliktkonstellationen zu beschreiben versucht. Man wird hoffentlich daraus erkennen können, daß sich daraus eine turbulente Handlung ergeben muß. Dann folgt die Exposition mit dem berühmten Knall.

Es wäre nett, wenn Du Dich bei Helga melden könntest, damit wir wissen, ob Du mit den Seiten etwas anfangen kannst. Ich bin über dem Entwurf in Schreiblaune geraten und werde einfach mit der Arbeit beginnen.

Laß Dich herzlich grüßen und vergiß nicht, Ottilie einen Gruß zu bestellen.

Helmut

PS: Übrigens war Thate bei Helga. Er ist bereit mitzumachen.

Manfred Krug an Helmut Sakowski

Bln. 3. 3. 96

Lieber Helmut Sakowski,

danke für Deinen Brief und die Wendenburg-Skizze, die sich, glaube ich, gut anläßt.

Machs nicht ganz so »klein«, klotze, statt zu kleckern. Hinter der Freundschaft zwischen Druskat und Stephan könnte die alte Feindschaft und Eifersucht auf beiden Seiten versteckt sein, die jetzt unter kapitalistischen Verhältnissen härter und gemeiner als je sichtbar wird. Kampf um Pfründe wäre ein Motiv für neue, heimlich auszutragende Rivalität, gemeinsame Abwehr der Wessis, die ihre Finger nach dem Land ausstrecken, wäre ein Motiv für scheinbar gemeinsames, scheinbar freundschaftliches Handeln. Kapitalistischer Freistil, ein Hauch von »Dallas«, dreckige West-Anwälte, dreckige Bankgeschäfte, daneben die kleinstädtische Idylle. Du mußt Dir Gemeinheiten ausdenken, für die Du persönlich viel zu anständig bist. Da wirst Du ohne Recherchen nicht auskommen. Erfinde so, als wüßtest nur Du, Druskat, Stephan und Karusseit, daß unter den Wiesen und Wäldern von Horbeck Millionen Barrel Öl schwappen.

Entschuldige, daß ich mich hier anheischig mache, Dir zu raten. Aber es soll mehr ein Aufhetzen sein als ein Rat. Was ich meine, ist nur: Hau rein. Dich kann keiner mehr. Schaffe ein großes, böses Alterswerk und laß die anderen alten Säcke, nämlich uns, daran teilnehmen. Mich kann auch keiner mehr.

Ganz liebe Grüße Dir und Helga
von Deinem gespannten
Manfred Krug

Helmut Sakowski an Manfred Krug

am 5. November 96

Lieber Manfred,

die Bücher zu dem dreiteiligen Film, zu dem Du mich angeregt hattest, sind niedergeschrieben und liegen bei PROVOBIS in Hamburg.

Du hattest Dir ein »böses Alterswerk« gewünscht. Das ist es wahrscheinlich nicht geworden, aber eine grimmige Komödie, denke ich, mit einer großen Rolle für einen großartigen Schauspieler. Und das ist ja auch schon was.
Die Arbeit zeigt ein gesellschaftliches Panorama und eine Sicht auf die Dinge, wie sie, glaube ich, im deutschen Fernsehen nur noch selten zu betrachten sind. Durch die Rückblenden auf Druskat gewinnt der Film eine historische Dimension, und selbstverständlich wird es ein zusätzlicher ästhetischer Reiz sein, die Helden und ihre Widersacher agieren zu sehen, dargestellt von vitalen Schauspielern, die tatsächlich zwanzig Jahre jünger sind als in der Gegenwartshandlung. Wo hat es das schon mal gegeben?

Ich preise meine Arbeit ungeniert, und Du wirst das verstehen. Jeder schreibt in der Gewißheit, kein andrer sei in der Lage, ein bestimmtes Sujet so zu meistern wie er selber. Die Hervorbringung von Kunst gelingt nicht ohne ein gewisses Maß an Unbescheidenheit.

Jetzt hängt alles an Dir. […]

Helmut

Manfred Krug an Helmut Sakowski

29. 12. 96

Lieber Helmut,

die ersten beiden Folgen habe ich gelesen und spontan einige Bleistiftbemerkungen gemacht, die zum Teil nach der Lektüre schon gar nicht mehr so gültig waren.

Die dritte Folge lese ich in den nächsten Tagen.

Ich würde, nach meiner bisherigen Kenntnis der Bücher und nach einem noch zu führenden Gespräch mit Dir über Einzelheiten im Text, gern mitspielen.

Es sollte dann aber auch alles getan werden, damit die anderen noch lebenden Schauspieler ebenfalls dabei sind.

Ich habe gegen Thate keine Vorbehalte. Wenn er welche hat, so kann ich daran nichts ändern. Es sollte aber wirklich das Zusammenwirken von uns Schauspielern eine wichtige, wenn nicht die wichtigste Grundlage für diese Verfilmung sein. Bei einem professionellen Schauspieler sollten private Meinungsverschiedenheiten von einst bei solchen Fragen keine Rolle spielen. Zuerst müßte also Thate bereit sein.

Wenn eine der anderen Figuren nicht dabei sein kann, muß ev. umgeschrieben werden. Deshalb: zuerst darum kümmern.

Bitte sei so gut, mir die drei durchgearbeiteten Manuskripte irgendwann im nächsten Jahr zurückzuschicken.

Einen Computer mit Drucker halte ich für unverzichtbar. Ich benutze den meinigen nur als Schreibmaschine, das lernt man auch als älterer Mensch in 3 Tagen.

Bitte Genesungswünsche an Helga, und Dir und den Deinigen ein frohes Neues Jahr *Dein Manfred Krug*

Helmut Sakowski an Manfred Krug

am 22. 2. 97

Lieber Manfred,

nachdem Helga letzte Woche die Reha-Klinik verlassen durfte, ist sie unverzüglich auf ihren Krücken hier in Pälitzhof erschienen und hat sich an den Schreibtisch gesetzt, um mir bei der Einarbeitung Deiner Veränderungsvorschläge zu helfen. Das ist größtenteils handschriftlich geschehen. Wir können es noch nicht mit einem Computer.

Daß die allermeisten Deiner Wünsche gut und also notwendig waren, haben wir beide schon am Telefon gesagt. Bei der Arbeit ist mir bewußt geworden, wie ernsthaft Du Dich meiner Geschichte angenommen und mit welcher Sensibilität Du Dich in die Figuren eingefühlt hast, so daß ich kaum einen Widerspruch finde zwischen Deiner Haltung und meiner. Ich bedanke mich.

Sobald es Deine Zeit erlaubt, würden wir gern mit Dir über die Einzelheiten reden, veränderte Szenenkomplexe und so weiter, und das könnte man mit Rücksicht auf Helga am besten hier in Pälitzhof. Du hattest ihr ja gesagt, daß es irgendwann Ende März vielleicht möglich wäre. Im April wollen wir die lädierten Knochen in den heißen Schwefelquellen von Piešt'any baden.

Als ich das letzte Mal mit J. H. sprach, hat er gesagt, es käme darauf an, daß die Sender über ihren politischen Schatten springen. Auch diese Hürde scheint mit Deiner Hilfe überwindbar. D. H. hat jedenfalls auch Provobis Interesse signalisiert. Die korrigierten Bücher liegen auf ihrem Tisch. Nach der Berlinale wird sie lesen, und wir werden hoffentlich bald von ihr hören. Ich hätte ja auch ganz gerne ein paar Mark auf meinem Konto.

Laß Dich sehr herzlich grüßen *Helmut*

Helmut Sakowski an Manfred Krug

am 23. März 1997

Lieber Manfred,

die Nachricht vom Tod Jurek Beckers hat uns erschüttert, obwohl wir ihm nicht nahestehen konnten wie Du. Er war ein besonderer Mann und ein Schriftsteller von Rang. Niemand kann ihn ersetzen. Du hast einen Freund verloren, wie ihn nur wenige in ihrem Leben finden, und mußt seinen Verlust nun stärker erleiden als andere.

Aber Du bist ja auch sein Interpret, und Du wirst es sein, der eines seiner originellsten Geschöpfe noch lange nach Beckers Tod lebendig erhält. Damit verschaffst Du ihm ein Fünkchen Unsterblichkeit, und das kann Dich trösten.

Laß Dir die Hand drücken
Helmut

Manfred Krug an Helmut Sakowski

30.4.97

Lieber Helmut,

noch bin ich nicht soweit, das lange Nachdenken der Redakteure zu interpretieren. Was ich in der Sache tun konnte, habe ich getan. Mein in der DDR Gott sei Dank trainierter und gestählter Stolz verbietet es mir, da herumzutelefonieren oder gar zu baggern. Es bleibt fürs erste das Abwarten.

Ich kann nur – vorsorglich, vielleicht übertrieben vorsorglich – schon jetzt sagen: was Du da gemacht hast, ist so gut, daß es auch ein aufregendes Lese-Buch sein würde. Ich könnte mir vorstellen, daß es den älteren, eher »idyllischen« Wendenburg-Roman schnell verdrängen würde. Aber solche dunklen Gedanken können warten.

Grüße bitte Helga und die Deinen und sei Du selbst auf das herzlichste gegrüßt von Deinem

Manfred

Helmut Sakowski an Manfred Krug

21. Mai 1997

Lieber Manfred,

Dein Brief war ein wenig Balsam für meine geschundene Seele. Dankeschön!

Ich habe mit einer solchen Leidenschaft an den Drehbüchern gearbeitet, daß ich einfach nicht in der Lage bin, jede Hoffnung zu begraben, und ich kann mir nicht denken, daß es sich irgend jemand leisten kann, einen dreiteiligen Film, in dem Krug die Hauptrolle spielen will, nicht zu produzieren.

Natürlich kann ich meine Zeit nicht vertun, indem ich abwarte, und habe mir vorgenommen, den dritten Band meiner Klevenow-Trilogie zu schreiben. Ich schicke Dir mal den den ersten Band. Vielleicht kannst Du gelegentlich darin blättern. Diese Trilogie ist nämlich auch eine Filmgeschichte, und der Haberland wäre eine Paraderolle für Dich. Das letzte Drittel des Romans enthält eine Huldigung an Dich. Der Kammerdiener des späteren Kaisers Wilhelm hat tatsächlich Krug geheißen. Du siehst, ich denke immer an Dich.

Mit sehr herzlichen Grüßen, auch von Helga,
Helmut

Manfred Krug an Helmut Sakowski

9.8.97

Lieber Helmut,

ich danke Euch herzlich für die guten Worte.

So was hilft!

Es war ein Schlaganfall, und ich muß sehen, ob und wie ich ihn auskuriere. Aber zunächst, höre ich, sammelt man noch Geld.

Na ja, bis Weihnachten ist sowieso tacet, ich bin bestenfalls für kleinere Aufgaben geeignet, ansonsten krankgeschrieben.

Was dann kommt, muß ich sehen.

Wir bleiben in Verbindung und berichten einander Neuigkeiten.

Liebe Grüße Euch beiden und allen
Euer Manfred

Helmut Sakowski am Manfred Krug

am 14. August 1997

Lieber Manfred,

wir haben uns sehr über Deinen Brief vom 9. August gefreut und wünschen von Herzen, daß es Dir in absehbarer Zeit gelingen möge, die Folgen des Schlaganfalls auszukurieren.

Ich hatte Dir, glaube ich, erzählt, daß wir Ende Juni von Provobis aufgefordert wurden, eine zweiteilige Fassung des Films herzustellen. Das ist geschehen, und ich denke sogar, der Geschichte ist das bekommen.

Seit Deiner Krankheit herrscht Funkstille. Ich komme aber nicht los von dem Stoff und habe mich entschlossen, keinen neuen Roman zu beginnen, sondern an dem Buch zu unserem Film zu arbeiten. Nun bin ich also im dritten Jahr mit Max Stephan beschäftigt. Die Figur hält mich gefangen, und hinter ihr sehe ich Krug, beinahe tagtäglich, ich höre seine Stimme, ich finde ihn großartig, unersetzlich. Es ist beinahe so etwas wie eine love-story. Und ich sage das, damit Du weißt, neben Ottilie und den Deinen gibt es überhaupt keine Menschen, die Dich so mögen und auf Deine Genesung hoffen wie Helga und ich, die beiden Alten. Selbstverständlich ist unsere Zuneigung mit einer gehörigen Portion Egoismus verbunden. Wir leben in der Hoffnung, daß dieser Film realisiert wird und daß er wie eine Sensation wirken könnte in der Tristesse der Film- und Fernsehlandschaft. Wir bauen also auf Dich.

Wir wünschen Dir Gesundheit und grüßen Dich aus Mecklenburg. Vielleicht kommst Du mit Ottilie doch mal in unsere Abgeschiedenheit. Quartier könnten wir beschaffen.

Helmut

Helga Korff-Edel an Manfred Krug

am 17. 10. 97

Lieber Manfred,

wie Dir Helmut geschrieben hat, waren wir am vergangenen Montag zu Provobis gebeten. Damit Du auf dem laufenden bist, will ich Dir berichten, was dort besprochen wurde.

Herr S. vom MDR ließ uns wissen. daß es ihm nicht gelungen ist, bei den westlichen Anstalten Partner für unser Projekt zu finden. Die Begründung für die Ablehnung ist denkbar einfach: Unser Publikum möchte keine Geschichten aus dem Osten sehen. Komisch, das kenne ich noch aus der DDR, da wollten »unsere Menschen« auch immer das und jenes nicht. Der MDR alleine kann den Film nicht finanzieren. Was mich dabei besonders wundert, ist die Haltung des NDR, der Dir ja wirklich zu großem Dank verpflichtet ist.

Im Laufe der Beratung wurde dann der Gedanke erwogen, aus dem Ganzen einen 105-Minuten-Film zu machen. Aus irgendwelchen Gründen, die wir nicht durchschauen können, hält man das für realisierbar. Es ginge wohl dann um einen Fernseh-Kino-Film, für den es eventuell Fördermittel gibt. Herr S. und Herr P. von Provobis meinten auch, dazu könne Frau H. nicht mehr nein sagen. Drehen und senden wolle man im nächsten Jahr.

Von uns aus sehen wir Möglichkeiten, das Drehbuch dazu zu schreiben. Das Ganze geht aber nur, wenn wir alles ganz und gar auf Dich stellen. Druskat müßte geopfert werden. Teile seines Parts könnte Rosemarie übernehmen. das wäre dann natürlich eine grandiose Rolle für Dich, die ich Dir von Herzen gönnen würde, denn wie ich sehe, verwöhnt man Dich nicht mit guten Büchern.

Aber natürlich hängt alles von Deiner Gesundheit ab. Ich kann mir gut vorstellen, wie es Dir ergeht. Ich bin doch im letzten Dezember operiert worden und lag auch in der Charité. Die langandauernde und komplizierte Operation verlief sehr gut, aber am Tag danach konnte ich nicht mehr richtig atmen, kam in die schrecklichen Katakomben der Intensivstation und wurde an die Beatmungsmaschine und die künstliche Niere und alles so was angeschlossen. Nach einer kleinen Woche habe ich mich entschlossen, alleine weiterzumachen, aber es beunruhigt mich noch heute, daß ich tagelang da war, aber auch wieder nicht da war. Einen kurzen Filmriß hatte man in jungen Jahren ja mal wegen einer Sauferei, aber einen so langen …

In der Reha-Klinik in Hoppegarten habe ich dann gedacht, hoffentlich kommt einer wie Krug nie in die Situation, sich in so einer Einrichtung mit 250 Patienten aufhalten zu müssen. Soviel öffentliche Anteilnahme in so einer Lage kann einen ja umbringen. Eine Ahnung davon bekam ich, als Du mich angerufen hattest. Ich will nicht fragen, wieso man im Haus von dem Telefonat wußte, aber Tatsache ist, daß sich danach niemand mehr für mein Bein interessierte, sondern nur noch für Manfred Krug. Woher kennen Sie ihn? Wie ist er denn so? Der Chefarzt, ein unerschrockener Mann, äußerte gar den Wunsch, einmal im Leben mit Dir ein Bier trinken zu können.

Ich kann also sehr gut verstehen, daß Du zu Hause am besten aufgehoben bist.

Hast Du Dich denn etwas erholt und wirst Du wieder arbeiten können? Wir würden uns freuen, von Dir zu hören. Dem Spiegel-Interview konnten wir ja entnehmen, wie alles war. Es war uns übrigens ein bißchen peinlich, daß wir Dir gerade so eine Art Liebeserklärung geschrieben hatten, als wir Deine anrührenden Worte über Jurek lasen. Denke bitte nicht, daß wir uns als irgendeine Art Ersatz anbieten wollten. Wir wissen, daß das nicht möglich ist. Es gibt nämlich auch Menschen und Dinge, für die es keinen Ersatz gibt, außerdem, Ersatz ist sowieso eben nur Ersatz. Doch eine schöne Rolle kann Dir Sakowski natürlich schreiben, aber das weißt Du ja. Wir würden das gern im Kontakt mit Dir machen.

Sei herzlichst gegrüßt und grüße bitte auch Ottilie
Helga

Manfred Krug an Helga Korff-Edel

Berlin, den 21.10.97

Liebe Helga,

erstens ist der Westen nur anders, aber nicht in allen Dingen besser, als der Osten war. Deshalb ist es übertrieben, ihn in Schutz zu nehmen, wie es damals übertrieben war, den Osten in Schutz zu nehmen.

Und zweitens ist alles noch viel schlimmer: ich kann nach dem Schlaganfall zwar noch dies und das, aber Text lernen –

was mir allerdings schon immer ein Graus war – das kann ich wahrscheinlich nicht mehr.

Ich will jetzt im Januar einen entscheidenden Versuch machen. Wenn ich den Tatort, der für Anfang 98 geplant ist, einigermaßen zustande kriege, dann wird's mit mir als Schauspieler vielleicht noch ein bißchen weitergehen. Wenn nicht, dann muß ich selber schreiben. Was, weiß ich nicht. Ich möchte aber eine einsamere Arbeit haben. Ich möchte noch ein paar Jahre zu Hause über den Dächern sitzen, alle Woche einen der letzten Freunde sehen und heiter sein.

Ja, meine Lieben, so siehts aus. Ob es also ein Fernseh-Kino-Film von 105 Minuten oder ein hochglanzpolierter Aluminium-Film ist, es ist sehr wahrscheinlich, daß ich ihn nicht machen kann. So sehr ich Euch noch vor ein paar Monaten angestachelt habe, so wenig konnte ich ahnen, daß mich der Schlag trifft. Und ich bin doch stärker beeinträchtigt, als sich das (z.B. im »Spiegel«) anhört.

Deine Geschichte, liebe Helga, hat mich erschüttert. Wirklich, was mußt Du durchgemacht haben.

Wann immer Ihr in der Nähe von Berlin seid, auch einzeln, Otti und ich freuen uns sehr, Euch zu sehen. Man muß ohne Fahrstuhl nur eine Treppe schaffen, und schon gibts Kaffee und Kuchen.

Ganz liebe Grüße Euch beiden –
Euer Manfred.

Helga Korff-Edel an Manfred Krug

Am 14.11.97

Lieber Manfred,

Dein Brief hat mich sehr gerührt. Ich bin ja nun seit meiner Krebsoperation vor zwanzig Jahren eine geübte Patientin. Dich aber hat das alles ganz unvorbereitet kalt erwischt, und außerdem ist Krankheit für einen gestandenen Mann viel schlimmer als für eine kleine, alte Frau. Es ist ekelhaft, wenn man plötzlich seinem Körper, auf den man sich jahrzehntelang verlassen konnte, und der einem auch nichts übelnahm, nicht mehr trauen kann.

Selbstverständlich wären wir unendlich traurig, wenn aus dem Film nichts werden würde, aber ebenso selbstverständlich bist Du wichtiger als jeder Film. Und trotzdem, wir geben die Hoffnung noch nicht ganz auf. Ich bin immer der Meinung gewesen, daß der Max Stephan Deine beste Charakterrolle war, in der Du Seiten Deines Könnens zeigen konntest, die Dir sonst nicht abverlangt wurden. Und ich denke, es wäre schön, wenn Du Dich mit eben dieser Rolle aus Deinem Schauspielerleben verabschieden könntest, wenn es denn sein muß – falls jemand den Film senden will, denn offensichtlich ist es mit der pluralistischen Gesellschaft nicht weit her.

Übrigens, eine Zukunft als Schreiber kann ich mir für Dich durchaus vorstellen. Ich habe mit Anteilnahme und auch Vergnügen Jureks Karten und Deine Kommentare dazu gelesen. Und zu erzählen hast Du ja auch genug.

Liebe Grüße für Dich und Ottilie, von Helmut und mir,
Helga

Helga Korff-Edel an Manfred Krug

am 8. Februar 98

Lieber Manfred,

wir wünschen Dir ein besseres und glücklicheres neues Lebensjahr, als es das vergangene war, und sei nicht traurig, daß es das erste im siebten Jahrzehnt ist. Wir stolpern längst im achten herum und haben auch noch ab und an gute Stunden und Tage.

Nun noch kurz zum Stand unserer Beziehung zur Filmgesellschaft Provobis. Wir haben jetzt einen Exposé-Vertrag für einen 90-Minutenfilm nach dem Roman »Wendenburg«. Ein Drehbuchvertrag ist uns für April in Aussicht gestellt und damit die Hoffnung auf ein paar Kröten. Natürlich interessiert es den Herrn H. von Provobis, übrigens der einzige Mensch, der sich uneingeschränkt für das Projekt einsetzt, ob mit Deiner Mitwirkung zu rechnen ist. Als wir das letzte Mal bei Euch waren, sind wir uns darüber einig gewesen, daß daraus kein Junktim gebastelt werden darf, und ganz sicher mußt Du auf jeden Fall erst einmal das Drehbuch gelesen haben, ehe Du entscheiden kannst. Natürlich hoffen wir von ganzem Herzen, daß Du wieder Lust hast auf Film. Selbstverständlich ist »Wendenburg« nur mit Dir zu machen. Kein anderer könnte den Max Stephan so glanzvoll spielen.

Du kennst unser DDR-Publikum, es hat nie so recht zwischen Kunst und Wirklichkeit unterscheiden können. Das ist bis heute so geblieben. Als »St. Pauli« im Fernsehen lief, wartete ein Bauer an Helmuts Auto vor dem Supermarkt und sagte traurig: Ist das nicht schrecklich? Unser Druskat bei die Huren!

Wir sind ganz sicher, daß ein Max Stephan, der sich auch nach der Wende nicht unterkriegen läßt, den Zuschauern hier im Osten Mut machen könnte, sich zu behaupten und die Lust am Leben nicht zu verlieren. Wenn uns das gelänge, hätten wir mit unserer Kunst noch einmal was Sinnvolles ausgerichtet. Wir wünschen uns sehr, daß es Dir den Umständen entsprechend gut geht und Du nicht nur mit Deinem Befinden, sondern auch mit den Dreharbeiten von »Abgehauen« zufrieden bist und mit dem restlichen »Tatort« zurechtkommst.

Grüße bitte Ottilie sehr herzlich von uns und laß Dich umarmen von

Helga

Manfred Krug an Helga Korff-Edel und Helmut Sakowski

10.2.98

Liebe Helga,
lieber Helmut,

danke für Euren verständnisvollen und lieben Brief.

Wir müssen alle einigermaßen in Würde durch dieses Leben durch, und das schaffen wir.

Wenn ich gleich zu »unserer« Sache kommen darf. Ich freue mich, daß nun die Arbeit losgeht, und bin überzeugt, daß es eine interessante Geschichte wird.

Und wollen will ich sie auch machen. Was mir passieren könnte, ist lediglich, daß ich es mir nicht mehr zutraue. Ach, ich möchte nach all den Jahren mal wieder eine etwas wortkarge Rolle spielen. Blicke und so. Packt mal nicht alles in den Max Stephan rein, gebt den anderen mehr Text und mir mehr Blicke. Ich glaube, ich bin auch ein ganz passabler Blickschauspieler ...

Dann kucken wir uns gemeinsam das Buch an, dann kucken wir uns an, in wie wenigen Drehtagen das Ganze reingedroschen werden soll, und wir kucken uns den Regisseur an.

Ich grüße Euch ganz herzlich.
Bis bald –

Euer Manfred

Helga Korff-Edel an Manfred Krug

am 13. Mai 1998

Lieber Manfred,

Helmut und ich, wir haben uns gefreut, daß Du mit dem Tatort so gut zurechtgekommen bist.

Unser Exposé, das hoffentlich gefallen wird, haben wir termingerecht abgegeben und hoffen nun auf den Drehbuchvertrag. Dann machen wir uns an die Arbeit und melden uns wieder bei Dir.

In den Sommermonaten siedle ich wieder nach Pälitzhof über. Als ich letzte Woche dort war, blühten Kastanien und Flieder, und die Nachtigallen sangen, wie im Heimatfilm.

Vielleicht kommt Ihr doch mal, ich denke, daß Du in dieser abgelegenen Ecke relativ ungestört sein könntest.

Wie immer mit sehr herzlichen und lieben Grüßen, auch von Helmut, auch an Ottilie

Helga

Manfred Krug an Helmut Sakowski

6. Juni 98

Lieber Helmut,

Danke für Deinen lieben Brief, und auch über Helgas Gruß habe ich mich gefreut.

Ein Jahr nach dem Schlaganfall bin ich soweit erholt, daß ich mir einen Einteiler zutrauen würde, vor allem wenn er gut geschrieben ist, also ein möglichst dramatisches Werk bei Vermeidung allzu üppiger Texte. Auch bei den trivialen Werken, in denen ich noch mitwirke, bitte ich die Autoren, des nachlassenden Gedächtnisses wegen, auf Textschwulst zu verzichten. So ist das: früher konnte es einem nicht genug sein, heute winkt man schon eher ab.

Du weißt, daß ich für den MDR und für den ORB nicht arbeite, und Du weißt auch warum. Die sollen sich angewöhnen, für Ostzonenschauspieler, deren TV-Werke sie seit Jahren wiederholen, die im Westen üblichen Honorare zu zahlen.

Was Redakteure, Producer, »Dramaturgen« angeht, so habe ich schon in der DDR gelernt, wie wir Menschen so sind, und Du mußt lange reisen, ehe Du andere findest. Deshalb habe ich vor, mich von ihnen nicht mehr enttäuschen zu lassen.

Einschaltquoten brauche ich nicht mehr so nötig. 20 Jahre lang bin ich denen hinterhergelaufen. (Eigentlich auch schon in der DDR). Als nächstes wird die Ausschaltquote eingeleitet.

Ich verspreche eines: wenn Dein Film fertig ist und er gefällt mir, dann spiele ich ihn. Früher und tiefer möchte ich nicht involviert sein, weder durch Zuspruch noch durch jegliches Kuscheln mit Redakteuren oder Produzenten. Du willst das Buch ohnehin schreiben, das solltest Du auch, also schicke es mir bitte, sobald Du es drehreif findest und ein Sender sich rantraut. Ich arbeite es für mich durch, das gehört zum Service, und dann sprechen wir drei abschließend darüber.

Wenn mir etwas am Exposé auffällt, schreibe ich Dir.

Wollen wir es so machen?

Herzlichen Dank und beste Grüße
Dein Manfred

Helmut Sakowski an Manfred Krug

Am 4. Juli 1998

Lieber Manfred,

Du weißt ja, daß uns ein Vertrag für einen Einteiler »Ein Herzog in Wendenburg« in Aussicht gestellt worden war und hattest im Februar geschrieben, daß Du gern mal wieder eine wortkargere Rolle spielen wolltest, mehr Blicke und so. Wir sollten an die Arbeit gehen, und dann würden wir uns das

Buch gemeinsam ankucken. Zunächst hatte ich den Vertrag für ein Exposé bekommen und zwar vom MDR, der sich für das Unternehmen interessierte. Kurz vor Ostern habe ich geliefert.

Gestern hat Herr H. von Provobis, der den Film unbedingt machen möchte, angerufen und erzählt, er habe hintenherum erfahren, das Exposé sei von der Leitung des MDR abgelehnt. Dabei handelt es sich wohl um jenen Herrn R., dessen politische Couleur ja bekannt ist. Es ist nicht schade, daß man sich vom MDR trennen muß, es ist schade um die gute Geschichte.

Helmut

Aus der Korrespondenz mit dem Mitteldeutschen Rundfunk, Programmbereich Fernsehspiel/Film

An Helmut Sakowski

am 26. Juni 97

[...] Noch einmal möchte ich hier mein Interesse an diesem Stoff zum Ausdruck bringen. Bei aller vorgetragenen Kritik meinerseits hat mir die Lektüre sehr viel Spaß gemacht einschließlich das sich Vertiefen in den Stoff. Sakowski gelingt es nicht nur, Figuren darzustellen, sondern Menschen zu skizzieren, die ein Recht hatten zu tun, was sie taten, obwohl sie im nachhinein das Unrecht erkennen, das durch ihr Tun erst wirksam wurde. Stephan und Druskat machen es sich nicht leicht, und der Zuschauer verwirrt sich mit in ihren inneren Widersprüchen. Da setzt (hoffentlich) ein Nachdenken ein, das das Fernsehen im heutigen Deutschland selten auslöst. [...]

An Helmut Sakowski

am 16. Juli 98

[...] Unser Interesse an »Wendenburg« war es, mit diesem Stoff einen Film zum zehnten Jahrestag der deutschen Einheit vorzubereiten, einen Film mit Manfred Krug in der Hauptrolle, in der ein Stück deutscher Geschichte für Ost- und Westdeutsche gleichermaßen interessant und publikumswirksam gestaltet werden kann. [...] Die von Ihnen jetzt vorgelegte Geschichte überzeugt uns aber gerade in dieser Frage nicht. [...]

Helmut Sakowski

Die Schwäne
von Klevenow

Roman

239 Seiten
Band 1366
ISBN 3-7466-1366-3

Mecklenburg Mitte des 19. Jahrhunderts: Zwar wird die junge Gräfin der Engel von Klevenow genannt, aber in den Dörfern um das Schloß herrschen Willkür und Ungerechtigkeit. Liebende dürfen nicht heiraten, ein grausamer Pächter kürzt den armen Leuten den Lohn und reizt sie so, daß man ihn schließlich in einem Racherausch umbringt. Dieses breitangelegte Sittenbild aus dem Leben des Adels und der Bauern beruht auf einem historischen Geschehnis.

»Da sitzt einer im mecklenburgischen Pälitzhof und schreibt, als käme der alte Fontane täglich auf einen Mokka vorbei.«

Dresdner Morgenpost

AtV
Aufbau Taschenbuch Verlag

Helmut Sakowski

Die Erben
von Klevenow

Roman

292 Seiten, Gebunden
ISBN 3-351-02889-X

In der Dorfkirche eines pommerschen Gutes werden 1910 zwei Jungen konfirmiert, die unterschiedlicher nicht sein könnten: Jost Graf Schwan und Staaf Tiedemann. Obwohl der Standesunterschied sie trennt, schwören sie, immer für einander einzustehen. Welche Wechselfälle das Leben auch für sie bereithält, ob es sie nach Mecklenburg verschlägt oder ins Ruhrgebiet – sie bleiben ihrem Schwur treu.

Helmut Sakowski schließt mit diesem Band seine großangelegte mecklenburgische Familiensaga ab, in der er über ein Jahrhundert hinweg Schicksale lebendig werden läßt. Mit den Familien Schwan und Tiedemann, in denen oft die Frauen allein die schweren Zeiten tapfer und unkonventionell meistern müssen, erlebt man gebannt wichtige Stationen deutscher Geschichte.

Aufbau-Verlag

Pascal Bruckner

Diebe der Schönheit

Roman

Aus dem Französischen
von Michael Kleeberg

320 Seiten
Band 1598
ISBN 3-7466-1598-4

Benjamin und seine schöne junge Geliebte Hélène, auf der Rückfahrt von einem Skiurlaub in der Schweiz, suchen während eines Schneesturms Schutz in einem einsamen Chalet an der französischen Grenze. Sein Besitzer Jérôme Steiner empfängt sie mit großer Zuvorkommenheit, aber bald begreifen die beiden, daß die Gastfreundschaft des alten Beau trügerisch ist und sie in Wirklichkeit seine Gefangenen in dieser verschneiten Einöde sind. Und als Benjamin während einer vermeintlichen Abwesenheit der Besitzer die verschlossenen Kellergewölbe besichtigt, macht er eine grausige Entdeckung.

AtV
Aufbau Taschenbuch Verlag

Guido Dieckmann

Die Poetin

Roman

Originalausgabe

297 Seiten
Band 1661
ISBN 3-7466-1661-1

Deutschland im Spätsommer 1819: Mit Frau und Tochter reist der Tuchhändler Joseph Schildesheim nach Heidelberg. Tochter Nanetta, frühreif und wissensdurstig, fällt es schwer, den Verlockungen der Heidelberger Altstadt zu widerstehen. Sie träumt davon, es ihrem Brieffreund Harry Heine gleichzutun und ihre Gefühle und Wünsche in Versen auszudrücken, statt als Jüdin ein zurückgezogenes, unauffälliges Leben zu führen. Heidelberg jedoch ist in Aufruhr. Nach dem Mordanschlag auf den Dichter Kotzebue im benachbarten Mannheim sehen die aufgebrachten Studenten nahezu in jedem Fremden einen Spion. Als Nanetta ein Treffen von Verschwörern belauscht, gerät sie plötzlich in den Verdacht, eine wichtige Depesche gestohlen zu haben. Nur einem besonnenen Studenten kann sie verdanken, daß sie nicht in Gefangenschaft gerät. Noch in derselben Nacht brechen in Heidelberg die ersten, blutigen Unruhen aus.

AtV

Aufbau Taschenbuch Verlag

Brigitte Reimann

Ich bedaure nichts

Tagebücher 1955–1963

Herausgegeben
von Angela Drescher

429 Seiten
Band 1536
ISBN 3-7466-1536-4

So manisch, wie sie alles betrieb, hat Brigitte Reimann seit ihrer Jungmädchenzeit Tagebuch geführt. Da sie die frühen Notizen vernichtete, setzen ihre Tagebücher erst 1955 ein, als sie sich von ihrem ersten Ehemann zu trennen begann, den Schriftsteller Siegfried Pitschmann kennenlernte und erste Erfolge mit ihren Büchern hatte. Fasziniert verfolgt man die Geschichte einer so begabten wie lebenshungrigen und kompromißlosen Frau, das Dokument einer Emanzipation von herrschenden Moralvorstellungen, dogmatischen Erwartungen und einer politischen Desillusionierung.

»Sie hat exzessiv gelebt, voller Unrast und Verlangen nach Liebe, ihre Lebenskerze war an beiden Enden angezündet – wer leuchten will, muß brennen.«

Renate Rauch, Berliner Zeitung

Lenka Reinerová

Das Traumcafé
einer Pragerin

Erzählungen

269 Seiten
Band 1168
ISBN 3-7466-1168-7

»Irgendwo in dem schleierhaften blaugrauen Dunst über den von Grünspan bezogenen Kuppeln Prags gibt es ein Café mit vielen Tischchen, und von jedem kann man hinunterblicken in unsere Stadt.« Dort sitzen sie alle, die sie einst kannte, und erinnern sich mit ihr: Egon Erwin Kisch, Max Brod, Theodor Balk, Anna Seghers. In dieser wie in den anderen Erzählungen beschreibt Lenka Reinerová, eine der letzten Zeitzeuginnen der Emigration, Stationen ihres Lebens – das Prag der dreißiger Jahre, das Exil in Frankreich und Mexiko, den Stalinismus in den Fünfzigern und jüngste Erfahrungen. Trotz aller bitteren, furchtbaren Geschehnisse sind es menschen- und lebensfreundliche Erinnerungen, weise und wehmütig.

AtV
Aufbau Taschenbuch Verlag

Fred Vargas

Es geht noch ein Zug
von der Gare du Nord

Kriminalroman

Aus dem Französischen
von Tobias Scheffel

212 Seiten
Band 1512
ISBN 3-7466-1512-7

Auf Pariser Bürgersteigen erscheinen über Nacht mysteriöse blaue Kreidekreise, darin liegt stets ein verlorener oder weggeworfener Gegenstand: ein Ohrring, eine Bierdose, ein Brillenglas, ein Joghurtbecher, ein Vogelbein, ein Kotelettknochen – und jedesmal ist der Satz dazugeschrieben: Victor, sieh dich vor, was treibst du jetzt noch vor dem Tor? Keiner hat den Zeichner je gesehen, die Presse amüsiert sich, niemand nimmt die Sache ernst. Niemand, außer dem neuen Kommissar im 5. Arrondissement, Jean-Baptiste Adamsberg, der sich mehr auf seine Eingebung denn auf Indizien verläßt. Und eines Nachts geschieht, was er befürchtet hat: es liegt ein toter Mensch im Kreidekreis.

»Wer Donna Leon liebt, wird Fred Vargas vergöttern.«
P. S., Zürich

AtV
Aufbau Taschenbuch Verlag

Nino Filastò

Swifts Vorschlag

Roman

Aus dem Italienischen
von Christian Försch

272 Seiten
Band 1603
ISBN 3-7466-1603-4

In einer apokalyptisch anmutenden Megalopolis des späten 21. Jahrhunderts wird ein etwas heruntergekommener Detektiv von einem alten Mann beauftragt, seine Nichte und deren kleine Tochter zu suchen, die auf der Reise zu ihm verschollen sind. Während seiner Recherche auf den gefährlichen Wegen zwischen der »città alta«, der Oberstadt der Reichen und Mächtigen, und dem unterirdischen Labyrinth der »città bassa« gerät Degrado auf die Spur eines ungeheuerlichen Verbrechens und versucht sich ihm in den Weg zu stellen. Eine bitterböse Zukunftsvision vom Autor des Avvocato Scalzi.

»Ein erschreckend intelligenter und unheimlicher Roman.«
LIRE, Paris

AtV
Aufbau Taschenbuch Verlag